南京评论
Nanjing Review

文字的无能为力,恰恰势不可挡

江苏人民出版社

边 境 行 走

【德】施益坚 著

陈 民 译

图书在版编目（CIP）数据

边境行走／（德）施益坚著. 一 南京：江苏人民出
版社，2021.1
书名原文：Grenzgang
ISBN 978-7-214-20004-4

Ⅰ.①边… Ⅱ.①施… Ⅲ.①长篇小说-德国-现代
Ⅳ.①I516.45

中国版本图书馆 CIP 数据核字（2017）第 003400 号

Grenzgang Roman by Stephan Thome
Originally published by Suhrkamp Verlag AG
ⓒ Suhrkamp Verlag Frankfurt am Main 2009
All rights reserved by and controlled through Suhrkamp Verlag Berlin
Simplified Chinese edition copyrights ⓒ 2020 by Jiangsu People's Publishing House
江苏省版权局著作权合同登记 图字：10-2016-629 号

书　　　名	边境行走	
主　　　编	黄　梵	
著　　　者	［德］施益坚	
译　　　者	陈　民	
责 任 编 辑	周晓阳	
装 帧 设 计	soleilevant	
出 版 发 行	江苏人民出版社	
出版社地址	南京市湖南路 1 号 A 楼，邮编：210009	
出版社网址	http://www.jspph.com	
照　　　排	江苏凤凰制版有限公司	
印　　　刷	江苏凤凰盐城印刷有限公司	
开　　　本	850 毫米×1168 毫米　1/32	
印　　　张	16.125　插页 4	
字　　　数	240 千字	
版　　　次	2021 年 1 月第 1 版　2021 年 1 月第 1 次印刷	
标 准 书 号	ISBN 978-7-214-20004-4	
定　　　价	78.00 元	

（江苏人民出版社图书凡印装错误可向承印厂调换）

目　录

第一部　石头

不管怎样，她想，花园就是个梦。阳光从东边透过小叶女贞的篱笆，铺洒在盛开的花圃上，桦树和栗子树的树干也沐浴在阳光下。寂静的花园，鸟儿啾啾，虫儿呢哝，充斥在早晨阴凉清爽的空气中。其他所有的动静，主干道上的车轮滚滚和坡子下方镇上学童的喧嚣渐渐隐去。洁白的露珠像一张网罩在草地上，慢慢散去。树影婆娑，光阴斑驳，蝴蝶陶醉于蓝色陶罐里的丁香。

凯尔斯汀穿着睡袍站在日台上，食指尖按压着太阳穴。一辆轿车从五朔节广场沿着鹿道下来，从房前经过，向左拐，顺着山谷下行，几乎不踩油门，好像邻里间怕惊扰清晨的宁静。随即寂静和鸟鸣又回了来，它们好像躲在篱笆和树丛中。

她身后的屋里传来了水管声。

吃完早餐、喝完第一杯咖啡，她感觉舒服多了，似乎可以开始一天的日子。她昨晚又睡得很差，只有下午在花园里劳作才能驱赶头痛的袭来：头盖骨下压迫感一阵紧似一阵。没有唑吡酮她的睡眠凌晨 4 点就消失了，在苍白朦胧的晨影中醒来。

现在已经 9 点了，凯尔斯汀向前走了一步，裸露的脚踝上舒服地感受到阳光的温暖。每年春天都有一天，她感觉到接下来的夏天从地平线上绿茵葱葱的山背迎面奔腾而来，好像伟大的承诺即将来到。她心里清楚，但还是被美丽的景象魔怔，无力抗拒，相信这个夏天一切都会好起来。

　　——为什么不呢？也许阿妮塔会说。不管怎样总比自怜自叹要好。

　　——那就变成了自我欺骗。

　　——你应该听我的话，从这个偏僻的镇子搬走就好啦。

　　凯尔斯汀把手放下，摇了摇头。人烟稀少的地方冬季也许显得格外漫长，她盲目乐观地相信夏天就要到来。今年的雪一直下到了三月，她的后背现在还能感受到一股冰冷的湿气沿着阳台地面和墙角掠过，散发旧报纸的霉气。她是不能搬走的。一是因为她不知道该搬去哪儿，二来因为丹尼尔，三是为了母亲，第四……

　　她的目光扫视花园，落在高高的树篱上。迈因里希家一周前叫人把他们那一边修剪了，并没有忘了建议"邻居太太"让来自残疾人工场的快乐帮手也去另一边干活。称呼她"邻居太太"，好像他们做邻居快七年了，还不清楚对方的名字，好像门上没有名牌。迈因里希太太特意过来，就在大门旁转达可以提供的服务。带着责备的表情，凯尔斯汀还得学习将这种表情理解为这个年龄某种形式的特殊关怀。（对了，第四就是，与阿妮塔何干？）她婉言谢绝，把儿子搬出来，16 岁的男孩子应该会修剪篱笆了。您运气真好！迈因里希太太说，闷闷不乐，波浪卷发，刺鼻的香水味儿，拄着拐杖走了，并没有进一步解释她眼中女邻居的好运是什么。她的儿子小迈因里希在政治仕途中被流放到遥远的威斯巴登，也不能算作命不好吧，凯尔斯汀回想起来并不清楚迈因里希太太的评语有多少真诚，也可能完全是反话吧。

穿过篱笆，她看到邻居家花园里影影绰绰的动静。不久前《通讯》刚刚又登了一幅照片，克劳斯·迈因里希将黑森州州长的公文包提在身前，好像弥散仪式中的助理男孩，一脸严肃。州长本人走在旁边，挂着例行公事般的表情。小迈因里希一直还理着和父亲一样的板刷头，就算是黑白照片也可以得出结论：他们父子间血压值好像也很接近。"棒极了"是老迈因里希的口头禅之一，不管是说发型还是篱笆或者政治家们。丹尼尔会模仿他，他那表情好像在引用古希腊艺术家的原型。仿佛柏拉图那时就知道，最重要的就是"棒极了"。

房子里的浴室门开了。刚刚想要思考关于丹尼尔的念头又消失了。矫形鞋子刺耳的咔嗒声，一会没了，一会又来了，凯尔斯汀的背部肌肉僵硬起来，好像之前做了错误的动作。她的母亲莉泽·维尔讷慢慢穿过过道，胳膊夹着拐杖，走路时尖头敲打着墙，因为她的手还得抓住漱口杯。不管怎么劝她说杯子最好还是固定放在床边的床头柜上。她总是说不然"那些男人们"会偷走它的。饭桌上摆放着早餐餐具，凯尔斯汀脑子里想象着拐杖的尖头将咖啡壶顺着桌沿碰倒，等待玻璃跌落的声响越久，她的身体越发僵硬。鞋子的啪嗒声静了下来，阳台的寒气散去，凯尔斯汀感觉一道目光撞到了她的背，不，不是撞，是轻轻地碰到，老人柔和、如孩童般无助的眼神触碰了她。她发现其实篱笆根本还没抽芽，她感到很难向机敏的儿子解释，为什么非得去修剪。

"我还要吃药吗？"

鸟鸣声充斥着花园。树叶在清晨的空气中纹丝不动。衷心祝福，凯尔斯汀，她想。然后闭上了眼睛。

"你吃过了，妈妈，早饭后就吃了。"

"真的？"

"是的。"

"昨天夜里又有人来过。"

"不，没有人。"

"在厨房里。我听到他们的动静，真的。"

我听到的是你在厨房里，凯尔斯汀想。1点半。太阳猛地重重照在她的眼帘上，感觉一团模糊的红晕，不近也不远，也不像通常的那样，只是一种颜色，在她眼前游动，摸上去很温暖、舒服的感觉。

"早上12℃。"每天她妈妈都要查看很多遍窗台上的温度计，彼得曼医生说，老年痴呆症常常会突然产生对天气的兴趣。但对"有人来过"的说法他也没法解释，也就只能是大家通常认为的：年老了。

"只有12℃，"她妈妈重复道。"还会下雨，是的。"

"现在已经不止了。"

"不止了什么？"

"现在暖和多了。"

"很快就要下了，是的，"过了会她妈妈又说道，这会凯尔斯汀凝神倾听自己的声音，大声说出每个音节很辛苦。眼睛周围已经显现出了皱纹，太阳穴后面很痛，反正也不能再忍心就这么闭上眼睛冲着坡下说话，她慢慢转过头去。

莉泽·维尔讷穿着蓝色罩裙站在敞开的门旁，拐杖夹在腋下，前臂斜曲着，一只手扶着门框。另一只手就是抓着杯子。去年也是这个时候她还住在汉斯那儿，15号这天打电话到卑尔根城，但今天早晨没有迹象表明这是她女儿的生日，早餐时她放弃了让母亲回忆起来。

"杯子里有水，小心，"她说道，注意着说话的语调。

"你说什么？"

"滴水啦。那！"

摆动着脑袋，好像企鹅一般，她母亲低下头打量。

"很快就会干了，"凯尔斯汀说。阳光和寂静组成的短暂时光悄悄溜走，她拼命想抓住它，就像抓住被风吹走的帽子。"天气很美，不是吗？第一个真正夏日的清晨，哦，不，就让它自己干。妈妈！"她向前跨了一步，她妈妈正弯下腰，想要抹去地上的水渍，这期间水渍已经越来越大了。凯尔斯汀突然抓住她的胳膊，每次都吃了一惊，罩裙棉布下的肌肉好柔软。

"别管了，"她又说了一遍，感到自己脸上的微笑好像过于干燥的皮肤一样紧绷绷的。"你可以去花园走走……或者在阳台上，在阳光下活动活动。"

"医生下午要来，嗯，可什么都没弄好。"

"妈，今天是周一。"

"但愿他给我开些药治治糟糕的腿，还有头痛。"

"彼得曼医生周三来，每个月的第一个周三，他上上周才来过。今天他不来。"

"不来？"

"不。"

"我们也许可以问问汉斯。"

"腿又难受了？"说出这个问题就像面前地上有个洞，她想避开走到一旁说：你的腿需要运动，就这么回事。她母亲最近抱怨的头痛，看来属于某种旋转系统，系统里疼痛的身体部位在轮流：膝盖、臀部、肩膀、头，再从头来。只是腿据说一直痛。

"很痛。"

"也许你的腿就是需要……"

"我们也许可以问问汉斯。"

"他不会在电话里给你开药的。况且彼得曼才是你的医生。"

"他不来啊。"

"他来过了。你没请他给你开药吗？"

"他量了血压，嗯。"

"你没问过他……？"凯尔斯汀盯着厚镜片后面蒙翳的混浊，迷迷糊糊什么都不明白，她期望汉斯也许可以来看下，而不是总在电话旁，他的母亲听起来很棒，健康得很。在搬家时汉斯把信任的笑声抛到她脸上，告别时他说这对大家都是最好的。

"没有吗？"她重复道。

她的母亲站在她面前，点了点头，好像她在思考练习下面的步骤，把手从门框松开，半转过身，抓住门把手。

"我要去收拾我的床了，"她郑重宣布。"如果牧师来的话，嗯。"

凯尔斯汀看着她朝自己的房间走去，进了门。那个房间还属于丹尼尔时,他贴上的许多标签留下白色的残留物。这间屋子拥有朝向花园的大窗户,还可以通往阳台,远眺卑尔根城的山谷和那边的天空,丹尼尔每个晚上都要用望远镜看天。从地下室的两间小屋子就只能看到入口和迈因里希家的篱笆,夜里老迈因里希的轮廓出现在浴室的毛玻璃上,无意间可以听到他手舞足蹈、骂骂咧咧地诅咒他的前列腺,然而天空就只有东北方从檐沟到篱笆上的一小块。丹尼尔指给她看过,耸了耸肩说,请允许我想象下:这就是我分享到的"对大家都是最好的"的部分。

"对大家都是最好的"已经成为鹿道52号常被引证的名言。

她走进浴室。

外面车来车往,凯尔斯汀想洗个澡,她把头发扎成马尾巴,翻起窗户,然后刷牙,水汽雾霭向窗外散去,一件肉色塑形内衣挂在散热片前的杆子上。

总是这样出其不意。她在雾气模糊的镜子前站了一会,拼命睁大眼睛,深呼吸,好像在厨房里切洋葱似的。脖子后面砰砰跳动,自己呼吸的动静让她感觉好像站在外面宽阔的原野上。尽管窗户开着,浴室的水汽却越聚越多。凯尔斯汀盯着自己的脚数着秒。太神奇了,莫名其妙地精准,记忆的齿轮组在她脑子里工作,转了两圈就完成了进入另一间浴室的跳跃。有时一件肉色的塑形内衣就足够带动一切运转。阿妮塔说得对,她必须离开这里。慢慢呼吸。等待。她盯着镜子看，好像她在里面看到了儿子，正在另一间浴室。她不愿回忆起那间浴室，反正现在看起来已经不一样了。男人可以被带走，就像他，但浴室可以重新布置。她只看到了丹尼尔，他在抓向一个黑色部分，却让它在一头摇摇晃晃，盯着两个像防毒面具一样盖在鼻子和嘴巴上的罩子。好奇心的年轻版本。丝绸滑过手指尖的感觉。她面前的镜子水汽渐渐消散。告诉她，事实就是：44岁，单身。她学会了把眼泪往肚里咽，但有些问题必须得问：她儿子，知道那个跟她前夫上床的女人身上的气味吗？有些日子，她以为就要失去理智，好像转眼间，她似乎从未拥有过。

　　他们在格拉尼茨尼的办公室面对面坐着，每句话后长长的停顿，仿佛对手在战斗前互相打量。总是如此，哪怕他们在聊天气，怀德曼背挺得直直地坐在访客椅子上，前臂水平地搁在扶手上，好像他的目光。每次他都想起到同样的事：校长看上去如同佛像和在事业发达时走向暮秋的歌剧男高音的混合体。并不仅仅是身材，太长没有修剪、很久没有清洗的头发也很符合，西装上衣油腻腻的领子，还有他脱下西装时胳肢窝的汗渍。奇怪的是，他的外表并没有损害他的权威，几乎正相反。格拉尼茨尼胖得引人尊重，人们相信从他身上可以感受到权力的腰带，一年年宽松，好像围着某些政治家的腰带一样。一些男人胖得像树的树皮，格拉尼茨尼虽然不是政治家，但也绝不是个滑稽小丑。他散发出自信和坚定的光芒，就像现在这样，仰靠在办公椅上，蓝色衬衫的纽扣眼绷得紧紧的，领带贴在他的肚子上好像睡着的猫。卑尔根城实科中学校长不仅对外在形象无所谓，他甚至都没有意识到它的存在。怀德曼不知道为什么，但格拉尼茨尼让他回忆起了施莱格尔贝格，让他想起那个老家伙，他固执地认为他们之间有些隐隐的相似之处。

施莱格尔贝格，比如过去很瘦，现在也许还是这样。

"您怎么看这件事？"格拉尼茨尼终于还是从深陷的椅子里发话了。"您不觉得奇怪吗？"

"'奇怪'也许不是我要说的，"怀德曼说道。"如果发生在我的班级，就不奇怪。"

"我的意思是，偏偏是丹尼尔·巴姆贝格，还有偏偏是托米·恩德勒。不是'奇怪'的奇怪，而是：不同寻常。无法解释。"格拉尼茨尼死死地盯着他，怀德曼像平时一样感觉不舒服，当他被这么打量着，不论是过去来自施莱格尔贝格，还是现在来自他的上司。无论被谁打量着。他的回应仅限于点下头，然后望着窗外的校园。高年级的学生们正在广场上到处游手好闲，一些人溜到自行车棚里偷偷抽烟。阳光挥洒着，洒在街道和房子上，好像晨曦中古罗马巨大的圆形露天剧场里一排排的座位。这个月第一次天气和月历相符，五月像是五月的样子。

树林的绿色带把这个地方包围起来，绕着山谷，从这座山丘到那座山丘，穿过整个狭长地带，这里称作"腹地"不无道理。

也许可以就这样漫游到卡塞尔，一直在树荫下，需要四到五天吧。

"不管怎么说，我和他爸爸于尔根·巴姆贝格很熟。你知道，我今天上午要把他约过来谈谈。你们互相认识吗?"

"也就那样吧。"

格拉尼茨尼点点头，允许自己的思想开点小差。怀德曼是从他的眼神里发现的。

"您不在任何团队里，对吗?"

"我偶尔会去鹿道队。不过极少。"

"不是踏境者。"

"不算是。"

"您父亲曾经获得第二名，71 年?"

"71 年。"

"不符合您的水准。我猜。"

"是这样。"

也许平日没有哪个同事跟格拉尼茨尼这么说话。但某人曾在大学里教过课，还是令人敬佩的，因而他的回应只是点了点头。从校长室望出去，可以看到城堡，看到它圆圆的、让人不得不想起国际象棋棋子的塔楼，还有倾斜的屋顶，像一艘倾覆的船在树梢的绿波上漂浮。

"重新回到公事上来。鹿道，丹尼尔的母亲就住那里。您认识她吗？凯尔斯汀……她应该还是姓巴姆贝格吧？"

"姓维尔讷。她曾经来开过一两次家长会。"他说话时眼睛依旧望着窗外。格拉尼茨尼采用这种提问的方式，让人猜测他自己已经知道答案，只是想要巧妙地打探对方的情况——面对这种怪癖怀德曼并不会愠怒，而是面带同样淡定的表情，应对格拉尼茨尼肥胖的身材散发的不可动摇的气息。他也不一定什么都知道。谁会伪装，就不用躲藏，他在过去七年中学会了这些。不久前他对康斯坦策也说过，不出所料得到了回应：我知道，你并不快乐。这是你自找的。

9点25分，秘书室敞开的门上挂着的钟宣告。五月十五日，周一，外面的太阳让他充满忧伤，即使是卑尔根城的冬天也不会产生这般影响，尽管那么地漫长。让一切滚蛋吧，他想。

"您看，现在也许期待您说：好的，我来和他母亲聊聊。"格拉尼茨尼仰躺在椅子上，好像在看牙医。

"我该对她说点什么？"

"就是她儿子……她儿子的行为虽然某种程度上符合本性，但在学校这样做并不合适，我们保留采取措施的权利。"

"符合本性？"

格拉尼茨尼冷不丁一个激灵直起身来，紧贴着办公桌，肚子顶着桌子已经没法再动。他的表情变得清醒了，好奇，甚至让人感觉到有些期待的快乐。也许这也是这个季节的效果，突变的天气的效果。校长本身就是个爱开玩笑的人，自从戒烟后，他甚至允许自己偶尔随心所欲。

"我更感兴趣您 16 岁时是啥样子。"

他们互相盯着眼睛看了一会——格拉尼茨尼的眼袋重得感觉好像是黏上去的似的，这时从隔壁房间传来温特利希女士的声音：

"完全不引人注目。我从没听到他母亲抱怨过。"

怀德曼点点头，但什么也没说。也许比温特利希女士猜想的更不引人注目，非常不引人注目。

格拉尼茨尼重又仰靠着椅子，显然不太开心。

"温特利希女士，请您给我们来两杯咖啡。"

"我马上得走了。"怀德曼指着钟，钟就要敲 9 点半了，但格拉尼茨尼并不管：

"您这会可没课，难道忘了吗？"

格拉尼茨尼在暖气片旁放了一把折叠躺椅，天气允许的话，下午 5 点甚至连管理员都不在学校操场上，会看到他敞开衬衫坐在大门前读报纸。一周中有六天他的银灰色福特都是最后驶离停车场的，第七天停车场根本没有第二辆车。没有格拉尼茨尼不懈的努力，这栋校舍可能都不存在，这是兰河草场地区的一栋两层新楼。这里是格拉尼茨尼的学校，Genitivus possessivus（"属于他的"，原文是拉丁文），无可争辩。

"要是我来和她谈，"怀德曼说，"那我可得更准确些。做母亲的都想知道，学校要采取怎样的措施。"

"您怎么评价？我的意思是：还没到开除的地步吧。"

"没有。"

"体罚已经废除了，那还能怎么做？"

"罚在校长室里待半个小时。"

"我估计到了。"

"也许可以考虑把他们三个插到不同的班级里。"

"我估计同事们会反对。"

"而且我不相信，托米·恩德勒是唯一的，那个，他们对他……应该是说'勒索'？"

格拉尼茨尼挥了下手，把这个字眼扔一边去。

"也许我感兴趣的是：为什么小巴姆贝格也参与？看起来他并不像是干这事的，不是吗？其他两个倒是常常被我骂得狗血喷头，但丹尼尔·巴姆贝格……"

温特利希女士端着两杯咖啡进来。她和格拉尼茨尼好像一对漫画人物：他是一头象，她则像一只鸟，头一啄一啄，好像要从对面的人脸上啄走看不见的谷粒。怀德曼还在这里上学时，她就是秘书了，不是在这，还是在莱茵街的老校舍里，那里改建后就成了市政厅。一丝不苟的发髻，灰色的针织背心，这学校里没人可以想象，暑假过后返校踏进秘书室看不到温特利希女士会怎样。

"荷尔蒙的作用，"她给出了自己的想法，然后尖尖的鼻子对着怀德曼这边。"都是荷尔蒙在作祟。需要牛奶吗？"

怀德曼摆了摆手。20分钟后他走出楼来到后院，沐浴在上午的阳光下。阳光照耀在仍然被露水沾湿的兰河草场上。他一直走到学校后院边缘，越过抗击春天洪水修建的一米多高的草坪屏障，顺着狭窄的柏油路走向体育馆。先不去考虑最终的结果，这个过渡首先是令人安慰的，渴望的消逝和走进某种让人不再被太多恐惧填满的空虚，只要在这个空虚里。这又是你老一套的悲观，只是这种悲观又往玩世不恭走近了一步。康斯坦策因此相信，玩世不恭是悲观绝望的最后阶段，而不是绝望后的第一个阶段。此外一个年轻的母亲根本没法开始心灰意冷，不管心灰意冷肯定会迎面而来，也许他彻底解释错了。感觉，他将其中的安慰想象得太夸张了，最终暴露了自己，比如说，压根不想看那个小孩子的照片。

从迂回小路传来嘈杂声，不是交通高峰时不间断的汽车轰鸣声，是那种陆陆续续一辆一辆车驶过。所有的人都在上班或者在家。怀德曼看着表：剩下的路穿过兰河草场的话时间是不够的，他经过体育馆，然后朝着半圆形的杉树林走去。林中长椅上有时会有学生坐那亲热，不过这会没人。

也许这种感觉也欺骗了他自己，那种安慰，还有那最终的结果，以及所有的一切。也许这可恶的阳光充盈他的并不仅仅是忧郁。周末度假屋的篱笆发绿了，树下的空气有股树皮和青苔的味道。可恶的游戏。夏天正敲锣打鼓地宣告即将到来。兰河两旁的白杨树，在熠熠阳光下显得光怪陆离。所有的一切都为边界行走做好了准备，甚至这些绿色植物。

"请您去和他母亲谈谈吧。您本身是……"一丝微笑，简短的停顿，格拉尼茨尼的促狭把"单身汉"这个词憋回去了，"班主任。"

在两周前的五朔节竖花柱时他们遇见了，匆匆一瞥，尽管这样，还是更新了他心目中她的旧时形象：她是当地的异类，和他并不相同，但也是异类。过了这么久依然格格不入，不像当地人舌头打卷，他在柏林待了十年后还被问道：您从哪儿来的？"您"这个字刻意咬得很重。她确实长得很漂亮，但并不引人注目，有点苍白，不怎么爱笑。不戴首饰，也不涂脂抹粉，但他相信发现了她独特的鄙夷方式，好像在说：我不屑为你们打扮。

好吧，他要和她谈话。看了看手表他站起身，从体育馆后的这张椅子上只能看到停车场的最尾端，他围着云杉林走了一段后，看到了一辆金属蓝的崭新萨博车，顶敞开着驶过来，滑进最后一个车位。显然格拉尼莫尼在他们谈话后马上就打了电话。于尔根·巴姆贝格下了车，哔的一声锁上车门，他抬头向洒满阳光的山坡望去，然后消失在大门的通道。

她一脚跨出去时才看到那束紫罗兰。她深深吸了下不容混淆的香气，一边朝脚下望去，她踩下的地方比平时柔软，在她面前躺着一束紫色的鲜花，花两用潮湿的手帕包扎，现在已经皱皱巴巴，搁在门前的脚垫上。凯尔斯汀抬起脚，惊讶地愣在那儿，上下打量着街道。阳光下的鹿道了无一人。布鲁纳家，她另一边的邻居，一棵樱桃树开满了花，又圆又白，好像嫁接的雪球。哪儿都没有个人影。她拾起花束，鼻子嗅了嗅。阿妮塔曾经在她生日时给她送过花，但她住在施坦贝尔格湖后，仅限于五月十五日给她来通电话。少数几个会祝贺她生日的人当中只有两个住在卑尔根城。她的母亲可以排除，想到丹尼尔可能上学前经过鹿道，悄悄地把一束问候的花放在门前，她的心跳加速，但并不能排除这种可能性的不合情理。

凯尔斯汀回到屋里，检视了手帕后把紫罗兰插进花瓶里，先把花瓶放在厨房餐具柜上，一会儿又摆到餐桌上。紫色香气的问号。因为她不留神的踩到使得这份惊奇更令人感动。这画面陪着她向下走在科尔纳克路上，经过花园里的旧镇政府办公楼，到达国王市场，现在是艾德卡连锁超市，但外面旁边一直还挂着国王市场的招牌，进门时她还能感到阳光照在皮肤上，明白事实上可能有其他事情发生。其他事，也许就是儿子回家住上一个礼拜闪耀那么一会儿的喜悦，仔细想来也不是什么大事：问号背后的短暂停歇……

她微笑着转过角落走向蔬菜部，依照她的经验，那儿在国王市场年代也没有什么值得期待的。一名女顾客正弯腰对着西红柿挑挑拣拣，普赖斯太太，琳达的妈妈，她转过身认出了凯尔斯汀，感觉好像在偷什么被抓了现行。

"啊，真是惊喜啊！"

"你好，普赖斯太太。"她感到普赖斯太太的声音欣喜得发抖，晃动着购物篮，好像她要邀请蔬菜和水果自己跳进去。

"早上好。"普赖斯太太抓起两个西红柿，在手里转来转去。凯尔斯汀发现她的发型换了，变短了，依她的品位头发耸起得有点过了。香水味已经冲进鼻子里，可能是紫罗兰味，但普赖斯太太的目光一直盯着西红柿，并没有想要寒暄的意思。凯尔斯汀的眼睛游离在绿色的蔬菜架上，期望能找到不经意的一句评语，而不是问候天气来逃避。她们并不熟，偶然在科尔纳克路上会车互相打个招呼，自从有鹿道妇女聚会以来，她们有时也会见个面。前一次是两周前在上面五朔节广场上，她们简短寒暄了几句。这会她突然想起来，不久前她有时能碰到琳达骑着摩托。汉斯-于尔根·普赖斯和她的前夫属于同一个男子队，这在卑尔根城很不寻常，普赖斯先生去莱茵街，而普赖斯太太去鹿道，但这又是件她不感兴趣的事情。

找不到蘑菇，也看不到茄子，西兰花看起来好像经历过洗劫。她应当来说下这事吗？

普赖斯太太叹了口气，抛弃了西红柿。沉默的紧张空气好像气球即将爆炸。然后她鼓起了决心，目光转向凯尔斯汀，在开始低语前略略笑起来：

"在国王市场买蔬菜，有点像从流浪动物收养所领养宠物。"她把太阳镜往染成金黄色的头发上推了推，露出了额头上的一块胎记，就在左边眉毛上。

"您是说，人们在做善事？"

"我的意思是，人们并不清楚，带回家的是啥东西。"

她们互相看了看，凯尔斯汀的手在空中几乎就要落到普赖斯太太的前臂上，但还是抓向黄色的西兰花，然后说道：

"这个就得给它来个安乐死，对吗？"

普赖斯太太笑的时候眼角有了细微的皱纹，她的笑很自然，明亮，完全不是染成金黄色的笑。

"也许它触动了您的恻隐之心吧，您要把它带回家。"

"不。"

"那我来吧。"普赖斯太太真的伸出双手，抓住这棵已经蔫了的菜，把它放进篮筐里，冲着凯尔斯汀笑了笑，然后朝饮料处走去。昂贵的香水味好像纱巾在她身后飘来飘去。

离婚前他们两对曾经共度过一个夜晚，不管怎样，凯尔斯汀脑海里当时的情形还历历在目，普赖斯夫妇并肩坐在一起，普赖斯先生当时几乎全秃但不光滑的脑壳和他太太精致的、好像一吹就破的脸。他们仍然很般配，很自然，和谐的感觉。他当时试图讲个笑话，而她想拦住他，中间有什么事让她很开心。你讲完后会被人揍一顿的，或者类似之类的话。虽然如此普赖斯先生还是讲了笑话，但是内容已经想不起来了。

她们在冷柜前又遇上时，她才有机会重新回到西兰花的话题上：

"您并不真的想买它。"

"现在它在我的篮子里，我会把它买走。"

"您至少应该要求半价买它。"

普赖斯太太微笑的目光边缘有些被吞噬了，凯尔斯汀明白，普赖斯女士内衣公司的老板娘怎么可能在超市收银台讨价还价呢。

"原则问题，"她快速答道。

普赖斯太太耸了耸肩。

"您儿子怎么样？琳达说，数学和物理老师确实有点怕他。"

她们是在城堡顶部的餐馆里坐下吃饭的，现在她想起来了。七年前？或者八年？还是九年？

"这些科目是他的兴趣。在这个年龄段有点特别。"

"相信我，这比在这种年龄看上去正常的事好多了。"普赖斯太太的微笑又完全恢复了，她那日光浴晒出的肤色让脖子上挂着的小金项链好像皮肤上留下的细皱纹一样突出来。凯尔斯汀觉得要是直接说出自己脑子里闪现的想法最好：我们这样的年龄，不是嘛，美丽的外表就是某种走钢丝的平衡表演，而她们俩都掌控得不错。

但她没有说出来，聊天又陷入僵局。凯尔斯汀感受到冰柜里的冷气掠过她光着的小腿肚。普赖斯太太的上一句评论对她来说好像打开了一扇门，但她并不清楚，为什么她自己的反应居然是低头看了看手表。

"那么，就……"

"半个上午过去了，家里的事都还没有做。"

互相点点头，两个人朝着不同的方向去收银台。凯尔斯汀决定买玻璃罐头的蘑菇，又买了三块鸡胸肉，慢慢沿着杂志架闲逛，想要找到她母亲也能阅读的女性杂志。

10 点一刻，只要第一个职业学校的学生进了超市，店老板、他儿子还有他的员工们就会战略性地占领重要的位置，盯着咸点心、甜食和饮料的架子，国王市场没有安装监视器。凯尔斯汀把她买的东西放在传送带上：就像大学时代购物，只买后面几天的必需品，两只手就可以拎回家去。她在付钱，眼角却在观察普赖斯太太从筐里拿出来往前推到传送带上、像艘巡洋舰的商品，领航的是两瓶香槟酒，末尾就是那个可怜兮兮的西兰花。

香槟，她想，也许她也应该为了生日赏赐自己。

"再见。"她走了出去，来到停车道。现在学生成群站在那里，抽烟，喝着可乐。有一个学生嘲弄着好像要把烟屁股扔进普赖斯太太的敞篷车里。凯尔斯汀把她的钱包放在篮子里，呆呆地站了会，好像忘了路似的。一群学生中突然爆发出一阵大笑。阳光从城堡山上照下来，一道光从树林遍布的山坡滚下来，摔到街上散开。凯尔斯汀觉得现在最好像早上在露台上那样闭上眼睛享受温暖。她已经陶醉着下午的花园生活，有没有丹尼尔都好。

突然听到身后门响，她赶紧把篮子换到另一只手上，左右张望，正要跨过马路的当口，听到普赖斯太太问她：

"您把车停哪儿了？"

"修理厂，又坏了。"她转过身。

普赖斯太太把她的筐放到后排座，打开副驾门，让门敞着，然后绕过车尾向驾驶座走去。

"我送你。"

"谢谢。"

真皮坐垫被太阳晒得暖暖的。凯尔斯汀的短裙尽头，她的膝盖窝感觉好像被一张热乎乎的大手抓住，普赖斯太太扭动钥匙，从音箱里蹦出一串串低沉的声音，如同一只被关了太久的野兽。一些学生扭过头来。

普赖斯太太迅速按了下音量键，宣叙调的声音消失在引擎声里。

"对不起。我偷偷拿了我女儿的 CD，为了跟上时代。今天的孩子们的一切都围绕着音乐，最近他们流行听一个刺青的老美黑人的，名字好像就叫缺点钱。您了解他吗？我也挺喜欢他的，也许是他的歌非常下流。"

"我儿子很少听音乐，我也……"

"我女儿一整天都在听音乐，从醒来到入睡。除了在学校。但愿吧。"普赖斯太太将车子掉头，车头占据了大幅车道，直行车只好让她先行。

"谢了，"她自言自语。"为什么您儿子不听音乐？"

"这个，我也不清楚。他对星星感兴趣。"

"星星。您的意思是……"她伸出右手食指比画了下，现在这会看不到星星。

"是的。"

"好浪漫。我女儿感兴趣的是那些明星。他们俩不是谈过恋爱吗？"

"几年前的事了，不过婚礼确实都谈过的。"

　　"哦，对的。"普赖斯把车停在斑马线前，两个小学生自信地把胳膊向前举起来。"学好吧，小朋友们。"说完，她继续向前，加速拐进科尔纳克路。凯尔斯汀感觉到背后坐椅温暖的压力，音乐声只剩下一缕轻烟飘飘。整整四年了，她突然想起来，她和阿妮塔一起开车沿着施坦贝尔格湖。正值圣灵降临节，于尔根和丹尼尔在多尔多涅湖上泛舟。她们开着敞篷车，戴着太阳镜，傍晚的阳光照耀着湖面，波光粼粼。她们停在湖边的一家餐馆，餐馆停车场好像日内瓦湖畔的汽车沙龙。洁白的砾石，修剪过的树木。长长的露台和白色太阳伞下，满是美金和瑞士法郎的脸孔。她和阿妮塔还没坐稳，隔壁桌子就被头发已经灰白、出来找乐子的男人们占据了。阿妮塔让他们帮忙点烟，这伙人一共是四个。凯尔斯汀观察着她的朋友，调情的眼神，轻轻松松，魅力四射，而她自己连个微笑都像过大的眼镜，慢慢往下滑，挂不住。终于她还是任由面具滑落，把放在她大腿上属于牙医的手推开了。

　　为什么？阿妮塔在回去的路上问。车道旁湖面一片漆黑，好像地球上的一个大黑洞，周围灯光闪烁，告诫人们不要掉下去。她的四十岁生日，离婚两年后，她什么也记不起来，只有这种备受折磨的感觉，被所有的人在所有的事情上，所有的一切都被欺骗了。

　　"您可以把我放在拐角处，"她说，"就只有五十米了……"

普赖斯太太已经向右拐，并且松开油门。

"就这里？"

"真的没有必要。这里右门，您可以在前面迈因里希家掉头。"

车子停下。音乐的噪音又响起来。凯尔斯汀花了好一会工夫才在车内的扶手处找到门把手。阳光灿烂，鹿道就在她们面前，地面上显现了裂缝。

"我的丁香要是也能开得这么茂盛就好了。"普赖斯太太摘下太阳镜，自信地打量着凯尔斯汀家门旁的丁香花丛。

"这里大门前并不理想。太阴了。"

"我家的花园里也开得不野。我是不是哪儿做得不对。"

"种丁香很简单的，不会犯错。霜冻过后剪枝，然后注意蚜虫就行。"她耸耸肩。

"我这方面没有天分。几年前我们有一株玫瑰，长得枝繁叶茂，一直开花不断。有一天我突然决定得要收拾下，给它剪枝，再嫁接，结果不到两年萎靡不振，几乎不开花了。"

"这倒有可能发生的。不过种玫瑰有个祖传秘方：咖啡渣。我也不清楚为什么，但是真的管用。我总是把滤纸里剩下的咖啡渣倒在玫瑰花坛下。"

"这只是众多例子中的一个。在我的花园里花草只能自生自灭。经过我的手，那……"普赖斯太太看着自己的手掌，好像那上面写着原因，"也许是报应吧。"

两个人的目光在变速挡位上方相遇。阳光正照射在脸上，即使她没有笑，眼角的皱纹仍然一览无遗。有那么一刻她的脸就像陶瓷一般，凯尔斯汀接着说：

"开玩笑。我不相信什么报应。我连星座运势都不看。"

"我剪些露台上的丁香给你，等我两分钟。"在普赖斯太太抓住她胳膊拦住她之前，她已经打开门。背和臀部还能感受到被太阳晒烫的炙热。走到房门的屋檐下，她才迅速转过身，一只手在篮子里掏钥匙。

"两分钟就好了。"

普赖斯太太点点头。

走廊里光线昏暗。她母亲不仅关上了通往露台的门，还拉上了窗帘，好像五月的阳光是必须拼命对付的敌人。凯尔斯汀把篮子放在餐桌紫罗兰花旁，打开门。花园已是遍地金黄，阳光不再是从树缝中漏出，太阳高高地挂在河谷上，洒下耀眼的光芒。昨夜雨水的湿气已经完全散去。她得接上水管浇水了。

客厅外面窗台上，躺着一把园艺剪刀。

她听到母亲房间里的脚步声，很快传来开门声。当她将丁香枝条向后弯，准备用剪刀时，蝴蝶飞走了。

"是你啊。我还想是不是有陌生人闯进来了。"

她闭上眼睛呼吸着丁香的香气，甜甜的，从喇叭型花朵幽幽而来，露台上的阳光让香气暖暖地弥漫开。是的，她说，嘴唇都没动一下。是，是，是，她小心翼翼地把剪下的丁香枝放在露台的地上。

"我已经铺好床了。嗯。从来就不知道。"

"好。"

"门开着跟吉卜赛人家一样。"

"我还得出去，只是要剪几支花。"她拿起下一枝花，想着并不是她母亲话里下意识的指责，而是很生气她自己要不断道歉。她有权让门开着想多久就多久。她乐意，这个周一，她的生日，可以宣布为敞开门的日子，至少别人送花时可以看到。

"有人站在那里。"

"那是普赖斯太太坐在车里，就在等我手里的这束丁香。"

"有人站在那里。"

她把第二枝放在地上，站起身来。母亲的目光正穿过走廊和大门向大街上望过去。普赖斯太太下了车，俯身向着篱笆闻着丁香花。她挥挥手，向花园门口走过去。

"一会就好，"凯尔斯汀喊道，犹豫着要不要请普赖斯太太进来，试探性看了看她母亲，好像并没有察觉到挥手的动作，她母亲对这种突然的要求总是人为最好喊警察来。

"普赖斯太太有个女儿，跟丹尼尔同班。"

"太好了。你有没有给我买黏合剂？"

"你没有跟我说需要买啊。"

"不然假牙怎么黏住啊！"

她又走回露台，迅速收拾好剩下的花枝，整成一把花束又回来，好大一把，把她自己都吓着了，一只手都没法抓住。

普赖斯太太靠着车子，两只胳膊撑住车门，脸蛋沐浴在阳光下。低沉的音乐依旧从音响里沙沙作响，好像水从喷泉池边汩汩流淌。

"有点多了，"凯尔斯汀抱歉地说道，克制住自己突然想要告诉普赖斯太太，今天是她的生日。

"天啦！巴姆贝格太太，我请您，这也太……"

"维尔讷。我又叫回维尔讷，自从……"

普赖斯太太张大着嘴，手好像慢动作掩住嘴巴，眼睛还因为惊吓瞪得大大的。

丁香花杵在她俩中间，好像突然成了三个人。

"……不好意思。"这话听起来好像昏厥前的最后一个词，凯尔斯汀没法无视这种疏忽的存在，就像在超市里对半死不活的西兰花所做的一样把丁香塞到普赖斯太太的怀里。在卑尔根城随便什么店里，每个礼拜这种事情都会发生，现在也是，尽管已经离婚六年了。

"没关系的。"

但是普赖斯太太摇了摇花束后的脑袋，说：

"怎么会没关系呢。"

"这事常有的。"

"因此更糟了。"

"就这么回事……"这就是乡下，她想要补充，但忍住了。她知道普赖斯太太是本地人。

"就是这样，这就是我之前谈到的因果报应和植物的关系。在我手下……我不够小心。"普赖斯太太抬起眼睛，凯尔斯汀递给她丁香花时，她们的手触碰了一下。走廊里传来趿拉着鞋子的声音，凯尔斯汀希望她母亲待在房子里，其次不要突然从里面把门反锁。

"花需要很多水。"

"谢谢。那是您母亲吗?"

"是。"

"您不会生我的气吧?"

"没有。"

普赖斯太太点点头微笑着，把丁香花捧在手臂中好像抱着婴儿，凯尔斯汀想起了一位女演员，但名字怎么也想不起来。两片薄薄的嘴唇，她的脸显得很纤弱。车里的音乐声停了。

"我得走了。"

"谢谢带我回家。"

"谢谢丁香花。"普赖斯太太小心翼翼地把花束放在后排座，在车旁又站了会，好像得思考什么，然后说："您等下，"她又一次弯腰俯向后排座，再直起身来手上拿了瓶香槟。

"别，这……"凯尔斯汀摆手拒绝，拼命摇头。

"您得收下。"

"真的没必要……"

"必须收。"她们重新面对面站着，目光有那么一会躲避着对方。也许就是这样子让她很少愿意融入人群中。经常性地就突然急转直下，扭捏、尴尬，甚至近乎可笑的地步。她只能好像从烂泥地提起过长的裙子那样收起自尊。微笑，微笑，还是微笑。

"您看，我知道今天是您的生日。"普赖斯太太轻声地说，好像在隐秘地解释什么，只有目光穿越篱笆才能说出口。

"您怎么知道的?"

"是这样的，如果您想知道的话，我的工作，是鹿道妇女会的秘书长。我登记会员名单，所有人的生日都在上面。50 岁以上的大生日，因为大家都知道，都要唱歌庆祝的。而您……呃，祝您生日快乐!"

香槟瓶子挡在两人当中，没法握手，只能摩挲了下手臂，凯尔斯汀站在人行道上，又不知该说什么。

"谢谢，"总得这么说，香槟瓶滚圆、平滑地躺在她手里。

"在超市我就该马上祝您生日快乐的。也许您认为我这样不太好吧。"

"我自己其实并不太当回事，我说的是我的生日。"

普赖斯太太点点头，向后退了两步，靠近车门。

"问您母亲好。"她上了车，瞄了下后视镜，发动车子，凯尔斯汀走回房子。进门前她又回了头，普赖斯太太已经转弯开往另一个方向。街上什么也没有，凯尔斯汀对着空无一人的街道挥挥手。

下回见，她想。

在她身后，突然传来玻璃杯破碎的声音，她希望不会是她的蘑菇。

02

"我估计就是这么回事。"他站在门口，回头看着屋里，就像看一幅旧日时光的照片：敞亮的房间，墙边竖着书架，中间放着两张书桌，书桌围成了空间里唯一的方方正正。开始他觉得很别扭，得和他的同事面对面坐，抬头就能撞见对方专注的表情，或者卡姆普豪斯在键盘上疾飞打字的画面。迅速，精确，零错误。他们也曾考虑过，把桌子调整下，工作时可以背靠背坐。其实也是他提出了建议，卡姆普豪斯耸了耸肩说：随便你吧。这位的注意力根本不会被打搅，一贯如此。要是有话跟他说，他需要两秒的时间回到现实中。即使是现在，他抬起头，环顾四周，点点头，似乎这一刻才留意到，办公室的右边已经搬空了，书桌上只剩下一个纸箱子、键盘、屏幕和电话机。其他什么都不见了。书架上书籍旁边就只剩下废纸和垃圾。威尔肯斯显然已经搬进来了一些个人用品，放在书架空着的地方。

不管怎么样，办公室的桌子都还在原处。

"呃，嗯，"卡姆普豪斯透出一丝不自在，摘下眼镜，两只手指来回搓着鼻根。这位就是希望在最后几分钟时间还保持最基本的礼貌，然后好继续工作。"施莱格尔贝格在不在？"

这一天好像一只鲸鱼张开大嘴向他游来，经过几周数月，现在他反而没了被吞噬的感觉，而是被推到辽阔的大海，仰望天空，并没有发火，本该是这一刻应有的情绪。为什么他不发火？那他又是怎样的感觉呢？

"抱歉，我没去听你的教授资格演讲报告，"他说道，并没有回答之前的问题。老家伙的门关着。他不想去敲门，就这么悄悄消失，从此不再相见。

卡姆普豪斯摆了摆手。

"反正都是些老掉牙的。"

怀德曼的手插在裤子口袋里把玩着钥匙。目光扫过，寻找最后时刻可以带着戏剧性、滑稽表情毁坏的东西：不是反抗，更不是发泄，就是试图通过刻意的爆发捅一捅自己的怒火。"老掉牙，"卡姆普豪斯喜欢这么形容他的工作。怀德曼的目光落到了大窗户和窗前的两棵植物上——这是庆祝研究所新楼落成时，康斯坦策送来的礼物。窗外夏日的蓝天一副漠不关心的样子，楼下建筑工地的举重机伸臂高举，阳光下犹太教堂的金顶熠熠生辉。

卡姆普豪斯不用操心这些。他光彩夺目，同事关系相处得还特别好，他不需要贬低同事的工作。他甚至都不是一个有野心的人，也不是脸色苍白、孤独的书呆子。他的太太美丽可人，他们有一个 3 岁可爱的女儿。他喜欢穿休闲款西装外套，喝西班牙红酒。周末会带女儿逛逛动物园，不像其他人弓着背枯坐在图书馆里。卡姆普豪斯出色在他自身的天分。他抱着女儿观察猴山时还能进行思考，从文献中获取更多的资料。一篇六年前读过的文章还能提示他可以补充完善他的论述。"卡姆普豪斯"在研究所的密语中代表无与伦比的灵光。天才的火花，勤奋和热情都无法取代它。多么有趣，看着猴子用指尖互相梳毛，然后伸进嘴里。它们的屁股好红啊！女儿开心地笑起来，他也跟着笑，他刚刚想到那篇六年前的文章他还留着，就放在书架的最上层，左起第三个文件夹里。

那么"怀德曼"呢，怀德曼想，几乎同时就要笑出声来，就是个最好从未有人想到过的"卡姆普豪斯"。

卡姆普豪斯的女儿用蜡笔画了张猴子的群像，这张画激怒了怀德曼，提醒他这就是他的人生状态。一气之下他把画从墙上扯了下来，揉成一团，朝让·卡姆普豪斯的头上扔去。卡姆普豪斯的鼻子皱都没皱一下，只是从瘦削的脸上抹去尴尬，以及对失败者的一丝同情。

"我一直都认为，事儿本不必如此的，"他说，眼睛仍然盯着电脑，一半的脑子还在忙活着他的论文。

一间装潢不错的大办公室，他们共事了一年半时光。卡姆普豪斯的书架堆满了书籍、文件夹及档案盒，快要压垮了。室外，夏日透出一丝诡异。正宜八月。整整三天我们这将阳光灿烂，他妈妈在电话里说。怀德曼站在门口，他可以做的只是在他必须离开时，晚走一会而已。抗拒被撵走者最后的义务，不愿无声地消失。他没有去回应卡姆普豪斯的话，说：

"威尔肯斯总是牙缝里嘶嘶漏气，你不觉得难受吗？他集中思想时总是嘶嘶嘶？"

当然威尔肯斯也不用负什么责任，他是另一回事。但他至少应该把搬书的空箱子从书架上清理掉吧？放在那里好像新人的先头兵。排列得整整齐齐，边对着边，角对着角，很有秩序，就像威尔肯斯笔挺的领子，清晰的头发分际线，还有日常用语中使用拉丁文的习惯。也许他内心还是有那么一丁点怒火，但是火星太小，无法点燃化为行动。他就站在那里，等待。

没有得到答案。

做个男子汉吧。康斯坦策是这么说的。

感觉的缺失，他确定，也是一种感觉。

异常清晰的感受，甚至并未令他不舒服，还带着某种吸引力：自己镜框的边缘角对角立着。但没必要去打扰他。威尔肯斯是个白痴，但不是敌人。施莱格尔贝格绝不是笨蛋，同样也不是敌人，而且特别有权势。他清楚自己是不可侵犯的，这些年来已经形成了这样的内心：像帝王般凛然面对未能实现期望的学生们。这是挑战规则，如果你用枪指着施莱格尔贝格的胸膛，他也许会向你指出，规矩不是他定的，这是老顽固自我允许的唯一的想象力。

他像根柱子无声、愚蠢地抗议，站在自己过去的办公室前。

"也许是你自己顽固不化？"卡姆普豪斯问。"我就是。"

"你自己……"

"是你。当初这是一个认真的提议，把你的教授论文再一次……"

"那并不是一个认真的提议，而是有预谋的羞辱。"他尽可能说得冷静、克制，在他身上可以辨认表现出自信学者的外表，就像他在学术会议上回答质疑或是课堂上回应学生提问时戴上的面具，而此刻这是他的装扮，感觉好像在卑尔根城的踏境节上，扮演摩尔人或者赛跑者。"一场有预谋的羞辱，"他又重复了一遍。言语方式，在美国会这么说。

以后他要怎样处理他的学者外表呢？

卡姆普豪斯一直在摆弄他的眼镜，虽然已经把它挂在鼻子上了，还是从镜片背后偷觑着他，表面上是在观察镜片有无裂缝。

"屈光度数比上一副更高了，"他闷闷地说："好像焦距也不准确了。对了，玛莱勒问你好，她说祝你一切顺利。"

"谢谢。"

"简直太可恶了，是吧？"

"你是不用忍受威尔肯斯太太，如果莱比锡那边的职位确定了的话。"

卡姆普豪斯没有做出反应，他滑动鼠标，按了一下，然后把手放在胸前，交叉着。

一种不相信的感觉占领了他的肉体，有那么一刻他很享受这种不相信。他不相信自己把身后的门关上，永远不会再回到这里，去开启他从来没有想过的生活，对这个生活他此刻一无所知，只是：他不想要这样的生活。一种令人目眩的感觉。阳光照耀在室外一片片的屋顶上。历史曾经在连成片的屋顶上撕裂出缝隙，这些裂缝又被辛勤地填补。也许是肾上腺素，在他的肉体里翻滚着，慢慢翻滚，他越是静静地站着，越是强烈地感受到它的存在。随后烟消云散。外面的城市喧嚣着，室内卡姆普豪斯的电脑嗡嗡嗡，更深处是他太阳穴下的脉搏咚咚咚。他在考虑要不要请他的同事一起去吃个午餐，但他很清楚卡姆普豪斯会把它当成义务，顿时觉得索然无趣。

他很少饮酒，但是如果这样，那就今天吧。

"我不明白的是，"卡姆普豪斯说："你不是一直都知道，施莱格尔贝格是反理论者中的头号人物嘛。"

"我以为可以说服他。"

"你真的这么想过？"

"你吃过午饭了吗？"

"我要坐 12 点半的火车去比勒菲尔德，有场讲座。"

"我去还钥匙，还会再过来一下。"

他穿过走廊朝秘书办公室走去，归还了钥匙拿到了收条，柏林口音说道："那么，祝，呃……"只剩下车子、房子和一些无关紧要的钥匙还挂在钥匙圈上，裤兜里感觉轻了不少，让他想起了从前，但从前准确是什么样子他想不起来。外面停车场正在施工，铺设焦油，替代沙子地和烂泥坑，这两年在研究所上班的人们，为了避开水洼坑地，好像火烈鸟直挺挺地绕来绕去，小心翼翼。对秘书小姐意味着，终于又可以踩着高跟鞋昂首挺胸了。入口处旁暗色的人行砖已经铺设在沙面上，大楼细细的剪影一直延伸到英瓦利登街的边缘。

直到怀德曼从他过去那一半的办公桌上拿起纸箱时，卡姆普豪斯才抬起目光。笔、计算器、小贴士、最后两本书以及褪色的"宾夕法尼亚州立大学"字样的马克杯。

"我走了，"他说。

"我送你下去。"

走廊上没有几个学生，只有下面图书馆前三五成群。里面没有他认识的面孔，他松了口气。似乎很久以来没有过的真实感觉：一个不用劳神绞尽脑汁得到的感觉。他们在轮椅斜坡前停下，这个城市施工的噪音既熟悉又很近，电车关门的信号被风吹向他们。卡姆普豪斯向他伸出手：

"还好你通过了国家考试。"

"祝你拿到莱比锡大学的职位。"怀德曼说。

"一切顺利。"

你也是，怀德曼想，离开了。

天气兑现了大清早预报的承诺，牧师洪亮的布道环绕着整个餐厅，和厨房里黑森州第三电台喜悦的声音混在一起。凯尔斯汀在灶台前忙活，她的母亲正在听昨天布道的录音，音量宏大，好像在向整条鹿道街布道福音。接下来的几天，她还会再听第二遍、第三遍、第四遍，直到下个周日晚上凯尔斯汀把磁带还给教会，换来新的。莉泽·维尔讷大声跟着祷告、唱圣歌时，就坐在窗前的单人沙发里，脚搭在另一张椅子上，眼睛闭着。凯尔斯汀观察了她好几次，不知道这副情形令她感动还是害怕。

风琴声再次响起，凯尔斯汀把生菜篮放进水槽，调大收音机的音量。虽然窗户已经半开着，厨房里气味还是很难闻。她花了差不多一刻钟时间收拾香槟的碎片和残汁，在家具中间捡拾了最后几片碎玻璃，颜色几乎跟厨房的毛毡布一样。现在该把鸡胸肉加入洋葱和奶油汁了，不需要其他配料。然后加上很多的意面。凯尔斯汀清洗着鸡胸肉，和往常一样，手指一碰到光滑、冰冷的生肉就会起鸡皮疙瘩。

当年她和阿妮塔一起住在科隆的公寓时，收音机整天开着。那是一台老旧的晶体管收音机，有时得拍打下才会继续播放节目。还有阿妮塔收集的唱片，她总是有办法让别人送她喜欢的音乐唱片，她喜欢的东西很多，但她认识足够多的男人可以让她得到一切。她们那时每个周末都在走廊上跳舞，鞋子绊来绊去，两个人总是抢着带舞。跳着探戈，头上还卷着卷发夹。阿妮塔学得很差劲，但又很犟，公开声称她对跳舞感兴趣只是因为跳舞是前戏的一种。

凯尔斯汀仔细将鸡肉拍干。她自己在大学时甚至主修了舞蹈，现在有些时候，她还梦想着能拥有自己的舞蹈室。不和教华尔兹或者伦巴的挤在一起。卑尔根城的迈耶尔舞蹈学校每两个礼拜在市民之家组织卑尔根的青年们跳舞。她想教爵士舞和运动舞蹈，教那些还没开始真正生活的年轻女孩子正确的训练法。一间宽敞明亮、镜子环绕的空间，就像科隆的排练场，镜子前一根根长长的扶手，边上是些长板凳，一套配着大音箱的音响。镜子前一组身着紧身裤、紧身衣的年轻女孩淌着汗蹲在地板上，她自己在找寻着音乐，脑海中编着下一组舞步，一边倾听着女孩子们银铃般的笑声。

别做梦了，汉斯说。二十年你都没办成这样一间舞蹈工作室，现在妈妈得搬到你那去，你才念叨着所谓的计划。

去年秋天她确实出了趟门去找地儿，就在旧的拉德黑伯时尚店的三楼，已经空了很久，现在也还空着。那里以前是个仓库，墙面必须重刷，还得做隔音。但是大小非常合适，另外有两个相邻的房间，也许可以改造或更衣室，甚至还有个卫生间。

——但是钱呢？

她自己有点积蓄，但和自由职业者离婚经济上总是吃亏的，她的律师告诉她的第一点就是这条。他们有太多的办法将自己的月收入通过"业务必需的支出"压低，即使于尔根会很自然地愤怒辩称自己不会玩这些伎俩。他可是正直人中最正直的。如果她需要，可以马上再提出赡养费审核和调整的申请，他的律师事务所似乎经营得还不错，但她不愿意。老实说，她也没有真正去设想拥有自己的舞蹈工作室，只是想要保留她的梦想，这在某些时刻也算是种安慰吧。偶尔翻翻《通讯》看看租房的信息，打个电话，地下室还有一堆舞蹈装备公司的手册，女孩子们需要时可以联系订购舞鞋、紧身衣之类的。科隆读书时的一些女友还真的办到了，也很成功。

——那是在科隆。在卑尔根，又有几个人感兴趣呢？

有些事情是不会发生的。事情都是由很多细节、步骤组成的：去银行、贷款、跟装修公司讨价还价、跟室内设计师沟通、办理注册手续、挑选设备、设计手册、安排课程、制定收费标准、设计商标、印制传单、登广告，等等，等等，这些都必须在她第一次插入音乐 CD 之前做好。太多的障碍，每个环节分开来都不是什么大事，但是合起来就很难逾越。这不是汉斯的问题，她自己根本就不该提起。准确说来，她有点难为情，还做着不切实际、空中楼阁般的白日梦。

在母亲的房间里，牧师正在祷告祈福。黑森州第三电台正要播报新闻。四十岁的人不可以突然就去开间舞蹈室。

这时门铃响了。

门铃响是好事，说明丹尼尔不是偷偷溜进来，直接躲进自己的房间。宣布他回来了，希望得到妈妈的欢迎，这也是他在她生日时欠她的。她不允许自己对其他东西有过高的期望：他不会给她准备礼物的，她也不允许自己说出来，他回来这件事本身就是送给她的礼物。

她把手擦干，看了一眼紫罗兰，微笑着快步穿过走廊，是谁呀……? 她儿子像中弹的罪犯夺门而入。表情扭曲，苦巴巴的样子，好像在说：是我，人渣！他没有停下脚步，把书包扔进角落，匆匆从她身边穿过，跑下楼去。风吹过走廊，他砰的一声重重关上门，墙壁都抖了抖。然后又寂静下来。在她听见声响前，她就知道，门口还站着一个人。

"凯尔斯汀，是你吗？"

她的前夫。还是那种感觉，好像急急忙忙把一杯冰红茶灌进肚子里。当她站在他面前，猜想他将告诉她的会是什么事，发生在丹尼尔脸上的事，他的左颊红了。也许有必要大声说话。

他站在从花园到房子大门的半路上，手上拿着车钥匙，很酷。

她在门框那停下，双臂交叉在胸前，穿堂风把一缕头发吹到了脸上，她没有搭理。

"你好吗？"他问。但她觉得马上进入角色更好。

"你对他做了什么？"她低下了头，并没有放下交叉的双臂，只是伸出了食指朝着她的脸颊象征性地画了个圈。

他两手一摊，做了个手势请她耐心点。打着领带，一件蓝色短袖衬衫，向她展示多毛、肌肉突出的下臂，看样子身材保持得不错，就像他站在那儿的模样：阳光照耀在他灰色、丝毫没有变少的头发上，照耀在结实的上半身，胸肌发达，线条优美，本该在衬衣和领带的遮掩下看不清，但她还是看到了。她交叉的双臂辛苦地支撑着记忆，好像捧着一袋装满橘子的网兜，感觉网兜开始裂开，自己马上就要屈膝去捡掉了一地的橘子，已经滚到了他的脚边。一双擦得锃亮的鞋子。

"首先，祝贺你……嗯……生日快乐！"她听着他说，瞪着他的脸，不许自己轻易点头，不能有任何回应。

"我们就站在门外说话吗?"他问。

"你要跟我妈打招呼吗?"

阳光太刺眼,他闭了下眼睛,她很高兴看到他也会疲倦。他自己并没有显露出,她是从他额头上的皱纹感觉到的。她紧紧靠着门框,一只耳朵听着身后屋里的动静,闻到了自己身上洗发水的味道。

"啥事?"

"听着,我跟你说的事情,听起来不可思议。你也许会找出无数的理由不相信,可这是真的。我也是刚被叫到了学校去才知道的,格拉尼茨尼打电话让我过去一趟。"他停了下,向后退了一步,试图引导她跨出门槛,离开她站着的墙脚。她挺直了背。

阳光洒在鹿道上,好像从四面八方洒下来。

阳光多灿烂,她想着,出了会神,眼睛朝十字路口的方向看去,那里有一群小学生正在经过,向上坡的鸿恩贝格街走去。你们这些可爱的小家伙,普赖斯太太会这么喊他们,你们有没有学点美好的东西?她很开心,想到普赖斯太太家里有一束她送的丁香花,肯定漂漂亮亮地放置在大窗户前。

……他刚才说的是勒索?

他说话时,她并没有看着他。她盯着花园最左边角落里的丁香和桦树,桦树周围的绿草有点发育不良,枯黄了。他说啥对她毫无意义。她察觉到他的目光在她脸上扫来扫去。他们是有协议的，来访前需要先电话预约，不允许不请自来，或者突然按个门铃，就这样站在花园里。这是她提出的要求，他也接受了。现在他却站在那儿，告诉她某人在学校里像个黑手党，这个人偏偏是丹尼尔。万幸她没有系着围裙，她讨厌围裙，但是在他眼里，她还是系着围裙的。她不想听，今天是她的生日，她不希望脸上被这种目光盯着。她不耐烦地想着，炉火不知道关了没有？煮面的水滚了没有？他为什么要跟她说这些呢？

她想专心听他到底在说什么，但感觉好像站在高速公路旁，努力辨认出呼啸而来的车子是什么牌子。

"我没听明白，"她听见自己说："这是怎么回事？出什么事了？"

他停了下来，她想阻止他说下去。

"这是谁的意思？你不能在星期一早上闯过来说这破事。"

"我可是星期一大清早就被喊到格拉尼茨尼那里，又不是我自己要管的。"

"为什么他们没有告诉我？"要她相信这件事之前，有一些东西必须先澄清。

"这我就不知道了。他们问我，格拉尼茨尼问我，由他告诉你比较好，还是我来说。也许班主任老师会……"

"他们这样问你的？"

"你宁愿让他来跟你说这件事吗？"

"你打了他？"唯一她可以拿来对抗他的。

"是的。"

"为什么？"

"太气人了，太失望了，气愤。"他的额头上汗珠亮闪闪。说话的语气里并没有要吵架、争辩的意思。她几乎又想缓步上前，走近这位没有攻击性的家伙。她怀疑早晨他是不是刚和年轻娇妻缠绵过。他站在阳光下，离她两米远，他的镇定让人无法忍受。他说话的口气好像读报纸上的报道，还说什么：气愤，好像有人问他：请用两个字形容下现在的情绪？

"以后不许你再打他。"她说。

"凯尔斯汀，跟你一样，我很震惊。我们的儿子是一个……不管怎样他有份参与了一起勒索事件。"

"你问他事情的经过了吗？你听他跟你讲述了吗？还是你直接就……"

"他什么都不肯说。你去试试。他看着我的脸说：我不会跟你解释的。"

她很想命令他，转过身去，面向马路。她听见她母亲的房门有动静，赶紧伸手把门关严。

他没有动，手插在裤兜里，眼睛盯着房子。

"他们已经埋好管线了？埋在房子下面？"

"算是吧。"她不知道眼睛该看向何处，便盯着大街，才发现他买了辆新车，三年内第二辆了。是跑车款，但空间很大，敞篷的。这是那种中年危机发生前拼命抗拒的款式。

"那现在怎么办呢？"她问。

"我要求他这个礼拜某天下午到我那去一趟。首先我要跟他好好谈谈。我还要让他跟托米·恩德勒道歉，他得自己过去道歉。"

"你知道，这对他意味着什么？"

"意味着敢做敢当。恩德勒家就在我隔壁，发生了这种事情，要我怎么面对他们？"

"原来不是什么承担责任，而是为了良好的邻居关系。你什么时候买了这种恶俗的车？"

他眼珠朝上一翻，算是回答了。她只好自顾自说下去。

"看来，你这三年平均收入……"下巴指了指街那边。"是三年吧，对吗？距离上次审理。"

于尔根默默地摇了摇头。

吧嗒吧嗒的拖鞋声向浴室方向去了，每天清晨她都会听见。躺在床上，当天还蒙蒙亮时，还无法判断天气会怎样。也许她现在，正午前，在屋檐下，还是不清楚晚上她是不是会在丹尼尔的床上发现一张他放的纸条：我走了。她必须给警察打电话，解释什么时候她最后一次看到他。这一天已经出现了裂缝，也许到了晚上就全成了碎片，所有的一切，她现在还在说什么关于车子的蠢话。

"我会和他谈。"

"跟谁？"

"当然是丹尼尔。恩德勒家是你的事。"

"你和他谈过之后跟我说一声。要是班主任跟你还说了什么，任何时候你都可以……"

"于尔根，拜托，我不会在随便什么时间都打电话给你的。"

"你知道，这个'我的问题还是你的问题'的态度解决不了问题的。如果事关责任问题，那我们也是有责任的。"他站在那儿，理性的律师，多次因为适度和深思熟虑的辩护被嘉奖，冷静分析的专利发明者，沉浸在忘我中。这个时候只要她手上还有东西，她一定会马上朝他头上扔去，可惜她剩下的就只有话语。

"我们的责任，是吧。也有你的，对吧？你老实说，不要告诉我你现在还是……那时你怎么说的？三千五百欧，不到。你不要告诉我，你现在一个月还只有这么点。"

"你现在非要说这个吗？"

"你都已经来了。"其实她最不想说的就是这个，但他为什么偏偏要开着新车到她家，而且来告诉她这件事？在这么个日子，她对自己的状况太清楚不过，难道还能去对付其他危机吗。

她该如何对付他呢？况且他真的欺骗了她，隐瞒了收入，公开地、无耻地，恐怕还得意洋洋地在他的……

"好吧。"他轻声说道："我并没有这个计划，但是如果你坚持的话，事实上我们确实必须重新计算了，只是……有两件事。"为了防止她不会数到两件事，他还竖起了两根手指头。"第一，赡养法改革你听说了吧。还没开始实施，但上个月内阁已经通过了。新的法规将支持所谓第二个家庭的经济，正式名称是离婚后的新组家庭，特别是照顾这种家庭诞生的孩子。"

"你有了……"她刚要说出，马上又止住了。在他说出第二点前，她已经预感到会说什么了。

"第二件，安德蕾亚怀孕了。"

他说的时候看着她，她没能及时躲闪他的目光。有那么一会儿她感到惊奇，这个消息并没有让她非常伤心。她没有蜷起身子，也没有呻吟，只是倚着门框，最多打了个小小的冷战，风恰巧吹到了肩膀。于尔根撇了下嘴。有关他的部分他已经把最重要的说完了，其他就是律师的事了，意思是她的律师的事，因为他自己就是个律师，真实用，他自己肯定早就掂量过了。"第二个家庭"真是个漂亮的词儿。当第一个家庭分崩离析后，可以在第二个家庭继续寻找他的幸福。反正也没人能够只依靠国家退休金生活。她感受到自己的讥讽流过喉头苦涩的味道，确认装满回忆的网兜已经断裂，橘子滚得满地都是，她空着手站在那里，却拼命抬头向上看，必要时还得看着他站的地方。

"啊哈，"她说："恭喜恭喜！"不然她能说什么呢？她很自然地向后退了一步，没有放下她交叉的双臂。既然他没有要走的意思，她也就没必要放下双臂了。虽然她仍然没有痛苦的感觉。反倒有点麻木。如果她真的还有感觉的话，她肯定无法原谅自己，都过去那么久了。

于尔根点点头，对她客观简短的对答感到满意。

"今晚请打个电话给我。你跟他谈过之后。"

"再说吧。"她又往后退了一步，退到了倚靠的门框里，房子的阴影处。

"我说的话，其实本来今天我并没有打算说的。法律也要明年才开始生效，四月。我一直都是这么说的，我会承担自己这部分的责任。依然有效。"

她已经退到门里，从丑陋的黄色磨砂玻璃的小窗看着他，他仍旧自说自的。

"你要跟我们的儿子说清楚，他该负起责任。他已经 16 岁了，你不能再保护他了。"全成了黄色的，他的衬衫、他的领带、他的眼睛，甚至他说的话也泛黄，让她想起一种黄色的维生素胶囊，她小时候常常被喂，从大大的金属套里，蓝色包装，那时候才有的。

她用左手又把门打开。

"别人的错误越多，你就越无辜，是吗？"

"当然不是。但如果是我们的错，或者我的错，别这样，就算是我的好了，跟他的所作所为有关，如果真是这样，那么这没啥用，现在这个时刻不会，对他也不会有啥用的。我们必须要让他明白这一点。我们两个。"

"你的意思是，我也给他一巴掌？"

"你明明知道……"

"你有你的办法，我有我的。我们不能突然一起来教训他。他知道，这不对头，他每个星期搬一次家。"她身后又传来脚步声，她的母亲找遍了房子角落，不理解为什么这个时候厨房里没有人。一定是那些陌生男人把她的女儿绑走了。

于尔根做了个手势，可能的意思是，很显然理智不是每个人都拥有的。她受够了，不想再听他说了。她说：

"你走吧。"

她轻轻关上门，他的身影向着车子走去，发动马达，他离开了。没有多想，她转动钥匙锁上门，额头抵住冰凉的玻璃，后面走廊上站着她的母亲，高兴地拍着手。

"你还在，我以为那些人把你抓走了呢。"

他把纸箱塞进车里，不知道该开往何处。夏日，整座城市晴空万里，阳光强行照射进街区的生活，嘟哝着各种不确定的邀约。在他心里一种渴望在呼喊，离开这座城市，却没有目的地，其实他也不想有，可就这样离开又有些不心甘。他从未就这样离开过，而且他也不能在这个八月的艳阳天，假装他的生活毫无先兆就毁掉了。事实上在年初他就清楚，他的合同不会延长了。这是一个申请教授的研究岗，他的教授申请论文已经通过，但施莱格尔贝格不喜欢他做的研究。这个老头不喜欢在他的畜栏里养着个没有打上他火印的牲口。他的信条是，文献资料是历史学家的饭碗，而不是没有根据的理论。怀德曼走进街道，不是漫无目标，而是去寻找一家冷清的咖啡馆。穿着迷你裙、紧身上衣的女人向他迎面过来，挡着他的路。女人们享受阳光的方式，男人就只能做梦。一股原始的色欲将缺席的怒气又甩给了他。他的脑海里掠过诸如无耻之类的字眼，一些他不记得是否曾经说出口的字眼。

他喝了一杯啤酒，两杯雷司令，吃了午餐。一边看着报纸，施罗德和他的同僚可真够狼狈的。他不时看下手机，虽然他知道，星期三康斯坦策通常在书店上班，7点前不会给他打电话的。

突然空气闻起来像一杯滚烫的茶。卑尔根城的踏境节开始了。几个星期来他母亲在电话里一直向他唠叨最新的消息，队伍的选拔、重要官员的到场，等等，根本没有问他是否感兴趣。只是为了每次在最后用沙哑的声音说：可惜，你爸爸不能再……

也许因此他拒绝了今年回去的提议。也的确如此。

下午他没有其他可以做的，只能在街上漫无目的地闲逛，在新的城市中心，在小巷子里随意穿行，买本书，喝杯咖啡，看着阳光开始倾斜下来。他试着人建筑物之间的空当里找寻他的路。半途中两次看见了国会大厦屋顶黑红金的国旗，像插在生日蛋糕上的纸制小旗子。

他点了杯茴香酒，打算抽根烟。

美国？或者法国？在学术会议上是认识了一些人的，但是没有人会给他提供一个学期或者两个学期的客座教师的职位。问题得不到解决，只是拖延和逃避。这会儿他还想再享受下这样的奢侈，搁置所有问题的实际操作可行性，随它去，直到自己被触动了，一个想法、一个陌生的女人或者他自己无法推卸的可悲的觉悟。冒险的精神是他一直羡慕别人的性格。他不爱做梦，但是康斯坦策摊在厨房桌上的那堆表格，为他好，很肯定，让他去申请，所谓"过渡时期"是她认为政治正确的词汇，他不会去填的。要像个男人，如说。现在他就打算尝试像个男人，只不过也许是另一种，不是她希望的。若是回到十年前，他会和她一样反应。但是他现在该怎样反应，他还不清楚。况且，所谓"危机就是机会"这句话真的有用的话，那么花这么长时间也是应该的。

"买单，"他对服务生说，长长的白色围裙和黑色夹克有点效仿巴黎的双叟咖啡馆。他继续漫步，沿着施普雷河，傍晚的风吹拂着。平坦的城市之上，灯光慢慢展开。桥墩上栖息着鸽子。他曾以这座城市为家吗？即使这点，也属于他和卡姆普豪斯之间的故事，这位在柏林夏洛特堡地区长大，带着天生的讽刺，这种讽刺并不刻意，也没有仇恨。这是天赋，什么都镇定自若，淡定，眼睛眨都不眨一下。卡姆普豪斯从比勒菲尔德或者图宾根这些小地方回来时，总会问道：我身上粘上了土味吧？怀德曼才应该感觉到，他带着乡土味，而且是一辈子，然而他自问并没有。这会让他觉得酒精在压迫太阳穴，干渴难忍，但不是那种干渴，根本不是他想要扑灭的。无意识中他又往研究所的方向走去，站在落地窗的砖楼前，迫切地想要做点什么。

工地的工人们已经下班回家了。

康斯坦策终于打来了电话。他已经在车里待了半个小时，看着一扇又一扇窗户后的灯光陆续熄灭。这里一盏，那里一盏，最后施莱格尔贝格的灯也灭了。

"你在哪？你在做什么？你怎么样了？"

"在车里。没做什么。还好。"

康斯坦策叹了口气。

"我能做的事很多，但是要阻止你伤害自己，恐怕办不到。"

"也没人要求你。"施莱格尔贝格从出口走了出来，扭头去跟身后的人说了几句，然后打手机。

"是没人要求我。但如果你要求的话，对我也没啥不对的。要求这样或者其他什么，至少我可以明白该做什么。"

"比如？"

"你感觉到最近状态不太好吧。"

"你马上要说，你是个男人，是吧？"

"你是个男人。怎么不对了？"

"你已经说过了。"

"很多事情我都说过的。我要跟你说的话，很多都已经说过了。问题就在于：没有用。"

一个白发、中等个头的男人，不引人注意，举止庄重，彬彬有礼，受到管理层的爱戴。虽然他专制独裁，具有拿破仑式的特质，却只用于在课堂上和会议中表现。柔和、低沉的声音，早在怀德曼还是个年轻的博士候选人时，就提醒自己：千万别招惹这种轻声细语的人。那时这个想法很短暂，但是现在他又记起来了。很准的直觉，年轻时也曾经聪明过。

"你还在听吗？"康斯坦丝问。

"你的意思是，我该吹个口哨，就这么重新开始。"

"你不用装。你生气，伤心，沮丧。你有理由的。但是不要被这件事毁掉了你的生活。"

也许是我们的，他想。

"哦哦。"

"你不是总说：学术是一种孤注一掷的游戏。如同'耶路撒冷之旅'游戏：你必须在准确的时刻，音乐停止，屁股正好坐在空板凳上。但并不是刚好有空位，也要看跟你一起玩的人了。你只能做大家都在做的，然后瞪大眼睛，竖起耳朵。这是你自己说过的。"

他的话。也许他早先就不该这么强调他的冷漠，强调他内心与进行科学研究的距离。任何伪装被审视，破绽都会露出来的。此刻他觉得，好像兜着圈子跑了太久，但他整个时间都该明白的，远处最后的那张凳子上写着他的名字。他自己并没有看到凳子上的名字，而是游戏中其他人的表情都在告诉他。尽管他本来会继续跑下去，其他人也是如此。然后，一切静止下来，音乐停了，所有人都抢到了板凳，看着他，看着他慢慢地跑，象征性的最后一次转圈。而他自己并没有多么渴望被允许加入他的这些同事队伍中。对未来该如何，没有想法。暂时就坐在车里，观察施莱格尔贝格脱下他的西服外套，坐进了梅赛德斯，然后慢腾腾地从停车位里开了出来，消失在工地栅栏后面。

"致敬我说过的话，"他说。

"我没有办法忍受自怜自哀，你至少还有通过国家考试的证明。"

国家考试证明……康斯坦策也这么说。

"我还有高中毕业证书呢,"他说:"我也可以去上大学。"他强忍自己不要再接着说:或者去教移民孩子德语。他克制住自己,一直如此,他变得偏激,脏话呼之欲出,但是他并不愤怒。托马斯·怀德曼,36.7℃的晚上,最高温度。

"你从你那挑一两瓶好酒到我家来吧。"

"今天不。"

"今天不来。你今天会溺死在自我毁灭的汁液中。我今天下午还在想,如果我们搬到一起也许可能会轻松些。我的意思是:如果我们已经同居的话。现在看来也许还不是时候。"

"不是。"

"你现在要做什么?我是说,现在,今天。或者明天。"

"参加踏境节。"这会他说出来之后自己才清楚,去皁尔根城,参加踏境节。

"你自己说过的,今年十匹马都拉不动你过去。是这个周末庆祝吗?"

"今天是迎宾宴。明天开始踏境。"

"那我们这个周末不见面了。"她说,他仿佛看见她失望地低下了头。"你不给我机会帮你,是不是?"

图书馆的灯也熄灭了。不久,那两个临时助理也走出了大楼,他们身后跟着一群学生。路上行驶的车辆已经打开了近光灯，天空上映现出紫色的光芒，云朵拖着彩带，千姿百态，白天无法看见。

"我以为，你大概没有时间和兴趣，去乡下三天过节。"

"明天和后天我都有课，要是你早点告诉我的话⋯⋯"

"我也是现在才决定的，我突然感兴趣了。"

"至少，你还可以这样。你妈妈一定很高兴，替我问她好。你确定出发前不想吃点东西吗？"

"我要走了，不然就太晚了。"

"到了之后给我来个电话。"

"你生气了吗？"

"开车小心。托马斯。"

一个小时后他从车上下来，他得去撒泡尿。停车场很暗，大楼里只有楼道灯还亮着。外面是沙土和湿石头的味道。整整一个小时，他待在车里，既没有打开收音机，也没有看报纸，默默体味内心的感觉，过去二十年的生活，也许甚至还有未来的二十年，全都聚焦在这一刻，压缩到当下，车里，现在。但是他并没有什么感觉。1999 年反正是一个难以置信的年份，很难描述这一年里的情绪。别转移注意力。一个阴暗的数字，年历上的边角地带，大家以为听见了咔嗒一声，便开始对到处宣告的事件发出微笑。我们说的就是你。对他来说很难不谈康斯坦策，对自己的生活情况梳理出恰当的情绪。晚上偶尔有几个行人走过这个街区，他走几步就能过去的小吃摊里，老板正在玩赌博机消磨时光。

他尿过后，买了瓶啤酒，回到他的高尔夫车里。

他该放手了，可是他不知道该放开什么。在这个泥地画上终止符很糟糕。母亲会很高兴，不用问，也会从他的眼神里看出有些不对劲。他至少也要告诉她，别再打电话到办公室找他。

他喝了啤酒。挡风玻璃后面的柏林很美，在夜色中散发并不绚烂的光，沿着英瓦利德街，车流不息，繁忙而有序，像一个耐心的病人在床上伸展着身体。酒瓶空了，怀德曼放肆地将它从敞开的驾驶座车门扔到工地的沙子上。然后他决定接受堆在入口处那些铺路石的邀请。

怀德曼坐直身子，将车头直直地对准工地出口停好。

他让车门开着，钥匙插在上面。在走到石堆前，他又一次转身，思考了下路线：往左拐，香榭路右转上去，一直向前开，直入维丁区，从湖泊行上高速。他既没带牙刷，也没带换洗衣服。反正路上休息区一定能买到，卑尔根城家里的衣橱也还有些的。

那块抓在他手里的石头，比预期的还要沉。他看了看四周，停车场空空荡荡。商店都关门了，附近也没有酒吧。怀德曼掂了掂手上的石头，抬起头看了下建筑物的外立面。三楼，近现代史办公室，施莱格尔贝格教授领衔，和他杰出的研究团队。

石头砸中哪块玻璃，他其实无所谓。既然无法画出终止符，那就画个句号吧。最后一瞥，从北火车站方向，一班电车正开过来。听见电车进站刺耳的刹车声时，他便大步向前，抢出手中的石头。还没击中目标的寂静前，他就转过身去，石头在空中划出一道弧线，听到玻璃碎裂的声音，他不慌不忙地回到车上。

没有警铃，没有尖叫，没有任何反应。只有他的心跳声比平常更响。他转动车钥匙，手在颤抖。电车停在车站里，他可以直行。透过后视镜他看到破裂窗户绽开的防爆蜘蛛网。中间是一个黑洞。也许就是施莱格尔贝格的窗户，他不确定。

03

迎宾宴，他想，这是个奇怪的字眼，头重脚轻。它的意思是，所有的人都集中到集市广场上，第二天踏境节就要开始了。它的意思是，现在终于要开始了。有一次父亲给了他五马克，让他随便买点自己喜欢的。而母亲则说："必须这样吗？"父亲说："七年才一次的。"然后他们就出发了。他的小刀插在裤兜里，如果路上有树枝挡道，马上可以掏出来。踏境时，会有两个人专门带上斧头和锯子在队伍前面领头，如果有倾倒的大树将路挡住（虽然这种事情从未发生过，母亲这么说），可以马上清理。他在报纸上看过照片，照片上队伍里有一位摩尔人和两名赛跑者。这个摩尔人其实不是真的，他知道，因为这个人在邮局工作。

"别磨磨蹭蹭的！"他回头向身后喊道，但是赶不上的还是赶不上！

他最想当赛跑者。有一次他跟父亲往下走到兰河边草地上，观看赛跑者的训练。五月时训练便已经展开，而且总在晚上，嘿呦嘿呦的声音全城都能听到，甚至传到后面海恩科博尔的边上。父亲给他看过从前用的鞭子，但禁止他拿着鞭子在花园里玩。对他来说太危险了，对那些玫瑰也是。看起来容易，耍起来难。鞭子甩起来，要在头上转上五六圈，然后等待恰当的时机，猛地掉转，伸直手臂，甩鞭，永远在身前，左上方，啪！右下方，啪！啪！他的父亲照旧会甩，只是无法像从前那么久了。诺布斯总说：手臂会撕裂般疼痛。有一种护套是专门设计保护手腕的，鞭子的冲力便不会撕拽你的手。最终还是技巧问题。当然肌肉也需要，技术和肌肉，以及极佳的身体状态。

他在上面市民之家等着，吊灯上黑色铁丝缠着树皮装饰，他用小刀削下一段枝条。过来个人说："不，不可以的！"他又把枝条塞回去。反正，自己从树林中削下的新鲜树枝更好，最好的就是山毛榉。

他们可能想要在集市广场待到天黑。

"你们快点走吧！"他催促道。他们跟在他身后爬上山，与走在另一边道上的某个人说话。恩德勒先生想让托米坐在他的肩膀上，但他挣扎着反抗。他的母亲走起路来很有女人味儿，双臂交叉抱在胸前，走得特别慢。似乎她根本没有兴趣。他把小刀打开收起玩着。他跟父亲打过赌，三天里每天都走完全程。如果他能做到，父亲会去说服母亲，他就可以得到那根鞭子。

"你们跟蜗牛爬似的！"他说，他母亲终于到达山顶。

"集市广场不会跑掉的。你戴表了吗？"

"当然。"

"9点半是归营时间，最迟9点半。"

"待到天黑，我们再回家。"

"9点半天已经黑了，我们9点半回家，明天早上5点半就要出门了。"

"我想，我们9点半看看天有没有黑，再决定要不要回家。"

"丹尼尔，听我说：我们9点半回家，到了集市广场我也不会再跟你讨论。明天我没有兴趣带着一个哭闹的小孩去踏境。"她的心情又愉悦起来。

"七年才一次啊！"他说。

"谢天谢地。"

他听到了广场上的音乐，因为其他人还没到，他拉着妈妈的手说：

"我们先走吧，不然9点半了我们还站在这里。"

走下去最快就是花园山的步道，坡度很陡，自行车禁止通行。诺布斯得到他的计时表后，他们计算过，从山顶往下一口气奔到路口的红绿灯，需要1分零7秒。往上跑他们没有测算，因为背着书包。这条路的左边还有一条狭窄的小路，每隔几米就铺了一两级台阶。这样可以骑山地车，如果没人看见的话。

"明年我们会出去度假吗？"他问。

"明年的事明年再说。"

"今年因为踏境节我们没有出去玩，明年没有。"

"现在就决定太早了吧。"

"我们可以租一辆房车。"

"再说吧。"

"一言为定？"

"到时候再说，丹尼尔。"

他感觉到她的手在他的头上，视线却落在别处，整个夏天都是如此。他们不常吵架，但是经常摇头，说奇怪的话，当他在场时，他们好像很小心翼翼，同时又好像当他不在。

你跟你的踏境节去死吧。她在厨房这么说，然后没有再吃什么东西，虽然她总是说：我们要一起吃饭，这里不是饭店。

"什么是停滞？"他问。

"停止不前了。"

"是不是还有别的意思？"

"如果你朝着山脚讲话，我听不见你在说什么。"

他停下脚步，把头转到身后，然后往鸟鹰盘旋的方向说：

"它还有别的意思。"

"它的意思就是停止，不前进，不进步。"不要一天到晚打破砂锅问到底。

他们停止不前，因为他的母亲不想先走，她想等其他人到齐了，再找他父亲的毛病，挑剔他折磨他。转弯处后方他已经看到广场上的人，当他到达时，其他人才走到幼儿园那边。带着按钮的小刀插在口袋里，甚至他靠墙单手倒立时，也不会滑出来。他的纪录是 32 秒。诺布斯叫他别做了：你的脸都红得不行了。

他朝山上挥了挥手，继续向前。

集市广场已经挤得水泄不通。冰激凌摊子旁，为了明天的盛事搭了个木质的指挥台，上面站着委员会和市长。街上也已经开始交通管制，到处是人潮，感觉像在庆祝城市的节日，还有一个管乐队吹奏着向前。有那么一下，他觉得鼓声打在他的喉管上，他想大声吼叫。跟诺布斯约在喷泉旁，但是要走到喷泉那里可没那么简单。人们站在长凳上拼命挥动着手臂，这些人八成已经烂醉。有一个的喊叫声大到无法理解他在说什么："踏境 1999，这个节庆……"其他人则跟着喊三遍："万岁！""万岁！""万岁！"他必须用力推挤，才能前进。挡着路的人们总是屁股超大，塞在最窄的过道中间。他还是没找到诺布斯，就在快到喷泉时，在他经过的桌子旁边，舒曼大婶从面包店出来，紧紧抓住他的手臂：

"你不是一个人吧？"她戴着一顶别满徽章的帽子。

"差不多，"他说："其他人动作太慢了。"

她身边坐着的是海因里希，海因里希曾经带他参观过面包烘焙，跟他父亲在同一年的踏境节担任摩尔人，他父亲是赛跑者。客厅里就摆着这样一张照片，但是照片里所有的人都跟今天有很大的不同，模样过时落伍。海因里希有一张超大的脸，他跟每个人都点头打招呼，舒曼大婶把他拉到旁边说：

"我们总得给这个年轻人些好处吧。"

海因里希继续点了点他的大头，他们有代金券。

他从衬衫口袋里抽出一条长长的纸，纸卷在空中飘扬。他撕下两张，说：

"踏境用的钱，一张可以换一瓶芬达。"他的帽子上徽章更多，当然，因为他的帽子更大。

"我只喝可乐。"他说。

"好的，可乐。反正不能换啤酒，明白吗？一滴啤酒都不准沾。"

"知道了。"他说，然后继续走。

诺布斯已经坐在台阶上。喷泉旁摆满了摊子，摊子后堆叠着装饮料的箱子。一个大箱子嗡嗡响着，是发电机，灯还没点上。

"嗨！"他说。

"OK。"诺布斯站起来。"这里是我们的管辖范围。"

他们负责阻止别人从箱子里偷饮料、把发电机的插头拔掉，或者在喷泉里小便。踏境节时会发生平常连想都不会想到的事情。严密监督整座喷泉范围是办不到的事情，喷泉有台阶，而且从这边无法看到那一边。一个摊贩主动合作，把两个饮料箱子靠着树旁堆高，他们就可以爬上去。他们两个人轮流执行任务：一个人在树上侦察，一个人去巡逻，诺布斯去买了一次可乐，然后两个人再轮替他们的任务。

他看见琳达时，他们还没开始玩很久。他在巡逻，琳达站在喷泉前某个摊子旁边，巡逻到第二圈时她几乎已经站在第一层台阶上。再下一圈，她挡住了他的路。

"你们在做什么？"

她戴了个发箍在头上，他可以看到她的耳朵。一圈彩珠项链像贩卖机里的泡泡糖，五颜六色。

"没什么。"诺布斯不知何时站在他身后。

他们都在同一个班级，但并不是说他们是朋友。

"我可以加入吗？"

"我们……"

"不行。"诺布斯说："我们自己就可以。"

她拽了拽她的项链，然后从链子中拿起一颗珠子在嘴里啃。她必须把下嘴唇向前撅，整串珠珠才不会散掉。

灯亮了。

他没有去看表，害怕一看，表上的指针会跑得更快。他有时望着母亲，她跟鹿道的一伙人站在一起，随时随地都有人站起来大叫：踏境 1999，祝……或者：鹿道男子组，祝……所有人一起欢呼：万岁！万岁！万岁！有一次有两个人溜到箱子后面亲热，诺布斯翻了翻白眼。这两个人浑然不觉，亲热时啤酒洒了一身。

后来他去买了两根香肠，他们坐在高高的台阶上往下看，集市广场塞满了人，又有一只管乐队在吹奏。天还没黑，但是也不亮了。他一不小心看到了汽车站的大钟，9点了。

"你知道停滞不前是什么意思吗？"他问。

"把树的皮剥下来时。"

"你乱猜的，它的意思就是停止。"

"但是你相信，不用停止，就可以把树的皮剥下来，不信你试试。"

"反正用小刀肯定是不行的，需要用大刀，像在原始森林那样。"

他们谈论了一会儿正确的技术，先是聊起木头制品，然后鞭子的响声，整段时间他一直瞪着汽车站的大钟指针一点点跳向9点半。然后说出了一直在想的问题："我们其实还需要一个人。如果我们前面……"

"女生不要。"

"当然是帮忙照顾后面。"

但是诺布斯摇头，说：

"我想知道，大帐篷是不是已经搭好了？"

"是啊，我相信，他们明天才会搭帐篷的。"

"不管了，我要去看。"

"我9点半必须回家。"现在是9点一刻了。

"如果我们跑步过去——从那些住着一群驼背的养老院经过，很快的，就看一眼。"

他不想扫兴，而且他自己也想看父亲说的，那个装得下所有卑尔根城人的大帐篷。但是如果时间比9点半要晚了，那就糟了。

"我得先去问下。"他说。

他们从来时的小路回去，但是舒曼大婶和她的丈夫已经不在那里了。人比之前还多，有些桌子上啤酒四溢流下了桌面，公交站台上有一个人在呕吐，另外两个人在他身边哈哈大笑。他抬头看去，天已经黑了。他们走在街道中间，翻越人们靠着的围栏，然后经过冰激凌摊，鹿道居民的摊位就在那边，他母亲和舅舅汉斯坐在桌边。

她们说话时，他看着她。诺布斯留在围栏那边。

"嗨，小伙子。"汉斯舅舅永远就只会说"嗨，小伙子"，没有下文。他回了"嗨"，然后站到母亲面前。他好想再坐进母亲的怀里，当然是不行的。桌上有两个喝了一半的啤酒杯，她看起来很累，半转过身来，一手撑着头，看着他。

他表现得好像他们有时在讲笑话：像电视上的酷哥站在桌

旁，耸耸肩，点点头，唱饶舌一样，说：

"唉……妈妈。"

她很配合，眯起一只眼睛，伸出两只手指，说：

"唉……丹尼尔。"有时候她和其他妈妈不一样，有时候会很好玩，假模假样地拳打他的肩膀。有时她会在客厅跳舞，问他："你妈妈很轻盈，是不是？"但是现在不常这么做了，他不清楚，从什么时候开始这一切都结束了。

"我差不多可以了。"他说。

"也差不多9点半了。"

"但还想去帐篷那看看。"

"哪个帐篷？"

"大草坪上的。"

"你还有十分钟。"

"妈妈，可能需要久一点。"她吸了口气，他举起双手："有可能，我是说。我会快点。"

"你记得我们的约定，对吧？"

"我们现在才想起来还有帐篷，我只想去看一下。"

"就看一下，马上回来。"

"遵命！"他让自己的身体前倾，倒向她摇晃的头，闻到了她脖子上的香水味。他没有看到父亲。身后，诺布斯吹起了他们俩的口哨暗号。

"去看一下，马上给我回来。"妈妈对着他的耳朵轻声说，把手从他的背上拿开。

他跑走了，听见身后诺布斯跟来的脚步声，几乎快赶上他，但又落后了。他们沿着巴赫街往下跑，经过面包房，越过铁轨，朝养老院方向去。有那么一会他以为，可以这么一直跑下去，跑到帐篷那里，不知疲倦，好像地面在配合着他，他只要抬起脚离开滚动的柏油路面。但是在两根红白柱子前，路没了，他有点喘不过气来，诺布斯差他一点点也到了。

"2分12秒……厉害。"

他们靠着一根柱子，拼命喘气。

"10点差二十……我得回去了……回到集市广场。"

说话时一边的身体感到刺痛。过了柱子，只剩下兰河岸边一条狭窄的小路，到下一盏路灯还很远。他听到河流湍湍的水声，但是节庆的广场看不见，也看不到帐篷，眼前只有很多黑黢黢的树。

"好，我们来比比胆量。"诺布斯说："看谁敢，呃，一个人从这边走到桥那边。"

"那另一个人呢？"

"很简单：你先走，我看表。两分钟后我也出发。到桥那边并不远，不过黑漆漆一片。"这会树比天空还黑。

"我到了后要吹口哨吗？"

"如果有什么事，比如你扭到脚了，才吹口哨。"

"行。"他说。

"三十秒后出发。"

右边停车场上停着几辆车，左边的房子也是一家养老院，两层的楼，没有前面远处那家高。他记得曾经进去过一次，他的爷爷躺在床上，鼻子插着管子。养老院和停车场中间便是路的起点，几米后，路就消失在黑暗中。树林后传来咕咕的水流声。

"预备，开始！"

他依照正常的步调出发，但是只走了五、六步，周围就完全笼罩在黑暗中。一根树杈擦过他的手臂。这条路他是认识的，有时他会骑着自行车瞎晃，从这里可以骑到另一座桥，继续，经过学校，直到又一座桥出现，然后再原路返回。总之，现在还可以骑车，明年他们就要修环行公路了，他正要走过去的桥，只有夏天才有，它是技术支援部建造的。

从水面吹来清凉的空气，他的呼吸越发急促了。

他必须走慢一点，让眼睛适应黑暗，看清道路的边缘。地上坑坑洼洼，周围的树篱闻起来雨后般的清爽。下面，树干没有长出枝杈的地方，可以看见水面浮动的光影，但看不清这些光来自何处。

你把跟卑尔根城有关的一切都丑化了，你没有发现吗？

处处都是给养老院老人家休息的长椅子，他曾一不小心撞到了大腿。这条路在树篱笆和小枞间呈蛇形，歪歪扭扭，比岸边的小路还窄。他大约已经走了一半。停下了脚步，在路的尽头他看见一个身形，诺布斯吗，他不确定。他竖起耳朵，相信听见有人在笑。手臂起了鸡皮疙瘩。有时候他晚上会莫名害怕，不敢一个人到地下室拿果汁。以前他还相信地下室里有鬼。

踏境节有关的事你都做。你没有注意到吗？不论什么屁事！

他继续走，发现眼前河面倒映的树影，这条路最后一个转弯的地方，唯一的一盏路灯。他也可以往左边走，穿过草坪，越过花圃，这样比较近，他不想见到亮光。

又听到那个笑声。路灯前有一条长椅，椅子上坐着两个人。路灯强烈的光线下，他只能看到影子。而且他得小心，自己不要走进光线下。草地的潮气打湿了他的凉鞋，他继续慢慢前进，沿着花圃黑影的边缘，头顶上是大树的枝杈，他的脚步声被哗啦啦的水流声掩盖住。一个男的和一个女的，女的半坐在男的怀里，偶尔扭扭背，好像有人在对她挠痒痒。他停下脚步，看过去。他的心跳得既没有更快或更慢，只是比平常更强烈。他几乎就要到达桥那边了，只要再越过花圃，离岸边仅剩下几米。

整整两个小时他维持着 120 码的车速。尽可能保持在中间的车道，压抑自己想去上厕所的欲望，也压抑着念头，去认领自己犯了错、无法抹杀的愚蠢的黑暗形象，好像一个沉默的乘客坐在后排。他把精神集中在道路上的车辆。紧锁眉头，眯着眼睛克制住醉酒的感觉，快到马格德堡了，他才意识到自己过于紧张，肌肉痉挛好像一直在等待有人从身后给他一击。双手紧紧地抓住方向盘，从小腿到肩膀，从屁股到脖子，肌肉酸痛，好像经历了通宵狂欢。A2 高速公路一马平川，大大的蓝色路牌迅速从他的右边或头上移动，看见下一个服务区的指示牌后，他打开了左转向灯。

在勃兰登堡州的大部分行程，过去眼前可见地平线的光芒，但现在夜色浓烈，将暖意困在了云层下，温和的气息和汽油味来迎接他。他在停车场最后面的角落下了车，打开车门。饿了。车子一辆接一辆呼啸而过，他觉得车灯闪过的速度要比噪音慢。

用石头砸破研究所大楼的窗户！

他试着在汽油味和服务区厨房的油烟味中嗅出一丝乡村的气息，周遭原野上一片黑暗，地平线上只有远处马格德堡苍白的宝塔耸立。他没有去找厕所，直接穿过空旷的停车场，站在后面的栅栏旁。柏油还是温热的，尿液在草叶上流淌，还有其他什么，虽然不太确定，怀德曼觉得他闻到了似乎是百里香的味道，奇怪的、浓郁的味道，也可能是他枯竭的想象力的产品。还没尿干净，他就从衬衫口袋的香烟盒里掏出一支烟。他的手指还有些僵硬，抖干净尿液，点燃香烟，身后一辆车开过来，他看着自己的影子落在草地上。东边高速公路有些落差，他不记得自己是怎么由上往下开过来的。他走回去，在一张石桌边坐下，把脚翘在前面的石椅上。稍远处站着几个长途司机，围着一辆开着门的卡车头。10点了。卑尔根城的迎宾宴已经接近尾声，大家都在回家的路上，明天大清早6点钟，城堡上响起礼炮声，他们就得准备好参加盛大的活动。

他很久没有在夜里这么坐着抽烟。没有罪恶感，一种期盼从心底升起，好像抵达度假目的地的那一刻，兴奋和思乡混杂在一起，尤其是深夜抵达。他考虑着其他的可能：不去卑尔根城，继续往前开，开到海边。随便在岸边找家小旅馆，只要眼前一望无际的大海。一个没带行李的客人，会让旅馆老板琢磨半天，也许他们会翻下昨天的报纸……但是他并不打算给自己这样的幻觉。白天的光明会破灭他的幻觉，不管是这里还是那里，在卑尔根城还是海边。他不是那种得过且过的人。他会为要阅读的书做计划。他考虑着给母亲打个电话，但很快打消了这个念头。他不会去做义务该做的事情，也不会去做计划要做的事，他就是这样。况且他太累了，没有办法继续开夜车了。

他慢慢悠悠地回到停车场。几辆车停在那里，车顶上架着自行车或者冲浪板。安全带后面绑着熟睡的孩子，还有的牵着父母的手，跌跌撞撞朝厕所走去。一个女人在哺乳。目光悄悄扫落到加油站，几个男人站在加油机旁打着哈欠，挠挠脖子，伸展下手臂。这幅景象让他也感受到了疲倦，睡上几个小时是最理智的行为，必要的话就把座位放倒。他走进放着背景音乐、安静的加油站便利店，看了一眼服务生不爽的脸，他决定往半圆扁形的柜台相反方向，沿着食物饮料领取处，从冰箱里拿出两个包好的三明治和一罐啤酒。没多想什么，迅速确认没人排队，从杂志架上拿了一本封塑好的杂志。付账时，他的眼光一直盯着刷卡机旁的各种口香糖。太幼稚了，心跳怎么会加速？走出去后，他才想起来，自己也得加油了。

远离服务区的灯光有段距离后，他才重新找回当初下车时的感觉：似乎并不苦涩的孤独感，和期望苗条但同时又期望充满活力的圆润一样。他把杂志丢在副驾座上，听到康斯坦策问：这么糟糕吗？

这么糟糕或者那么美好，这么苦涩或者那么新鲜。他的日常消失在一个大大的蓝色塑料袋里，在垃圾桶里等待继续旅行。他想起了"破产清算"这个单词：一个没有行动主体的客观处理过程。康斯坦策的背，令人惊讶，是他的手指和嘴唇滑过的最修长、最优雅、最柔嫩的女人的背，然而，现在他远离她，即使这件事让人觉得……他重新坐到桌旁，脚跷到椅子上。感觉很好，就是挺好的。怀德曼吃掉了两块三明治，喝了啤酒，抽了烟。好像在一个很长时间未踏入的楼顶重新找到了装满旧照片、信和那些不值钱的东西的纸盒，重新发现了被掩埋的纯粹个人价值的宝藏。从自己的生命里快速的逃逸也不太可能，尽管如此他还是产生了这样的感觉。A2 高速公路好像是单行道，掉头是无法想象的。他点上第四支或第五支香烟了，他第一次真正在品尝烟味。也就是说：他只需要一段短暂的适应时间，在他身上有足够不一样的自我，坚韧、时刻准备着的状态，甚至德国学术机构腐朽的空气也无法让他变成木乃伊。他还不清楚该如何利用这个自我，现在他只是很高兴，没有想到会得到这个不一样的自我的陪伴。

一辆车驶来，停在离他三个停车位远的地方。近光灯熄灭，车里的灯亮起，父母双方同时把目光转向后座。在旅行车的行李厢里行李已经堆到了车顶。

他很讶异，为什么自己会荒谬地想起给康斯坦策打电话。

铃声响了两下，她接了。

"是我。"他冲着夜色吐了口烟。

"你在哪里？"

"快到马格德堡了。"

"才到那里？"

"今天车子很多，"他说谎了。他向研究所大楼丢石头的告别仪式，最好还是别告诉她，不然她会以为他疯了。

就像一片快沉没的叶子，短暂地浮在水面上，他们的谈话陷入了沉默。那辆旅行车驾驶座和副驾的门同时打开，爸爸和妈妈下了车，爸爸打开左后座的车门，妈妈打开右后座的车门，同步进行，配合默契，非常熟练。看见一个孩子被抱着，另一个自己走，所谓的模式才变成生动的画面。

"你打电话来有事吗？"

"想听听你的声音。"

"我可没兴趣闲聊。"

"别这么咄咄逼人。我坐在服务区，想起来给你打个电话，我没必要替自己辩解。"

两个孩子中比较大的那个，是个女孩子，应该上幼儿园了，往他的方向跑来，然后在离他有点距离的地方站定，看着他。他招招手，她歪了下头，跑回爸爸身旁。其实，他也没兴趣闲聊。

"我是不是最好在里面替他换尿布？"太太在车里喊道。

不，怀德曼想。他不想成为给孩子隐秘换尿布的旁观者。他讨厌这个家庭，康斯坦策还在保持沉默。坐在书桌前，她正在备课，被打断了，他能听见背景轻柔的音乐声。觉得奇怪，为什么自己不想去她那儿，站在她身后，摩挲她的肩膀，直到她决定剩下的工作明天再做。

"你自己是知道的，"她终于说话了。她总是对他否认一切并不在乎，不在乎他拒绝转换话题，不在乎他不承认听起来有些道理，但把所有的事情都包括在内，副驾上的杂志、不着边际的思想、随时逃离的准备，等等，也就没道理了。总而言之，极少数情况他是对的。也许正因此，或者因为他们之间的距离，这次他拒绝否认了。其实他要反抗的是沉默，而不是她的指责。

"这，已经十年了，比我把它看作自己的职业时间还要长，在今天……"

"不是今天，"她打断了他："好几个月前。"

他松了一口气，那个家庭最终决定去休息区的育婴室换尿布。怀德曼看着他们的背影，爸爸牵着女儿，妈妈抱着儿子。他从来无法想象自己做一个家庭的父亲：在床边给孩子读故事，检查孩子的功课，计划孩子的生日活动。一家之主们肌肉松弛，在他看来好像小丑的红鼻子，或者穿上印着爸爸最棒的围裙。就像眼镜溅上的一滴番茄酱。

愚蠢之极！康斯坦策曾经这么回应过。

"几个月前，是的。和十年比起来，那是较短的时间吧。对我而言，直到今天才终于真正认清这个事实。或者也许我几天后或者几个星期后才能认清。天知道！"

"这是警告吗？"

"我没有兴趣跟你玩这一套。你期待我的乐观主义，压根不存在。"他也曾无聊地想象着婚姻中的性生活：疲倦、使命感、每个月一次的例行公事。只要想到家庭这个关键词，就会觉得各种刻板印象都是真的，就算卡姆普豪斯也完完全全是个懦夫。

"我只是生气，你根本完全拒绝别人的帮助，我已经尝试过很多次了跟你解释。我太清楚你的理论，什么女人都有圣母情结。你的某些理论跟你的智商真是不相称，但也许在这件事上你是有道理的：嗯，这件事伤害了我，你的职业危机变成了我们的关系危机……"这个词让他倒吸一口凉气，她兀自继续："如果你可以考虑下这种可能性，我们也许可以一起克服。我忍受了你一个月的臭脸，在我知道你的工作不能续约之前。我也只是被告知。我给了你一些建议，关于未来的，一些建设性的建议，你又摆出这副脸色，我只能希望你的学生永远不要在教室里再看到你这副嘴脸。"

"我这么晚才告诉你……"

"对不起，是吧。你的对不起加起来我都可以砌好一间浴室了。当我还是小孩子时，有一次去跟我母亲说：妈妈，之后要做的十件不好的事，我先跟你说十遍对不起。那时候我不明白，她为什么不接受。这可是个很正当而且又慷慨的建议啊。"

"你说什么呢，听不懂。"

"我说得很清楚了。"

他感觉自己的这通电话就像一个拧开的高压阀。他不后悔打这通电话，就希望赶快结束掉。事实上，他的确没有向康斯坦策寻求帮助，但不是因为太骄傲或者被误解的大男子主义，而是因为她想提供的帮助不顾及他的现实。这是整个人生计划破灭了，是他的整个人生计划破灭。这不是件小事，不是只要有一点信念和乐观主义就能跨越的。她不理解对职业的这份认同，她只把它当成一份工作而已。你也可以做其他工作的，她曾经对他说。而这恰好说明，他们道不同不相为谋，这也表明他们再也回不去彼此了。他不可能把其他工作做得同样好。他也许必须去做别的工作，但也许直到他死的那天，他都会认为他所选择的职业，不是因为野心，也不是因为舒适，不是偶然，而是对一件事的热爱，但他失败了，他不再是一个历史学家，不再是这个字面完全意义上的历史学家了。他恼羞成怒，该死的！而且这情绪还会再持续几个月，所有的热心帮助，如果前提就是反正这只是一份工作而已，那就不是啥热心帮助，而是没有说出口的要求，抹杀掉他过去十年为了这份职业的付出，就像把穿旧的外套挂在墙上那么轻而易举。

他自己也不明白，这种把他所有的一切包括失去的职业一同挂到墙上去的冲动，将他用旧的人生挂到墙上，不是生理上，而是心理上的。此外，他渐渐感觉到想要大声回应的冲动，但是他没有那么做，只是吞下一大口啤酒。把手机从耳边拿开，用另一只空着的手又去口袋里再掏出一支烟。他不想在夜间停车场上演闹剧，在柏林的这些年他天生不喜欢出格的性格变本加厉了，他不喜欢在地铁上自言自语，在公园里引人注意，不喜欢所谓大城市视同寻常的变态行为，不论这些行为是真的还是在做戏。

"听起来都是老生常谈了。"

"的确是。"

"那今天就这样吧。"

"小心开车。"她先挂了电话。

怀德曼把烟抽完，坐进车里。杂志上的封面女郎涂着怪异眼妆的眼睛瞪着他，嘴巴像受到了刺激般张着，贴着指甲片的手把双乳挤到面前，他把杂志翻了个面，向窗外望去：这里是离马格德堡不远的一个休息区，大概还得开四个小时的车，但是他不想在凌晨2点按门铃惊扰母亲，尤其她还得早起。她会替他铺床，然后因为太兴奋再也睡不着。现在肚子里灌下了第二瓶啤酒，他也不想再回到高速公路上。他的小腿和肩膀的肌肉还很紧张，颈子后面更是僵硬。那就睡会儿觉吧，如果能睡着的话，睡上两、三个小时，然后继续上路，在卑尔根集市广场的活动开始时，刚好准时到达。

怀德曼把空的啤酒罐放在副驾驶座的地上，放倒驾驶座，闭上眼睛。尾骨很痛。明天还有15或者20公里的健步走等着他，其中还有一段要爬克莱山。七年前的踏境节，他带着康斯坦策回了卑尔根城，现在他才想起来。

"过来，露西。"他听见外面孩子的爸爸在喊。露西……本来他快要想起一首歌，结果只听见从车边经过的脚步声和叫喊声。妈妈的名字叫安娜，他是从他们商量是否要换人开车听到的。听父亲说话的感觉可以猜出他是管理层的。怀德曼睁开眼睛，外面的车灯掠过挡风玻璃的上方。疲倦感迅速席卷全身，愉快地命令停止思考，把睡眠安排上。不容反驳。旁边，车门关上了。

那块石头，他在想，但是他身下的坐垫已经开始下沉。安娜、露西还有其他人都走了。在研究所人们也许会对他的名字窃窃私语，仅此而已。没有目击证人。他要去庆祝踏境节。那块石头……接下来会怎样，他自己也不知道。总会继续的，这样或那样。

一群胡蜂飞来。先只是一只，落在面包店玻璃橱窗后面的蛋糕上，然后慢慢地，下午越来越多，到现在，周一的傍晚，安妮·舒曼收拾着卖剩下的糕点，数了数，一共还有五只，在剩下的小块蛋糕和面包上嗡嗡地飞舞，舔着铁盘的边缘，沿着柜台搜索糖衣或者糖霜的碎屑。一只还来来回回、冒冒失失地在切蛋糕的长把刀刃边蹭来蹭去。卑尔根城的夏天就要来临，这么突然，又来了。安妮看了下钟，差一刻6点。

下班时分，夕阳从西边倾斜。对面，阴影已经斜射到巴姆贝格律师事务所窗台的下沿。有时能看见窗格栅栏后面他的脸出现，回应下他的招手。窗下五月的巴赫街静静地躺在即将开启的夜幕柔软的阴影下。摩尔先生把出租车开进院子。安妮·舒曼撮了些碎屑到手掌中，抖落到垃圾桶里。用湿抹布将柜台擦拭了一遍，停了下来，用两根手指揉了揉疼痛的小腿。通向老旧的烘焙厨房的过道上有把椅子，她有时就坐在上面，在半明半暗中坐上一会，倾听楼梯间上面的宁静，直到店铺门上的铃铛声把她唤回到柜台后面。然而现在，尽管她的身体臀部向下越来越强烈地暗示她，她得继续坐着，光线却将她牢牢地抓住，望着店里。一些……她把抹布放在一边，手在围裙上擦了擦，有一些……不是非常闪耀的，不是光束，但是某种微笑似乎在这光线之中。几天前，今年的早春大雨才落下，昨天的天空看起来就像波涛汹涌的大海，今天太阳就露脸了，向城市保证：长日漫漫、温热的傍晚、烤马铃薯的香味以及欢乐的气氛，踏境节之前充满活力的夏天。

……踏境节，她点点头。一定是这个，她想的就是这个。

安妮走到门口，站在敞开的门前，向巴赫街望去，越过莱茵街，只能看见集市广场狭窄的一角：石子路面、喷泉边、城堡药店的大门。光线同样洒在那里，在椴树的叶子里婆娑，她闭上眼睛，听到远处传来行进乐队的音乐，马蹄哒哒哒地踩在石板上，皮鞭啪啪啪地抽打，以及几千人的上空那种紧张、欢庆、嗡嗡嗡的安静，彩旗在早晨的空气中飘扬。轻微的噪音在渐渐朝她逼近：空气在膨胀，地面在振动，下一刻这些都化为旋涡，把她卷入往日的回忆，这些时光像秋天坠落的叶子，从她身边飞下……

但是在旋涡抓住之前，她张开了眼睛眯缝着，等待夜幕降临。在巴姆贝格办公室窗户后，出现了一个动作，在玻璃刺眼的反光中她只能隐约猜测到它。斜对面，摩尔先生从院子里走出来，勒了勒裤子背带，用力地点头回应她的招呼。

"这可就到夏天咯！"她朝那边喊去，一辆车开过，风带来了阴凉。

"夏天也该来咯！"卑尔根人热心肠，说话的调调却很生硬，总是情大于理。

摩尔先生满意地站在人行道上，观察着来往的行人，寻找熟悉的面孔。两只大拇指拨动着背带。他站在那里，安妮心想，像是个国王，忽然不知道他的臣民都跑哪儿去了。他用手摸了摸他光秃秃的脑门，结束了接见仪式。

安妮慢慢走回店里，把破旧、快要无法辨认出舒曼字样的围裙脱了下来，穿上被她称为破布的制服：一件红色的、印有黄色字母的短围裙，夏尔韦伯大卖场的制服。她摇了摇头，套上去，屁股扭动着好像在镜子前试穿一件和她年龄不符的衣服。夏尔韦伯曾经因为围裙的事亲自给她打来电话，提醒她注意合同上的条款，告诉她这是他公司统一的形象标志，教育她认识到相关的辨识效果，从此她便换上这件红底黄字的短围裙，早6点晚6点，迎接车身上印着黄字的红色送货车。让夏尔韦伯的狗腿子可以向面包神父汇报，连倔强的舒曼分店都乖乖地穿上统一的形象标志服。

海因里希还是用手在烤炉里翻动千层酥饼上的布丁，她一直很生气，但自己从来没有勇气当面告诉夏尔韦伯。

她又一次向门外望去，拉尔斯·班纳从巴赫街下来，电脑包上有"通讯"的字样，他将包斜挎在身上，像幼儿园的小朋友背着他们的早餐包。同往常一样，他在影像带租借店的橱窗前停下脚步，看了看手表，好像他每天都得思考一遍：先去面包店还是租录影带呢？接着他穿过马路，消失在她的视线之外数秒钟后，从对面摩尔先生摇头晃脑的动作，她便明白了他的行踪。他推门进来时，安妮手上已经拿着印有黄字的红色纸袋，里面装好了两个全麦面包和一个坚果三角面包。

"您好，舒曼太太！"他总是这么称呼，虽然他们之间已经不需要用敬语了。

"你好，拉尔斯。老样子，对吧？"

"老样子，要是还有咖啡的话……"

她把咖啡杯放在柜台上，看着他把眼镜取下来，用毛衣袖子边擦拭，眼睛眯成了一条缝，很好笑，跟他还是孩子时一模一样。还是那张长满雀斑、稚嫩的脸，淡黄色的头发，毛里毛糙，好像活了 32 年都还没长大成人。几乎每两个月她都要跟他提起小时候，他有一次穿着短裤和长袜跑来面包店，想买"半个坚果三角面包，比较大的那一半"。

"卑尔根有什么新闻吗？"她问。

"新闻？这里吗？"眼珠子滴溜溜转了下，吹了吹咖啡。

"踏境节就要到了。"

"踏境节……"

"你这样子就是要告诉我，一定有什么新鲜事儿。"她跟他说话时使用标准德语，应该是卑尔根城人自以为的标准德语。自打上次历史俱乐部活动后，她便弄明白了，本地人的舌头比较懒，偷工减料，准确地说，不喜欢 t、p、k 这些字母，偏爱 d、b、g 这些。自从获得了这个知识后，她便听出了差异。有一个马尔堡大学教授来做过关于这个地区口语表达的演讲，当时用了一个词，她听过后就没有忘记：标准德语内部的辅音弱化。听起来，她觉得，好像是老化现象，但也出现在年轻人身上。撇开这个问题，她感到很奇怪，为什么卑尔根人说话的习惯被认为是在弱化的基础上。怎么会这样呢？

况且，她并没有在拉尔斯·班继身上看出有什么新鲜事，只不过一向爱这么跟他说话。

"卑尔根城还是卑尔根城，只不过七年一轮回，疯玩下。"他说。

"是吧，但很特别啊。"卑尔根城人常这么说："'得'别。"她又拿起抹布擦拭早已干干净净的柜台。离关门还有一个小时，时光缓缓流淌，沉浸在这个蜜糖色的黄昏中。

"那就等着吧，看他们会把伟大的任务交给谁。"

"现在还没选出来吗？"

他不慌不忙，又搅了下咖啡，凝视着，就好像刚才摩尔先生在那边检阅臣民。

"有些组还少第 3 棒或者第 4 棒，还有谁是领导没定。一向如此，大家都只想……"他用右手比画着啤酒杯朝喉咙灌。"但是事情却没人愿做。"

"那么你呢？"

"写稿子，像上次一样。说是还得和别人合作网页。太多我也忙不过来，我的一天也就最多 25 个小时。"他拍拍电脑包，不满地嘟起嘴，完全还是那时候的样子。那时海因里希问他，是不是愿意付 1 马克买比较大的那一半面包。

她没有再像从前一样摸摸他的脑袋，而是把切蛋糕的长刀从柜台上满是水的插套拿出来，放进身后的水槽。一只胡蜂粘在了面包刀木制的刀柄上，已经死了。她臀部的刺痛感已经麻痹了，她刚想问拉尔斯·班纳一篇她早上在《通讯》上读到的文章，身后店门上的铃响了。一转身，看见她的外甥站在柜台前冲着她微笑。

"看，是谁来了！"她大喊一声："太开心了。"

他轻声轻脚地走进来，打招呼道："你看起来气色不错，小姨。"

他的目光让她有那么一会儿感到尴尬，只好在这个可笑的围裙上擦擦手。她绕过柜台走出来，必须踮起脚尖才亲到他的脸颊。

"您好，怀德曼先生。"拉尔斯·班纳说。

他身上的味道很舒服，闻起来就是个见过世面的男人，没有卑尔根的土气。

托马斯手上转着车钥匙，头向左边歪了一下，但是好像并没有关注拉尔斯·班纳。虽然外面很热，他还是在衬衫外套了件休闲外套，朝着她的方向静静地笑了笑。在卑尔根城，有些人认为她的外甥自视过高。在她面前，可没人这么说，但她还是知道的。她抗议地摇了摇头，把咖啡杯和牛奶壶放在他面前的柜台上。他性格内向。有时说话都不看着对方的眼睛，好像并没有在听，用他保养很好、修长的手抓住勺子搅拌，但是……她想，还是太不爱说话了。

他的沉默让她有些害怕，她开始说话，反正刚才本来也是要问拉尔斯·班纳的：

"在《通讯》上我读到，……我今天在《通讯》上读到，甚至有人从澳洲来参加我们的踏境节。你父亲写的那篇文章，拉尔斯。是格莱曼家，很早以前他们在集市广场上开了家洗衣店，他们现在叫什么来着……格里蒙或者其他，住在澳洲，就是他们家族的谁，他要带着全家来参加踏境节。你爸爸是从哪儿得到这个消息的?"

"他应该调查过吧。谁从哪儿来，从很远的地方来，什么时候在卑尔根城住过。应该会有连载，每周一刊登。"

"文章里并没有提到洗衣店。只有 1971 年在花园山，格莱曼家出了第二位经营者，但是这位并没有去澳洲啊! 肯定不是他，他还在教堂唱诗班唱过，一定是他的儿子吧。他们突然就改了个姓，是不? 这不是很可笑吗? 当然结婚是另一回事。嗯，再来点咖啡?"

"你一滴都还没倒给我呢。"托马斯说。

"我没有……孩子，你一直坐在空杯子前，为什么不说呢? 对不起!"她急急地给他倒上，又确认了一遍所有的刀具，蛋糕刀啊面包刀啊，都干干净净摆放整齐了。她越来越健忘了，越来越无法隐瞒了。两个星期前忘了关店里的灯，晚上 10 点出租车司机摩尔先生打电话来问，夏尔韦伯是不是对夜间照明有了新规定。她把水桶取出放在水龙头下冲洗。第二天有 3 个顾客向她问起这件事，还有多少人知道这件事呢。

"下个星期要开始报道移民到美国的，"拉尔斯·班纳说: "也不少哦!"

"去了美国？从卑尔根城吗？"她转过头说话，疲倦的感觉突然从脊背悄悄爬上来，肩膀僵硬，逼得她将抓着抹布的手搁在水池边。

"很早以前的事啦。"

她转过身来，等待背部的疼痛消失。麻痹、僵硬、刺痛，总是从臀部开始，往各个方向延伸。工作时间越长，扩散得越厉害。

"对了，"她对外甥说："你要带一点东西明天吃吗？奶酥蛋糕可以放上好几天。"

"你要我帮忙从后面把椅子搬出来吗？"

"不用，不用，不用你。面包呢？你要面包吗？"

"谢谢，小姨，我被照顾得很好。"

根本不是，安妮想，她轻轻地、用听得见的声音吸了口气，吐了出来，还是推给他半块干果面包。能有谁照顾你？

外面太阳的影子又上升了一点，摩尔先生从他的窗户缩了回去。邻居们碰见时互相打着招呼。过去这个时候，她和海因里希会一起站在店门口，跟巴赫街来来回回的邻居们聊上几句。店铺关门前半个小时，如果没有什么客人，海因里希总是违背医生的建议，抽一根下班烟。黄昏让她想起了往事。自打他死后的这些年，她没有停止过跟他说话，晚上睡觉前，或者店里刚好没有顾客的时候，甚至念报纸给他听。向他汇报选举和准备活动，抱怨她的疼痛，而且她不知道八月份每三天一次是否还能……她猛地从自己的思绪中惊醒。巴姆贝格的车不在院子里了，很快夏尔韦伯许多送货车中的一辆就要来了，很早以前海因里希把这些货车称作棺材车，好像他对即将发生的事早有预感。墙上的钟指向 6 点差一刻。

"嗯，"她对着拉尔斯·班纳的方向说："我要关门了。"整张烤盘的奶酥蛋糕、杏仁蜂蜜蛋糕、布丁面包还有辫子面包等等都堆在柜台前的架子上。星期一人们通常买面包，不买蛋糕，她切下两块没包馅的杏仁蜂蜜蛋糕，用袋子包好，放到托马斯的咖啡杯旁边。

"我怎么都是你阿姨。"她板起脸。

透过无框眼镜，他看到安妮的脑子里又问起了老问题，已经问过一百遍了……这怎么可能呢，这样一个男人？这样一个和气、上过大学的男人，这样一个收入不错、假期多、有养老金的职业，难以置信。

"你过来坐，休息几分钟吧。"托马斯说。

"你肯定太忙了，没时间去买东西吧。"她喃喃地说道。那时候和康斯坦策，打那之后，她努力在打听，但是连谎言都没有。这些年她跟她的女顾客聊天时，总是把话题引到这个地方，还是没有啥消息，没有人知道什么。在学校里他有很多女同事的，不可能每个人都名花有主了吧？她对康斯坦策没什么印象了，踏境节时她来过一次，一个挺好的姑娘，干事有点太利索，不过，大城市的女人们都如此。这样的姑娘会让人记着一辈子吗？

"安妮阿姨？"他站在她身边，手上拿着椅子。

"你太善良了，"她想拒绝他，但是他把手搭在她的肩上，温柔而果断，他一定已经知道，她在想什么。

"等会货车来，我帮你搬。"

"车子应该马上就到。"

他点点头，放下椅子。她太想问他了，当时到底为什么会那样。他怎么会突然回到卑尔根城，开始在中学教书。没人理解，英格丽也不知道为什么。安妮，他虽然是我的儿子，但是我也不明白他到底想些什么。从那时起他身边就没有女人，至少没有介绍给她认识过。七年了！

这也许是一个无解的谜，但是没有人可以责问她一直想要找到谜底。她勇敢地掂量过各种可能，其中有一些她都不敢相信自己会这么想。睡前祷告时，她希望自己猜测的不是真的。

"我要走了。"拉尔斯·班纳在柜台上放了两欧元。

"跟你爸妈问好，"她说："跟你爸说，那篇报道很棒。"

"告诉他，布里斯班的拼写少了个字母。"

"托马斯！"她摇了摇头，好像面对一个多嘴的孩子，然后张望了下店门外，人行道还是空空的，夏尔韦伯的送货车看来迟到了。

结果没人能帮得了她。妇人之见，海因里希对她迟疑的想法唯一能想到的回应。她欲说又止。换个说法：他的手总是保养得干干净净。还有刮胡水和无框眼镜。女人自然也喜欢这样的，但这也是她怀疑的，因为他身边就没有女人。

"怀德曼先生，我想请教，您的班级是十年级 B 班？"拉尔斯·班纳到了门口又回过头，看着她的外甥。

"是我教的班级之一。"他摆弄着面包，回话时并没有转头。嗯，她面对英格丽时，完全没有做过任何暗示，只是根据她获得的所有客观信息，自己琢磨出：世界变了，这种事会发生。据谣传卑尔根城就有三起……她不想知道名字，自己也不参与谣言的传播，但是她也没办法禁止她的顾客谈论此类话题。她是个开店的女人，是有责任的，最终安妮还是知道了名单。这影响了她的注意力，她赶紧考虑下午有货要订，但是忘记把订单记下来了。

"施耐德家三根法棍，"她喃喃自语，但是这些肯定已经在货车上了。

"最近听说的事太多了，啥样的都有。"拉尔斯·班纳说："我的意思是，有些事不同寻常。"

"哪件？"

"就是中学生……勒索保护费。"

她抬起头，撞到了外甥的目光：胡说，有些人想象力太丰富了，他微笑地回应。安妮同意地点点头，想起海因里希总是说：老太都爱胡思乱想。如果真是这样，没有人会比她更高兴了。

事实上他却答道：

"亲爱的拉尔斯，这关你什么事？"

"如果俺们的中学里出现勒索保护费，我相信，感兴趣的可就是整个卑尔根城。大家有权知道，报纸上会写些啥。"拉尔斯的手指向玻璃窗外的街对面。"我们明星律师的儿子，我听说，可能就在其中。"

"丹尼尔·巴姆贝格吗？"安妮·舒曼吃了一惊，捂住嘴巴，很快又冷静下来。巴姆贝格当然不会是飘进她耳朵里的名字。于尔根·巴姆贝格不容置疑之处，不只在于他有个儿子，不，他还是那个之前把拉尔斯·班纳的安德蕾亚抢走的人。但是这两个男人在她的店里忽然就莫名其妙反目为仇，即使她的外甥一直没有回头，但说每一句后都看看她，好像表示：别为我担心。

"听着，"托马斯又说道。安妮可以想象，他站在班级前，用沉静、坚定的声音说话。这样的男性嗓音根本就是强有力的证据，她可以停止那种让她睡前还得喝上一杯杜松子酒的胡思乱想了，有时候连海因里希的那份也一起喝了。他现在说话的语气多么肯定："和任何其他中学一样，我们学校里的学生有时也会吵闹。有时候低年级的学生跟高年级的之间会有矛盾。这些问题会有老师来处理，有时学校领导会出面。但如果你以为，可以利用这件事来报复的话，为了你自己，"像拉尔斯先前做的那样，托马斯也用手指向外面。"报复我们的'明星律师'，那么你的职业想象力就太冒险了，还是写写你的射击协会和金婚吧。"

"勒索事件，有还是没有？"

"不，没有。"

"那就很清楚了。我走啦，安妮。"

"再见，拉尔斯。问候你的父母，好吗？"

"会的。"然后他走出门，半个小时后，她的外甥也离开了，安妮关上店门。像往常一样，他拒绝了到楼上客厅喝杯咖啡的邀请。经过店铺和破旧的烘焙房之间的小过道时，她用手背擦拭了眼睛。也许她该问下他？可以认为他会回答吗？楼梯间挂着照片框，安妮安排的顺序，年代最早的照片挂在最下面：她出生前的家庭照、她和英格丽小时候穿着上教堂礼拜的裙子，接着是在市立教堂举行的坚信礼。就这样楼梯一级一级上去：婚礼、海因里希获颁面包师证书（很难发现他在这两个场合穿的是同一套西装）、外甥和外甥女的照片。托马斯·怀德曼背着书包。留着长头发的。最后是手捧博士毕业证书，一脸不情愿的表情。当然还有踏境节的照片：先是黑白的，然后是彩色的，集市广场上排队，早餐广场上欢庆的人群。随着岁月越来越热闹、越来越盛大。海因里希身穿踏境摩尔人制服的照片贴满了三楼，好多亲戚和熟人的照片：在踏境节被他抛起再接住。开心的笑脸，黝黑的脸庞。只剩下通往阁楼的楼梯边还有空位给即将到来的踏境节。如果奇迹出现，上帝听到了她的祷告，墙上还会有托马斯的婚礼照片。

　　站在餐厅，不清楚自己更讨厌什么：屋里的寂静？还是她的偷听？深深的静谧，四壁无语，甚至听不到暖气片还有水管的汩汩声。外面的天色似乎已近深夜。她坐在客厅里，翻阅着《布丽吉特》杂志，母亲走进来，穿着浴袍，拄着拐杖，假牙已经取下，来跟她道声晚安。

　　——晚安，妈。

　　——什么？

　　——晚……安。

　　——百叶窗都放下了吗？

　　——都好了。

　　——头又痛了，我……

　　——你得赶紧躺下。

　　十秒钟后她转头向门口望去，和母亲的视线撞了个正着，又说了一遍晚安。然后又来一次。最后她站起身来，走进厨房，并不知道她来厨房做什么。现在她站在餐厅，努力回忆，她在客厅最后都读了什么，忘得一干二净。所有的事都想不起来，只剩下太阳穴的嗡嗡作响和令人不安的沉静。她在偷听？一整天都在努力整理出思绪，这种无谓的努力现在反而感觉比花园工作更累。丹尼尔的房间一点动静都没有。她在厨房里洗了洗手，给他班主任打个电话的念头，她打算放弃，至少延后吧，她得先跟丹尼尔谈谈。布洛芬家里也没了。她打开冰箱，拿出那瓶香槟，厨房窗户反射出自己的影子，靠着料理台，双手抓着香槟。迈因里希家大窗户后面已经一片漆黑。下午丹尼尔曾短暂在露台上出现，她从楼下的花园看见他吃了一片面包，啃了一块凉了的鸡肉，沉浸在自己的世界里，脸上的表情好像在说：离我远点。她甚至不知道他是否注意到她在花园的篱笆那。

餐桌上还摆着紫罗兰，已经不太新鲜了。阿妮塔的电话还没打来，就等着这通电话了，她的生日也就算是过去了。

他有份参与，于尔根说。低年级的学生被推搡，被恐吓，几块欧元被易主了。这是勒索吗？于尔根的意思，就是的，但他一向就喜欢到处安上一个确定的法律名词。她，正相反，根本想不起该叫什么，所以她在院子里干活，揣着这件真实的轰动消息，偶尔停下来，自问安德蕾亚怀孕的消息对她有多大的伤害。该强调下，是怀孕的消息，而不是它带来的经济上的后果。并不是很严重，官方的答案是。幸好有其他的事更让她闹心。现在已经是晚上了，其他某个地方有人正在商量着取名呢，提出一个，又笑着放弃。这个过道，不，整座房子让她觉得破旧不堪。空荡，昏暗。

凯尔斯汀打开包着香槟瓶塞的锡箔纸，克制想笑的欲望，她想起来，阿妮塔从不说干杯或者祝你健康，她喜欢说：酒精不是解决的办法。她把锡箔纸丢进水槽里。握了一整天的锄头，她的手指很痛，一天弓着背很痛，拉扯了一天木柄的肩膀也很痛。冰凉的玻璃让手掌感觉很舒服，这一刻这是唯一一件让人舒服的，自怜也不是解决问题的办法。

砰！

祝我生日快乐，她对自己说，直接举着瓶子喝下第一口，然后从橱子里找到两个杯子。她是先喝酒壮胆，然后去找丹尼尔进行可怕的谈话吗？这会她站在厨房，想象着把瓶子从关着的窗户扔出，从厨房扔出去，扔进迈因里希家的浴室。透过两扇爆炸的玻璃跟迈因里希太太对视。迈因里希太太会摇摇头：女邻居先是任由篱笆杂草丛生，现在又因为儿子的光辉事迹扔瓶子。海尔曼，来一下好吗？

又一次举起瓶子。

平息自己的怒火很难，尤其在仇恨和这种感觉之间反复纠结。他完全没有改变（每次见到他，她都是这样的感觉）。外表没变，其他方面也没有，浑身还是充满自信，一度吸引了她，违背了自己的意愿，尽管她也清楚这只是环境附带的光环。她对他曾经说过：你适合这里，这个地方好像是为你而存在的。但事实正相反。这个地方造就了他，让他成了他。她只是很难承认，不是他的直率和没有城府散发了魅力。甚至一点自恋，她也曾经喜欢过，当他还在对平衡与婚姻和谐做出贡献时。他既具有令人艳羡的天分，也有令人厌恶的，总是可以与自我和解，必要时毫无理由。一个男人，一句话，有担当，有傲气。说话算话，不含糊。

换一句话说：混蛋一个，她现在这么认为。让另一个女人怀孕，虽然年轻些，允许说的话，是更笨些，完全对准了法律制定的保护性措施的时机。这一定会涉及"在可以胜任的范围内"。或者是可填补的"法律漏洞"。听起来很官僚，但的确丝毫不差：刚好在界限内，就是在这样的漏洞里，她好多年辛苦熬过来了。只是她没有想到，也许可以为自己的利益利用所谓正义的漏洞，因为没有产生如此的感觉。马马虎虎吧，也仅此而已。存在各种漏洞，并不满意，并且她也遭遇到一两次绝望的边缘，但大致上还可以忍受。现在这一切也快要过去了，随着立法通过。

香槟是普赖斯太太送的，冰凉。有点太甜了，和买香槟的人倒是有点像。凯尔斯汀看了下手表，如果她不想冒着被阿妮塔祝贺生日的电话打断的风险，她必须马上去找丹尼尔聊聊。

香槟杯就先放在桌上，从橱柜里拿出两个过去装芥末的杯子，她走下楼梯。在狭窄的地下室通道里又站定，徒劳地倾听，只有丹尼尔房门下泻漏的一线亮光，还有过道里跟着她的惨白的光线。没有音乐，也没有其他的声响。

她用瓶颈小心地敲了敲门。

没有回应。

"如果你不说：出去，我就举着双手进来了。"一个以前的笑话，那时觉得好笑。

沉默。

她用胳膊肘压开了门把，背对着房间进去，转身之前，她已经察觉到了他的目光。他躺在床上，头枕着胳膊，鞋子还在脚上。一个犯人在他的牢房里。T恤上印着 Buffalo 的字样。她的目光迅速扫过他的脸，然后迷茫在这个空荡荡的房间里。这是个他伸开双臂几乎就撞到墙的房间，他从没有收拾过，没有贴海报，也没有把书从搬家的纸箱里拿出来，只有他的望远镜立在窗下，积满了灰尘。

她克服了很大的障碍，才将门关上，完成了从房门到书桌的两步路，将酒瓶和杯子放在桌上，靠近一叠她早上才拿进来的 T恤。这间房间在说：我过得不好，仅此。它并没有在说：请帮助我。

"我给你倒一杯。"

"生日快乐！"他的目光并没有追随她，只是将胳膊像烛台一样举在空中，她将酒杯塞进他手中。

"这不算。"

"什么不算？"

"没有看着我的眼睛，这样的祝福不算。"

"干杯。"他抬起头，正好下唇可以碰到杯子，啜了一口，接着把杯子放在胸口。

酒精不是解决的办法，她想说，但是她的嘴唇忽然抖得厉害。

过去的旧家具，有些图案，绿色调的，边角已经斑驳脱落。她没有开口，她不想让他觉得轻描淡写，也不想吓唬恐吓他。她就希望他能够自己开口，同时她也明白，一旦陷入沉默，她是斗不过他的。早就如此了。她在写字桌前的椅子上坐下，身体向前倾，看着自己在门上的影子，试着追随丹尼尔的目光。房间角落有一摊潮湿的印迹。在她身后，黑夜笼罩着窗户，栗子树和车库门之间一片漆黑。

"我们也许可以买个 CD 播放器。"她说："便携式的，放松时听。"

"我没有 CD。"

"那我们也买 CD，或者去拷贝。"

他点点头，将两只球鞋足尖并在一起。

"不过这是会被惩罚的。盗录会被判侵占他人权利、投进监狱。"他直直地躺在床上，他的身体对床垫来说已经太大了，对他本人也是。

"你过去的笑话比较好笑。"

"真的？什么时候？"

独自一个人在房间里枯坐了几个小时，空气变得窒息难忍。那么一刹那她可以理解，于尔根为什么干脆赏他一个耳光，但是下一秒她又问自己，她的儿子在这么冷酷的面具下，像石头般又臭又硬要招惹他母亲把他的鼻子打出血，是否享受到某种施虐的快感。在托米·恩德勒面前，他是否也会戴着这副面具？

你不能总是护着他了。或者类似的话。

可是在他面前她连自己都没保护好。香槟在她手里渐渐热了起来，她感到喉咙里一股反酸的气味。虽然丹尼尔一周跟她住，下一周跟于尔根住，但她一直相信，他们俩是一伙的，而且这个团队精神是建立在共同反对海恩科博尔的基础上。但是在这个房间，而且她早就该察觉到了，他并不把鹿道当作自己的家，如果他不把这里当成家，又怎么可能希望他是母子亲密关系的一分子呢？这些年来纯粹都是她自己在一厢情愿，这不是第一次了，她确定自己只是行走在梦境的世界里。躺在床上的就是个特立独行的家伙，彻头彻尾的。

她很想知道，他是不是听说了安德蕾亚怀孕的消息，也想听他口中说出挖苦的话，但是她不会直接问的，出于礼貌感觉这完全是非分的。

“要我走吗？”

他耸了耸肩。

她喝干了杯子里剩下的酒，站起身来，感觉很不爽，好像被某个地方上万双眼睛瞪着，追问她：你是来做什么的？

“你迟早都得给个解释。”她说：“你认为你可以解释吗？”

“什么事情都可以解释。”

“我的问题是，你可以做到吗？”她站在床前，现在她可以明确，他是故意不看她的。所以他是关注的，就是不用眼睛看。他有一双漂亮的眼睛，小时候就是，现在还是很漂亮。

“不要瞪着我。”他说。

“学校里到底发生了什么？”

“学校真是讨厌。学校里真他妈恶心。”

“好吧，那啥恶心了？”手里拿着酒瓶，她站在他面前就像个女酒鬼。他侧过身，背对着她。

“你的旧相好不早就告诉你了啊，你还想知道啥？”

她经历过太多，但是仍然不明白：这种冲动，把所有的字眼都磨尖，每一句话都变成武器，去伤害一切，伤害自己，伤害她，伤害所有的人。这只是青春期呢？还是失败的婚姻酿成的后果？是流离失所的存在？想想就觉得好笑，丹尼尔有一次对她说，我什么时候应该住在哪，居然写在一纸合同里。可是不久前的事。为什么会奇怪，她反问道，明明知道，这太明显了，所有的问题都是多余的，而她也许只是想给他一个机会，让他接下来的这句话更精准地刺进她的心脏，只有自己的孩子才可以做到：因为，我，从来没有在上面签名。这是他和他父亲之间的差异：那位想要伤害她时，有时会刺不准，他用的语句不是涂上毒药的刺刀。他愤怒的时候，说话还是卑尔根城式的慢条斯理。但丹尼尔不同：很遗憾，我偏偏就是这么个人，不然干脆你们把我分成两半吧。

"我想听你说。"

"我不相信你想听，而且正好，我也不想说。"

她察觉到谈话正在升级，他已经到了崩溃的边缘，她也一样，他今天的日子不见得比她好过多少。现在他们狭路相逢，她挡着他的路，他挡住了她，每一句话都是小小的推搡。她希望此刻电话响起，可以结束这一切，但又很坚定，她不会先让步的，也许是因为喝了酒，也许是因为中午的怒火还在翻滚，也许因为这是她糟糕透顶的 44 岁生日。

"我要听，你说，马上！"

他慢慢地转过身来，她不记得，过去是否在他脸上看见过这样的冷嘲热讽。

"你也扇我个耳光好了，你想的话。"

更让她震惊的，不是他说的话，而是她真的想冲上去扇他耳光：对准他脸上这种可恶的讥笑。她紧紧握住酒瓶。他的目光躲闪，躺在那里好像被击中，身体扭来扭去，一半好像获得了胜利，一半好像已经死去。

"那就这样。"她的声音硬邦邦，没有音调，嗓子里好像含着一块清脆的木头。她拿起放在桌上的玻璃杯，这次他的目光从床上尾随着她。一个婴儿的目光，又像一个罪犯的目光，好像在说：看着我的眼睛吧。但是她不想再继续下去了，慢慢地朝门边走去，不是在等他开口，只是缓慢。没有回头，目光既不朝里，也不朝外，也不向着楼梯，走进厨房，将香槟倒进水槽里。

她把空瓶子搁在垃圾桶边，宣告生日结束了。从冰箱里拿出一块奶酪，平衡下舌头上干涩的滋味。然后抱臂靠在餐具柜，彻底放空的感觉，几乎就要觉得很舒服了。

9点。她从来不太理解消磨时光这个表达，不就是慢慢绞死嘛，而刽子手的艺术实际上并不是耗掉几分钟、几小时，而是几年。只为了事后去追问，这些岁月都到哪儿去了。但是在这件事上不存在质疑，丹尼尔的目光不会让人误解。十六年来她做得最伟大的工作就是去爱她的儿子，结果却让人清醒。

电话铃响了，她很少这么感激过。虽然她对着阿妮塔也不好说某些问题，但听闺蜜聊起她的情人、首饰，还有豪华旅行，她也就全忘了。

"维尔讷。"她说话的语气有点像她们之前互相称"宝贝"。

"晚上好，"一个陌生的男声回答："怀德曼，我是您儿子的班主任。"

"哦，我是说：晚上好。"

"抱歉，我这么晚给您打电话。"

"没事。我是……"困惑，惊讶，完全不在状态，而且已经44了。她不知道如何把话说完，干脆就随它去了。从饭桌边拉来一把椅子坐下。

为什么她现在偏偏还得和怀德曼说话？

"是的。我想您已经知道，我为什么打电话来。"

"是的，我知道。"她说："但只知道个大概。"

"嗯，大概。到目前我们知道的也不多。可以问一句，丹尼尔现在还好吗？"

"他不说。"

"他常常如此，是吧？"

"是的。"她不知道，跟怀德曼谈她的儿子，她应该保持怎样的礼貌和义务。两个星期前，在五朔节上，他们交谈了一会儿。那次谈话给她留下的印象还没有抹去，他好像要寻找什么，但具体是什么，她不清楚。也许当时他就已经知道学校里发生的事情，所以事后她总觉得他称赞丹尼尔在学校的成绩有点可疑。并没有撒谎，可是也不够坦率。

丹尼尔曾经跟她说过，怀德曼是个马屁精，但每个人都有可能是马屁精，只要16岁的小家伙还没开始明白啥叫同情或关心。她自己则认为，他是她这个年龄段长得高大、衣着得体的男人，嗓音低沉令人舒服，而且跟这个地区单调的口音相比，他的音调悦耳多了。单身，就她所知，无论如何那时候是的，现在应该还是，也许因此人们不免对他有些议论。他的句子结尾是开放式的，不调情，也从不模棱两可，在五朔节上，他都没有暗示上次踏境节的事，他说起话来和鹿道那些满足现状、有家室的男人们完全不同。她也想不出来有什么例子可以说，也许因为反正明白的，也就察觉到了。

"我可以请问，您还好吗？"他咬住不放。

马屁精，她下意识地想到。在这点上，她和儿子其实真的很像：陌生人的关心总让他们想要讽刺两句，好像全世界里，她是唯一有权可以同情凯尔斯汀·维尔讷的，离婚前姓巴姆贝格。好像别人都自动犯了多管闲事的罪，所以她不自主地挑了挑眉毛，扯了扯嘴角，面对这副表情，比如说她的前夫，已经不止一次叹气。

"您当然可以问，但是答案您自己也是知道的。"如果他现在说，他想听她自己说，因为毕竟和她有过瓜葛，那她非得警告他收敛些。

"嗯，"他说："关于丹尼尔，我向您保证，我很喜欢他。他是一个可爱的家伙，比较安静，但是非常聪明。我没法不去认为，这也许是问题的一部分。我的意思是，他的聪明有些超前，超出他自己的理解范围。"

她很感激他的理解，虽然如此：

"他犯的事，看起来可不像是太聪明的表现，不是吗？"

"我也不是这个意思。那我们就不用聪明这个词，我想，他所理解的比他本来可以理解和消化的还要多。这令他感到不安，人格上失去平衡。"

"为什么他会做出人格上更加失衡的事呢？"

"所以他会做出让他自我感觉更强壮更自信的事。此外，您也没有义务一定要与我谈论这件事。给您提供谈话的机会，这是我的义务。"

"我明白。谢谢。"

"我也不是故意要分析您的儿子或者为什么做之类的事。并不是我的工作。只是，我作为班主任老师也有点狼狈，别人认为我应该对这类事件有所发觉，并加以制止。"

"是的。"她应该原谅他的不作为吗？

她听到地下室传来房门的动静，不知道是开还是关，不知道丹尼尔是开始还是已经结束偷听他们的谈话。她无法摆脱那种感觉，觉得怀德曼理解丹尼尔的热情，还不及他想展现给她看，他有多理解她儿子的需求。

"您还在听吗?"他问。

"我还在听，只是有些不知道该怎么面对您的，您自己所说的，狼狈。这一切我直到今天才知道。"

"上帝，我绝不是想用自己的问题给您增添麻烦。不是的，我想说的是：也许您已经知道，您的前夫今天已经和格拉尼茨尼先生聊过了。首要问题是，您是不是也想要求同样的会面? 为了让您明白学校官方对这件事的态度和未来的措施。"

"这就是所谓叫家长去学校吧?'

"也可以这么认为吧。这是您的决定。但无论如何，我想请您将去学校的日子定在家长会那天。您收到通知了吧?"

"收到了。"她在说谎。

"如果您愿意的话，我们可以先见个面，而且也不一定要在学校。我想了解一些事。关于丹尼尔，我有个感觉，我们认为：除了不太平衡的人格外，也许还有别的原因造成他的行为。"

"那是什么?"

"我不太想在电话里谈论这个。"他更想充满理解地看着她的眼睛说话：我曾经安慰过你。他想嘲笑的冲动又来了，但是，首先她的合作是应该得到重视；第二，她不愿意在这件事上特别授权她的前夫；第三，她需要和人谈谈这件事，随便跟谁都行，她无法再过一天，又一天，再过一个今天这样的日子，在花园里弓着背埋头干活，鬼知道儿子到底怎么了。

"明白，"她说。楼下的门又传来一阵动静，拖沓的脚步声往楼梯间移动，上楼来。"您的建议是?"

"按您的意思办。如果您愿意，我可以去拜访您。如果您哪天下午有时间愿意来学校，我们也可以在那找个地方谈话。如果您愿意在鹿道散步的话……"

丹尼尔的脑袋从走廊地板上渐渐露出来，从楼梯间的栏杆中，他现在是另一副表情，无所谓，无动于衷。当他不想表现出谈话完全可能是关于他的，尤其是某些敏感话题时，就会故意做出这副表情。

我观察儿子好像看着一只脾气乖张的公猫，她想，怀德曼刚刚是说"散步"吗?

"我得考虑下。"

"好的。很遗憾我还有一件事，虽然我不该告诉您，我相信您恐怕躲不过的。您认识拉尔斯·班纳吧?"

"认识。"她回答得迅速干脆，好像在吐毒药。

丹尼尔看了她一眼，好像在说：你别介意，我就是要打搅。

"我今天在城里偶然遇到他。他向我打听学校里发生的事，他显然已经知道了，不过只知道个大概。您别问我他是怎么知道的。在乡下没什么事像这类跟谁都无关的传得更快了。"

"请继续。"她听见丹尼尔在厨房里翻箱倒柜。

"我不知道他有什么企图。这个拉尔斯·班纳就是个彻头彻尾的蠢货，我觉得。现在他可能以为，如果他利用这件事，并且替这件事里的受害者托米·恩德勒说话，比如说，那么他将会……您明白我的意思吗？大家都知道，他不喜欢您的前夫。"

欢迎来到卑尔根城！每个人都互相认识，每件事大家都知道。除了她以外，没有人会觉得这是骚扰吗？

"嗯。"她说："我完全明白您的意思。也许他的意思我也懂。如果我是他的话，我可能也会这么想吧。"

"但是您肯定不会愿意这件事登在下一期的《通讯》上。"

"不会。"丹尼尔一手拿着香槟空瓶子从厨房出来，另一只手竖着大拇指，好像说：佩服，老妈，厉害的，厉害！她的目光转向通往露台的门，看了一眼桌上的紫罗兰，非常肯定她儿子对这束花也是有话要说的。"我再打给您。"

"好的。"

"再见。"她没有等他说再见就挂上了电话，时钟指向 9 点 20 分。

"是怀德曼，对吧？"丹尼尔站在大开着的冰箱前，声音很响。

"丹尼尔，听我说。"

"你确定，如果你是我的话，你也会这么想。如果真是这样：那我到底怎样想的？"

"为什么这个夜晚剩下的时间我们两个不实施分隔楼层的原则呢?"

他慢慢走出厨房,又带着漠不关心的表情。

"因为地下室对你来说太暗了吗?"然后他继续拖着脚步,手上拿着一片面包和一块火腿,又一次停下了脚步,脸在栏杆后面。"你要小心怀德曼。他,大家都知道,最喜欢孤独的女人。那边的紫罗兰是他送的?"在她回答前,他已经消失了,反正她也不知道该说什么。他的房门上了锁,餐厅的钟滴滴答答。她真不该就这么把香槟倒掉。她撇撇嘴,瞪大眼睛,想起来这对明天早上会有帮助的。她回头顺手关了灯。然后又开了灯。她不想太过戏剧化的哀伤。她现在必须这么咬牙过去,她问自己,她的儿子是冷血动物,还是怀德曼说得对,他太早熟了。她自己什么都不明白。

比如说,她也不明白,为什么怀德曼忽然邀请她一起散步。

她的眼泪,既没有抽动肩膀也没有哽咽,她不打算把它看作是真的在哭泣,这应该属于疲倦的范畴。很想听点声音,她拿起听筒,又放了下来。

比如说现在。这应该是一个男人的任务,坐在客厅里,翻着报纸。当她走进来时,对她点点头。她诉说时,手抚摸着她的背。他可能会说"没那么严重吧",或者"一切都会变好",她不需要什么超人。唉,他甚至可以翻翻白眼,让她察觉,其实他宁愿跟她谈夏天去哪儿度假。他只需要在，身体在，男性的，有手有脚的。一个男人，不需要多考虑啥就可以说，上床睡觉。

她很少会再继续想下来。这是一条界限，她宁愿在下意识里跨越，有时在梦中，或者清晨半睡半醒间。那时她把头埋在枕头里，翻来覆去，不小心就睡在她自己手上。然后淋浴，时间很长，水温很高，直到窗户玻璃和镜子都像罩上了纸片，她的肌肤因为燥热，几乎……

今天到此为止吧，阿妮塔常常就这么说。从前她们灰蒙蒙的黎明时分还一起蹲在厨房里喝酒，最后疲倦得眼皮都睁不开了。现在她轻轻地对自己说这句话，感觉到从来没有过的疲倦，累成狗。她容许自己今天例外不去刷牙，反正也没人会来谅解她。

"妈妈，我什么都没看见，我什么都没看见！"

"丹尼尔，我告诉过你：去找汉斯舅舅，让他把你扛在肩膀上。"

"过来，小男子汉，我背你。"

"不！"

整个早上都这样。凯尔斯汀和哥哥交换了一下眼神，丹尼尔紧紧抱住她的腰不放，头埋在她身上，很快又转回头来，看着他面前集市广场上的人山人海，全是后背、脖子和后脑勺。踏境节的头一天早上，卑尔根所有的居民都来了，所有的人伸长了脖子，盯着各个街区的男子组和青年组游行。

"他们昨天怎么了他。"

"别瞎说，汉斯，他是累了。"

"我不累！"

"那就不要再叽叽歪歪，坐过来……"

"汉斯。"她一只手搭在他肩上。她的太阳穴很痛，随着脉搏起伏，嗒嗒敲打的疼痛深埋进去。每种声响都会引起疼痛，喇叭和广播嗡嗡颤抖着发出通告。整条卡尔腾巴赫街响彻着铜管乐，从众多头上望过去，她看见鹿道的旗帜正在向集市广场靠近，摇来晃去，好像木偶戏舞台边上的木偶。前进的速度几乎就是静止的，骑兵的指令混杂在音乐中，直到几千个小碎步形成了一个巷道，这些男人才继续向前。

凯尔斯汀转身朝向她哥哥：

"我带他走近一点，那边后面，没什么人的地方。我们还会再回到这里来。"她抓着丹尼尔的肩膀，引导他穿过拥挤的人群。她感觉自己，一条又一条的细线扯断了，线上附着着她的自控力。去他妈的踏境节，去他妈的铜管乐和这些家伙，去他妈的整个卑尔根城！

"嗷！"丹尼尔的脸撞到了一个背包。

"到了前面就好些了。"

"我什么都赶不上了，他妈的，我什么都看不见。"

"到了前面你就会看到鹿道队进场，就在我们面前。"

"摩尔人来了！"有人大叫。她用力抓牢，推着丹尼尔往REWE超市门口的广场过去，那里人流小一些。鹿道男子队的帽子和挥舞的手向集市广场下来，好像白色风暴，现在顺畅多了，旗帜也快抵达喷泉旁。从那里，她现在要带丹尼尔赶过去的地方，又只能看到背影，但她还是继续。太多目光停留在她的脸上，太多了。

下面公交站台旁传来赛跑者甩鞭子的声音，她周围挤得让她快透不过气来。在桁架结构的老建筑间炸出小小的回声。丹尼尔既失望又愤怒，全身颤抖。

"我们走错了，妈妈。我们必须往下走，我还要看的！"从昨晚开始，他的声音就变成这样，都能割破玻璃。一个抗议者尖利的嗓音。他对什么都反应强烈，好像皮肤成了唯一开着的伤口，凯尔斯汀只能像一个面对一刻不停嚎叫的婴儿的无助的年轻妈妈。

那里没有帐篷！根本就没有！回家的一路上，他一直在重复，越来越大声，好像在抗议着粗暴的诋毁，丧失了理智，盲目的。他一个个字吐出来：那——里——没——有——帐——篷！他把这些字吐在两个手拽着他回家的大人脸上，他伸开双脚抵住地面。她感觉很不好，整个晚上都是。头痛就是这样开始的。

在他们面前又是个巷道。他们站在人流最多的地方，却比之前更远离着、背对着一切。凯尔斯汀避免直接面对儿子的脸。

"我们喝口水吧。然后再去那一边，房子前面那里。"

"我不渴。"

"可是我渴了。"她把背包拿下来，在面巾纸、苹果和一袋糖中间翻找阿司匹林的盒子。他们周围站着一些老人和推着婴儿车的妈妈。有个人正试图让他的狗安静下来。后面远处，REWE 超市的楼上，一个包着头巾的女人探出窗外，好像在看孩子们玩着某种特别的游戏。没有拿出包装，直接就在背包里挤出两片阿司匹林在手上，从侧袋把水瓶拿出来，吞下药片，喝了口水。集市广场上阴云密布。夜里下了雨，她听见的，因为睡不着，现在灰色的云雾又笼罩着峡谷，迅速地、沉重地，不祥之兆。她这三天是如何度过的，居然没有尖叫，她自己也并不清楚。

皮鞭飕飕地在头顶上飞舞。她看着长长的绳索在空中穿行，在一群戴着白帽子的赛跑者中，她认出了帽子边缘的彩色羽毛，那套服装，十四年前她第一次看到她前夫时，还在想：天啦，这么滑稽可笑。这些头饰让人想起领舞的女孩。

"现在可以继续走了吗？"

"丹尼尔，不要再惹我生气了，可以吗？我们现在往下走，找一个可以观看的地方。待会，整个游行队伍绕圈经过上城时，我们反正还能再看到的。那时候就不会有这么多人了。"

"我现在就要看。"

"那走吧！"她把她的雨衣塞进背包，重新抓住他的肩膀。沿着集市广场左边商店这侧，经过赌场、《通讯》编辑大楼，朝着花园山的入口去。在那里，丹尼尔昨晚再一次转身和她告别，他去跟诺布斯会合，到喷泉边巡逻。

她看着摩尔人的手抖动，用刷子把年轻姑娘的脸颊抹黑。欢乐嬉笑追随着他，好像在舞台上翻动的聚焦闪光灯。

她儿子游戏的时候看起来总是那么严肃，这是艾薇·恩德勒昨晚告诉她的。当她的，当凯尔斯汀的目光，又朝着喷泉方向停留太久时。虽然她蛮喜欢她的邻居，但类似这种评论还是让她觉得有点单调。很多时候，你只要盯着她的脸上，就会知道她下一句话要说什么。他目前看起来是很严肃，但是他并没有在玩啊。

她想起来他的目光，昨晚，当他已经躺下后。眼睛睁得大大的，虽然已经很疲倦了，但不肯睡觉，瞳孔闪烁着愤怒的火花，太激动了，无法入睡。她一直在怀疑，但是不想汉斯在场时提出问题。她不仅很早，而且比她希望的还早得多，很早就发现了，她只是想内心做好准备，即使不知道如何准备。

　　整个夏天她都有一种奇怪的感觉。于尔根对踏境节活动的走火入魔，他离开家时的兴奋，回家时的沉默不语，常常意见分歧拌嘴，对她也不够温柔了，一句话：这些糟糕的行为从五月中就悄悄开始了。几个月下来都找不到具体的证据，连一个名字、一句谎言、一张记着不明电话的纸条都没有。其他情况下也许有理由松口气，然而一旦警觉了，每次争吵都会让她的不信任感增加，陪伴她度过每个在客厅独处的夜晚。她嗅着他衬衫领子的味道，在他的故事里寻找破绽，直到某个时候，情绪才会安静下来，以一种苦涩的方式。想象下，一个之前从没出现过的名字出现了，即使只有名没有姓，而且只是有些东西混在了他的声音里。纯属生气，她问道：

　　——这个安德蕾亚是莱茵街少女队的领队，为什么男子队的成员必须去参加她的生日派对？

　　——"我们大家是一个整体"，这话又是啥意思？

　　——你确定其他的客人不觉得奇怪吗？你可是比她的其他客人平均年龄大了十到二十岁。

　　——那她邀请了男子队所有头头吗？

　　——这样，那为什么不？

　　——好，那为什么偏偏是副领队特别有能力"代表"整支队伍呢？

——亲和力吧，通常是的。

——我不是老古董，我只是好奇，为什么你就不能星期六晚上在家里陪着你的家人呢？一个月一次。

诸如此类，等等。当然她很不爽，像所有人一样，拼命不把受伤的感觉表现出来。她试过表现出来，结果反倒更糟。然而：一个少女队的领队还是让她觉得只是个玩偶，想象力的填空，是男人的不时之需，但婚姻是不会被玩偶破坏的。派对总是要结束的，玩偶会扔到角落里，或者被其他人接手，一切都只是时间问题。她也竖起耳朵到处打听，也知道了，比如说这个安德蕾亚是拉尔斯·班纳的女朋友，也就是根据通行规矩不能去追的。为了不只是扮演等待者的角色，她也曾把安德蕾亚这个名字时不时拿出来说一下，用讽刺的口吻加以点评，略微降低敏感度，就像两三年前她想让丹尼尔相信，手枪只是愚蠢的玩具，就是给小孩子玩的，啥也没有，只会砰砰砰。

"你要我在你身边再躺一会儿吗？"她听见汉斯在楼下客厅丁丁当当，没一会儿传来酒瓶打开的声音。他最近的酒量有点吓人。已经喝下五六瓶啤酒，现在又来几杯红酒，明天早上 5 点他还要起床，好像啥事没有。她没有兴趣陪她哥哥喝酒或者聊天，听他解释，为什么跟玛丽安娜离婚是不可避免的。用他一贯的调调，好像他的第二次婚姻并没有破裂，而是他尝试了新的行走路线，并且得出了结论：和导游发誓的根本不符。她的手在丹尼尔额头上感觉到他在打盹。他的额头比平时热一些：

"那就翻过去点儿。"

汉斯的身上也有她丈夫身上令她不快的东西：对自己的能力很骄傲，在某些困难的情形下冷静进行分析，找出必然的结局和承担的后果。十年的婚姻，她也知道为什么不喜欢这一点：因为这种能力，第一是一种无能，第二是一切由这种能力推断出来、臆想的必然性的根本理由。这种冷静啥也不是，只是某种能力，这种能力将也许可以避免的理解为不可避免的，如此而已。这种冷静有时会被同情取代。男人们的脑袋结构就这么简单，最大的困难在于，虽然如此，还得和他们生活在一起。

她拉过丹尼尔被子的一角盖在自己的身上，这时才感觉好冷。她把儿子拉近自己的身体，一声不吭忍受着他在她的胳肢窝下嘀咕"你身上有烟味"，听着楼下的露台门嘎吱作响。一旦她走进客厅，汉斯就会继续评点他的婚姻剧剩余部分，而她只能希望，至少于尔根马上回家了。整个晚上她和他几乎没有说上话，只能在科罗纳酒店前时不时观察他，他拍拍肩膀，敲敲桌子，和任何人都碰杯，任何事都哈哈大笑，看着他这么庸俗的方式就可以开开心心，她都不知道是因为他浅薄，还是她因为自己的妒忌变成了妖魔。为什么她不能随他陶醉在无害的快乐中呢？其他男人为了弥补在家庭生活中磨平的雄性，去购买摩托车，周末的时候在爱德堡山上飙车玩漂移，撞断自己的脖子，或者成为一辈子都要被照顾的伤员。于尔根不过每七年里有三天把自己挤进制服里，跟他蛮般配的，绑着一把军刀，然后喊着口号，带领莱茵街男子队一起穿越树林。

"我看见爸爸了，坐在长凳上。"丹尼尔声音很轻，而且对着她的胳肢窝，她恍惚了下，以为他根本什么也没说。

"好了，丹尼尔，你现在该睡觉了。"她的目光在房间迷茫，沿着墙，儿童张贴画、书架以及书架上的书、玩具，扫过堆得满满的书桌，在书桌上丹尼尔做着所谓的"实验"：放在开口装满水的杯子里几个星期的石头，晒干的叶子，他希望可以从里面提取"碳氮"的小木块，夏天度假从海边捡回来的贝壳，锋利的边缘可以割伤扮家家的小人。他看见他的父亲在长凳上，就这么回事。拼图的一块，正好是缺失的最后一块，她只需要把它放回到位置上，就可以看清整幅画面。但是她这会做不到。于尔根随时都可能回家来。她把丹尼尔又拉近一点，但是没有用。

"在堤坝的长凳上。我看到他和那个女人在一起。"

"嘘。"她说，觉得自己太可恨了。这会儿，他的儿子终于想告诉她，藏在他心里的秘密，她却让他闭嘴。和疲倦一样，眼泪也不能算是道歉。"嘘。"她又说了一遍。脚越来越冷。她抱住丹尼尔，他额头的热度也许不过是她自己冰凉的手产生的错觉。

"他们在亲热。"她很感谢他没有因为她的懦弱就不再说下去。是她儿子。楼下传来了开门声，还有于尔根把钥匙丢在门厅柜上的声音。她在考虑，要不直接躺倒睡着算了。

"他看到你了吗？"她问。

"我不知道，我跑开了。"

还是我应该到楼下去，打碎几件东西？像往常一样，她将愤怒视为一种内心的反射：轻轻冷笑的压抑。她在丹尼尔额头上亲了一下，心里想：其实我一直都知道的。

"你们会离婚吗？"他想得可是比她远了。

"丹尼尔，我不知道你爸爸做了什么，或者他在想什么，我也不知道我们接下来会怎么样。这些事情没有人能在一夜间就做决定的，要谈很多次才行。而且现在又是踏境节，你爸爸根本没有时间。"

"也许我看错了。"他说。

"不，你没有，也许是我看错了，以前。你现在只能做一件事，就是睡觉。想要走 12 公里的人，就得好好睡觉。"

"15.4 公里。"

"晚安。"她又亲了他一下，然后下了床，把门边上的灯熄了，离开房间，没有再回头。她感觉到，开始了：世界在疏远她的感觉，面前一条狭窄的通道，她晕乎乎穿过，好像喝醉了。

走廊昏暗，只有楼梯间的光漏到上面。汉斯和于尔根在外面露台上聊天。一切都照旧。太阳穴脉搏砰砰跳动。她走进卧室，打开阳台的门，从床上拿起于尔根的枕头和被子，摆在浴室的门口。从柜子里拿出一条床单，放在那堆东西上面。然后她下楼。

烟味从打开的门飘进客厅。于尔根背对着她，正在讲述明天第一段路程的坡度，爬上克芙山。

"超过四十度。第一批人马就会挂掉，"他说。他听到脚步声后转过头，他们的目光短暂碰撞。她决定要好好打量下他，在他脸上追踪蛛丝马迹，可以泄露他秘密的痕迹。但是她只喊了声"嗨"，站在离他一米远的门口，接着问她哥哥：

"今晚过夜需要的东西都有了吗？我要去睡了。"

"都全了。"酒瓶已经喝掉了一半，但是他的眼神还是跟他下午刚到时一样透亮。

亲热，她想。母亲和儿子之间的亲热难道是为了背叛做准备吗？她丈夫到底在想什么，把事情搞得一团糟，公然在公园的长椅上和十多岁的少女乱搞，还当自己才十几岁吗？这会她忽然想起来，丹尼尔嘴里的"那个女人"，好像他早就知道，她到底是谁，他们在玩什么把戏。她9岁的儿子早就知道了，而她还拼命自欺欺人，支持于尔根的背叛。

她盯着他的脸，好像期待会在他的脸颊发现口红的印记。

“你还要跟儿子说声晚安吗?”

“不用了吧,”汉斯说,“今天小家伙……”

“闭嘴,汉斯,你根本不了解小孩子。”

她的目光死死钉在丈夫的脸上,眼角瞟到她哥哥耸耸肩,把酒杯送到嘴边。她得赶快回楼上去,眩晕的感觉越来越强烈。

“算了,让他睡吧,我马上也上楼。”要是他迎着她的目光,她便准备好,至少这个时刻,相信这可能是个误会,也会到楼上重新把他的被子枕头摆回床上。她会睡得很差,而且为了和平相处会连续三天面带微笑。但是他望着黑夜,她点点头走开,数着步数:3、4、5、6,停下。

“你,今晚就睡沙发吧。”然后继续走开,上楼。

她一米一米沿着集市广场挤下去。丹尼尔拽着,她跟着,有时她会产生一种错觉,好像儿子正拉着她走过一场噩梦。几滴雨落下。凯尔斯汀希望,一场倾盆大雨从天而降,把人群冲散,把整个踏境节游行队伍冲走。她想回家睡觉,丹尼尔拽着她的手像小狗扯着牵绳。

音乐又响起,从他们面前大队人马正吵吵嚷嚷从花园山下来。凯尔斯汀认出艾薇·恩德勒,而她高举着手,从熟食店旁的一个空位置向他们招手。

“你们要去哪儿?”

"我儿子要去看看。"

"这里的视野最好。"她牵着托米的胳膊，他伸长了脖子，拼命往花园山方向的角落张望。

他们终于站定，丹尼尔放开她的手，爬上了一个金属的垃圾箱。

"抓牢了。早上好。托米，你好。"已经是汗流浃背，她抚摸托米的头发，微笑还挂在脸上，然后把背包拿下来，长吁了口气。

"对一个家庭来说现在可够早的，是吧？"艾薇·恩德勒踮着脚尖，激动得满脸通红。她的脸很瘦小，既不美也不丑，并不引人注目但很让人喜欢。她把雨衣绑在腰间。音乐声越来越靠近，她也越激动。

"马上就来了，托米，宝贝，马上你就可以看到爸爸举着大旗。"

丹尼尔把住一根电线杆，好像挂在一艘船的桅杆上。

"你要喝点东西吗，丹尼尔？"她没有得到答案，反正她也只是问问而已，不要在艾薇·恩德勒无时无刻不是母爱泛滥的爱护和关心旁边显得那么无情。

"他们来了！"艾薇跳了起来，宣告两位骑手出现在花园山入口处，托米马上开始挥手。一支大号出现，一队横笛（总是女人们吹奏最小的乐器，凯尔斯汀想），两支圆号。接着钹、小鼓，定音鼓，艾薇·恩德勒又蹦起来，兴奋地挥手。比其他人都高出一头的艾德勒先生看到了他的太太和儿子，马上挥手回应。用一只手高举旗帜好像抓着冲浪板。凯尔斯汀也举起手挥舞，心里却想着科隆狂欢节的口号：万岁！

　　七年前于尔根曾是旗手，她抱着2岁的儿子站在集市广场上朝他挥手。幸福地，甚至也许是骄傲地，她不记得了。不管如何，她那时喜欢看着于尔根，不管是游行的时候还是之后在早餐广场上，他摇动着旗子，小分队为客人一个接着一个高呼万岁，领队站在啤酒桶上嘶哑地喊道：市民，某某某，万岁！万岁！万岁！现在花园山的队伍已经行进到他们面前，往集市广场去，艾薇·恩德勒恋恋不舍地盯着她老公的背影，凯尔斯汀注意到，她的头痛已经悄悄溜走了。此外，一切都没有改变。

　　"下一个就是你们了。"

　　"什么？"

　　"莱茵街。"艾薇·恩德勒换手牵着托米。"下一个经过的队伍就是莱茵街了。"

　　"你听到了吗，丹尼尔？"

　　"我看到的比你们可远多了。"他说这句话时，都没有转过头来。

　　她也渐渐地平静下来。不经意地听着花园山队的队长在大喊报数，接着之前的音乐旋律又重新响起。她无法想象背包里装满负重，怒气冲天地走上三天。只要游行再重新开始，她就需要一杯提神的饮料。一杯饮料，然后跟着大队人群流动，在人流中，她总会遇到她的丈夫的，然后就让这人看看要怎么做吧，他们之间接下去的几天要如何相处而不被人察觉。

"托米，宝贝，我们两个最好再去熟食店那边，嘘嘘下。"艾薇把手放在她肩膀上。"等会儿见。"

"等会儿见。"凯尔斯汀站在儿子后面，从他手臂下方观看莱茵队进场。排在中间的是格拉尼茨尼，他化装成欧贝里克斯的形象，骑士随从左右，后面就是她的丈夫。队伍阵势很像军队，但同时男人们穿着健走服，年纪在 30 至 70 岁之间，看起来并不可怕。他们也并不特别威严，快乐的，乡村的，即使是那些被称为"领队"的人，常常顶着个圆滚滚的大肚子，实在很难想象他们会是勇敢的将军。他们的军刀倒是非常锋利，可以切开西瓜，于尔根向她保证过。只要他还远在视线外，不会在人群中看见她，她的目光便盯着他。她问自己，突兀地，好像出其不意强迫自己给出诚实的答案，她是否爱他。可是十年的婚姻之后爱又是什么？又是怎样的感觉呢？

"不要再拧我的屁股了！"丹尼尔粗声喊道。

"对不起。"她完全没有意识到自己的手在做什么。

她喜欢和他睡在同一张床上，喜欢他身上的味道，喜欢他的肌肉，喜欢他在沙发上拉过她的方式，紧紧抱着她，他想要的时候。

是爱？

莱茵队的男人们正通过主席台的委员们面前，凯尔斯汀正巧站在丹尼尔后面，额头抵在他的背上。

"爸爸在挥手，"他在汇报自己看到了。

"向他挥手。"

"不要。"

她抬起头，往前探头探脑，遇到了她丈夫的眼睛，非常短暂地，连辨认出表情都来不及。

"莱茵男子队由148名居民和4个领队代表游行参加踏境。"格拉尼茨尼的声音听起来好像在命令所有的市民就地屈膝，一阵窃窃私语。莱茵街是最大的队伍，很明显在卑尔根城的集市广场给人留下了深刻印象。

一位军官骑在马上朝排列好的各队前进两步，从马鞍上向左弯了弯腰，凑近准备好的麦克风说：

"早上好，市民们。"

"早上好，首长先生！"所有人回答道。

"骑手，出列！"首长说。骑手们开始动作，所有的马都站到各自队伍的旗帜下。

"市民们，年轻人，请安静！"果然所有人都安静下来。凯尔斯汀很惊讶，竟然没有人笑。"武器，举起！武器，出示！"

一阵刺耳的响声，而且绝对不同步的，一排银色的西瓜刀从制服的肩膀上卸下，刀尖向下朝着路面。向死者致敬，于尔根解释过。但是人们违背常识非得说一把刀是武器时，为什么死者会觉得被尊敬呢？于尔根也说不明白。这是传统，在这几天里是对各种问题唯一的答案。

旗帜同样向前倒下。从众多的脑袋望过去，凯尔斯汀看见一个花圈递给委员会，然后主席台旁的乐队开始奏哀乐。

在这个早晨她的心中第一次感到愉悦，毫无征兆，而且有点没品。一个又一个死者。她跟着哼这首不熟悉的旋律，卑尔根城只有少数人还熟悉这首歌的歌词，不管怎样，在早晨的空气中这首歌听起来很单薄。悼念的安静追随着最后一个音符，首长又冲着麦克风叫喊：

"武器，举起！武器，放下！解散！"

凯尔斯汀追随众人的目光，一起望着站满官员的主席台。市长高尔曼往前进一步，在准备好的台子上摊开一张地图。一个络腮胡子、厚厚眼镜的男人。

"亲爱的卑尔根居民们，亲爱的女士们先生们，亲爱的四面八方客人们。又到了伟大的时刻：我们就要庆祝踏境节！"

集市广场上再次一片寂静。屋顶上出现了一群鸽子，然后又飞走了。凯尔斯汀用手抱住尼尔的腰，下巴抵在他的背上，直到他开始挣扎，很高兴他没有挣脱她，安静了下来。她有种感觉，这个早晨她想得太多了。她像个陌生人站在卑尔根城成千上万的踏境节参加者当中，站在触手可及的节日欢庆气氛中，只等游行队伍离开，所有的人就可以放纵狂欢。穿着制服的人群里她已经认不出自己的丈夫。离她面前几米远，莱茵街的一匹马正在拉屎。

市长在说什么？

"……一项传统，将昨天、今天、明天联结在一起，将世世代代联结在一起，将同一时代的市民们联结在一起，最后将所有的街区联结在一起，成为家园，家园的一切：美丽的大自然、热忱的人民。我们庆祝踏境节已经有几百年的历史了，一百年后我们还会继续庆祝，准确地说：就是 98 年后，然后 105 年后。还会再庆祝踏境节。"

市长等着轻松的笑声逐渐平息，等着被喇叭扩大的回音平息。寂静又笼罩在人们的头上，好像它是从天而降，从几千公里外的空间刚好落在卑尔根城的集市广场上。

"因为踏境是维护和欢庆我们所谓的卑尔根城家园的独有的宝藏，这个宝藏我们刻意维护，是我们的骄傲，告诉我们，我们所属的集体值得我们成为它的一员。"

凯尔斯汀倾听着市长的演说，记得丹尼尔还是婴儿时，她如何抱着他在屋里走来走去，鼻子凑近他头上柔软的胎毛，心里想着，世界上再也没有比小婴儿更好闻的东西了。为什么现在她想起这个？因为她一点都不清楚市长在说什么。什么样的骄傲？宝藏的意义何在？是否值得成为这个集体的一员，这个早晨她更加质疑了。不，她并不是怀疑他的话是认真的，高尔曼站在主席台上那么毫不动摇，好像是一架起重机早上将他吊到上面去的。他是严肃的。然而，他描述的是他自己的感觉，或者他希望大家都这么认为，而他不会承认这只是一个愿望，不管是今天，还是七年后，还是十四年后，二十八年后，甚至一百零五年后，都不可能实现的愿望？在他说话的间歇，旗帜在早晨的微风中扑腾翻滚。隐隐传来的蒸汽马达声让大家记起，在这个工业地区又开始了一天的工作，这里到底又在上演什么呢，她想。

"我们要用'传统'两个字眼表达，人们也许不会把这称之为脉搏在跳动？是我们大家体内都能感觉到的，当我们听到管乐队奏乐，赛跑者的皮鞭嗖嗖时？跟几年前或者几十年前做的准备比起来，我们几个月来为节庆做准备的工作量和喜悦有什么不同吗？传统并不是人们常常理解的，只是过去的，也是今天还在小心呵护？因为没有人想被指责不注意保护……"笑声再一次此起彼伏。凯尔斯汀忽然觉得很困，她一句话都不相信，但是喜欢她听到的。卑尔根城应该停止庆祝踏境节，只是因为对一两个婚姻有好处？市长演讲的目的也不是为了给听众说点顺耳的话，他似乎考虑了很久，好好想过，把他理解的最好的部分呈现出来。

"……正因为如此，亲爱的卑尔根城居民们，亲爱的女士们先生们，我们今年还是以我们一贯的方式庆祝踏境节。谢谢所有为节庆准备工作努力的人们，没有你们就没有踏境节。祝福我们大家 1999 踏境节快乐！"市长停顿了下，他的呼吸声穿过喇叭好像吹来一阵狂风。"1999 踏境节，万岁……"

"万岁！"大家呼喊的分贝在广场上大到凯尔斯汀不禁颤抖了下。

"祝福！"

"万岁！"

"祝福！"

"万岁！"从几千个喉咙里喊出，更像是在下定决心，而不是兴奋。喊声在广场建筑间回荡，房子好像因为突如其来的空气压力就要向后倒。你们要全套的踏境节吗？她想，对自己有点生气。为什么她不能停止这种无意义的嘲笑呢？掌声雷动，人群骚乱。背上背包，收起雨伞。就在凯尔斯汀认为踏境开始的命令要下达时，毫无征兆地奏响了国歌。

"统一、权利和自由……"国歌的歌词虽然比之前的哀乐要熟悉很多，但唱国歌更多是一种义务，不会满怀热忱。在她周围，凯尔斯汀看到几个踏境者突然对她的鞋子产生了兴趣。"……为了祖国德意志。"年轻人扮着鬼脸，或者耸耸肩，其他人好像被上面命令参加不正经的活动。"让我们大家一起努力，情同手足，血肉相连。"人群稀稀拉拉跟着唱，没有感情，随随便便的样子。只有一个板刷头的男人，胖胖的，一张伯恩哈德教教士的脸，站在前面讲台上，深情地扯着嗓子唱："光辉照耀着幸福，光辉照耀着我们的祖国德意志！"结束，微笑重新回到人们的脸上，凯尔斯汀看见赛跑者纷纷就位，市长大人又站出列，在大家面前高喊：

"市民们，小伙子们，预备！武器，举起！踏境：前进！"终于开始了。行进队伍自发组成，挈尔人在队伍前面手舞足蹈，骑手和游行队伍都加入，委员们离开了舞台。凯尔斯汀观察市长，他在台上逗留了一会儿，收拾他的讲稿，好像厌倦上课的老师在讲台上收拾东西，学生在休息时间正在打闹，不记得课堂上都学了什么。她差点产生了上前的冲动，告诉他她很喜欢他的演讲词。

"现在快点！"丹尼尔从垃圾箱上爬下来。

"快点干嘛？"

"跟上啊！"

"游行队伍会先在上城转一圈，然后我们才可以跟着走。"

"现在还不行？"

"现在只有青少年和男人可以，这是踏境的规矩，我们女人必须跟在后面。"

"我可不是女人。"

"你可以试试看。我去找汉斯舅舅，和他一起等游行队伍从城堡山巷子下来。诺布斯就在前面。"

丹尼尔转过头。他现在看起来好些了，在周围的表演中似乎忘记了几个星期来折磨着他，前一天晚上让他痛苦的事。她用手抓了抓他的头发。

"也就是说，我们在这里分头行动。刚才和你一起很愉快，儿子。"

他翻了翻白眼。

"我打赌，我会在你前面到达早餐广场。"

"你需要从背包里拿点什么吗？身上还有糖吗？"

"不用管我，妈妈，真的！我会好好的。"然后他拔腿开始跑，好像有时候最简单的真理却要绕最远的路。她想，她生活的真相就适合这一句话：除了丹尼尔和于尔根，她一无所有，也没有其他人。而她的自负以及自负的结果，不过只是在试图把真相围上栅栏，当她从厨房窗户往外看，等待烤饼烤熟前，不至于不小心撞到头。她每个月都到奥尔斯堡去探望母亲，为了让母亲可以问她，为什么她三个月来都没有时间来看她。有时她临时绕道去看下大她十岁的哥哥，他的所作所为令她费解，她爱她哥哥，混合着不可救药和罪恶感的情绪，还有坚信，这是他的问题，不是她的。她没有工作，没有宗教信仰，最好的闺蜜离她几百公里远。如果于尔根决定离开她去跟一个十多岁

的少女开始新生活，那么她只有在家躲在被子里，默默计算这
十年婚姻的价值，确认她有个儿子，一个不用她担心的儿子。
真的，妈妈。以外，啥也没有。

　　游行队伍在集市广场的路上，句着卡尔滕巴赫街的方向去。
皮鞭声噼里啪啦从上城传来，队伍的前头已经穿过狭窄的街巷，
也许马上就要回来了。汉斯站在上面药店旁，抽着烟。她感觉
惊讶而不是惊吓：事情发生得太快了，生活一片狼藉，却几乎
无法摆脱。她丈夫体内的荷尔蒙，化学反应，这些在某个时刻
让他一脸严肃地做出决定。那她呢？她会坠落，不是迅速、重
重地，而是慢动作，一开始并不相信，也许正因为如此感觉不
到害怕，而是无限惊讶。所有的人都是这样：艾薇追着托米满
广场跑，丹尼尔和诺布斯已经消失在人群中。卑尔根城的人们
已经准备好参加踏境，或者已经在行进中。但是她真的无法想
象，他们的生活比起她的安全得多。

　　她的婚姻过去了，她知道。游行队伍的尾端已经通过广场
的小吃店前，很快她周围都空了。一个穿着蓝色连体工作服的
男人正在主席台前卷起电线。太快了，无法置信。人群都往卡
尔滕巴赫街或者城堡山巷攒动或者在集市广场末端围成了队伍。
她看到汉斯朝她挥了下手臂，他好像在说：你还在等什么？

　　她还在等什么？踏境节开始，她已经到达了终点，云层间
透出第一缕阳光。

　　各种感觉一起袭来：开心、疲倦、无聊、紧张、好奇。他盯着早晨的太阳，刺眼炫目。他突发奇想，想在人行道边坐下来，看着游行队伍通过。五十米开外的地方才是踏境的真正起点。队伍把卡尔斯胡特的最后几栋小屋子都甩在了后面，从国道右转进入森林。上克莱山。一米长的树干被做成了两级台阶，以便让健行的人们通过公路排水沟和突然的陡坡时轻松些。爬山正式开始。没有路，也没有台阶，到山脊的两公里长上坡还没有栏杆。呼喊声在林木间回荡，队伍的先头已经到了半山腰，怀德曼辨认不出队伍的尾巴在哪里，但是皮鞭的响声听起来非常远，似乎在职业学校所处的高地上，或者更远些。他的腿感觉疼痛，前一天晚上缩在狭窄的轿车里昏昏沉沉了三个小时，之后又开了很长时间的车。

　　他把车停在市民之家，混进集市广场的人群中，内心感叹活动的轰轰烈烈。他穿着夏天的鞋子，底很薄，适合在弗里德里希大街溜达，不适合爬克莱山，上面是法兰绒裤子，脏兮兮的衬衫，西装外套搭在肩上，好像是去参观博物馆。周围的人要不穿着灯笼绑膝裤，要不就是粗灯芯绒裤，脚蹬登山鞋，有些是球鞋，卫衣或者风雨衣。年纪大的还挂着拐杖。看起来充满着喜悦、歌唱、欢呼，稍显粗糙的脸上挂着好心情。所有的人都一样，只有他不是。从集市广场穿过去，沿着国道朝卡尔斯胡特行进的三、四公里路上，他有一种感觉，随时都可能有人会转过身，礼貌但很坚定地请他离开游行队伍，让他不要假装属于其中一分子。

他一直没看见他的母亲，他也不知道，他是否准备好出现在她面前。

就要转进森林前，队伍拥堵起来。路旁边是兰河，流经普赖斯公司旧厂房的地方，地面上现在只有主厂房还立着，是幢战前两层楼的建筑，巨大的窗户，远远看上去像一座废弃的火车站。周围杂草丛生，刚刚被修短过，像是运动场的草皮上散落着其他被拆除的建筑底座的浅色石块。峡谷在后面伸展，草坪静静地躺在早晨的薄雾中，阿瑙尔公墓延伸穿过平缓的山丘。克莱山飘下凉风习习。一辆警车在 B62 号高速公路上封堵交通，两位救护人员靠在救护车旁看着队伍经过。空气里充满松香和啤酒的味道。一辆旅游大巴开着马达等候，要把在前面引路的乐队成员载到早餐广场去。乐器已经装进箱子里，乐手们擦拭着额头，不停开瓶喝水。一个穿皮裤、大号还背着的男人，脸红得像煮熟的虾子，正靠在车门边抽烟。

每次在人群里发现似曾相识的面孔，他都躲开装作没看见。

踏境活动中健行的环节，这里达到了高潮：几千名健行者抗争着仍然湿漉漉的森林，抬步向上。四十度的陡坡让大部分人不得不伸出双臂，抓住前面的草根或小树干，或者手撑住地面。一不小心就可能会往下滑。第一批队伍已经这里那里散坐在地上，体力充沛的小伙子蹦跳着上山，伸手拉他们的女朋友。平坦的排水沟和地面上深色的豁口可以用来做边界行走的记号。到处都是笑声、叹息声、喘气声。老人们面露坚毅踏出一步又一步坚实的步伐，把他们的健行杖插进土里，互相鼓励着。孩子们自娱自乐。

太像一群袋鼠啊，怀德曼看着那些摇来晃去的屁股，脑子突然想到。他过了木头台阶，开始向上爬，一只手拿着卷成一团的外套，另一只随时准备抓住下一个最好的支撑物。没走几步，大腿就出现了拉扯的感觉，而且这个早晨他第一次觉得自己不合时宜的出现很好玩，还有面对丘陵挑战的学院派式的笨拙。身上会磨出血泡，接着大腿根、小腿肚会疼痛。但是他无所谓。克莱山在他面前，希望被征服。他擦擦额头上的汗，点点头。这里和那里第一批健行的人已经靠着树干，咒骂自己身上多余的脂肪。树林里全是人，闪光灯照亮了大树浓荫下的幽暗。爬克莱山一方面是简单的练习，另一方面是最好的机会，让人感觉庆祝踏境节时真正有所成就。陌生人从怀德曼身边经过。他想喝啤酒。脚下已经打滑了两次，好像它们自己忽然做出决定要走回头路，他的膝盖两次都跪在柔软的林地上，裤子上沾上了褐色的泥巴，感觉在正确的道路上。已经过去了十二个小时，离开时他表现得像个弱智，拿石头去砸破柏林洪堡大学历史系大楼的玻璃，现在很少出现的身体上的劳累、湿冷的森林空气和自己的汗水让他感到很舒服。眼睛盯着地面，卑尔根城人努力上坡，固执地投入同自己的抗争中。一种奇怪的类型，怀德曼想。在踏境人的血管里好像流淌着浓稠、深色的汁液，艰辛的时刻经受住考验。不管腿再怎么累，目标再怎么远，永不言弃，这和虚荣心无关，而是跳出与内心深处的卑劣为友的隐秘情谊。也许过去卡姆普豪斯问，他是否会自认为是一头犟牛时，他的意思便是这样。

他爬得越高，从太阳穴流进耳朵的汗水就越多，四周的嘈杂声也渐渐淡去，模糊起来。最重要的是，你尽了全力，他的爸爸总是这么给他打预防针，但是安慰的成分多于鼓励，这里的含义是：如果事情结果没有成功，不是你的错。卑尔根城人安于现状，也就是浓稠不易流动的性格，市长在集市广场的演说中也提到，只是不同的表达罢了。而他，托马斯·怀德曼，永远摆脱不掉。在柏林最初的岁月，他的身上散发着微光而不是燃烧，就是打上卑尔根城迟钝冷漠烙印的自负，似乎为了满足这种形式，事情失败时可以不用自责。也就这样，或者，总之不会再多了。

　　你总是夸张得没数，他听到康斯坦策说，然后摇摇头。他的呼吸越急促，他越清楚自己的处境。这是一出滑稽戏！逃避兜圈子。此刻又是踏境节了，七年飞快地过去了，很快又是七年，再七年，一直如此持续下去，直到变成那些在集市广场上挥刀领队致敬的一员。传统！森林！家园！缅怀这些死者，同时也渴望冰凉的啤酒。这是传统吗？市长发言时，怀德曼以城里人的打扮站在人群中，环顾四周：全是严肃的、几乎被感动的脸，似乎在那一刻，所有人都相信他们从喇叭里听到的话。而现在，在山脊边行走，为了小心不要从越来越陡的山坡滑下去，他自己也相信了。这正是传统：紧紧抓住拥有的。阳光穿过密密麻麻的树林洒落在树叶上。他的父亲相信这个传统，同样坚定、自然而然地相信他的儿子有一天会成为教授。只因为自己高估了自己的能力，别人就无权做梦了。几千人在今天早晨一起努力征服山峰，他感觉到一种幸福……至少几乎是幸福的。幸福的简单质朴的前戏，跟空气、土地有关。或者跟集体、啤酒有关。但他难以相信，这一切都是有根源的。若果真如此，那么它们存在于失去和轻微羞耻的感觉中。

　　他到达第一条围绕着克莱山的森林小路，感觉到颈子旁脉搏在跳动。越来越多的健行者在路上休息，大笑着看后面跟着爬上来的踏境者，随处都是人们在喝啤酒。两个年轻人捧着沉重的啤酒罐远离队伍，在一棵杉树旁边挖出几瓶啤酒，扛啤酒罐上山，要想能满足年轻人止渴的需求，途中不设置几个供应点是不可能办到的。

"托马斯？"

怀德曼抬起头，认出他的阿姨：健行杖、帽子和背心，她靠着一棵山毛榉的树干，用毛巾擦拭着额头，惊讶得眼睛瞪得大大的。

"你好，阿姨。你需要帮忙吗？"他尽量说得漫不经心，很自然。

"今早我在集市广场还和英格丽特说：他错过了踏境。现在你却站在这里像……托马斯，我亲爱的！"她挥手让他过去。在他阿姨拥抱亲吻脸颊之前，托马斯正巧还可以朝她旁边的女人点头，然后从安妮的肩上向山下望去。"你从哪儿冒出来的？"

"柏林。"

安妮·舒曼摇头，收起毛巾。

"你们年轻人啊，真让人猜不透。为这个我们来干一杯香槟。英格丽特难道完全不知道你在这里吗？！"

"我还没有看见她。"他耸了耸肩。他阿姨身边的女士比他大概年轻一些，高大修长，灰蓝色的眼睛。他刚想跟她握手，阿姨就把一瓶迷你香槟塞到他手里，问道："您也来一瓶？你认识巴姆贝格太太吧，托马斯？"

"您好。"他说。

她冲着他嘟哝了声问候，又向阿姨说了声谢谢，阿姨从背包里也拿出同样的一瓶给她。

"巴姆贝格先生的律师事务所就在我们对面。嗯，两位亲爱的：干杯！"

"我们在学校时就认识。他好吧？"他打开瓶子，朝她的方向点头。

"那是一定的。"巴姆贝格太太说。

"看看你都成什么样子了？"安妮阿姨又摇了摇头。"你都没准备任何爬山的装备？"

"我今天早上才到的。"这也许不算充足的解释，但是他决定，暂时就把这个解释当做理由。汗水从他的太阳穴和脊背淌下。显然还可以保持刚刚赢得的对自己现状嘲弄的距离，而且还在增长。即便现在已经不冷了，香槟绝对还是对他有帮助的。

站在他旁边的巴姆贝格太太看起来更心不在焉，双臂交叉，小酒瓶凑到嘴边，好像要吹响。她穿着 T 恤和牛仔裤，但看起来和大多数经过他们的女人不一样，那些女人嫉妒地看着他们手中的香槟。这位薄薄的嘴唇上一丝傲慢，她没戴什么首饰，表情好像是在安静中费力思考。

"今天早上有一辆柏林牌照的车停在市民之家前。"她轻轻地说，没有看他。

"是我的。"

"你在哪儿睡的觉?"安妮阿姨又开始摇头。

"别为我担心,阿姨,海因里希在哪儿?"

"坐公交来。"她脸上的表情好像很压抑,但又用微笑来克制,他以前见过。"我跟他说:我跟你一起坐公交吧,海因里希。但是他理都不理我。他现在坐在家里。"她看了下手表。"也许他会坐第一班9点多的车。"然后她转向巴姆贝格太太:"腰椎,糟糕。我慢慢也差不多了,但是他已经很糟糕了。"

"可是您刚才在最陡的地方几乎就赶上了我。"

"怎么可能,您这么年轻、活力四射的女子!您儿子呢?"

"我也想知道啊。"她看着山下,又看了看山上。"也许在山上吧。"

"嘿,看,那边谁来了。"安妮阿姨脸上的阴郁一扫而空。"英格丽特,英格丽特,俺还以为你早就到了呢。看哪,谁站在这里!"

怀德曼环顾一下四周,看见母亲正在向上爬。吃力写在她的脸上,她停下了脚步,摇摇头,脸上一下子亮了起来。

"那不是我儿子嘛?!"她今天像往常健行时一样,在额头上绑条毛巾,已经被汗浸透了。他迎着她走过去,拥抱她,就像刚刚拥抱阿姨一样。心想,真是太幸运了,他们现在才在这里遇见。如果在半小时前,他沮丧的眼神也许会泄露他的秘密。

"临时才决定的。"他说。

她凑近了一点，先盯着他看了看，然后才亲了亲脸颊。

"原来教授们健行时都是这副样子。你没睡觉吧。"

"跟我们一起喝香槟吧。"他说，搀扶她走上森林小路的平坦处。

"孩子们，孩子们，这座山可把我累死了。安妮，俺总是啰唆：今年是俺最后一回啦。如果俺们七年后还活着，就坐公交吧。"她拽住妹妹的手，虽然相差三岁，两人看起来好像一对双胞胎。

"我也想到了，"她说："你小时候就是这样，先说不，但从来也不愿错过。你还记得吗？安妮，他总是……"又开始唠叨了，她们站在一起，总是说个不停。怀德曼的脸颊上不断被慈爱地捏啊掐啊，他投给巴姆贝格太太的眼神却在暗示，自己很无奈没有得到与成年人年龄相符的待遇。她虽然微笑着，但还是心不在焉，时不时看看山下和山上，好像在受到某种威胁。他觉得奇怪，为什么她不继续走，去找她的丈夫或者儿子呢。这时，健行的人群并未散去，也不见减少。透过树林间的缝隙可以一直看到下面的国道，从卑尔根城的方向依然有队伍跟着他们的领队和旗帜朝着克莱山的方向转去。今天怀德曼第一次感觉踏实，香槟很舒服，符合他现在加速的心跳，喉头起泡后下肚。

巴姆贝格太太已经把她那瓶喝光了。

"我给您扔了。"他说，伸手去接她的瓶子。

"谢谢。"

"您支持哪个队，允许问的话？"

"莱茵街。我先生是那一队的……"她耸耸肩，"领队。"

"明白。"于尔根·巴姆贝格是卑尔根城的大红人，每一场婚礼都参加，所有的协会都有个头衔。他的太太看起来对他这种爱出风头的家伙来说太聪明了，不过，她也没说几句。

他们继续赶路，他话题转到别处。当地势特别陡峭时他伸手去拉她，他很惊讶她完全没有犹豫更抓住他的手。不过一路边走边说，他们俩都有点喘不过气来。香槟似乎让巴姆贝格太太的舌头特别兴奋，神态也是。越往山上，她越发令人感觉年轻，路上她边走边扎起辫子，裤子也卷到膝盖上。他们发现，他俩是同一时间在科隆念大学的，上坡剩下的路程都花在互相聊起当年的住址、熟人、喜欢去的地方，直到怀德曼说：

"我们肯定在科隆妇女狂欢节上见过，是你把我的领带剪掉的。"

"有可能。"她答道，好像还想了下。

就在他们的头顶上克莱山逐渐平旦，地面上突出着一些岩石，阳光穿透已经变得稀疏的树荫洒在健行者的身上。两个小男孩从石头堆上朝他们看，一个专注地看着手上的码表，另一个有些蔑视地回应巴姆贝格太太的挥手。

"您儿子?"他问。

"是啊。"他喜欢听她声音里的骄傲,其实她有相当多的地方他都很喜欢,他想。她向儿子走去,把他拉到一旁。

"你好一点了吗,宝贝?"他听到她问。

"宝贝个鬼,我们在这里已经等了 12 分 32 秒。为什么你总是这么磨磨蹭蹭?"

"我们到得比赛跑者还早。"另一个男孩说。

"好棒。你看见爸爸了吗?"

"他 6 分 15 秒前从这里经过。"

虽然怀德曼觉得这违背他的意愿,但他还是觉得这是个好兆头。他看着山下,试着把爬山时一路思考的问题想完。整个夏天他心里越来越感觉到他的雄心抱负都白费了,他的人生失败了。而现在他才认识到,他其实并没有过真正的抱负,顶多拥有的是它丑陋的双胞胎弟弟,虚荣心罢了。那结果呢?他应该双手交叉抱在胸前,审时度势,明白在所有人性里徒劳无益是个常态?这种想法跟卑尔根城人的麻木冷漠有什么分别,除了他多走了些弯路才明白?换句话说,这个认知没有什么不好,没有能力与之共存的话那它的价值就有限了。

"您是在想,是不是要下山吗?"

他转过身。巴姆贝格太太双手抱胸,又站在了她原先站着的地方，好像观察了他很久，那两个男孩子已经没了踪影。

"不好意思？"

"您就这么站着。"她用下巴指了指山下。

"不，我不想回去。您儿子呢？"

"溜了。"

"您有过这种感觉？就像突然间明白了，其实一直都知道、而且预感到的事？某种真理。"他戛然而止。说出来时他根本没有考虑，就直接说出脑子里正在想的事情。她看着他，点点头，交叉的双臂并没有放下。

"您一定很惊讶吧。您也许非常惊讶吧，就刚刚那会我突然有了这种感觉。"

"好，很好。那您也能告诉我，在这种感觉里能找到安慰，或者害怕的理由吗？"

她直勾勾地看着他，好像想问他：您到底对我有什么企图？阳光洒在她的脸庞，细小的皱纹都凸显出来。

"不，"她自己答道。"我恐怕这点我做不到。"

桌子上一字排开二十个小发卷筒，旁边还有一把梳子、别针、洗发水、一罐银色发胶，而她的母亲蜷缩着坐在她的椅子上，望着窗外的雨，说着第三遍："这可好，嗯，就不用总提着那么重的桶……"

　　女护理员已经走了，留下了她离开浴室时的浴液和汗味，穿过走廊飘进她母亲的房间。这是外婆的浴妈，丹尼尔这么称呼她，因为她的体胖和红脸庞，也因为他想象让科尔伯太太洗澡的画面肯定是又可笑又可怕，尤其对一个少年来说，她的下臂都有凯尔斯汀小腿粗了。

　　"别那么紧，"她母亲说，也是第三遍了。"头发快被你拽没了。"

　　"对不起！"她把最后一个卷筒放松一毫米，用她母亲从右肩递给她的发夹固定住。稀疏，头发全白了，透出苍白、遍布老人斑的头皮。外面的雨淅淅沥沥。她的手指不熟练，颤抖着。她把一缕头发从发梢开始卷起，一只手抓住，另一手用发夹插进去夹住。她母亲紧张的肩膀让她感觉到，就是在等她抓得太紧或者发夹插得太深的那一刻，母亲会缩成一团，好像预计会有人拍打她的后脑勺。

　　"好了。"她松开手，看了看外面。"你也许也适合剪个短发？像格尔蒂姑姑那样。"

　　"我手上还有三支发夹。"

　　"头发都固定住了。罩上二十分钟，然后吃饭。"

　　一个星期的大太阳把花园变成叶子和花的海洋，直接接受雨的洗礼。露台上她听着雨滴噼里啪啦，雨水沿着排水管奔流到集雨缸里。外面零星的雨滴打在窗台上，发出空洞的声音。

"丹尼尔呢？"

"在他爸爸那。"她右手把干头罩拽过来，拿走母亲手上的发夹，把不成形的、令人想起潜水钟的头罩盖在堆高起来的卷发筒上。

"二十分钟。"她重复了一遍，按下开关，一股暖风对着母亲吹来。

走出房间时没有叹气，她注意到了，就像早先注意孩子的指甲一样。

露台上雨水已经在绿色的石砖上形成了小水洼，不过雨也渐渐小了。西边云层稀薄了，红色的滤光穿过云层，把花园里洗刷过的颜色点亮；紫色和白色的丁香花枝在雨中低下头，香味浓烈。山坡上陡峭的地方随处开着些花儿，鸡冠花、紫罗兰、三色堇，五颜六色，争奇斗艳，一直到平坦的地方，玫瑰才从木栅栏上露出峥嵘，花蕾已经开放，但还是花骨朵儿，柔软但又坚硬。她花了很多天修剪，迟疑得好像第一年的美发师学徒，每剪两刀就退后一步观察，批判的眼光审视着结果。玫瑰不只需要照顾，还要驯养，直到所有的野性都转化为力量，在风中颤抖的花朵才能大片绽放。

你怎么了？阿妮塔会问。只是植物而已，你太神经质了吧？

"闭嘴。"她轻轻说，并走进厨房。"你根本不懂，这意味着什么。"

　　自打她们认识，这是第一次她生日时，阿妮塔没有打来电话。我很高兴听到语音留言，六月初又可以打通这个电话。现在阿妮塔去了哪儿，她的电话录音没有说。

　　凯尔斯汀从橱柜里拿出蓝边的盘子和杯子，决定今晚把电子浴椅从浴缸里搬出来，自己躺进热水的浴缸里，倒杯红酒，翻翻已经摆在客厅桌子上一个星期都没读过的《布丽吉特》女性杂志。铺桌子时她看了好几次电话机。外面的雨停了，比起打发时间，现在更有必要的应该是把露台的水扫干净，检查丁香上有没有蚜虫，然后回到屋子里，帮忙解下发卷。

　　晚饭她准备了吐司、干酪、鸡蛋和西红柿。透过厨房的窗户，阳光又一次照进暮色中，洒在篱笆的树叶上，散发出琥珀色的光芒。影子在迈因里希家的墙上爬着，好像时钟上的指针这么快或那么慢。

　　吐司烤好了，她关好烤箱，去看母亲。她正在把卷筒一个个收进空的饼干盒子里，弯曲的肩膀上还围着绿色的塑料围兜。她正拿着一把梳妆镜检查她的发型，发罩下她总是把助听器拿掉，就算房间里进了人她也察觉不到。凯尔斯汀观察她如何从桌子上拿起一个又一个卷筒，用颤抖的手，有时候动作到一半停下，什么都不做了，就坐在那里。一动也不动，然后才继续下一个动作。这副不近人情的缓慢景象让凯尔斯汀既同情又生气，最后她只有关上门来，不再关注。她又走上露台。吹着凉风。她光着的脚踝有点冷。

一个星期以来，她每天都打算打电话给丹尼尔的班主任，想要跟他约定个见面谈话的时间，但并没有打。倒是她的律师给她打来了电话，三年来第一次，而且昨天有关赡养费新规定的资料包裹突然就寄了过来，重要的段落用黄色做了记号：加强婚姻结束后的独立责任，不再无限制的生活标准保障，在对生活费进行有节制控制的意义下限制赡养费要求，新的朴素观的散文。她在电话里问，自己是否必须去找工作，她找到了黄色补充的句子：未来也应该能够回到掌握的、婚前从事过的职业；这本身也可能造成生活水准比在婚姻中的低。电话里，律师还说：这种情形可能会出现。那么她在家里的母亲要怎么办呢？他一时也无法回答。她的护理需求官方已经认可了吗？

没有，她说。对此律师建议凯尔斯汀申请护理费。第一，这个申请成功的话，就可以反对重新就业的要求；第二，会让可能减少的赡养费用反弹。在对生活费保持有节制控制的意义下婚姻结束后的独立责任。

这就是整个状况。然而到底是什么驱使她儿子在学校欺负小孩，这件事她还不清楚。搬到�以来，昨天跟儿子道别时，她第一次感到如释重负。一栋空荡荡的房子比晚餐桌令人压抑的静默容易忍受。所有的这些，她都准备跟怀德曼解释，不是因为这些跟那件事有关，而是因为她必须倾吐，而她很肯定，他会听她的，安静地，若有所思地点点头。

然而不论何时她想起这些，她都不打电话给他。

吐司上的奶酪开始变黑，番茄酱一滴滴落在烤箱的底盘。烤干，结块了。

厨房门边的日历上，家长会的日子她做了记号，但之后一直回避看它。她宁愿问自己，现在自己到了这种地步吗？在她根据约定需要给一个男人打电话前，她纠结了一个星期，而且这是公事的义务。难道是因为七年前那个短促的亲吻？

餐厅里电话响了，还没响第二声她就已经把话筒拿到耳边。耳朵里先是传来沙沙沙的声音。她听到一个从非常遥远的地方传来的声音，好像无线电发报机，接着是阿妮塔欢快、活泼的"哈啰？"。

"是我。"她说，比她想要自己表现出来的更冷淡。餐桌上的钟指向9点整，料理台上花瓶里的紫罗兰已经开始发蔫了，一幕在时间主宰下优雅的臣服。"你从哪儿打来的电话？月球上吗？"

"差不多，从月亮刚刚沉入海里的地方。我刚刚忽然想到，你……"她的声音消失在噪音后面，好像月亮真的正在沉入大海。"想听听，你怎么样？"

"你可能听不到，乱哄哄的，你在哪儿？"

"尼斯，你说，我听得到。"她的声音听起来情绪高亢，香槟酒后的兴奋，她从远方打电话来一向如此，就是为了告诉凯尔斯汀，她是从很远的地方打电话来的。

"很好。"她拿着圆珠笔在《库尔根城通讯》的边上乱涂乱画。所有的领导人都齐了，在第一页的小框子里，标题这么写道。就在足球世界杯倒计时的旁边。

"你说什么？"

"我——很——好。"

"听到了。我打搅你吗？"

"我正在做晚饭。你怎么样，好吗？卡尔大帝在你旁边吗？"

"在我心里，有时候。心肝宝贝，夏天我们一定要一起来这里一趟，这里的海湾和山峰梦境一般。我站在博物馆的屋顶上，四周灯火通明。九月你一定要抽几天时间过来。"

"好的。"阿妮塔的声音中间混杂着刺耳的噪音，凯尔斯汀把话筒离耳朵远点，一边穿过走廊，把露台的门向内翻下来一点，用另一只耳朵聆听母亲房里的脚步声。她终于把美发工具收进了壁龛。尼斯现在沐浴在五彩斑斓下。但是如果要沐浴的话幸好我们有浴妈，她想。

"你到底请了清洁女工没有？你要经常更加疼爱自己，你明白吧。"

"意思是？看着清洁女工工作？"

"你可以在那段时间找人来修指甲。"

　　凯尔斯汀的呼吸在露台门的玻璃上画出了不成形的雾气，聚到中央又向两旁扩散消失。

　　"很高兴你来电话。"她慢吞吞地说。

　　"很抱歉今年把你的生日给忘了，那一天我们正好出发起飞，一早我还想着的，要记得打电话。"

　　"然后就忘了。"

　　"我会补救的，肯定会寄一份礼物。"

　　"谢谢。"

　　"你妈妈好吗?"

　　"她老了。"

　　"代我问候她。"

　　"好的，还有，如果你想补救的话，踏境节的时候过来吧。你不在的话，我就只有坐在家里，想着其他人都在玩耍。"

　　"我争取。"

　　总是如此:她不会生阿妮塔太久的气，或者她不想。她宁愿生自己的气，因为她不能或者不愿意，而且对自己说:她是我唯一的朋友，就只有她。

　　"你是我的心肝宝贝。不，你其实是个小讨厌，不过，我今晚还是会为你喝一杯，喝杯灰皮诺葡萄酒，如果你不觉得太平常的话。"

　　"谁是灰皮诺?"

"一种白葡萄酒，小可爱，你以前也喝过的。"阿妮塔的笑声从地中海的沙沙声中挣脱出来，翻滚了好一阵才进到她的耳朵里。

"你从不喝红葡萄酒的。嗯，看看吧，今晚倒进我酒杯里的会是什么。"她说这话的方式，就是透露她不是单独一个人在尼斯，而且期待夜晚的来临好像期待尊贵的礼物，她早就熟悉这里的内容。她说的是"我们"，指的并不是她丈夫，这会在夕阳下她正潇洒地不知在向谁抛媚眼呢，准备晚上一起上床，上同样的床，今天赖到中午才起的。

凯尔斯汀又开始有点恼羞成怒了。

"因为我喝红酒会反胃。我现在得回到厨房去了。"

"我们很快会再见，对吧？"

"祝你在尼斯玩得愉快。"然后沙沙声和笑声都消失了，墙上的时钟指向 7 点过三分。凯尔斯汀翻了翻报纸，根本没在看，直到她的视线落在她母亲解了快三分之一的字谜上，她母亲的字迹越来越难读了。字谜的答案应该是眼睛的虹膜颜色，四个字母，她母亲写的是 B—U—N—T（彩色的）。

"吐司边有点焦了。我帮你切掉好吗？"她问母亲，她正疑惑地审视盘子里不成形状的东西，拿着刀叉不知道如何下手。

"外面窗台上的温度是 16 ℃。"母亲顾左右而言他。"昨天还在 20 ℃以上。"

"五月常会如此，变来变去。"

"我们家那边一定也下雨了，嗯，可怜的汉斯。"

"为什么是可怜的汉斯？因为天气不好吗？"

"他夜里还要上班。以前他晚上上班，白天还要给家里除草，池塘边的整个草坪。"

"一次吧，他只做过一次。"但是跟他的母亲一样，他到今天还在说这事，好像他该为此获得奖章。"我来给你切吐司好吗？"

"这西红柿是我们院子的吗？"

"妈妈，现在是五月，现在没有西红柿。而且汉斯现在是主任医师，不用上晚班了。"

"过去我总是种很多西红柿。"

"不会在五月。"

"还有土豆，黄瓜、倭瓜。你还记得铁匠家池塘边的那个大草坪吗？那里的阳光比下面的多。星期六的时候，汉斯除草时，嗯，铁匠家的威廉会过来问他：你们要鸡子吗？每次都这样：你们要鸡子吗？"

"你的吐司要冷了。"

"他的太太常生病。"

"嗯，就铁匠家的威廉，除草的那个人。汉斯帮过他几次，就几次。没有像我常常帮他。"

"你总是在科隆，不在家。"

她的母亲抓起刀叉，又放了下来，为了合拢双手。不由自主地，凯尔斯汀的双手也停了下来，甚至那一刻停止了咀嚼。发现母亲的后脑勺还有一缕头发，她忘了卷进去。

外面阳光已经消失，在尼斯也许还位于海平线上，下缘逐渐融化，在海平线后落下。是时候开始喝杯香槟了。

她看着母亲吃饭，看她用刀划过荷包蛋、奶酪和西红柿，三明治的每一层都摊在盘子上。然后她才从角落切下一小块，颤颤巍巍送进嘴边，头像乌龟一样往前伸出来。皱巴巴的嘴，完全不见牙齿。每嚼一口她就放下刀叉，看一眼药盒，分成早晨、中午、晚上三格，好像刚刚掉到桌子上。她打开盖子，又关上。喝了口水，杯子口边留下了印记，所有她做的事情，都给人留下深刻的印象，凯尔斯汀想，衰老既不悲哀也不荒谬，主要是自然的阴险。而且，她感觉，想到这些真是令人郁闷，不只因为这是对的，还因为这些想法占据了应该是其他想法的位置。不去想别的事，反而放大眼前的事情，就好像她在母亲刚洗好的头发里找虱子。

"还要茶吗？"她强迫自己把手放在母亲的手背上，强迫对自己说，这不该是被迫的。对自己说：这可是我的母亲。

"我不想总去上厕所。"

"你知道的，彼得曼医生说过：一天至少要喝两升水。"

"你还记得吗？我们在花园工作时，铁匠家的威廉总是经过我们的篱笆外面。"

"是的。"

"你们要鸡子吗？他总是这么问：你们要鸡子吗？"

厨房里的钟上时间正一点点消磨，外面夜幕降临。母亲还在吃，凯尔斯汀已经开始收拾，把干净的碗碟从水槽里拿出来。她实在没法继续看着母亲费力咀嚼。

迈因里希家屋外的照明亮了，马上熄灭了。走廊上母亲说："窗台上刚刚是 16 ℃。"

她看着厨房窗户玻璃上自己的剪影，决定过些天给她哥哥打电话，他应该给些关于护理费申请的建议。为什么总是她来负责？为什么不是可怜的汉斯呢？他在母亲根本不需要抚养时抚养她，现在他很少到卑尔根城来探望母亲，带着美好的心情，散发欢乐的气息，就好像洒了过量过甜的香水。此外他做的就是周末带着第三任老婆乘船游览碧格湖。为什么不是他？

车道上突然车灯大闪。她看见灯光已经射到了大门上。

"哦，"门铃响了，她母亲叫道："一定是汉斯来了。"

她穿过走廊时，在毛巾上擦干双手，对自己说，肯定不会是丹尼尔。那是一个女人的身影，透过门上黄色毛玻璃可以认出来。阿妮塔，她想，特别爱跟她开这类玩笑。那根本不是从尼斯打来的电话，而是从她的红色小跑车打来的，就在她从迪伦堡驶出高速前，阿妮塔，关于同青主题的最终评论的版权所有者：从浴缸里走出来，玻璃上还蒙着雾气。

阿妮塔！

她感到自己脸上神采奕奕，飞快地推开门时，却见到普赖斯太太站在门外，头动了下好像受到了惊吓。清凉潮湿的晚风吹进来，包住头发的丝巾，令她看起来好像刚刚从敞篷车下来。她微笑着晃了晃挂在胳膊肘上的篮子，说：

"我没有打搅你吧？"

"完全没有。晚上好！"凯尔斯汀感到喉头一阵窒息。鹿道的路上空空荡荡，路灯下发着光。

"你的丁香一直在我们的客厅香了快一个礼拜了，我觉得，该来回报下了。"普赖斯太太用一只手拿起搁在篮子里的红葡萄酒瓶颈。

"但是这也太……请进，那点丁香没必要的。"

"我先生反正在他的古巴情人那。不不，当然不是了。他在公司，不然还会在哪儿呢。"

"我们……我母亲还在吃饭。"

"哦，我这个不速之客，您一定得原谅我。"

"您来我很高兴。"她一只手挽着普赖斯太太的胳膊，另一只手在衣帽柜里的大衣和夹克间摸索空的衣架。透过敞开的走廊门，她可以看见母亲坐在一堆曾是吐司的东西前面。

　　"在你们吃饭的当口。"普赖斯太太对自己的行为充满自责地摇摇头，一边把头巾解下来，收拾了下原本染成金黄、现在又染成深红色的头发。"幸好我也给您的母亲带来了一点东西。她没有糖尿病或者类似什么吧，没有吧?"她用两个指头把一盒夹心巧克力从篮子里取出。

　　"正好需要。可以把您的围巾和大衣给我。"

　　普赖斯太太穿在大衣下的套装是浅色的，古典式裁剪，像朴素的花瓶，式样让目光不觉被上面的靓丽华美吸引，红色大波浪的卷发。

　　"妈，这是普赖斯太太，是住在附近的邻居。"

　　"哦?"

　　一只手还拿着大衣，向走廊踏进一步，她突然觉得走廊很暗，只有露台门边的罩灯和厨房里投射的灯光。

　　"您好，祝您好胃口。请继续用餐。"

　　凯尔斯汀看着她们打招呼，希望她的母亲至少手指上没有沾着残留物，普赖斯太太很有分寸，不往盘子里看。她最想做的就是把大衣甩过去盖住，然后逃到夜色里。但是，她只是接下篮子，对像期待礼物的孩子一样坐在那里的母亲微笑着，她双手捧着巧克力圆圆的盒子，好像捧着一本画画书。

　　"太好了。"她喃喃说道:"真是太好了!"

　　"和您很相配，这个红色。"凯尔斯汀说。

"我女儿有一天晚上红通通地从浴室出来，我想，冒险才会成功。这个颜色不会太强烈吧？"

"完全不会。"

"您知道我女儿说什么吗？为什么你一定要让自己看起来比真实的更野性呢？讨厌，对吧？"凯尔斯汀想，她拥有通常在比较年轻的女人身上才看得到的特质。像这样，双手叉腰，并没有必要这样，但看起来好像在生气。

"对我们的孩子来说，没有比知道他们的父母也年轻过更难了解的事了。"她说，但是不知道，这是否是普赖斯太太期待的回答。"您请坐，我先赶快收拾下。"

"谢谢，您喜欢红葡萄酒吗？"

"很喜欢。"她又将微笑延长了一秒，像一个魔术师一样伸出手臂，让她母亲已经忘记的盘子在手臂下消失。从厨房里她听到，普赖斯太太问她的母亲，要不要帮忙剥开包着巧克力的糖纸。

"脑子里血液供应不足，"她母亲回答道："所以我什么也记不住。但是，我把什么都写下来。"

"我也得把事情都写下来，我不仅健忘，而且还懒惰，所以，嗯！"

凯尔斯汀先把剩下的饭菜倒进垃圾桶，洗了下手指，清理了指甲里残留的土，往下看了看自己，耸耸肩。没有什么理由不能在星期一的夜晚，在自己的厨房里穿着牛仔裤和针织衫吧。从她在厨房窗户能看到的影子，头发还算整齐。

"不用，谢谢！"普赖斯太太在走廊上说："这么晚了，还是不要了。"

"我9点半去洗澡。不能太晚，明天我一早就要出门，去社区帮忙。"

"这样啊。"

"如果有葬礼或者义卖，牧师没办法一个人做完所有的事。"

"这……嗯，他是不能一个人完成。"

"您认识那些夜里总是闯进这里的男人吗？"

"什么？"

早该想到！凯尔斯汀从厨房里跑出来，像裁判一样站在桌边的两个女人中间。

"妈，你应该跟普赖斯太太说谢谢，她给你带来了这么漂亮的夹心巧克力，不是……"几乎是立刻，她感觉到手臂下已经冒出薄薄的汗，很感谢普赖斯太太悄悄地结束话题。

"我们在聊天呢。我当然必须知道，我跟谁一起。"

"这是普赖斯太太，她住在上面那条街上。她人很好，来看望我们，还给你带来了东西。"

普赖斯太太修剪过指甲的手放在肚子上，她的目光似乎停留在花瓶里的紫罗兰花束上，好像直觉认为这束花中藏着秘密。

凯尔斯汀挤出一丝笑容。

"您想马上开这瓶酒，还是想先喝点别的？水？绿茶？"

"酒打开了得先醒一醒，我先生说过。我帮您端过去吧。"
她端起本来凯尔斯汀正要端走的奶酪拼盘，站起来，微笑地拒
绝了凯尔斯汀的抗议，领头向厨房走去。

"那么我给我俩泡壶茶吧。"她不知道对普赖斯太太的举动
是该觉得很热心呢，还是多管闲事。除了彼得曼医生和浴妈，
她家没有来过其他客人。突然间她不知道在自己的厨房该到哪
里去，厨房里的窗前站着普赖斯太太，她说：

"请您不要觉得不自在。"她疑惑地用奶酪盘子指指冰箱。

"就放在白色罩子上面好了。您是说那些男人？"

"人一旦年纪大了就是这样，您不必感到难堪。"

"您能这么说真好。几周前她突然开始出现这种对男性的偏
执狂。自从那次以后，她没有一天不相信，夜里她听到屋里有
脚步声。如果您每天都得对付这种瞎胡闹，您也会偶尔发脾气
的，当然知道实在不该生气的，很快就又生自己的气或者有罪
恶感，等等。"

"恶性循环吧。"

"这也的确很自然，我只是无法适应。"她听到她母亲又去
窸窸窣窣打开巧克力包装，扶着桌子想站起来。支撑着腿的凳
子在地板上摩擦。

"我母亲在养老院已经有多年了，多发性硬化症，现在几乎不能起床。"普赖斯太太转身背对着窗户。"洗碗机在哪儿?"

"我们没有洗碗机。"

普赖斯太太闭上了眼睛，她的蓝色眼影好像蝴蝶的翅膀，又让人想起丁香花，想起夏天花园里的香味。但是跟头发的颜色不配。

"我女儿总是说，要追踪我的踪迹很简单，只要注意哪里又有人闯祸了。我到底在您的厨房里干了什么?"

"您女儿的确有点淘气。"

"您也有这种感觉? 被自己的孩子嫌弃? 我是说，他们当然不是就这么突然觉醒了，他们不是追赶，而是他们更熟悉这个世界。在我们身处的时代，您明白吗?"

"例如说呢?"

"例如……"普赖斯太太睁开了眼睛。"一个很蠢的例子，您有权这么说，只是我现在只想到这个例子。最近，我们三个人坐在一起吃晚餐，很少发生的。总之，大概是我女儿说的吧，关键词: 情人俱乐部。其实讲的是有关电视节目什么。您知道，这个情人俱乐部到底是干什么的吗?"

"我猜我听说过。"

"您看，我没有。然后我跟我先生说，也就是，以什么为名吧: 汉斯-彼得，我们有时候可以重新一起出去消遣下。也许一起去这样的一个……我眼前浮现的是业余俱乐部，运动、舞蹈等之类的集体活动。我女儿当然笑得从椅子上跌下来。"

"可以理解，哦，对不起，我的意思是：从她的角度看。"

"嗯。我的意思是这种感觉：昨天开始有的。"

"我不知道。"他们的目光碰撞到一起。对这样的厨房普赖斯太太过于优雅了，狭窄、老旧，棕色框架的壁橱和抽屉门，角落里有张小折叠桌子，堆着一大沓旧报纸，窗台上有些小摆设。几个礼拜以来，凯尔斯汀一直想给厨房的吊灯换个瓦数高的灯泡，现在昏暗的灯光照在普赖斯太太的头发上，让她的皮肤看起来暗淡。

"说真的，请您原谅。我站在您的厨房里，说什么情人俱乐部。我女儿说得对，我就是爱闯祸。"

脚步拖曳在地面上的声音向厨房接近，凯尔斯汀抖了下肩膀，在这个短暂的沉默里，凯尔斯汀突然有种奇怪的需求，想去拥抱普赖斯太太。

"您请把东西放进洗碗池里。我晚点再洗。"

"我很快就可以洗好。"

"绝对不行。您喜欢喝绿茶吗？一个朋友从日本带回来的。"

"真不错，您泡茶时，我来开酒。有没有……我是说，开瓶器在哪儿？"

"很抱歉，我也没有开瓶器。我就直接敲断瓶颈。"她的眼角看见母亲在门口出现，但是她的目光面对着普赖斯太太，这位似乎大吃了一惊，她双手抬起，像突然被打断的哑剧演员。"开个玩笑，"她说："对不起，您背后墙上挂着的就是。"

普赖斯太太的笑声令她想起阿妮塔，都带着喉音，清亮，有点太响。只是阿妮塔不会拿手掩住口，抱歉地看着凯尔斯汀的母亲。

莉泽·维尔讷用一只手扶着门框，另一只手拿着半满的圆点塑料杯，颤颤巍巍，向前弓着腰，像当年救世军拿着的募捐罐子。

"还要什么药吗？"

"把杯子放在这里，我把药剂倒好，再给你送去。"

"脑子供血不畅。"她母亲转头对普赖斯太太说："总是到处都痛。头痛特别厉害。可是，也没办法。"

"您很幸运，在这里被照顾得很好。"

"我记不住的事情就写下来。"

"把杯子留下，妈。"

"什么？"

"杯子。"

"还得倒药剂呢。"

"我马上就拿给你。"

她们一起看着她母亲离开，她穿过走廊，拖着脚步，好像每只鞋都重达 10 公斤。

"上了年纪都这样。"普赖斯太太把开瓶器从墙上取下来，用手指把螺旋转进瓶塞，忍不住又笑起来，嘴角一抽一抽的。凯尔斯汀想，她们两人也许会互相拥抱的。不是今晚，但是会在某一天的。

"其实，"她说："我更想马上喝葡萄酒。"

第二部　边界

他并没有真正睡着。在半梦半醒间恍恍惚惚，维持着平衡。房子里门咔嗒一声，他就一惊一乍，重新又坠入一连串没有关联的图像中：格拉尼茨尼伸出食指说话，学生期待地望着他，而凯尔斯汀·维尔讷正盯着他的眼睛，试图读懂他在想什么，电话响了。怀德曼把噪音抛在脑后，穿过长长的走廊，走廊上一排开着的门里泻出光芒，所有的房间都是空的，左边还有右边。他有时间认真考虑下他要说什么。听到外面马路上一辆车在发动，有一段时间他意识到，自己正仰卧着，然后他到达走廊的尽头，才清醒：电话真的响过。

阳光透过宽大的窗户射进来，照出空气中的灰尘飞扬。花了一点时间，把思绪从梦境里最后的一点纠缠中挣脱出来。这个时间谁会打来电话呢？怀德曼从沙发上坐起来，把毛毯收拾好，目光在客厅里扫了一圈：一个单身汉的狗窝，窗户前没有植物，墙上没有画，只有长长的、渐渐被书压弯的书架。这些书架占据了这间房，房间看起来很窄，好像一个角落放着休闲椅的书房。很多年前他就计划着把一些书装进箱子搬到地下室去。里面很多书他根本没有读过。《德国社会历史》共四册，根本没碰过，就排在书架的最上方。还在读博时，这套书的第一册就出版了，他预订了全部四册，结果出版间隔越来越长，最后一册三、四年前才寄来，好像漂流瓶从遥远的过去终于来到，那段时间"权威著作"这个概念对他还有一定的吸引力。现在这四册书在最上层排排坐，按照发黄的程度来看，后面的这一册已和早到的成为一体了。

施莱格尔贝格今年要退休了，他是在网络上碰巧看到这则消息的。伟大的汉斯·维尔纳·施莱格尔贝格教授，将和学生及同事一起庆祝，优雅地感谢无数的赞誉之词，他的演讲会非常辛辣，掂量过辞藻和分量的尖锐挑衅。不露痕迹地挖苦影射历史学大人物中那些不做文献考据、只喜欢读些适合咖啡馆闲聊理论的人。施莱格尔贝格钟爱掌声。怀德曼用双手揉了揉太阳穴，赶走睡意。卡姆普豪斯会参加的，他可是最近刚从莱比锡被聘到比勒菲尔德的大弟子。他会在这个场合发言赞颂，怀德曼可以想象：连篇恭维但又夹枪带棒，卡姆普豪斯最爱鼓掌了，从一个峰顶向另一个峰顶鼓掌致意。退休就意味着那个峰顶无人了。

下午的太阳悬在峡谷上，风儿从西边轻轻地往兰河上游吹去。格陵贝克街上没有行人，三层的公寓楼，基本都是租客，入口处认真打扫过，一排刷着彩虹色的垃圾桶。施莱格尔贝格退休关他什么事？在他面前，是一个悠闲的、没有要紧事的下午，但他依然没有闲情雅致，坐在阳台上看看闲书，让时间翻动一页一页。让人有点糊涂，情绪有点低落，但并不痛苦。只有一点难受、轻柔的压力，说不出是哪儿，而且一有别的事儿就消失得无影无踪。但是一歇下来，它就在那儿。一直如此。临睡前，刚醒来，每一个独处的时刻都有这种感觉陪伴。他对这种感觉已经太熟悉了，无法对任何人描述。什么都不是，也什么都不像，它就在那里。就像耳鸣，只是更没有意义，更无法形容。不会被煽风点火，产生怀疑，并升级成愤怒的等级，只会在那里，只是它自己，就它自己的样子：天上没有云，但也没有阳光照耀。空气里充满黏糊糊的雾气，堵塞皮肤上的毛孔，昏暗的光遮蔽住世界。也许这就是为什么他喜欢在林子散步，当他不知道该做什么时，他就走出家门。呼吸。

离开前又迅速查收了下他的电子邮件。

书房里厚重的书桌上摆着未处理的信件。怀德曼把这些信件推到一边，打开电脑。电脑启动时，他去厨房给自己涂了一片面包，喝上一口苹果汁，手上拿着面包回书房，向窗外望去。现在是六月初，时间飞逝，什么事也没发生，一如往常，但是就要临近的夏天，似乎阴谋着要发生什么。不耐烦地从冬眠里醒来，有着小小牙齿的小松鼠。紧张又饥饿。而他根本不知道在期待什么。

　　他的工作邮箱里显示没有任何未读邮件。怀德曼打开了他的第二个邮箱地址，输入密码"周末"，结果显示有三封新邮件。他认出一个寄件人，但是主题"为什么不?"引起他对内容的好奇。五六个礼拜前他见了这个名为玫瑰的女网友，比起之前发来的、美图过的照片，本人看起来既干枯，皮肤还粗糙。他们在哈瑙附近的一个地下酒窖碰面，第一次幽会他总是选在地下酒窖。这朵玫瑰其实没有什么不好，反而很舒服，甚至讲起话来还挺聪明，可惜无论如何她不对他的胃口。第一眼就足够确定了，如果她没马上从吧台后面的小方桌回应他的目光，如果他仅仅只是犹犹豫豫在酒窖里环顾，像一个被朋友放鸽子的人，就可以径直开车回卑尔根城去。结果一只温软的小手碰了碰他，还有奶油一般闪亮的下巴线条。

　　很高兴认识你，他说。他都是这么说。

　　他并不情愿地点击了鼠标，打开邮件，扫了下内容，看到最后一行：（你的）玫瑰，脸部抽了一下。在交友网站注册时，他的住址写的是埃森/法兰克福，避免在烛光摇曳的小桌子旁遇到同乡的危险。而且十封邮件里，八、九封都是收入颇丰、四十岁上下的女人写来的，有诊所老板、经纪人、法兰克福或陶诺斯的艺术工作室老板。都是些选酒时让他自愧不如的女人，法语和他说得一样好的女人，还有那些描述自己时，公开表示对人生不再有幻想的女人，她们对失望并不陌生，让他感觉他还像一个大一新生，刚刚辅修人生，即便现在也还是如此。

你本来就是，康斯坦策会这么说，即便现在也还是如此。

跟这些女人很少会约会第二次。

（你的）玫瑰。那天晚上他虽然喝了三杯红酒，还是开车回家了。他拿出纸巾将脸颊上的口红擦掉，再也没有回复她后来的四封邮件。他还知道，她叫乌尔苏拉，是个兽医。连她的职业都让他反感。想到她整天摸着猫狗的毛，即使这些猫狗属于巴特洪堡的寡妇们，她们让猫狗梳洗和美容的次数可能比她们自己还要多，他是不愿和白天与动物在一起的人分享自己的床。

这是第二个不对他胃口的女人，从做作、挑逗的"嗨"他已经可以分辨出来。这样打招呼的人，不是有太多想要隐藏的，就是没啥可聊的。怀德曼按了删除键，重新回到厨房，再拿出一片面包，周末洗的碗碟在水池边的碗槽晾干水渍。他间隔着从每十封邮件中回复一封，每年见上五到六个女人，在不同的旅馆或者公寓过夜，有时候，如果发生化学反应，就去海边度周末或者去普法尔茨。大多数时候满心的期盼都会冷却下来，像帆船遭遇大风转向。一个高潮和赤裸的时刻，当邮件的网名变成了真名时。初次见面的不留情面，跟美颜过的照片相比较，镇静的微笑后面藏着对欺骗的责骂。或者另外一种情形，感到轻松，心里轻轻吁了一口气，费力地掩饰期待的喜悦。对刚刚开始的一局不要预期太高。所有的一切都只是失败者的游戏。

回去客厅前，看了一眼电话上的来电显示。电话铃响过，但没有显示来电号码，答录机上闪着一个红色的零。

失败者玩的游戏，总还好过孤独，更好过在卑尔根城里的酒吧去追女人。这是对某种东西的补偿，在康斯坦策之后他便已经不抱希望了，也许他在康斯坦策之前就早已不再相信的东西，某种他天性完全缺乏的东西。某些时候他甚至感觉这样很好。很刺激，但也很轻松。而且这种幽会让他认识到自己具有的另一个没有预料到的天赋，他对自己说，这个天赋不能被小看，40岁以后还有一种新的才能可以挖掘。他还能够倾听。不只是闭上嘴巴，而是真的听进去。一种对时机的敏感是必要的，端起酒杯缓慢咽下一口，当对方寻找话题或者纸巾时。在正确的时候点头微笑也是重要的。更重要的是，不去注意隔壁桌子更漂亮的女人。他发现了他的天赋并且善于利用。另一个相似的天赋比如跳舞，他会领舞，而且不踩到对方的脚趾。当音乐声响起，用恰当的语调问：一起去跳个舞？

"查尔斯B"是第三封电邮的主题。他的网名，跟其他人的一样可笑，但这就是网名。使用假名，展现不同的自己，享受虚拟的放荡。好像用假钱玩纸牌，一个女人这么跟他说过。他看来和他读过的书有相似之处，他以前喜欢读、现在还是喜欢但不再读了的书。他书看得越来越少，越来越觉得无聊。

她给自己取名维多利亚，写道：

Cher Monsieur（亲爱的先生），

我允许我自己用法文称呼您先生，因为您的名字对我来说比较像 Scharrl（沙尔）的法文发音，而不是英语的 Tschahls（查尔斯）。因为我猜想，这个名字起源于 19 世纪，那时候世界上还有真正的"先生"。虽然您取名字所根据的那个高尚的人，一般不认为他是个真正的"先生"。或者我搞错了？您的名字结果真的是查尔斯（像我的确叫维多利亚一样）？

如果您允许的话，我想知道答案。但您不需要马上揭晓。有一个地方，那里就像 B 先生这样的波希米亚人会觉得舒服。您也是，您那么勇敢地给自己取了这样的名字。

您勇敢吗，我亲爱的 Scharrl 先生？或者至少好奇？Connais-tu，comme moi，la douleur savoureuse……（您，是否如我一般，感受到这美妙的心痛……）

请给我回信，我们会见面的。

Au revoir（再见）

维多利亚

怀德曼向椅子后背靠去，好像他必须离这些文字远一点才能看清楚。也许他不再读小说，因为这些陌生女人写的魔幻邮件为他的想象力提供了足够的养料。这些文字背后也许是女作家，引逗人上床的女作家。无论如何，他喜欢她用"您"，其实这封邮件他都喜欢，尤其这份不必说出来、又说不出口的礼节。他勇敢吗？好问题，他从来没有问过自己。总之，他的指间感到震颤，他不想去网站主页搜索她的照片，他努力回想，这句法文出自哪首诗。又读了三遍这封邮件后，他把电脑关上。

就这么简单，好像睁着眼睛欺骗自己：一个星期，也许两、三个星期，这个谜一样的维多利亚会占据他的思绪，上午的课间陪着他，下午陪着他散步。从她写的邮件再运用他的想象力，他将创造出一个生物，足够吸引他，去寻找一个她邮件中描写的那种地方。然后见面，再然后，这样或那样。或迟或早。只是消磨时间，没有更多的想法。

电话铃声打破了他的幻想，他又想起散步这件事。怀德曼大声地清了清嗓子，拿起电话。

"怀德曼。"

"您好，怀德曼先生。我是维尔讷，丹尼尔的妈妈。"她声音很轻，好像自觉有罪。他惊讶地发现自己的手开始出汗。

"您好。"他说。

她迟疑了那么久才回这个电话，最终并不是因为害怕坏消息才打电话给他，而是担心引起他的不满，激怒他带来坏消息。

换句话说：她给他这个机会赢得她的感谢。

"请您原谅我这么久才给您回电话。"

"没关系的，维尔讷夫人。"

"我没法早点回复您。"她停顿了下。"有新的消息吗？我的意思是，比上个星期您知道得更多了吗？"

"多了一些，维尔讷夫人。您希望在电话里谈论这件事吗？"

"不。您看，我母亲在家，我必须提前做好计划，或者等待机会，刚刚我才送她到医生那，之前我已经试着给您打电话，真的很抱歉，在午休时间打扰您。"

"我没在睡觉。"

"总之我现在也许有两个钟头的时间。"

"好的。"他说，但是不知道自己是不是同样这么想。

"是吗？"她好像顺便在记下什么，或者手上在忙其他的事，也许只是紧张。"我本来担心您……那好的。您到我家来的提议还算数吗？诊所会打电话来让我去接我母亲，他们没有我的手机号码。"

"好的，我马上出发。"

"非常感谢。"

"我十五分钟后到，可以吗？"

"谢谢，非常感谢，您知道我住在哪里吧？"

"我知道。"

他挂了电话，感觉自己一切都做对了，但是他不知道为什么要这么做。中午休息时打电话来约定马上见面，超出了本地的习惯范围。如果说凯尔斯汀·维尔讷具有善变任性的倾向，或者向他提条件，他也不相信。她需要做好心理建设和他见面。她是个很敏感的人，面对交织在一起的当下的陌生感和模糊记忆中的亲密感。她纠结了九天之久，然后在再也没有借口推迟这场谈话的时刻抓起电话。

怀德曼换了件衬衫，刷了牙，下巴拍了点润肤水。镜子里的他似乎在问："这只是班主任和家长的谈话？或者……"太阳穴旁边的头发已经灰白到鬓角，但是他故意留点胡茬子，造成黑发还在生长的假象。也许这种办法会成功吧，他想。胡茬子。

两分钟后他便急忙下楼。塑胶雨鞋和儿童脚踏车堆在楼梯的门边。他最近越来越感觉喉头有种怪异的跳动。或者在肺里？虽然格陵贝克街晚上 11 点之后非常安静，像农村田野的小路，他睡觉时还是需要耳塞。施耐德家每次把装垃圾的塑料袋在楼梯间放上半天，那股味道会让他的胃翻江倒海。

他走完格陵贝克街剩下的几米，经过旧的镇政府办公大楼，从寇纳克街上行。走了几百米后，他忽然才想到，应该带些东西，至少要有一个记事本什么的，这看起来才像是去办公事。但是他不想再回去拿了，如果她只有两个小时的话，他最好赶快。

Connais-tu, comme moi, la douleur savoureuse（您，是否如

我一般，感受到这美妙的心痛)？这会他马上想到了这首诗叫 *Le rêve d'un curieux*（《好奇者的梦》）。这个维多利亚是个高中老师？法国文学的教授？邮件里她选择的字体暗示有学术背景，以及对直线体的偏爱。如果她的名字真的叫维多利亚，他倒是可以去美因茨、法兰克福或者吉森大学的网页上翻翻，也许会有收获。然后呢？他受伤的骄傲会容许他去跟一个大学教授幽会吗？她又想约他在什么样的地方碰面呢？

怀德曼感觉到额头出汗，放慢了脚步。腋下已经湿了，他可不愿意这样汗迹斑斑出现在凯尔斯汀面前。他更需要考虑出一个大概的思路，该跟她说什么。

七年前他们在克莱山的半山腰相遇。然后晚上在节日广场上。七年前！那之后是什么改变了？一切难道不是都留在半山腰了吗，他甚至不知道，他自己是在上山？还是下山？他站的地方很稳当还是会滑倒？那座他攀爬的山，为了不掉下去，他努力地抓住石头，在他的上面长高了？他环顾这个地方，还有兰河河谷、头顶上森林边、烈日下几乎看不见的白云，想：正是如此。不论怎么努力，他停留在原处，山在长高。现在阴影过来了，慢慢向他迫近，在不如意的日子里，他甚至可以感觉到脚下凉气飕飕。

观察她和她的丈夫越久，他就越确定，他们婚姻中美好的日子已经是过去式了。在早餐广场时他就想过，现在在节日帐篷里又想起来。他们彼此说话，并不争吵，但是不需要特别关注，甚至远远地就可以看到她眼里压抑的怒火，发觉他像孩子做错事情被抓到时的固执反抗。他们彼此说话，但不是交流。他常常跟康斯坦策说：没有哪个已婚的人能逃过婚姻的平庸。

每次都这样，第一个晚上帐篷里人不会满。只有青年队和少女队全体到场，大多数人站在桌子上，跟着舞台上演奏的乐队一起唱：热门歌曲、民谣、流行小调。男的都穿着及膝的绑腿裤，头上戴着插着羽毛的帽子，女人穿着类似阿尔卑斯传统服饰的衣服，头发扎起来，齐声歌唱。他们大部分都非常年轻，怀德曼几乎看不见超过三十岁的脸。刚刚一首歌在雷鸣般的掌声中结束。男子组的桌子那边还有很多空着，帐篷后面领啤酒的地方运营一切正常。怀德曼靠着一根帐篷支柱，往莱茵街男子组那边望去。他刚刚甩掉一个老同学，在他尚未讲完他三个女儿所有的疾病前。中学校长格拉尼茨尼，穿着一身笔挺的领队制服，挺着肚子从这一桌走到那一桌，跟在场的人敬酒。快到9点了，帐篷里的气氛跟着音乐的节拍，副歌时气氛沸腾，中间逐渐平缓，歌曲结束时则全体瘫软，烟草的云雾缭绕在吊灯下。

乐队演奏致敬曲，预示着休息。

"你们太棒了！"乐队指挥透过麦克风向在场的人们表示致

敬，回答他的是这里或者那里和谐的、但听不清楚的欢呼，大概是"太棒了"之类的。

凯尔斯汀·巴姆贝格从她的位置站起来，对坐在附近的人挥手，做出半是抱歉、半是拒绝的表情。多么漫长的一天。我儿子该上床了，明天见。怀德曼把杯子里的啤酒喝光，放在旁边空着的桌子上。她的丈夫看着她点了下头，简短地说了句什么，没有身体的接触，至少从三十米外看是这样的。

他喝了很多，但并不过量。不过是维持踏境节的礼节，手里一定得端着啤酒杯。他的双腿感觉沉重，脚上起了很多水泡，手指肿胀，因为血液不畅变褐红色。他既没有喝醉，但也不清醒，他被酒精味笼罩着，虽然清醒的思考不成问题，但是他并不会强迫自己去思考。他可以这么做，但不必要这么做，一只脚跨到另一只脚前面，没有目的地，而且他周围，没有音乐的帐篷里，人声鼎沸，变成了一个大大的马蜂窝。到处欢呼声、歌唱声此起彼伏，有时候刚刚集中注意力，随即又沉入帐篷的深处。到处都是尽力的、兴奋的、骄傲的脸庞，某种庄严优美的感觉在帐篷里流动，属于某个群体的感觉，好像他们刚刚从市长手中接过卑尔根城的最佳贡献奖，奖杯系着丝带。

凯尔斯汀·巴姆贝格的金黄色辫子散开了，从绑绳往外散去，左甩一下右甩一下，跟她眼睛看去的方向相反，也许她在找儿子。

天空中飘着红色残云，看起来好像在蓝色大海翻卷后冰封住。白日最后的光芒正划过白帆。怀德曼周围霓虹灯刺破迷乱的黑暗。大金刚吞噬下整条刚朵拉船连带一个尖叫的小孩子。在网球场大小的赛车场地上干冰的冰雾正在营造混乱的交通。旁边的旋转木马上情侣们伸长了手臂对抗离心力。迪斯科音乐和售票亭扩音机传出的招揽广告让空气震动。烤焦的杏仁、烧烤和厕所的消毒水味道弥漫着整个广场。

他停下脚步，想对这个农村式的娱乐作呕，但是办不到。最多只能扯扯嘴角，挂上一丝不屑，也可被看成微笑。这个夜晚太温暖，太柔软，远离正在消逝的天空。如果他对自己诚实的话，他得承认，这一刻他想要出现在另一个地方。在离他只有几米远外，霓虹灯中一道模糊的剪影。她把辫子扯紧，脑袋还在继续张望寻找儿子。早上，爬克莱山的路上，他试图弄清楚他的状况，他在失去希望的顶峰上探索自己正确的位置。现在他让自己随波逐流，朝着在人流中像是浮标的金黄色头发走去。她身材高大，运动神经发达，还带着不刻意的优雅，完全符合她的专业，虽然她在早餐广场上已经说过，她有很长一段时间没再坚持了，在运动方面。

"哈啰，"他说，"您还是来了。"

她转过身来，眼神里并没有他期待的惊喜，以为她可能整个晚上都在想着他。代替惊喜的，是一个微笑，划清界线的微笑。也许她在节庆帐篷里伸长脖子，在鹿道队伍里寻找他，虽然官方他并不属于这支队伍，但是他自己私底下觉得这是他的队伍，或者类似什么他告诉过她。家庭传统，他的父亲……（停顿、微笑、耸肩）曾经是领队。

"我儿子坚持要来，你的脚怎么样了？"

"谢谢，坐着还行。"

"您现在换了双鞋。"

"您的儿子呢？"

她似乎很感谢有这个机会，重新去搜索。他也是：她的脖子修长，站得笔直，双手交叉抱在胸前。她把带来的毛衣像袖套一样绕在手上。她的姿态透露出一些辛劳、紧张，笔直地站着，伸长了脖子。

"如果您9岁，一个9岁的男孩——您现在可能在哪里？"

"碰碰车。"这么多天绞尽脑汁后，感觉到了一种解脱，以男性的观点简单地来看：机会来了。她虽然不会跟他跑到小树林里，站着火速解决，背着丈夫偷情，但是她准备踏出去到越界还是有空间的，这点他感觉到了。

"您陪我去好吗？"

在早餐广场时他就有种感觉，只有她儿子不在场时，她才喜欢他的存在。只要她儿子过来，不管是喝着他的可乐或者给她看刚得到的徽章，她对待他立刻变了态度，离这个陌生男子远一点。而这个坐在斜坡上的孤独男人，依然感受到孩子投来的质疑的目光。她没有等他回答就迈开脚步。

"好的。"

像个男人，康斯坦策说过，不是吗？他只是还没确定，把握这个机会是不是背叛他的女朋友，至少得好好掂量下。就当做准备，或者必要时的替代品。过去的日子里他太忍气吞声了，从施莱格尔贝格向他关闭的办公室，到对他国家考试的双重暗示。他对距离的感觉已经麻木，而这种麻木感正是他现在最享受的。一个局部麻醉，恰好回避那些问题，那个平常好像苍蝇绕着柠檬汁杯子挥之不去的问题。他已经冲了澡，换了衣服，感觉在自我外面包围了一层香味和全棉，他准备好要对自己大方些。

凯尔斯汀一摇一摆、悠闲的步伐他很喜欢。她的夏装很薄，内衣的线条却完全没有外露。怀德曼必须强迫自己转移目光，结果却看到她的儿子，在她还没有看到之前。他假装意外地走在她的后面，而不是跟她一起过去的。碰碰车场灯光炫目迷幻，车场四周站着的都是半大不小的孩子，跟着音乐摇摆。到处有小女孩被拉进碰碰车里，男孩一只手把着方向盘，似乎潇洒地开着巡航舰，空着的手搭在隔壁的椅背上。"下一拨，再来一把，很好玩的！"扩音机里声嘶力竭。丹尼尔和他的朋友站在比较大的孩子身后，数着糖果，看来并不高兴凯尔斯汀·巴姆贝格过去找他们。

"好了，"他听见她说："所有的车都停到车库去了。"

一阵突如其来的疲倦感打破了他编织的幻想，强迫他回家去。放弃吧，疲惫的声音说，预先尝到的滋味将把一切留在他身上，可怕的余味，这会已经清楚明了，好像他早就做过了。但是他不想走。准确来说，相反地，他也不想留下，他甚至不知道，他该怎么办。对他来说，最终是同样的疲倦，离开或者留下。这样或那样，反正所有的一切都是归零游戏。或者，如卡姆普豪斯在演讲中提到的：破烂游戏，不是吗？

"好吧，再跑最后两圈。"

"三圈。"

"丹尼尔！"

"三圈，拜托，不会耽误很久。"

虽然她背对着他，但是他相信看到她眼睛一转。倒是丹尼尔看了他一下。这个小男孩眼睛里透出少有的冷冰冰，好像是给轻敌的对手一个警告。

"那好，三圈，但是之后我们马上离开，清楚吗？"

"那你在这里等我。"她儿子说。

"我到前面桥那边等你，这里太吵了。"

之后的对话被售票亭扩音机的声音淹没了。怀德曼移动脚步往兰河上的桥走去，听任凯尔斯汀自己决定，是否跟随他。有那么一会儿，他并不真正在乎她会怎么选，她的脚步声让他明白，他是期待她跟着来的。

"您没有小孩，您说过。"

"没有。"

"您可能并不知道，有时有多烦。孩子们总是执拗他们想要的，总是要求得多一些，他们父母并不想给，您明白吧?"她对他很坦率，当他们快走到节庆广场边时，听见了河流的声音，树荫下显出平坦的小桥的剪影。

"是的。"他说。

帐篷里又传来欢呼声，乐队吹奏声，加上游乐场好像蒸汽船的汽笛声。不用再走几步，河上的凉风迎面吹来。沿岸杂乱的灌木林寂静无声，黝黑平缓流过的兰河拍打着河床。他们的身后似乎落下了看不见的幕布，把一切声响都包裹在丝绸里。

在桥边，她说的。不顾丹尼尔的反抗，这句话可能有什么地方不对，因为孩子总是越来越强硬。只有她在这一刻完全失去了自己的意志，只是想找到平静，放下伪装。

转过头去，一只鸭子嘴埋在颈子的羽毛里，在桥下顺水而游。凯尔斯汀在倒影中看见的并不是这只鸟奇怪的姿态，而是兰河温柔水流中的自己。

"您听，"她接着说。

"不。"他轻声说。

她感觉到他的手伸向她，另一只手去抓住桥边的栏杆。她一整天憋住的气愤又开始发胀。托马斯·怀德曼突然站定，就像他说话的声调中表达出来的随意自然一样，她直接投降了。啤酒和润肤水，他的两个男人味的标志，萦绕在他们之间狭窄的空间。我自己也没有那么清醒了，她对自己说。他的手现在放在她的腰上。她一时间不能决定，用什么话语来让她的怒气消散，她到底为什么愤怒。有种不对劲的感觉模糊不清，甚至带着诱惑、被动地摆脱了她的控制。相反，她可以把握的是怀德曼的臀部。一个扁平的、学者的臀部。

他们单独在那里，望着对方。只有她的眉毛在回应他手上的动作，他摸索着她裤腰芾下的肌肤。这一切似乎都是合乎逻辑的行为的荒谬方式，她觉得。

"您不是真的想这么做吧，"她耳语。

一个吻像是翻找她为什么这么做的理由。坚定的，不慌不忙。她的双手摸索着他的背、后颈，又下滑到臀部，她什么都没有找到。她也没有期待能够找到什么。他的唇还有舌尖也没有答案，最强烈的是她发现没有感到一点惊讶，她对这种无意义的冷酷接受。为什么我在吻他，她问自己，并且让他的舌头又探进去一步。他压挤着她的腹部，产生的勃起对她而言像是明确的指示，她的手丈量着他肩膀的宽度，她的脸上感受到他的气息。脚底下桥上的木板嘎吱作响。

他抓住了她的乳房，她把他搂得更紧。他所做的，没有什么让她不舒服，她相信在她生命中，她第一次明白，性欲冷淡原来是这样。他的嘴唇只是嘴唇，他的手只不过是手，嘴唇只不过是潮湿的。她听着帐篷里传来的音乐声，兰河湍流声，心里暗暗算了下时间：碰碰车的第一圈刚刚结束。

她的思绪随波而下。十三四年来她第一次吻一个自己丈夫以外的男人，就好像面对一幅名画的仿作：看上去，没有什么不同，却还是缺了点什么。一切都是那么平，线条走得太快，没有想象力，只有笔力。怀德曼接吻的技巧并不差，但是她想念上嘴唇那一点点胡子的摩擦。当然，如同欺骗也不可能一点没有感觉，欺骗绝不会感觉徒劳的。于尔根有可能用发抖的手去探触那个年轻的东西，吸取年轻肌肤的香气，还有绽放的紧致曲线。男人从来就不会觉醒，她正在吻的这一个也不例外。至少那个她从昨天晚上起再也没有欲望的男人就是如此。或许欲望还是有的，但是不再愿意给他了。

不需要多久托马斯·怀德曼就反应过来他所做的只是白费力气。他的抚摸、亲吻，他的腰部对她的挤压，所有这一切渐渐失去了强度。当他的手第二次放在她的乳房上时，她甚至连要拒绝他的感觉都没有。她欲望的缺失似乎让他窒息。唇与唇分离的瞬间，她第一次感觉到亲吻的美好。

过去之后，她想，一点都没有弄痛我，她觉得自己可笑。她双手抱住他的头，几乎要在他的额头上印上一个吻。

这是不是说，我忠诚于一夫一妻制，她问自己。他撤了回去，放下手臂，她的反应却是抱紧他的腰。他很高大，很舒服，他比于尔根高，她的头几乎可以抵着他的下巴。

"我现在该做什么？"他问："道歉吗？"

她摇头，把自己更深地埋进他的怀里。踏境节过后，他说过的，要马上回柏林去。她希望，这是踏境的第三天，而不是第一天。她可以给他最后一个吻，清楚从此不会再见到他。他的手迟疑地环住她的腰。她很想跳一支舞，缓慢的，倦怠的，但她不想媚俗。

碰碰车第二圈了，内心有个声音在警告。

"再等一下，如果您不反对的话。"她很诧异自己提出这突如其来的要求，她想靠着怀德曼的肩膀睡下去。她又一次抱紧他，然后放开。他耸了耸肩，把衬衫立平，仓促地看了下她的脸。芦苇里一只鸭子呱呱地叫，河流的黑色像是表面涂上了一层油。

她朝节庆帐篷的方向看去，灯光绚丽，人声鼎沸，但没有人出现。时间是9点半，不会再有人过去，也没有人要回去。

没有人看见，一切都没有发生过。

"我不知道您住在哪儿？"怀德曼在她身后说。他身后，很远的地方，一张空着的长椅旁立着一盏孤独的路灯。他们之间，已经隔着太长的距离，不能再拥抱了。

"那么，再见了！"

"晚安!"她没有目送他,而是走出黑洞洞的柳条来到草地上,整理她的衣衫。兰河另一边有人上桥,她交叉着双臂走来走去,似乎站在一个空荡荡的站台上。深呼吸。第一天她已经熬过去了。并不理想,但是熬过去了。脸上浮现微笑,唇上打着招呼,最终转过身去。当脚步声接近时,有一秒她期待看见的是怀德曼朝她走过来,却撞击到丹尼尔的目光,好像在她脸上揍了一拳,打得她一个趔趄。

他正是站在她最后看见怀德曼的地方,桥的中央。他的脑袋躲在阴影里,她完全看不见他的眼神,她突然撞上的,只有他夏天短裤下裸露的小腿,还有 T 恤下的手臂,然后是眼睛,最后才是她原本直觉会有的,但并不存在的孩子的愤怒。虽然如此,她什么都说不出来。她瘫软地站在草地上,听着自己的心跳。一张大网朝她头上罩来,网眼细密,什么都逃不出去。

"那么,老实说……"她感觉很困难,但还是强迫自己松开交抱的双臂。"我不知道我儿子和他爸爸的关系如何,我们不谈这件事。"

她又抬起胳膊。

"如果您想知道,我和我儿子的关系如何,我自己也不清楚,我们也不谈这件事。"

双臂没有交叉抱在怀里,这种话真的很难说出口。

"但是请不要下错误的结论。跟一个 16 岁的谈话，真的是……"她点了下头说完这个句子，深吸一口气，发现她的嘴唇紧闭时看起来很单薄，缺乏血色。

"您可以责备我太爱我的儿子。我知道是这样的，猜想就是这种情况。但是您知道，其实人能够选择的太少太少，比我们感觉应该有的选择少得多，有这种选择吗？"

不管怎样，这句话说得很漂亮。

"您没有小孩，不是吗？请您……不，请您不要。算了，当我什么也没说。"她嘀咕着，脸贴着浴室的镜子，靠得那么近，镜面上出现了奶色的气泡，看上去好像要抹去她的唇。她用两个食指从鼻窝往眼睛下方抹去，停在颧骨上。防皱霜，《布丽吉特》女性杂志的建议。为了万一怀德曼要使用她的浴室，她拿下暖气片上挂着的换洗衣物，一下子不知道怎么办，就塞到洗手台下的柜子里。这个地方忽然光秃秃的，暖气片上的白漆开裂露出了铸铁，下面的瓷砖看起来也残破、老旧，徒劳地假装窗台是大理石的。

这个也请不要轻易下错误的结论，她想。

带着盖子的塑料杯，晚上用来浸泡母亲的假牙，她把它收进镜子后面的格子里，又心虚地把它拿出来。为什么要作假？又是作什么假？她的目光落在贝壳状的香水瓶上，瓶子在昏暗的浴室里闪着透明的、黄色的光，很特别。香水是某个她在打开包裹前没有听说过的高档货，阿妮塔对她的愧疚用这瓶香水来抵偿。她一把抓起瓶子，瓶子大小正正好，重量也正正好，光滑、圆润的玻璃，握在手里很舒服。不冷，也不热，握在她的手心中。她把瓶盖打开，拿到鼻子前，嗅了嗅。

真是可恶。

海边沿岸狭长的地带，夜晚，空气里充满了薰衣草的香味，路灯发出琥珀色的光芒。就是这种感觉，洗浴后轻轻滑进丝绸的夏裙，皮肤上还粘着一滴滴水珠。像全棉般简洁，但又珍贵如青春，这是一款骗人的香味，骗你喷洒香水时，感觉又恢复了早已不堪的生命。阿妮塔没给她自己买过这样的香水。她不喜欢如幻的柔软，她喜欢浓郁的财富香味，珠子不能是水做的，衣服也不会是棉织品。她推开一家香水专卖店的店门，想要得到导购的指导。在尼斯当然有无数的香水专卖店，只要几个关键词，就可以发挥想象力，什么香味最适合凯尔斯汀女士。阿妮塔想象出的画面，善意谎言的拼图，像这个香水味一样不诚实，最后只是喷洒在香水签上的试验，职业性地手一挥，香味挥散到空气中。Voilà（瞧）！可不是嘛，我们相信远方的好朋友正带着她纯粹的自然站在面前，或者自然的纯粹。直白地说：就是她那可爱的头脑简单。她以为香味是一条丝巾吗？路过还在身后飘扬。

凯尔斯汀把香水瓶放回原位，将马桶盖放下，克制住自己想坐上去的冲动。厨房里正在煮的咖啡可能已经好了，而怀德曼也许已经站在门前的花园里，奇怪为什么没有人。如果必须的话，她当然也可以请他用大门边的小客卫。但是，第一，那不再是客人专用的，而是丹尼尔专用的；其次，她担心这间电话亭大小、灰棕色瓷砖的卫生间会给他留下更糟糕的印象。如果一个人的外表可以推断出住宅内部情况的话，那么怀德曼的浴室应该会像庇护所一样简洁，非常明亮，也许在窗台正中央还有一盆仙人掌，或者一个橡木的杂志架，不经意地放在马桶和墙壁之间。第三点，她觉得给儿子的班主任使用他的卫生间，一眼就可以望见因为没有柜子，用过的牙刷、妮维雅男士止汗剂、刮胡水都扔进了丹尼尔的浴衣口袋里。这太草率了。不，眼前的情况是，她更希望就算是三杯咖啡下肚，怀德曼老师的膀胱还不到无法承受的地步。

"就靠你了。"她对镜子中的自己说，然后离开浴室。

从厨房她可以看到怀德曼坐在花园的椅子上，腿伸出来，但是背还是笔直的，放松但又很专注，如果她对"肢体语言和非语言性表达"的课程内容还记忆正确的话。他似乎痴迷地看着山坡上百花盛开。谈话间，他的目光有时也会跟着某只蝴蝶的盘旋，或者看着栗树上的斑鸠，让凯尔斯汀有机会注意到他没有赘肉的小腹、修剪整洁的手。但是现在她屁股靠着料理台站在厨房里，看着咖啡一滴滴渗进玻璃的咖啡壶，问自己，为什么某种紧张情绪总是挥之不去？根据他告诉她的情况，她还是有理由可以放松的：她不必害怕儿子被学校开除，而丹尼尔最严重的过错，看起来班主任并不准备把它表述为暴力以及肆无忌惮的性格。关于这一点他有点含糊，显然是努力不去违背她的意愿，把敏感的家庭话题带进来。他也不想扮演心理咨询师的角色，只谈客观事实，不时赞美下她的咖啡，不像刻意去巴结或者看起来不像。有关节庆广场、兰河桥、秘密等等都不会去暗示。这个谈话她很喜欢，她喜欢他平静的阐述、沉默的关注，她猜，他的家族中应该有过好几位牧师。尽管如此，她还是站在厨房里，任凭时间流逝，客人坐在花园里，她几乎打算在这半个下午里，她母亲被带出去的这段时间里，独处。

这就是我，她想，我们必须接受。

——谁是"我们"？

——哦，不，不，不！忘了我生日的人不会得到有关这种问题的答案。

——只有你自己相信，你必须接受。事实是，你必须改变你的生活。

——我们认识二十三年了。我从没有忘记过你的生日。

——改变……

——丹尼尔切除扁桃体时，我从医院楼下的电话间打给你，打到克里特岛。

——科孚岛。所以你决定要生我的气吗。

——不是，我没有随便生气。

——时髦的男人，外面花园里的那位。以卑尔根城的水准来说，anyway（至少）。我不确定，但是我想，学校的舞会上我可能吻过他。

——我怀疑，我们两个到底谁才需要改变生活。还有，我吻过他，只是没有告诉你。

——你给他倒咖啡的时候，闻闻他。我猜是伊夫·圣·罗兰的味道。还有，你喜欢我送你的香水吗？

——不是我的风格。

——所以我才送你呀。

好吧！总是这样！哦，拿什么可以砸碎这样的自负？

——有很多事情我无法自主做出决定，但我还是想要自己决定，我自己闻起来是什么样。

——不要再生气了，听我说。你没有勇气去过自己喜欢的生活，你甚至都不敢让自己闻起来像你喜欢的那样。

闭嘴吧，她想，她把玻璃壶从咖啡机拿出来，把咖啡倒进保温壶里。然后走回露台，走过五斗柜时，看了一眼柜子上的紫罗兰，花朵垂下了头，这束花已经无精打采了。

"请原谅我，"怀德曼说："我没有注意到已经很晚了，我们需要商量的都已经说过了，我该告辞了。"

"请把杯子给我。"她只是说。

倒咖啡时，他们的目光短暂相遇。他的刮胡水有一股刺鼻的味道，而且他抹上刮胡水之前，其实并没有刮胡子。她脑子里还能集中思考的部位想要知道，他站在镜子前都在想什么。

"您的花园很上心。"他说。

她点点头，追随着他的目光望去。自从丹尼尔不会再在草地上打滚玩耍以后，她便在草地上开辟出小花圃，种些三色堇、波斯菊，兀自生长的小野花，虽然它们恣意生长，有点凌乱。也许一个男人并不理解这种自己亲手收拾出一个花园的满足，所以她也没啥兴趣跟他在一起，透过他的眼睛观赏自己的花园。这证实了眼前的这个女人闲工夫很多，他是这么想的吗？她注意到他的眼皮抖动了一下，虽然他睁大了眼睛想要克制，好像戴着隐形眼镜。反正，他在避免正视她。

"您不上班吗？我是说……"

"目前没有。"她双手捧着杯子，双腿交叉，决定不接受这样的羞辱，转而瞄准对方。"您也不相信他会做出这种事，是吧？我儿子？"

"是的，也许根据我将近七年的教育经验，我该明白这个年纪的孩子为何做出无法解释的事。但是丹尼尔的例子……是的，我承认，一开始我完全不能相信，这对您是个安慰吗？"

"怎么会是呢？我儿子从 10 岁开始，就在这样的生活状态中成长，没有得到很好的关心，对他的影响不好。可是他能怎么办？如果是这个生活状态使他做出这种事情来，那我们也可以说，他做出这种事情自己也无能为力，但是这样也不对。"

"我可以打断您吗？您并不欠我任何解释。"

"我是想解释，错在我的前夫和我自己，这是确定无疑的。但是：这种事情却是丹尼尔做的。而我越是尝试设身处地去想，越是没有办法解释。托米·恩德勒我认识，我们以前在海恩科博尔区是邻居。"

当然她是想过的，是否要打个电话给恩德勒家。过去好几年里，艾薇·恩德勒和她隔着篱笆互相招呼，交流园艺心得，交换自家种的水果和蔬菜。有时会在露台上聊天，聊聊孩子和家务。出去度假时也会帮对方浇花。当恩德勒先生冬天铲雪时，总是会跑到他们家来帮忙。离婚之后，恩德勒太太来过一次鹿道，下午时间过来喝咖啡吃蛋糕，无话可说了（您把这里收拾得挺漂亮的，这句话她直到现在还记得）。之后还有一两次的圣诞祝福，然后就没了联系。偶尔她们在城里相遇时，转头望向另一边似乎也是很自然的事了。

怀德曼点点头，用一只手压住跳动的眼皮。他移开手指，她看见，眼皮的跳动并没有消失。然后他喝了一口咖啡，稍微摆了下头，更换话题的信号。

"舞蹈，对吗？"

"什么？"

"您在科隆的主修专业是运动，但专攻舞蹈。不知道我的记忆是否正确。"

"我也记得，您也在科隆上大学，"她点点头。

没有什么特别明显的理由，他就开始讲起来。叙述当中，他似乎感觉至今仍旧这么清楚地记得一切有点尴尬。他甚至还能背得出她早先在科隆住过的两个地址，以及他们之前并不能够确定，是否在阿妮塔二十五岁生日庆祝上已经见过，或者并没有。偶尔他会假装他的记忆不中用了，但是她明白，他只是避免让她产生打那以后他无时不刻在回想他们谈话的印象。

她侧耳倾听，试图将她的紧张藏在微笑下，藏在这样的谈话里：

"您知道花了我多久的时间，说风笛这个单词时不会傻笑。"刚说完她就觉得自己又犯傻了。为什么她必须在意他的动静呢，好像存在弦外之音，她必须找出来并加以分析。他并没有试图在字里行间传递神秘的信息，只是非常和善地让谈话继续，直到他喝完她刚刚又倒给他快要溢出的咖啡。

"真的吗？"

"我那时傻里傻气的，您可能没有察觉到。"

"是没有察觉。那么您花了多长时间才把您在科隆的地址读清楚的？"

"也许正因为如此，我才很快搬了家。"她听见自己在笑，很想去拍他的手臂，告诉他：您知道吗？我并不是一直都这样，我只是需要时间去适应。几天前她和普赖斯太太聊得挺愉快的，但那是两位母亲在聊家常聊孩子。下个周六普赖斯太太邀请她到家里去，普赖斯先生将去参加莱茵街的集会，她们两个人决定过一个妇女之夜。对她来说，这是好几年里来的第一次。

"您的记忆力真好。"她说："一个历史学家也必须拥有它吧。"

他摇了摇头，他的表情有点什么东西引起了她的注意。

"也没有人会要求教艺术的老师一定得是个画家，对吧？顺便说下，记忆是我当时论文的研究题目。上大学的时候。历史学记忆是集体自欺的媒介，也就是机构化的错误回忆。"他停下来，盯着她，故意皱了皱眉头。"大家在历史学家背后说他们比较无趣，我担心，我也正在向您证明，期望成为历史学家的人也很无聊。"

"错误的回忆会到怎样的地步？"

"每个人自己都有这种经验：记忆会背弃我们，回忆会欺骗我们。对个体会如此，集体为什么不可能呢？集体记忆也有可能是个体欺骗性记忆的总和。大家互相达成信任。我们现在假设，我也许记错了，七年前我们并没有一起爬过克莱山。跟我说话的是另一个人，跟您说话的也是另一个人。然后我跟您说，那个人就是我，您其实已经不太记得了，现在我跟您说得越多，您就越相信我们的记忆是重叠的，是吻合的。您把我的记忆当成是对您的记忆的证明，我也是。但我们两个可能都搞错了。"

她需要一点时间去明白，为什么她不想听他现在所说的。十天之久，她和自己作斗争、努力地挣扎，提醒自己作为一个母亲的义务，警告自己这次谈话的必要性，任何逃避都是可耻的。一个只是仓促的吻不足以让两个成年人七年后不敢对视彼此的眼睛吧。尽管如此，她还是控制不住自己一直想着这件事，为这件可笑的事情感到羞耻，好像被人家发现衣领上的口红印一样。难道这是为了让他现在用手指着，同时又假装什么也没有发生。把它当成某个理论的例子，他这么做比起直接回忆那次相遇更伤感情。

怀德曼看着她，好像在等待答案，她只是耸了耸肩。

为什么他要这么做？是不是他真的忘了那个吻？或者只记得桥上短暂的相遇，已经忘了他吻的人是谁？突然间她感觉自己无法就这么坐着，无法忍受他短暂演说后的寂静，像一个无声问号的宗教仪式。突然间，她感觉不可思议的事情就变得极有可能：已经过去七年了，他喝了酒，看起来很累，而且他们之后没有再见过面。为什么他的大脑衔接会时不时断裂？对他而言，只不过是在某个稀松平常的日子里一件无足轻重的事，谁知道他之后吻过多少女人呢。

她应该感到被冒犯，还是该松口气？

"您那时候穿着衬衫和西装外套。还有那双鞋，没有人会穿那样的鞋去爬山。"她终究还是说出来了，声音里带着一点反抗。他可能不明白，对她自己却表明，明显她并没有松口气。

他点头并做了个手势，含糊不清。

"我升教授的论文观点没有得到认可。这也算是我历史学研究生涯的终点了。"

"然后您就回到卑尔根城来了？"

"这是历史的嘲讽。"

"您为什么要留在这里呢？"

谈话又陷入新的沉默中，她很肯定电话这段时间会响起，但是门窗大开的房子里也陷入沉默。花园里的光线为渐晚的下午增添了暖色调。凯尔斯汀用手轻轻摸了下小腿肚的鸡皮疙瘩，她欣喜地发现他有一双沉静的眼睛，色调介于棕色和绿色之间。即便不知道目光该放到哪儿，他的眼神也没有一丝慌乱，只是不慌不忙地寻找，早晚会知道该要什么。

"我问过自己，究竟'我不知道'是最诚实的、还是最胆怯的答案。或许两者都可能。"

"借用您的话，您并不需要向我解释。"

"我留在这里，"他说："因为刚好有了这个工作机会，也因为那段相当短的时间感觉需要和过去一刀两断。麻烦找到您，不是让您去顽抗，而是让您跟着改变，开始是被迫，接着再改变一段时间。最终尝试将尊严从麻烦中赢回来，因为您会到达一个您自愿到达的点，所谓适度的自由。问题是，命运掌握在自己手中，又有多久让您接近这种美好的感觉呢。或者，换句话来问，骄傲的半衰期有多久？"

幸好他还能做到用微笑来削弱说话的分量，但是走廊里传来电话铃声，凯尔斯汀还是很高兴。

"好问题！"她站起身，手指了指铃声的方向。他一直对她用尊称"您"，好像他不是他自己命运的作者，而是想要暗示这是她的命运。凯尔斯汀拿起听筒，回应了诊所护士的通知，她母亲的疗程结束了，她该去接母亲了。

"十分钟后，"她说："有什么新的调查结果是我必须知道的吗？"她的声音听起来似乎不太情愿，好像她对她母亲的命运并不放在心上。

"我想，医生会跟您说，如果您过来时可以等几分钟的话。"

"当然。"她跟护士道别，发出嘟嘟声的听筒还拿在耳边。怀德曼在外面，双手插在裤兜里，站在她开满鲜花的斜坡前，肩膀挺直，好像是画像的模特儿。凯尔斯汀挂上电话，站在露台门边。

"不好意思，我得走了。"

他点点头，抓起他的外套。他指了指咖啡杯，她挥手拒绝。

在走廊里，她检查了下手提包，驾照和医保卡是否带齐，如果彼得曼医生要找她谈话的话，也可以利用这个机会，说上几句，为什么安眠药某个时候对她助眠效果好过伤害。希望他不要跟她长篇大论谈关于上瘾的危险，这个她比他更清楚。

"今天就这样，"怀德曼在外面说。"家长会上我们再见。希望这件事可以过去。如果在这之前您还有问题，或者想找人聊聊，随时可以找我。"

"我开车送您一段吧，格陵贝克街，对吧？"

"我还想去上面森林里走一走。"下巴往斜坡上指了指。如果没有其他事的话，她想，她不会现在就跟他说再见，她会挽着他的胳膊，同他一道去鹿道跑步，跟迎面而来的慢跑者点点头，空着的手则沿路撩一撩路边长得高高的草。

"谢谢您临时抽空过来。"

"我很乐意。"他答道。

她坐进太阳晒得热烘烘的车里，摇下两边的车窗，调整了后视镜，她背后高大的身影已经转过弯，淡出了她的视线。鹿道上空无一人。几片云静静地飘在山脊上。她的思绪跟着怀德曼走上了寇纳克街，沿着房屋背后狭窄的小路，最后一直深入卑尔根城的森林里。

07

"不，您穿非常合适，好像特别为您定制的。"凯尔斯汀双手抱在胸前，拿着香槟杯一小口一小口地抿。她在旁边看着普赖斯太太左一圈，右一圈，最后终于站定，好像要跟她的穿衣镜决斗。

"是啊，好像特地为我定制的，只是我的身材似乎不太适合这种款式。"

"真的很适合。"

"镜子啊，墙上的镜子啊，我的腰去了哪里？"双手叉着腰，普赖斯太太疑惑地看着镜子中的自己。在壁灯朦胧的橘色灯光下她的脸有些苍白，却也并不显老，就是眼睛下有了黑眼圈，凯尔斯汀以前没有注意到。她身上穿的这件黑色套裙，对她的身材的确是个大胆的尝试，但问题其实并不在腰部，反而是裸露的小腿，她的小腿肚有点太粗壮。凯尔斯汀猜测，普赖斯太太的身高大概在 1 米 60 多一点点，如果她们彼此更熟悉些，她会建议她穿飘逸点的灯笼裙，长度到脚踝。搭配上高跟鞋，冒险的话应该袒胸大开领，这是普赖斯太太最好的本钱。这类短

款适合又高又苗条的女人，凯尔斯汀想起自己拥有一件类似的
套裙，挂在衣橱里已经好几年没穿过了，不禁有些悲凉。那件
套装真正适合你，你赤脚穿也漂亮。阿妮塔总是这么说。现在
普赖斯太太为了试装，把鞋子蹬掉了，这件套装让她看起来又
矮又胖，身材缺陷暴露无遗。凯尔斯汀却不能这样告诉她，就
算现在是周六晚上，她们已经喝掉了一瓶香槟也不行。

"什么时候举行扶轮社的夏夜聚会？"

"三个星期后。"普赖斯太太叹了口气，转过身背对镜子，
伸手去抓餐具柜上的香槟杯。"不管怎样，谢谢您的耐心。我去
换衣服。"

凯尔斯汀点点头，踩着狭长的羊毛厚绒地毯进了客厅。这
里闪烁着红棕色的灯光，和深色的地毯、鹿皮组合沙发相配，
一张三人沙发、一张两人的，加上两张单人的沙发。其中一张
单人沙发椅垫的痕迹表明这是男主人的位置。低矮的双层玻璃
的沙发茶几上摆着香槟冰镇桶、两盘奶酪小饼干和葡萄。茶几
下堆着时装、装饰杂志、几本汽车杂志、一本《家庭与健康》
和青少年问题专刊，"荷尔蒙战斗"的标题印在封面上。凯尔斯
汀放下酒杯，走到窗台前，会心一笑，侍弄着丁香花，让每一
根枝条都插入水中，向窗外望去。她一向喝了酒就会有反应的
太阳穴居然没有动静，真是令人吃惊。

从鸿恩贝格街的上方，视线几乎可以落在城堡山的圆顶上，

卑尔根城微弱的灯光均匀洒落在山脊周围。城堡山被黑漆漆的森林包围，与夜晚的天空融为一体。峡谷里唯一的亮光来自工业区那边的麦当劳。几个月前新开的分店，卑尔根城市长为开业仪式致辞，在一句话中把"卑尔根城的经济方位"和"吸引力"这两个词扯在一起，给人留下它们之间相关联的印象。另外，凯尔斯汀还认出巴赫街街尾的养老院，是那个地区最高的大楼，比斜对面的储蓄银行大楼还要高出两层。下面的某处，丹尼尔正跟一群不靠谱的家伙饮酒作乐，希望他们不要再产生证明自己男子气概的需求。

普赖斯家的房子散发出温暖和结实耐用的气息，从颜色和偶尔"过了点"的倾向泄露出某种趣味，简单地说：这个房子的装潢就像普赖斯太太的穿着打扮。财富以和谐的方式充斥着空间，但不是最新的和最好的方式，而是经过岁月考验的，一眼相中，产生信任，然后看都不看标价就买下来。并不奢华，并未产生想要填满内在空虚的怀疑。没有软垫家具，陷进去就一言不发。

她感觉就那么回事，不太明白自己到底在这里做什么。她很想让自己比现在更放松一点。

她回到桌边，又倒了一口香槟，看到厨房的灯亮起来，不一会儿，普赖斯太太穿着原先的浅色裤装从玻璃装饰的过道走过来。除了她的杯子，手上又拿了瓶红酒，红酒的商标冲着凯尔斯汀，像警察的标志。

"如果您愿意的话，我们再开一瓶红酒。香槟再喝下去的话，我会有种跨年的感觉。"

"好啊！"

"跨年的时候，您是不是也会很伤感。"

"有时候吧。"她觉得这样的问题抛给一个单身女人很不得体，但是她开始适应普赖斯太太这种不动脑子的性格。跟阿妮塔的精明要奸比起来，这种伤害真是微不足道。她仍然在为香水的事生气。每次她站在浴室里，必须强迫自己拒绝去闻夏日浓烈的香水味，常常也就食言了。等她把虚假的混合物洒在自己的肌肤上，也只是迟早的事儿。

"我每年都会，"普赖斯太太说。"这些年，时间和酒精，我先生会说。我反正是水做的，过去就是这样，如果我喝了酒……我为什么现在说这个，已经 0 点半了，而您可能会是我多愁善感的见证者。您会用这个东西吗？"她把瓶子和一个几乎和瓶子一样重的开瓶器递给了凯尔斯汀。

"我没觉得您多愁善感，但我们也许可以歇息下，喝点茶，我也不太胜任酒精。"

"那可不行。这瓶不错的葡萄牙红酒已经十年了，它等待出场已经够久了。"普赖斯太太态度坚决，伸手去抓了块饼干，盯着凯尔斯汀开瓶。"您的动作给人的感觉真的非常专业，如果允许我这么说的话。"

"您也知道这是怎么回事吧?"

"不知道,我……知道。"普赖斯太太举起一只手,固执地点点头。"您看,我在改正,至少我在努力。但是我可以想象,您以前就很专业,可能一直都是。这也许是性格问题。"

"以前我也曾经独居过。大学生时候。倒也不是一个人住,但并不是跟男人一起。"嘭的一声,她打开了酒瓶,把瓶子放在桌上,开始将瓶塞从开瓶器上旋下来。

"您上过大学?"

"在科隆。"

"不是开玩笑吧?"

"好久以前的事了,运动学,专攻舞蹈。"

"您大学毕业?"

凯尔斯汀点点头,一股自豪感很自然地涌上来。她拥有硕士学位,虽然这个学位并没有在职业上得到发挥,但那是另一个话题,而且事实也改变不了,证书上的成绩甚至是"优异"。

"我简直惊呆了。"普赖斯太太瞪大眼睛望着她好一会。闪着银光、完美的宝石蓝眼影跟耳环很配。她站起身来,从一个木制的陈列柜里拿出两个酒杯,柜子本身有种格格不入的难看,不同于其他摆设,可以看出是家传的宝贝。"不过,确实您的气质很配。科隆也是我本人最喜欢的城市之一。您可以告诉我,为什么大家非要跑去法兰克福购物呢？而且科隆啤酒也没有大家说的那么难喝。"

"是还可以。"

普赖斯太太将酒杯斟满到杯口，一杯推给她。将另一杯举起，说："干杯！我觉得，我们应该早点聚的。但是在皁尔根城，通常只会在踏境节前后活动，中间隔着七年……"打了下响指。

"我们曾经一起吃过饭，如果我记得不错的话，是四个人一起。"

"您知道我那时候是怎么想的？他配不上您。真的，我的印象。就觉得他人配不上您。"

"真是敏锐的观察。我们已经喝了吗？"

"还没，我们现在喝吧。"

"祝福！"凯尔斯汀克制住突然想咯咯笑的冲动，拿起她的杯子，一口气喝掉了一半。葡萄和无花果的香味加上一丝肉桂的气息充盈了口腔，刺激了她的味蕾。一切那么惬意和圆满。她放下杯子，犹豫了一下要不要吐气。葡萄、无花果、肉桂，都还在。

普赖斯太太也望着她的酒杯，好像杯子里有精灵在跟她说话。

"嗯，神圣的浓郁啊！我先生会这么形容。这酒很特别。"

"我也觉得，十年的等待真的很值得。"

"嗯，顺便问一句：您是否认为我总是提起我先生？"

"什么？"

"总是这样：我先生会说，我先生说过，就我对我先生的认识，等等。我发现自己总这样说。但是我刚跟您这又说：红酒得醒一醒，我先生会这么说的。我很快就意识到了，可我还是改不了。"普赖斯太太眼睛里闪现出少有的专注，好像她说出的每一个字都还在眼前，"为什么我不能直接说：红酒得醒一醒，这酒很特别。为什么我总是要引用我先生的话呢？"

"我不想显得太无礼，但是您既然自己已经提出来：那么我们已经接近事实了？"凯尔斯汀试着把不情愿隐藏在笑容后面，谈论婚姻问题是她最不愿意做的事情。

"嗯，真是很抱歉，最近我常常突然控制不住自己陷入自我觉醒中。"卡琳·普赖斯大笑起来，放下杯子，拇指和食指揉揉额头。

"如果您继续注意的话，很快这个习惯就会改掉，而且我也没有注意到您有这个习惯。但是如果您愿意的话，您一提起您的先生，我就马上嘘一声。"

"但只有我们俩单独在的时候。"

"当然，有可能屋子里面太暖和了点？"

"嗯。"

她们对视了一下，好像已经知道，接下来会发生什么。

"……我先生会说。"两个人同时说出这句话，停了一下，然后一起从同步表情的镜像中游离出来。

太阳穴中间，她几分钟前还在想，怎么会喝了酒没有感觉的，现在凯尔斯汀感觉到轻微的打鼓咚咚声。哈哈哈，持续不断。这个反应有点歇斯底里，但是她还在继续大笑，要把这个夜晚的拘束通通笑掉。跟阿妮塔在一起有时也会这样。她大笑的时候，阿妮塔经常尖声大叫，在公共场合常常让她感到很尴尬。但是现在凯尔斯汀却希望自己更大声、更强烈。像过去那个时候。有那么一刻真的感觉像间歇后继续进行的大笑，这个间歇的时间虽然长达多年，但缺乏意义。她不能停下来。她不愿停下来。眼泪都笑出来了，她看见普赖斯太太双腿并紧，一只手捂着肚子，另一只手则在空中乱舞，好像手指被烧到了。她听到大口喘气声，还有从压迫的肺部挤压出来的刺耳的嘎嘎声。丹尼尔还是婴儿时，也是这样笑的。她把他放在包尿布的小桌子上时，总是忍不住咯吱他的小肚子，因为她太喜欢听这种笑声，太喜欢看他的小手在空中乱舞。她上次看到儿子笑是什么时候？她母亲笑呢？她侧过身去，努力让肚子的肌肉平静下来，感到一阵刺痛，当"水"涌起，卡琳称它为"水"，积聚在她的眼睛里，顺着脸颊流下，她的呼吸终于又平稳了，她飞快地将水抹去。

她的喉头感觉好像喝进沙子。

"我喘不过气来了!"普赖斯太太好一段时间讲不出话来,只能呼哧呼哧,间或又爆发大笑。

筋疲力尽之后,一阵奇异的亲密感弥漫在普赖斯太太客厅的沙发间。额头乱糟糟,胳肢窝下已经汗淋淋。凯尔斯汀吸了口气。

"吁——,好久没有这样笑了。"她在沙发里稍稍坐起来些,但是只要卡琳还未坐直,她也就没有义务挺直腰板。

如果托马斯·怀德曼看到她这个样子,他会怎么想?在脑海里,她直接称呼他的名字托马斯,不是怀德曼先生。尤其是想到她笑得歇斯底里,让他感到困扰,他会认为其实是内心不安引起的。她将一只手放在胸口,闭上眼睛。这太可笑了吧,她常常陷入自说自话中。像兔子和刺猬的故事,只不过她不仅仅是兔子,同时还是那两只刺猬。她对每个角色都很入戏,她总是在寻找应该对她被欺骗的感觉负责的人,这反而成为经常进行角色变化后,唯一不变的。短暂的疲惫不堪,她半躺在普赖斯太太客厅里闻起来带鹿皮野味的沙发上,她看透了自己的困境,她站起身来,说:

"我必须赶快去下洗手间。"她的衬衫很不舒服地粘在身上。

"前面左手边。"普赖斯太太在她身后大叫,巨大的穿衣镜前还躺着她脱下的鞋子。

凯尔斯汀找到了洗手间的门，然后关上。

洗手间装的也是可调节亮度的灯，绿色的瓷砖笼罩在灯光下，昏暗的房间里光好像渗透进了水族箱。一个摆着香料的黏土盘里散发出香草和鼠尾草的香味，混合着香皂的余香、女性香水的气味以及刮胡水的麝香味。看到两个洗手台的玻璃架上堆放着一排排各种瓶子、香水瓶、软管还有小罐子，在洁白闪亮的浴缸边看到搭在藤椅背上的黑色浴袍时，凯尔斯汀不打算打量这个浴室的想法宣告失败。浴袍的两个袖口绣着卡琳·普赖斯的缩写。琳达似乎拥有自己的浴室，洗手间里没有一丝迹象表明是跟青少年共用的。一切都整洁干净，设施都还很新，她不由自主想起自己的浴室根本没法比。一个主卧浴室，她想。冷水流淌过她的双手，湿润她的脸。镜子太大了，整个空间又重现了。她感觉肚子还在抖动，好像她的肌肉还在继续跟着大笑的韵律颤抖。阿妮塔的浴室里有个极其恶俗的狮子座水龙头，超大，还有十档按摩淋浴器，她一直觉得好笑。但这里，她坐在浴缸边才一会儿，这间浴室实在太吸引她了。她也想要有这样一间浴室，不是因为这些亮晶晶的设施，也不是因为这个大浴缸，而是这种温暖、清爽的感觉，这些二人世界的小东西，不会见到老妇人的束胸内衣，不会闻到地面水管生锈的甜丝丝的气味。一间浴室，她会喜欢和里面的东西一起度过岁月，即便发现她脸上的皱纹又加深，也会坦然。当她打开自己的浴室门时，越来越感觉像是踏进了更年期混乱肮脏的等待区。

嫉妒，大朵黑色的云，酸雨不断倾盆而下。

普赖斯太太难道没有意识到她的妒忌不爽吗？也许她的邻居在满怀喜悦幸福之下也有些许寂寞，所以喜欢同比她更寂寞的人共度一个晚上？藤椅上的黑色浴袍是真丝的，她一看就知道，不需要去摸。当然这是一份对自己品味非常自信的男主人的生日礼物。不然还会有谁把名字绣在浴袍上那么隐秘的地方？而且不用去猜别人为什么这么做。她自己在这里找什么？如果她使用人家的浴室都没法不让这些东西的闪亮成为自己生活的阴影，那么她又会在和普赖斯太太的关系中失去什么？连马桶都亮得刺眼，她刚一坐下，马上想到，这样的房子里肯定有给客人用的洗手间。她进屋来的时候，大门的左边，看到的门应该就是。门里面肯定是间小小的、当然同样干净亮堂的客用厕所，也就是普赖斯太太想要指给她的方向。而她却坐在普赖斯太太的主卧浴室，沮丧地沉思自己的生活。她屏住呼吸偷听走廊的动静，迅速抓了张纸。走廊上厚厚的地毯不会暴露行迹，但是如果有人从门外转动把手……

她听见的，只是自己的心跳。

她急急完事，好像蹲在公路护栏边小解，看见转弯处驶来一辆车，赶紧了事，冲水，洗手，希望自己的发型不要太凌乱。她松了一口气又感觉很囧，混乱的情绪中鬼鬼祟祟溜出来时，还看见了门边一只男人的袜子。

毕竟她也没有去翻陌生人的橱柜。

一阵凉爽的清风从客厅吹过来，普赖斯太太一定是打开了阳台的门。在走廊的镜子前她整理了下头发，扮了下鬼脸。每次她只要稍微松懈，就会突然产生这种自我审判的情绪。到底为什么？为什么对做出所谓有失检点的行为就那么愚蠢地感到害怕呢？这种行为并没有什么啊。

站到旗杆下归队并不用交钱，但是大家还是多少会付点。想付多少就付多少，有些惊讶的是，大部分人给得挺多的。有些给20马克，只是大人，也就是男人。小孩子的话就给个5马克，反正他们之后也不会喝啤酒，他父亲说过。归队就可以得到一个徽章，用这个徽章可以在自己的队里无限额换取饮料，只要之前加入该队就行。饮料直接到柜台去取就可以了。因为是踏境节，因为大家都有徽章。他已经有四个了，口袋里还有两个五马克的硬币。他也知道，汉斯舅舅坐在哪里。昨天长时间健步走让他的腿疼得受不了，当大家都去凑热闹时，他连衣服都没有换就倒在床上，只是在垂头。他不习惯了，他妈妈说。昨天她很搞笑，晚上的庆祝活动前就已经有点，庆祝活动后更加好笑了。最近她就经常怪怪的。他不想再继续为这个伤脑筋，不然就不好玩了。

昨天的那个人他没有再见到，他也没看清楚，那时他正手上抓着可乐在爬坡。上面看得最清楚。大多数人坐在下面山坡的草地上，他妈妈、汉斯舅舅还有莱茵街的其他人。但是上面却没有人，所以他想到上面去。到杉木林的地方只有一条狭窄的草径。到达了上面，他把绑在腰间的毛衣扯下来，铺在地上，一屁股坐下，整个早餐广场尽收眼底，可乐也没洒出来。

到处旗帜飞扬，还有空中飞人，甚至还有些胖子玩。四个或者五个管乐队在吹奏。飞起来之前要把名字告诉领队，领队才知道应该喊：某某先生或者某某小姐飞起来，飞起来，飞起来啦！边界石那边，最边上，人被抛起来。他昨天玩过，然后整个下午屁股都是青的。没有看起来那么好玩。其实人并没有被抛起来，只是被高高举过边界石，三次。下来后得付所谓罚金的，少于10马克脸色就不好看了，小孩子也一样。这些赛跑者和摩尔人在踏境节的确要做很多的事。他父亲用踏境节赛跑者的奖金买了第一辆车。

昨天得的三枚徽章他还揣在裤兜里，今天不能再用来换饮料了，每天都用新的徽章。今天的徽章他别在T恤上，是莱茵男子队的鲸鱼。别在T恤上确实太重了，所以他又把它拿下来，先是别在裤子上，然后别到袜子上，又试着用鞋带绑住，忽然间"砰"的一声，吓得徽章险些掉进杯子里。

琳达靠着他在草地上蹲下，她蹲坐在岩石上，手放在膝盖上，下巴抵在胳膊上，说：

"吓到了吗?"她闻起来好像嚼过泡泡糖，虽然她这会并没有。

"没有。"

"明明就有，你这样。"她耸起双肩，头缩进去。

"你刚刚在哪里?"

"树林里，我在尿尿。"

他四周找了下诺布斯，他不见人影。整个广场人挤人：广场的形状像风笛的管子，略微倾斜，所以他可以从末端俯瞰树木，后面还是树木，树林接着树林，没完没了。卑尔根城的方向应该在另一边。

"我可以喝你的可乐吗?"

他不懂该怎么拒绝，就把杯子递给她。

她脖子上的项链不挂了，但手腕上有一圈编织的手环，班上所有的女生手腕上都有。太阳照耀着，这样看着广场，眼睛会刺得有点痛。

琳达把杯子还给他，他的嘴唇就搁在她刚刚喝过的印记旁边，正好旁边，喝了一口。

"你妈妈在招手。"她说。

"我没看见。"是这样的。虽然他知道妈妈坐在哪儿，但他完全不朝那边望去，所以他看不到她。

琳达举起胳膊指给他看。

他低头在地上找他的鲸鱼徽章。几只蚂蚁在树叶上爬，一片叶子对一只蚂蚁来说有房子那么大，这种想法好搞笑。鲸鱼拖车对他来说，不就像是一头真正的鲸鱼。那会有什么生物吗，鲸鱼对它而言是那么小，就像拖车对于他来说一样？他还小的时候，曾经相信有这样的生物存在，就住在森林里。在海恩科博尔，转过弯。

"在我们的正前方，"琳达说："坐在长椅上，那边！"

他感觉到了旁边她的眼神，捡起徽章，在银色的金属面上吹了口气。

"又怎么了？"他问。

"现在她不看我们这边了。哦，不，我爸爸现在站到啤酒桶上了。"

他抬起眼睛，看见普赖斯先生站在先前他父亲站的地方。他们总是轮流站上去，没必要大惊小怪的。

"他还得当领队。"

"我可不喜欢他站在那里乱喊乱叫。"

现在他看着她的侧脸，琳达则看着别的地方。他听到了欢呼声和音乐声，但是有那么一会他专注着她鼻子上的雀斑，还有耳朵边扎不进辫子里的短发。几乎发白了。她戴着一只耳环，看起来很害怕。也许是因为这样他才说：

"诺布斯昨天很讨厌，我们其实可以再要一个人帮忙的。"

"都怪你们事先没想清楚。"

"是啊。"下一口可乐他把嘴对准她的唇印凑了上去，把杯子里剩下的全喝完了。普赖斯先生在空中挥舞着他的佩刀，而且看得出来，他才刚刚开始。如果是快结束的话，他们会挥动手帕的。

他父亲站在大旗旁边，喝着啤酒，四处张望，挥动帽檐给自己扇风。

"这个鲸鱼徽章在哪里拿的？"琳达问。

"莱茵队的。男子队。"

"我也想要。"

她自己的 T 恤上、领子上已经到处都是徽章，但是没有鲸鱼。

"去那边旗子下面拿。"

"哪里？"

"那里。"他举起胳膊指给她看。但是指的也不是很清楚，不然他就指到妈妈那去了。

"什么都没有。"琳达说。

他站起来，出发，他知道，她会跟着他过去的，因为她知道，他会领她到莱茵男子队那里。虽然他已经有了一枚鲸鱼徽章。他会假装不清楚规矩。鲸鱼徽章他装进裤兜里。不需要用手撑着地，他一路小跑往莱茵男子队冲下去，听见背后琳达滑倒的动静。他把玻璃杯还回柜台。人山人海，太热了，音乐声在广场上飘扬，来自不同的方向不同的音乐，人流越来越密，他必须推挤，琳达正跟在他身后。有一下她抓住他的胳膊。他走得有点绕，总是朝最狭窄的地方钻进去。地上满是烟头和餐巾纸，人人身上都是香肠味和啤酒味。他突然站住脚，琳达从后面撞上他。

"挤死了！"他说。

他们穿过阴影和阳光，他回头偷看了下，看琳达还在不在。之后他们便到达了莱茵男子队的摊子，那边挤满了人，所有的人都想拿到鲸鱼徽章。这里全是人，但他知道要去哪儿排队。

"你有钱吗？"

她晃一晃挂在胸前的钱包，点点头。他的耳朵很热，但是他不愿意这么快轮到。就这么站着，等待着。他们前面，一个女人正飞过空中，尖叫着，到处都是笑声。他们周围的人都比他们大很多。他上学时很想跟她走同一条路。晚上睡觉前，他有时候会这样幻想，那时去学校的路并不是往寇纳克路下去，不是她的路线，也不是沿着莱茵街他的道路，而是顺着兰河一直下去。有阳光照耀的地方。不是他特别关注阳光，是她的头发里阳光闪烁，就像在山坡上那样。阳光有些刺眼，但可以眨眨眼。

然后他们前面没人了，他抓住琳达的肩膀，把她推到前面，说：

"一会儿见！"

"你要是逃跑，等着瞧。"

指挥部的男人们都身材高大，大汗淋漓。一个男人说："终于来了个小个子。"他看到琳达只到他们的腰带处，琳达就这么高，她朝前走去。她站到中间，看着领队，他站在啤酒桶上弯下腰，四周既不嘈杂，也不安静，琳达缓慢清楚地说："琳达·普赖斯。"

她站立的样子很标准，僵硬，胳膊向前伸。往上抛起时，如果在空中向后翻，会有倒栽的危险。她已经提前把胸前的钱包塞进了 T 恤里。

"第三领队的女儿琳达来到了我们的旗下。"莱茵领队站在酒桶上大声叫喊，好像要让全早餐广场的人都看过来。

琳达说：

"请往上抛。"然后她鼓起腮帮，自然向后翻倒，像在学校演习时扮演重伤者被抬上担架。指挥部还有两个人闲在那，因为要抬的重量实在没有什么。

"琳达·普赖斯，万……"

然后她飞了起来，"……岁！"她飞得比他之前看过的所有人都要高，她的脚都碰到了旗帜，她的头发飞起来了，衣领上的徽章也飞起来了，T恤下的钱包也飞起来了。当她达到最高点时，他听见了她的笑声。

他现在知道，他爱上了她。也许他之前就知道了，但是感觉完全不像他期待的那样。学校里总有谁爱上了谁，而他相信，那就像长在鼻子上的痘痘，或者裤子拉链忘了拉上。大家都盯着，哈哈大笑。但是现在没有人看着他，那些哈哈大笑的并不是在笑他。原来爱上某人的滋味就像在空中飞，真的是最棒的感觉。

琳达在空中停留的时间相当长，抛接她的那个人还有时间挠个头。他决定用他剩下的钱给自己买杯可乐，给琳达也买一杯。也许他可以帮她把鲸鱼徽章别好，像男人帮女人戴项链一样。现在才刚刚中午，他们还有几个小时可以一起走回卑尔根城，晚上去游乐场。而且明天还可以再来！

第三次空中飞人结束，她拍拍胸脯，好像要咳嗽。说："我在上面朝你吐舌头，你都没在看。"

他朝她走去，现在感觉，确实有一点像是鼻子上长了一颗痘痘。他紧紧握住裤子口袋里的鲸鱼徽章。他们站在巨人中间，琳达笑得很开心，好像在空中时听到了什么笑话。这时有人说："你今天不是来过了吗？"

他抬起头，所有的人都在看着他。琳达在整理她的辫子。啤酒桶上的领队留着胡子，居高临下地朝他点点头，没有弯腰，

忽然间一切都比之前安静了，这些人看起来在想，是不是有人
恋爱了，然后可以朝他指指点点，嘲笑一番。

"我吗？"他问。

有人在人群说这是巴姆贝格家的男孩什么。人们不可以来
同一个旗队两次，也许没有那么多的鲸鱼徽章，但是现在，他
站在琳达旁边，他们不能就这样把他赶走。

"我不叫巴姆贝格。"他说。他说得非常清楚，好像说谎的
小麦克斯在说虚假的数字。喉头和耳朵都感觉怪怪的，但是他
这么说是不想别人认出他。他不是巴姆贝格，知道吗？

琳达把辫子收拾好了，她说：

"这是我从汉堡来的表哥，他叫扬。"

不用看，猜也能猜得出来，她是怎么看着他，领队耸了耸
肩，伸出右手去抓佩刀。琳达不动声色。他的耳朵红了，但是
他也不动声色。似乎她也爱上了某人。她本可以走开，去领她
的鲸鱼徽章，但是她宁愿站在下面，看他被抛上空中，就像他
之前那么站着，等待。

"你得站到那边去，扬。"她说，指给他看那个草已经被踏
平、土都已经翻出来的地点。

他站到指挥部的彪形大汉之间，汗味和啤酒味中间，挺得
直直的像一块板子。

"从汉堡来的扬到我们的旗下。"领队大声叫道，但是比通

报琳达时声音小了些。大汉们抓住他的大腿和背部，这时他就成了消防演习中的重伤者，医护人员看着他，好像也不知道他到底有什么毛病。

"扬，万……"然后他腾空飞起，"……岁！"超越大家的头顶直达旗子。他只能仰头向上看，虽然如此他还是环顾了四周的早餐广场、乐队、旗帜、肉铺，还有周围坐着和站着的人群。音乐在他下面响起，众人高呼。他的母亲一定也看到他在飞，虽然不知道他是从汉堡来的扬，在空中飞过去。空气在制高点闻起来还是泡泡糖的味道，只有一些树杈比他高。他感觉到周围比他还高的，都跟他一起沐浴着阳光，听着欢呼声，滑下。

"这里外边。"卡琳·普赖斯透过敞开的走廊门喊道。一阵潮湿的气息吹进屋里，当她走进阳台，这里被房屋两侧环绕，像露台一样，也像抬高的壕沟。夜晚和花园的芬芳团团围住凯尔斯汀。公路上的车声从山谷里传上来。

"呼！"她尽可能地深吸一口气，很高兴不必再回去坐在令人窒息的客厅里。阳台扶手上已经沾上夜的湿气。

"我希望洗手间里的纸还够，莱茵贝尔格太太有时会忘了。我们不常有客人。"

"够的，挺好的。"

"您的杯子我给您放到那边的小桌子上。"

"谢谢。"

她们两人沉默地并排站了一会儿，凯尔斯汀庆幸身在黑暗之中，眼前是夜晚的峡谷，她的目光可以不必为难地专注于某个目标。一个又一个的车灯描绘着黑暗中环绕峡谷的公路。城堡山后，城市教堂的尖顶高高耸起。

"您儿子也许可以告诉我们，那边后面是不是金星？"普赖斯太太伸出去的手指着花园山方向。

"我母亲还没跟我们住之前，他的房间外面就是阳台。望远镜就架在阳台上，偶尔也会让我看上两眼。所以我可以确定：那颗星的确是金星，也叫作晨星或者维纳斯。"

普赖斯太太点点头。

"还真是个美妙的爱好，星星，还有行星。我真希望我女儿也有类似的兴趣，甚至以后有一天可以成为职业。"

"或者在地下室积灰。"

"或者就这样。"

"我也曾经想过将兴趣变成职业。"

"舞蹈吧，那您跟我女儿相同。我得跟她说，您是大学舞蹈系毕业的。这里没有从事这种工作的可能吗？"

"您也许知道了吧？我可能很快就得出去工作了，我前夫和司法院共同决定的。"她简单提了下有关赡养费法案的修订，添油加醋了些，这样她不必把安德蕾亚怀孕的事说出来。"请您不要误会，基本上，我不是不喜欢工作，而且完全相反，只是我母亲……"

"难哪！"普赖斯太太好像沉思地盯着下面草地上的白色躺椅。"但是我还是羡慕您所受的教育。我只有高中毕业，没有其他的。在吉森修过两个学期的法律，其间我学到的，也只有食堂在哪儿。在那之前我还自愿做过一年所谓的社工。那之后还有两年志愿的但不是什么社工，后来我就结婚了。您听说过那个糟糕的里面有阿尔卑斯山歌硕士文凭的洛里欧滑稽剧吗？"

"我想是的。"

"很特别。"普赖斯太太摇了摇头，克制住不笑。"但是像山歌硕士文凭这么特别的我也没拿到，甚至红十字会的水下体操我都没有。我在圣诞市场上卖过热红酒，跟其他扶轮社的太太一起，不论如何总是努力过。"

"我知道您把一个女儿养大成人了。"

"这算是'独特'的范畴吗？"

"也许在某项范畴里？我跟您提到过，我有一个女朋友，住在施坦伯尔格湖，但是在这里长大？"

"阿妮塔，现在姓什么？"

"哈尔巴赫。如果您想让她生气的话，就叫她'哈尔巴赫'，一准就成。"

"我念九、十年级时，我这个年纪的女生很少有人不想和您的朋友阿妮塔一样的，那时她大概十二三年级。卑尔根城当时有一个迪斯科舞厅，叫编曲者。当时迪斯科很流行，有关阿妮塔的绯闻就满天飞，说阿妮塔是个交际花……她姓什么来着？"

"贝克。"

"对的，贝克。谈论她的打扮，又跟哪个男孩子一起鬼混了，也许都是编出来的。"

"我相信不是。"

普赖斯太太带着惊喜的表情转过脸来看着她。黑暗中能够分辨出来，香槟和酒在她的脸颈留下明显的红晕。

"不是吧？她真的是这样吗？对我来说，她就是这样，不用怀疑。我希望她真的是这样，我也希望自己是她。"

"她不是只在中学这样，她现在还是如此。不只是在乡下，当然，也不只是在迪斯科舞厅。但是，我要说的是：阿妮塔总是做她想要做的，也就是做她自己的事。她到处去旅行，不停地与男人约会，也许在某个时候就和这些男人中的某一个结婚了，一个有不动产的，等等。"

"她真的是这样。"普赖斯太太低哝："我挺喜欢这样的，这个女人活得真带劲。"

"自从她有钱以后，比她花出去的多，她就开了一间时装小店，半年后又关了，因为她觉得没劲。两个礼拜前她从尼斯打来电话，她的一个情人带她去的，或者她带他去的，我哪知道。"这是她的惯用法，并不是真心对她唯一的朋友感到不满。而她真正想说的，没有说出口：阿妮塔没有孩子，年纪也很尴尬了，生活方式也就显得可笑。绯闻一次比一次不堪，已经四十多岁了，跟她在一起的情人，不是她花钱，就是比她更老。

"然后呢？"

"然后？您会想要过这样的生活吗？"

"咳咳，"一阵突然的咳嗽声，普赖斯太太剧烈摇晃着，她必须将已经空了的酒杯放下，紧紧抓住栏杆。这一幕显得有些戏剧性，刻意表演的。下面花园里躺椅旁有个边桌，桌子上一本忘了收起来的杂志，纸张在夜色潮湿的空气中翻卷。普赖斯太太咳嗽了好一阵才平息下来，她抬起眼睛。

"刚刚那个问题是个陷阱吗？"

"不是，您不觉得这样的生活一直在逃避吗？缺失点东西？她追求的是她永远得不到的，准确地说因为她在逃避。简单讲：是在逃避孤独吧？"直到这会她才看到装在小小的圆烛台里跳跃的烛光，从屋檐垂吊而下，斜斜地挂在她们身后，普赖斯太太的脸一半明亮，一半在花园的黑暗中，她的目光好像一只眼睛在逼视着。

"您不觉得人应该要逃离孤独吗？我认为应该的。"

凯尔斯汀开口想要回答：我也觉得，然而……但她只是耸耸肩，看着远处峡谷里的灯火，越往山顶，灯火便渐渐稀少。

黑暗的森林挂上了一条项链。鸿恩贝格街是鹿道最高处的一条街，街灯中的最后一串，再上去便是一片漆黑了。

"我们进去？"普赖斯太太问："还是我把酒瓶拿到外面来？"

她只是点点头，没有开口。普赖斯太太也点点头，松开栏杆，手搭了下凯尔斯汀的肩膀，走进屋前。

逃避孤独，是啊，但是逃到哪儿去呢？

她几年来除了母亲和儿子，几乎没有和任何人来往，她想这不是偶然的。就是阿妮塔，她也只是打打电话，只是为了能够在她不停自我质疑时，可以承认她还有一个朋友能说说话。而且是规律性地。对正常的社会关系来说，看起来这是有力的证据。但是，离上一次她没找到借口拒绝阿妮塔的邀请，已经三年了。现在呢？普赖斯太太一打来电话，她甚至都没想到要找借口拒绝。但是这个夜晚越长，她越强烈地感觉到，要建立任何一种形式的友谊是不可能的。跟某个不认识的人一起出发，却不知道去哪儿，她不具备这种坦诚的态度。也就是开始时这短短的一段，连手都还没有碰过。

怀德曼会是那个明白的人吗？也许他也是类似这样吧？他真的明白？几天前在露台上她以为在他眼里想要读到的是理解吗？他对过去那件事的遗忘，轻描淡写的描述，她已经原谅了他。在她心里柔软的、但是顽强的希望正在蔓延，她希望在家长会前还能和他聊聊。

　　她的手表指向 11 点半。卑尔根城的灯光开始在黑暗中摇曳。她很想现在就穿过夜晚静谧的街道回家。她希望，母亲不要在屋里游荡，幻觉已经是凌晨。彼得曼医生在申请护理费上给了她勇气。根据她母亲目前的状况，他认为不会有困难，很快就建议她申请二级护理。此外，他还建议她头痛的问题去做个 CT，也许该住院检查下。她告诉他，母亲已经无法一觉到天亮，而他只是一直点头，好像在说：您的意思，我懂的。她不想承认，如果母亲可以几天不在家，而且知道她这段时间会被照顾得好好的，确实是个吸引人的想法。今天为了预防万一，她在母亲的床头柜上贴了普赖斯太太家的电话。但是她母亲还会打电话吗？她并不确定。凯尔斯汀吸了一口气，闭上眼睛，敏感的太阳穴又开始证实了她的召唤。

　　"您和阿妮塔是怎么认识的？"

　　普赖斯太太回到阳台，手里拿着红酒瓶。

　　"跳舞的时候，在科隆。"

　　"她也念大学？哦不？"

　　"多多少少，我的意思是，到处学点。每个学期学习的内容都不一样，直到她没有兴趣再念下去。"

　　"您是跟她到卑尔根城来的？"

　　"21 年前，只是个周末。"

　　"让我猜猜看，不，不需要猜，这太显然了。"

她们对视了下，凯尔斯汀点点头。

"我喜欢上了某个赛跑者。千万别爱上这里的人，阿妮塔告诉过我。很显然我不想听她的。"

"都是这个踏境。"普赖斯太太给她倒酒，举起杯子。"为踏境干杯，反正这里也没有其他值得庆祝的事。"

"干杯。"

"鹿道妇女会很少看到您。"

"七年前我还常参加，那时候属于莱茵街小组。"凯尔斯汀耸耸肩。"您今天也没去。"

"是啊，老实说，我觉得这种聚会很无聊。我既不喜欢唱歌，也不喜欢甜腻的酒。以前我是喜欢的，现在我更喜欢静静地喝上一杯红酒。"

凯尔斯汀轻轻抿了一口酒，酒中滋味虽丰富，但却太多了。这个阳台像是一艘船的甲板，她们站在船舷栏杆边，感受到波涛轻轻地上下起伏，还有脚底传来的震动，从下往上，若有若无，直到眼睛后面轻微的疼痛。

"今年是很奇怪的年份，至少对我和我的家人来说。"普赖斯太太突然提高了说话的声音。"我女儿的行为很奇怪，这是正常的。我先生工作也正常，没日没夜，一直都这样。而我却有种感觉，感觉我自己很陌生，我压根都不知道该怎么说了。"她们脚下的花园很安静，没有风吹拂高大的野蔷薇叶子。"冒着可能又一次给您感觉太随便的危险，但是临近午夜，我必须赶紧问您这个问题，希望您理解，您怎么发现您的婚姻已经无法维持了？"

一只蝙蝠从屋檐山墙那扑腾飞起，越过她们进入夜空。这个夜晚已经进入到躲进视线和对话间歇中的部分，凯尔斯汀的希望也灭了，她希望在自己和普赖斯太太说出为什么邀请她的原因之间及时出现一扇门。

"所有的地方。"她说。

"对不起，没明白？"

"从懈怠的体贴，很多的借口，为什么这个周末别的事情比陪伴家人更重要。对踏境节异乎寻常的热情，这种热情对一个40岁的男人来说过于亢奋了点。沉默多于欢笑。爱盯着年轻的翘臀。我可以举千百个例子，但是基本原则是一致的：最重要的变成次要了，爱情变成例行公事，例行公事变成无聊，无聊了就吵架。大概就是这样。您到了某个时刻觉得，甚至在床上……您想继续听吗？"

"如果您愿意的话。"

"甚至在床上您好像也不存在一样。我的意思是，不是在哪儿让您发现，而是您就发现了。或者也有可能某天，您被用力打倒，发现其实您早就清楚。"

普赖斯太太点点头，降低了声调，好像她突然不愿意被人听到。她的手平展着放在栏杆上，酒杯的两边。

"您……如果您允许我这么说的话，就是从您先生的行为上发现的，而不是……您自己身上。"

"也许吧。"她不带感情地说。

"请不要误会我。我爱我的先生，这不是句套话。简单说：我的婚姻很美满。但是今年初某个时候，我站在浴室的镜子前面，忽然没来头地大声对自己喊出来：我根本没有婚姻生活！我爱我的先生，他也爱我，但是我们没有婚姻生活，因为他从来都不在。从来不在，您明白，他根本不在家。"

"您的意思是：公司？"

"该死的公司，他从来不谈公司的事。也许不想让我担惊受怕吧，但是他不谈我也知道。我不用看账本，看他的脸就知道了，因为公司我们才拥有这一切。"普赖斯太太的拇指指了指身后。"房子、车子，整个地区的女性内衣收藏最多的，满满三个柜子的内衣。我可以想象，我的性感内衣证实甚至比您的朋友阿妮塔还要多。但是这些正要拖垮他，也在拖垮我。公司毁了我们的婚姻。"她的鼻翼抖了抖。

更让凯尔斯汀惊讶的是，不是这个戏剧性的话题转换，而是她自己缺乏同情心。不，完全没有同情心，更正确的说法。

"您知道吗，也许您问错了人。我自己的结论是，所有的婚姻都以同样刻板的方式结束，当婚姻走到尾声。我的意思是，婚姻有千百万种，但是走向破灭只有一或两种方式：背叛或者无聊。也许职业负荷太重算第三种吧。很抱歉，我没有想要讽刺的意思。"

"没关系。"卡琳·普赖斯点点头，吸了吸鼻子。想都没有想，凯尔斯汀半侧过身面对她说：

"哭吧！"她想起，两个星期前曾经想过，日后的某个时候她们会互相拥抱。发生时，她很诧异，太自然了，感觉不到一点轰轰烈烈。还不如红酒入喉刺激。她比普赖斯太太几乎高出一头，这个时候刚刚好。也许一切都没有太迟，也许她对亲近的恐惧还没无药可救，只是需要小心医治，用红酒、拥抱，还有老一套的说辞，即使浴室亮瞎眼也并不表示你的人生也闪亮。

"不，我不会哭的。"普赖斯太太在她的肩膀旁说道："然而，我们不要再用尊称吧，卡琳。"

"凯尔斯汀。"

她们松开拥抱，摇了摇头，好像在说：还能说什么呢？然后举杯相碰。

普赖斯太太用食指的指节压了压眼角。

"我已经决定不再痛苦。而且，我很明白，这件事上我没有能力帮助我先生。"

"没有能力？"

"没有能力。"互相把最后一点酒倒进对方的杯子，半杯酒，凯尔斯汀感觉她好像开始意识到，她要战胜命运。卡琳休息了一下，喝了一口酒，又继续倚靠在旦台的栏杆上。鸿恩贝格街消失在浓密的野蔷薇树篱后，只有车库前那盏路灯的轮廓还显见。

"我们年纪差不多吧？"

"你才祝过我 44 岁生日。"

"我 42 岁。我们的孩子正在长大成人。我先生总是在工作。你离婚了。"她猛地转过头来，几乎吓了一跳。"不好意思，我可以问你……"

"没有，我没有男友。"卡琳的目光迅速游离。这种方式里有某种凯尔斯汀不喜欢的东西，产生亲密关系的希望，短暂、正在萌芽，却因为确信坠入陷阱而窒息。是的，她陷入某种被骗的陷阱中。

"这种感觉，准确点说，就是：如果我们是 20 多岁，生活还在眼前。我们也还没到 70 岁的年纪，那样生活已经过去了。我们 40 多岁，正当年，生活正在经过我们。"她喝了口酒。

凯尔斯汀不再说什么。太晚了。

"你明白吗？"

"不全明白。"卑尔根城正在她眼前消失。峡谷中仅有些灯光还在摇曳，在漫无目标的运动中模糊。她原本向往一份友谊，得到的却是要她当共犯。

"我不想整夜整夜坐在家里，等待自己疲倦地不想再等下去。我现在就倦了。"

"我也是，我该走了。"

"简单地说，我想去性爱夜店看看。"凯尔斯汀端着酒杯，没有喝，只是左摇右晃。

"什么？"

"没错，《通讯》上也有广告。不去附近的店，而是到吉森那边，比如说。以前我从没有注意过，但是自从上次和我女儿谈起过，我就留意了。"

"你不是认真的吧？"她以为自己会很吃惊，但是并没有。她到底在等什么？"告诉我，你不是认真的。"

"看看，我说过的。去这样的夜店又不要承担什么责任，任何事都可以，也不是必须。这是夜店一个客气的女人在电话里告诉我的。那个夜店的宗旨，听起来一点都不肮脏。"

"你打过电话……"

"波希米亚，听起来就很有趣。网络上的照片看起来也很有格调。"

"你自己去。"

"你考虑下。"

"我不去。"凯尔斯汀喝光了杯子里的酒，在半醉半醒中，她想把杯子摔碎在阳台她们之间的瓷砖上。心中升起怒气。"我要走了。"杯子拿在手中，她转身朝门口走去。

"我们喝了三瓶，天哪，是有点多。"卡琳笑了，把一只手放在她的手臂上。"但是我们很快会再见，好吗？"

当她们进入客厅时，凯尔斯汀感觉听到了路上停车的声音。一切都太晚了。她肯定会在楼梯上见到汉斯-彼得·普赖斯，带着尴尬的微笑侧身让过，像一个正在逃跑的情人。她回到家里，希望母亲不会坐在饭桌上等着吃早餐。而且，丹尼尔现在在哪儿？

走廊上她把酒杯交给女主人，换上外套，避免去照镜子。她不该来的。她在人生的路上已经行驶了很久，在一条路快到底时，她应该认得出是不是死胡同。

卡琳还在微笑，好象她只是在开玩笑。外面的灯亮了。

"谢谢你来做客。"

"听着，"凯尔斯汀说，看着卡琳的脸好像在看一颗水晶球。她四周的空间突然瓦解，而且开始旋转。"你有时会不会有某种预感？突然感觉，有些事要发生了。"

"又能怎样。对我的趣味来说，已经太久没有什么事发生了。"

"但是你不知道是什么事。不知道是好还是……"石板路上的脚步声越来越近了。

"我知道得够多了。比如说我知道，我几年都没进过电影院。我最近一次跳舞是在侄女的婚礼上。还有，今年扶轮社俱乐部的夏日舞会也会跟过去二十年一样，无聊。你有预感，那会发生什么事呢？好的，要及时告诉我。"

"嗯。"她答道，一时却不知自己身在何处。脚步声停在了大门口，钥匙窸窸窣窣，寻找钥匙孔。是酒精的缘故，她对自己说，不然还会是什么。羞耻与恐惧是不会醉人的。

08

双臂抱在胸前，她看着娱乐场。过了好一会儿，才反应过来，她站的位置正是前一天晚上托马斯·怀德曼和她说话的地方。甚至这个时间点也正好，天气也和二十四小时前一样：清澈的天空，温暖的云朵，蓝色的拱顶，阳光灼热的玫瑰红，光影正悄悄西行。日暮西下。游乐场上人声鼎沸，踏境节的第二天晚上，又是一个星期五，更热闹了。周围的居民都来到节庆的草坪上。五光十色、叮叮当当的游戏机轰鸣着，干冰造雾嘶嘶作响，低音炮嗡嗡嗡，广播和广告声嘶力竭，充斥着所有廉价幻想的中心，或者卑尔根城人常说的词：乐趣。节庆帐篷里人挤人，像阻塞在血管里的血液，以冷凝的方式从金属管子和桌子上面的装饰品上滴下来。直到某个时刻，她感觉在里面无法再呼吸了，朝丈夫点点头，向站在四周的人告别，走了出去。现在她站在外面。

周围喧闹起来，又消散了，尖锐同时又迟钝，像她这两天在卑尔根城土地上一直拖着的怒气。在帐篷里，于尔根甚至还拥抱了她，好像是说：看吧，她还属于我。她差点亲吻了，好像什么事都没有发生过，或者发生了，但是没有什么可以让他担心。而她也配合着。为什么？不是为了维护假象，而是因为期望。自从她前一个晚上吻了另一个男人之后，她很清楚，她想吻的只有一个人。不是因为他的接吻技巧比较好，而是因为他是她的丈夫，是因为一系列没完没了的理由：习惯、熟悉、忠诚或者原则，这些理由其实都是一致的：她的心里只要这一个人，如果这个人在帐篷里搂着她，她也会合作，好像她想说：看哪，他还属于我。

托马斯·怀德曼一整天都不见人影。她原本就希望不要再见到他。她的愿望已经被倾听。打了冷战，她把针织衫从腰部扯下来，披在肩上。她想回家，只想赶快回家。

她看到诺布斯从碰碰车那边过来。但是她问他，丹尼尔躲在哪儿时，他只是摇摇头又走进帐篷。脸上的表情好像说：下班啦！这是两个好朋友人生中第一次发生这种事，当然日后会更经常遇到的。两人成行第三个就得形影单只。大眼睛、雀斑、微笑、小琳达·普赖斯挂在脸上的，让男性友谊受到考验。早餐广场上她观察这两位，忘记了周围的存在，在二人世界的泡泡里，像婴儿一般无瑕，又像政治家一样认真，美得让人想哭。

振作一点，凯尔斯汀，也就撑过这三天的踏境节。

她的眼睛肆意横扫着全场，发现了她儿子，就在节庆草地边。在往运动场和网球场去的出口，琳达在身边。两个人正从纸袋中吃着什么，杏仁糖、糖果或者小熊软糖。随便什么，带着今天甜蜜的滋味。她现在不能过去打搅，丹尼尔和琳达一起度过的每一分钟，可以让他忘记迎宾宴那天晚上看见的场景，是现实避风港的每一分钟，她现在必须双臂抱在胸前，从远处分享着儿子的幸福，反正家里也没有什么人在等着她，可以温暖她的心。

丹尼尔往空中抛起一颗杏仁糖或者果仁，然后用嘴巴接住，琳达拍手。凯尔斯汀身后有脚步停了下来。

就这样了，她想。

"您好，更应该说：晚上好。"一个她不记得曾经见过的年轻人站在她身旁，对她点头，盯着她的脸，男人们喝了五、六瓶啤酒后会这么干。他大概二十出头吧，或者 25 岁左右，她猜。

"晚上好。"

"您是巴姆贝格太太，对吧？"他的脸没啥特点，乳臭未干，鼻涕还拖着，浅金色的短发，戴着法定保险可以配的免费眼镜。他目光混浊应该跟镜片上的杂质有关，他的镜片让人想起节庆帐篷里的空气，想起管子外冷凝的水滴。好笑的杂质，但是他看上去却不开心。

凯尔斯汀点了点头代替回答。

"我想直截了当。而且我已经喝了一点，我得承认。"

"看得出来。"她说。

"真开心，是吧？"他看着四周。凯尔斯汀在想，要不直接离开，把儿子从小琳达的魔法区拉走，她正高高地把糖果丢在空中，结果打中了脸颊，她大笑。要不回家去。这一天她已经见识了四五千个喝多了的男人，够了。她想起了"头痛"这个词，在她还没有发觉头痛之前。

"我想说的是：您能不能让您的先生别老围着我的女朋友转？"他一边点着头，一边把眼镜取下来，用 T 恤的一角来擦拭，但是就 T 恤本身来看，眼镜的视线清晰度不会得到什么改善。

"您不想告诉我您的大名吗？"她早就知道他，只是她不知道还能说什么。

"拉尔斯·班纳，您可以不用对我尊称。"

她站在那里：面对一个喝醉了的青少年，面对荒诞的负面到令人难堪的罗曼史，面对她丈夫深陷其中的罗曼史。戴绿帽的和负心的，很高兴我们也有机会认识，好像这两天来的羞辱还不够多。也许这不是整件事的结尾。明天她就会跟这位安德蕾亚面对面坐在早餐广场上，然后听她的建议，该怎样对付已经下垂的乳房。

拉尔斯·班纳重新戴上混浊的眼镜，说：

"否则结束时我会狠狠揍他一顿。"

"那您就揍他吧！"

"……啊哦，"他说，好像她让他马上就把裤子脱下来似的。

"您知道莱茵队在哪儿吧，前面左转，就在舞台旁边，您马上过去，去揍他一顿。"

"他活该，对吧？"

"完全正确。"

"这个安德蕾亚有时也不知道自己在做什么。但是您的先生……"

"他从来都很清楚，您知道您在哪里可以找到他。"

"他活该。"

凯尔斯汀无法克制自己去想，从安德蕾亚的立场来看，这是个可以理解的需求，将这个戴着不干净眼镜的倔小孩丢弃在某地，然后去感受被男人追求的滋味。并不是抗拒年龄的差异，而正是被这种差异吸引。她这两天到处都可以看到，而且不能抗拒自己类似仇视的感觉。一个年轻的尤物，漂亮又性感，而且对自己的漂亮性感很清楚，但是凯尔斯汀猜测，这种是好奇多于骄傲。她的男朋友面对她的吸引力也许像面对某种神圣的东西，他必须确保自己的仰慕不变，即使他无法控制自己去玷污神圣的东西。恭顺的，感恩的，偶尔会流露出男子式的气概，寻求一下平衡。她相信自己可以从他的脸上读出来，他用沉默的目光哀求，请求她收回这个使用暴力的要求，还得给他买上一个棉花糖。他的一只脚被另一只绊了，有些尴尬。也许他从七年级就是安德蕾亚的男朋友了。喜欢这样一个小四眼怎么能够满足一个年轻女人呢？这个女人不仅天真地欣赏自己的外表，而且还意识到美貌可以带来更多的，不只是让拉尔斯·班纳色眯眯地垂涎。

你的女朋友完全清楚她在做什么，她想，她宁愿剃光头也不会再回到你的身边。

"还有什么事吗？"她问。

"您都不想跟他谈谈？"

"我想这是我们自己的事。"

"他得认清形势。"

"再见。"她把拉尔斯·班纳一个人丢在那里，自己感觉好像被击中了。她很想爆发自己的怒火，对着整个游乐场吼叫：把他带走吧，你这个小婊子！看他怎么对待你吧！她并没有，只是微笑着向儿子的方向走去。琳达向她招手，当她走到两个孩子面前时，丹尼尔一脸淘气地说：

"我的表才刚到7点钟。"

他的小女友咬紧下唇忍住笑，点点头。

"回家吧。"凯尔斯汀说："明天还有一天。"多么糟糕的工作，她想，执行现实原则的总秘书，结束一天的魔力，就像手指戳破肥皂泡。

"我也一定该回家了。"琳达从护栏上跳下来,往帐篷方向消失了。但是凯尔斯汀从丹尼尔的目光中看出,在她背后他们一定又回头做了信号,互相点头同意。丹尼尔这个时候看起来比他的实际年龄长了几岁。

"我们可以走了吗?"她问。

"马上,我们先歇一下。"

"当然,你今天过得好吗?"

"很好。"

很好,啊哈!她也感受不到寒气了,把针织衫从肩上取下来,拿在手上,看着她的儿子。他的目光正飘向远方的某个地方。

"我们可以往桥的方向慢慢走过去。"她用大拇指指了指后面。他昨天忽然像幽灵般在桥那边出现,但是他的表情并没有显示,他可能是桥上那段偶遇的目击者。还是说他已经习惯了,他的父母在踏境节都发生了婚外情。所以他也在计划自己的桃色事件?她儿子身上有一种看不透的东西,不属于小孩子的,她不知道从什么时候开始感觉到的。很显然,已经有相当一段时间她都在忙着自个的事儿。

"我们沿着这边走。"看也不看她,丹尼尔指向另一座桥,医院前面更上方,琳达可能的回家路线。

"这得绕路。"她犹豫了下。

他摇摇头，一言不发，又看了下远处某个地方，点头说：

"那就走吧！"

沿着狭长的街道，节庆草地和运动场之间，他们慢慢地朝桥的方向走去。帐篷里响起了音乐，副歌时欢庆的人们成千上万的声部一起合唱。她的丈夫估计也在其中，只要拉尔斯·班纳还没有鼓足勇气，往她丈夫脸上揍上一拳。欢乐的混乱统治了这个世界，原子和荷尔蒙，酒精和肾上腺素。她的儿子正倒退着走，因为他们身后，琳达·普赖斯的妈妈陪着琳达正动身回家，而她的先生在兜着圈子，因为踏境节上没有人知道，边界究竟在哪儿。大家只知道跟着自己的直觉走，天黑了，还有酒精，沿着河岸走着走着，就走近了某个年轻的东西，她也正好跟着自己的直觉走。

凯尔斯汀看着琳达和她的妈妈手牵着手朝桥这边走来，但是在各自妈妈的陪同下，两个孩子只是远远地互相做了个手势。天已经完全黑了，丹尼尔拉了下她的手。

"不要这么慢吞吞的。"

"你有没有想过可以住到别的地方？不在卑尔根城，去其他的地方。"

"嗯，我真的想过。"

"哪里？"

"比如莉泽外婆那里，或者汉堡。"

"为什么会是汉堡？"

"为什么要去别的地方？你要离婚吗？"

"没有，我不想。但是要离婚是两个人的事，不离婚也是。"

"我知道。"她儿子说："但是如果你们离婚了，我就离家出走。"

他们来到莱茵街的十字路口。普赖斯太太和她的女儿会在医院这边左转，往小学、寇纳克街和鹿道的方向；她和她的儿子则要在难民之家右转，往集市广场、市民之家和海恩科博尔的方向，到家还有相当一段路程。他们停下脚步，挥手，琳达和她的妈妈也挥手道别。凯尔斯汀脑子里搜索了下希望可以说句道别的话，但是她什么也想不起来。他们曾经一起吃过饭，普赖斯夫妇和巴姆贝格夫妇，去年还是前年的事了，那次聚餐并没有让他们的友谊更深一步。他们并不熟，也没有太多的交往。

他站在电脑对面，像面对一个他怀疑在说谎的学生。图像是黑白的，柔软的画面，好像灯光下的演出，阴影部分更大。显然这是一幅专业的作品，只是背景里的客厅家具少得可怜，更像是个工作室，前景的一切都精准地设计过。自称是维多利亚的女人伸长了腿躺在长沙发上，一条腿穿着深色丝袜，另一条腿也是，它弯曲着，刚好遮住肚子。看不出她有没有穿内裤。

她戴着一顶有帽檐的帽子，帽檐下还能看到眼睛，但却躲在阴影里，眼神和观察者对视着，他看不见。上身赤裸着，瘦削，一只手夹着装长滤嘴的小雪茄，示意着好像在打招呼，手臂上的手套长及肘部，乳房在手臂下影影绰绰好像突出的部位。烟雾袅绕，雾气在女人的大腿根投下阴影。怀德曼猜她的年龄应该是四十多了，虽然身体上所有的线索都小心翼翼地被遮掩，以姿势或是缺光的方式。他相信，一个年轻的女人会暴露得更多，而很少要去暗示。

这就是她提供的。信的内容如下：

我亲爱的沙尔：

很高兴您这么快就回复了我的邮件并且考虑我们见个面。您的照片也许并不能称为"很有说服力"，但可以确定，当我们见面时，我可以认出您来。附件里我的照片，您可能会怀疑，会不会正相反认不出来，您可以放心。我的装扮跟照片上的非常相似，风格上，不是全部的细节，但不用担心出现混淆。

您喜欢这种风格吗？请您诚实回答我，不要像那些人，吃到不爱吃的食物还要说"很有意思"。

关于您是否有勇气的问题，既然您这么快便回复了我的邮件，就算是回答了问题。我不太能确定，但是我会表现出，当我们见面时，您睁大眼睛坐在我对面就像您的照片上一样。（一张证件照，沙尔 真丢脸！您的想象力哪儿去了？我得安慰自己，至少您给自己取的名字还算……您自己去结束这个句子吧。您对自己其他方面的品质肯定更有信心。）

那么我们在哪儿见面呢？请您理解，我为您特意打扮的外表是无法到公众面前的。因此我想约您去一个夜店，在那里像这种特别的打扮不会引人注目。店名和地址在第二个附件中，还有路线描述。24 日星期六，21 点，尊敬的先生。您的照片已经证明您具有绝不会不准时的品质。

不要害怕那个地方的特别，穿着请随意。

对一个星期天的早晨来说，浓烈的烟草味。怀德曼摇了摇头，喝了一口咖啡，再把照片点出来看了看，现在他准备在自己的回复中把她的风格评为相当"有意思"。不然怎样？诚实与礼貌的划界处从来都不大，但如果没有的话，就只剩下冷嘲热讽。路线描述的附件他没有打开，又读了一遍邮件的内容，很生气有关他"其他品质"的影射。他证件照上的样子也没有这么像波德莱尔的肖像，糊成一团，不引人注目。他还要再回信吗？他并没有失望，他只是突然意识到他和电脑屏幕上的这个女人之间存在巨大的鸿沟。他问自己 都这般年纪了还要扮成玛琳·黛德丽堕落的表妹有啥好处？从这个角度来看，他又一次醒得太早了，在这个不是工作日的空闲中，并且记得他曾经读过的一篇小说，星期日就是用来让夫妇们还维持着关系，然而爱情早已远逝。下午高原上稀薄的空气，没有出于义务要做的事。而现在早晨才刚刚开始，拉着的窗帘上光影婆娑，鸟儿叫喳喳，楼梯间也没有脚步声，只有厨房收音机里传来轻轻的钢琴声。

另一方面，预感和经验告诉他，果敢的维多利亚女士这里不会存在哭丧着脸发邮件继续纠缠的危险。穿着这么开放的人是不会假装的，而且从她脸上完全可以看出来，鼻梁轻微隆起，薄薄的嘴唇，都明示着顽强的自尊，她绝不会允许自己追在第一次约会后就没了兴趣的男人屁股后头。她反而会将不愿意解释为不值得，果断删除他的电子邮箱。因此不会有很麻烦的后戏，如果那天晚上没啥成效的话。

第二杯咖啡他没有喝就放在那儿，穿上结实的鞋子，离开了公寓。总是同样的挣扎，他越跟自己挣扎，身体就越发想要运动，似乎这样事情就会加速解决，或者简单地说为了让他的头脑得到足够的氧气，只要还在不断纠结。有时他和女人在一起会感觉到枯燥乏味，通常第一次都是在地下酒窖，然后第二次在旅馆，为了打发枯燥他越来越喜欢研究这个问题，这个游戏他是否应该再继续玩下去。有时这个理由和那个理由支持，而另外的又会反对，但是最终有个事实是不容忽视的，卑尔根城没有任何可能让过了40岁的单身男人拥有性生活，真正意义上的，而长期的禁欲他又觉得无法胜任。

一切都可以，没有什么是必须的，但是总有一些应该……

怀德曼走出房子，惊讶这样的清晨空气竟然很暖和，然后右转，爬上陡坡，经过勒辛博恩街，这条街继续引导他上波茨坦街，然后沿着阶梯去往鹿道。在这里他选好了一栋房子，房子的窗板紧闭，表明主人不在家，但快步直接穿过去，越过后面的栅栏，到达通往水渠矮树篱的狭长人行道上，沿着被人踩踏出来的小径就可以进到森林里。

他的额头已经渗出薄薄的汗水。在他脚下，小镇躺在阳光里。兰河草地笼罩着白色的雾气，鹿道的花园里树木及灌木林在草地上投下长长的影子。一只猫穿过马路，引起树林里不安的骚动。偶尔听见开着的厨房窗户里传来的声响：锅碗瓢盆碰撞声、小孩子咿呀声，家庭生活。他走得太快了，感到胸腔里心跳得很不舒服。在他上面，坡更陡了。鸿恩贝克街的地界是由天然石块和啤酒桶大小的花岗岩石垒砌成的墙，灌了不少水泥加固山坡。向上望去，这里的房子屋顶尖尖的，阳台很宽阔，这些房子非常稳固。即使车库也不是平顶，而是二层，大得够做儿童房，木框风格接近阿尔卑斯山前一带的建筑。没有一栋房子配置不足两个车库的，所有房子的建筑格式都流露出同样的默契：这个小地区的传统，害怕邻居们的评头论足。

这些花圃、篱笆、狭长花坛和树篱隐藏了多少精力和心血。这些都是建立在不容置疑的家的概念上！街道的另一端，靠近文德哈默家的地方，普赖斯家新盖的房子在山坡上像是加冕，前阳台的大小赶上了露台。阳台的扶手上，怀德曼认出了一个空的红酒瓶，像是装饰目录的小瑕疵，透露出这座小镇舞台般景象背后也有真正的生活。一个被遗忘的空酒瓶，兀自在星期日早晨的阳光下闪耀。

那么？他站在这里看着，问自己，接下来该做什么。应该走回去邀请凯尔斯汀·维尔讷一起散个步，借口丹尼尔·巴姆贝格的事件还没有谈完？七年前他做了一个决定，很轻率，他现在知道，也很倔，耍脾气，过于草率，不计后果。那之后他一直忙着调整自己的存在，好像某个人带着太多家具搬到一个太小的房子里，每两个星期就得收拾一次，和时时侵袭的对空间的恐惧抗争。他花费了多少年的时光。然后，去年康斯坦策结婚了，生了孩子，他相信，他的一半负担已经放下了，他终于可以在贫乏的生命里开始去体会家乡的感觉，不再因为碍手碍脚的记忆而窘迫。几个星期前他仍然这么相信，甚至给康斯坦策写了一封信，但是她并不接受，而现在他自己也不相信了。生命中又一个谎言，季节性的释放。夏天扑面而来，树木生长，他在星期日的早晨逃离自己的公寓，顺着狭窄的小径进入潮湿清凉的阴影中。昆虫在阳光投射的光芒里跳舞，蜘蛛网挂在枝丫间闪亮。空气很新鲜，湿度很大。他以为可以像水一样用双手一捧擦到脸上。充斥着树皮的味道，还有刚锯过的木头味。他身体有种东西，他自己也无法解释，一种冲动，想奔跑，想把脸埋在森林地上的落叶堆里，想把阳具从裤子里掏出来，好好释放。四十来岁，说老又太年轻，任要说感觉年轻又太老了。是的，去他妈的，教室里女学生的超短裙、短短的热裤和T恤，有些日子确实让他坐立难安。他的身体里没有失去人人皆知的初夏的骚动，像隔壁公寓的那对情人叫床时的激情和不受欢迎（他每个星期六的命运，昨天也不例外，施耐德家虽然喜欢随时把垃圾扔到门口，但其他事都按照时间计划表来）。他并没有停下脚步，继续向上，看到脏兮兮的洼地野猪留下的痕迹，有一种想要清理书桌的感觉，把所有的一切都扔出去，一个也不留。

　　他能跟谁诉说他赤裸裸的、丑陋的恐惧呢？恐惧自己变成刻板印象中的单身教师，恐惧一步一步转变成好色的蛤蟆，变成学生嘲笑的对象，变成同事间背后的闲言碎语。他不可能走得再快了，没法甩掉这种恐怖的想象，就像双腿的麻木感。直到他走上环道，环绕着鹿道的半山腰，才慢下步伐，汗流浃背。

　　谁会愿意倾听，孤独虽然可以忍受，但是面对孤独会对他做什么的问题时，他心里升腾的惊恐，又怎么可以忍受？这些年来他看过太多女人在他这个年纪，长期孤独下变成什么样子，所有的痉挛、忧郁和压力，引发尖利的笑声、突如其来的啼泣、痉挛的歇斯底里，擤进面巾纸里。孤独是慢性发作的毒药，不，它本身就是慢性发作，一旦它抓住了你，你就再也无法脱身。

康斯坦策？

我担心你，但是我未来不想让我的担心打搅你。这是她在她的孩子快要出生前宣告的。一如往常，她信守诺言。她的耐力在这些年来陪伴着他，在她和其他人有了暧昧关系后还是如此，他一直觉得不可思议，要么是超人，要么建立在自欺欺人的基础上，但是她没有给他找到答案的机会。他更愿意赌是超人的。甚至有一次跟他周末到黑森林去，那时她已经答应了别人的求婚，仍然坚决拒绝回答每个问题，例如她会如何跟她未来的丈夫解释，像以往在柏林一样跟他上床，在停车场告别时她一滴眼泪都没流。一个阴雨的日子，云层很厚。他站在众多车子中间，挥手向他的幸福告别，喉头发紧，同时非常感谢她让他最后一次在她双眼的明镜中审视自己。我是个傻瓜，他想。

他完全没有其他选择，只能去见这位维多利亚。转移自己的注意力，享受短暂的刺激，然后喝着烈酒吞下漫长的失望。毕竟他不需要向谁解释，也不需要顾虑。他不过是个星期日早晨从床边逃离的散步者。一个星期前他坐在凯尔斯汀·维尔讷的露台上，忽然问自己：已经过去多久了，从上次我和一个女人谈话，而不把它当成前戏的一部分？现在他从树叶的空隙可以看到冷清的国道，风笛形状方向的岔路，以及后面克莱山的陡坡。他心想：不会成的。

她离过婚，家里有需要照顾的老母，以及一个站在自主和变坏转折点的儿子。谈话间她显露出某种努力奋斗以及轻微受损的尊严，他想不出更好的，只有视为她骄傲的半衰期的问题。此外对于不可原谅的失足，他已经解释了，他早就不将对她的拜访看成是满足他工作的义务。为什么不呢？一个很有吸引力的女人，七年前就已经是，现在依然如此，他现在想起来，是因为沿着黑色荆棘灌木丛的路边盛开的紫罗兰让他想起她走廊上快要枯萎的花束。

怀德曼停下脚步，擦了擦额头。

其实紫罗兰的花季已经过去了，但是它们正在他面前盛开，好像是为了他才从土地里释放出。他努力让自己什么都不要想，只是去数，他走进灌木丛，小心翼翼地采摘。数到十时，他直起腰。最终的答案反正是没有的。他以前都是如此教育他的学生。没有解题答案可以告诉我们做什么，为什么这么做。只有不断寻找，有时也会找到。他常常会这么说，在眼前这一时刻他几乎敢断言，他说得对。

节庆草地上的噪音在房子和房子间回响，不时从回家路上的醉汉嘴中迸出闷钝的跟唱。莱茵街上几乎没有车，车道和人行道上撒落着一地的节庆装饰，还有被扯下的绿色植物。整个地方看起来空荡荡，筋疲力尽，充斥着毫无规律的吼叫声。只有节庆广场上的篝火孤零零地继续熊熊燃烧，吸引着还兴致高昂的人们。凯尔斯汀感觉四肢疲惫不堪，脑子里不停地乱转，还有屋后越来越深的黑暗。她从没像此刻觉得卑尔根城就像个深渊。

如果你们离婚，我就离家出走，丹尼尔在兰河桥上说的。之后同他们脚步上旋律合拍的只有沉默，而凯尔斯汀希望她把车停在了附近的某个地方。他们面前是通往集市广场的莱茵街。稀稀拉拉的声音穿破夜空，喷泉前的台阶上坐着一些黑影，薯条摊前聚着零散几个口渴着，或者又饿了的人，也许是一直站在那里的。这会她才看见画得五颜六色的箱子，在石板路上为男子队和青年队竖起，像公交车那么大，上面涂着各个队的名字。整个集市广场的下半部就像服装剪裁的纸样。

已经熬过了两天，还剩一天。

丹尼尔越走越累，歪倒在她身上，头倚在她身上。就这样她们穿过集市广场，从花园山上去，市民之家的方向。最陡的地方她得用手放在他的背上往前推。

他们前面有一个单独行走的人，已经走到了坡顶上，她才迟疑地认出是她的丈夫。显然在他们离开之后，他也离开了，抄的是经过小桥那的近路，他走在他们前面像一个深夜里的陌生人。不多会儿，他的身影就消失在视线之外，但是她还能听到他踩在石阶上的脚步声，通往市民之家的停车场。

"前面那个人也许可以背你。"她跟儿子说。

"谁？"

"你爸爸。"

丹尼尔靠着她摇摇头，几乎都快要睡着了。

当他们走到停车场时，于尔根正往洼地那低草地上住宅区的方向下去，脚步缓慢沉重，她感觉到。大多数房子前都插着旗杆，挂着卑尔根城的城徽。她一开始往下坡走时，在他们身后花园山挡住了节庆草地传出的噪音，他们的脚步声更加响亮，而住宅区里更加寂静无声。有时凯尔斯汀都能听见于尔根的佩刀尖擦到地上，她想叫他，但没有做。溃散的小分队，一人行和二人行，巴姆贝格一家从战场上回家，节节撤退。于尔根没有回头，穿着制服、带着佩刀的他，像一个小男孩，刚从没人想跟他玩的化装舞会出来，大家都嘲笑他的装扮。

她没有叫他的名字。

在她知道一切之后，他跟这个安德蕾亚在公园长椅上亲热，而她则在第二天晚上和托马斯·怀德曼在桥上拥抱亲嘴，虽然她并不打算把这件事告诉她的丈夫，却帮助她将失败改成了和局，可以告诉自己：接下来如果没有其他事发生，从她的立场并没有必要逼丹尼尔离家出走。此外她确信自己在疲惫和虚脱的后面还闪烁着欲求，渴望尽快和平的结局，甚至渴望通过她最好的朋友阿妮塔称作"和解的做爱"来彻底解决。根据阿妮塔的说法这是最棒的。

她像梦游一样带着丹尼尔继续走下海恩科博尔陡峭的短坡，然后转入崎岖的上坡。于尔根在上面最后一个弯道消失了，也许正在奇怪，为什么家里没有亮灯。

"来，丹尼尔，还剩几步路了。"

她的儿子没有再回答，眼睛也闭上了，半拉半拽，她推着他上去。夜间的空气充斥着这条街左邻右舍紧挨着的花园里繁花盛开的香味。比较适合五月，不是八月，浓郁，蓓蕾的甜香。她一登上花园山的顶部，节庆广场上的乐声又起，但是这个高高在上的海恩科博尔斜坡上，夜的气息不再狭窄、不流通，从森林里吹来了清凉。她看到客厅灯亮了，落在花园的草地上。屋里模糊的身影，她感觉到一切都会变好的气息。

在大门口她拍拍丹尼尔的肩膀。

"到了，琳达一定已经睡了。"但是他不再是刚刚陷入恋爱的人，而是一个累坏了的孩子，累到连点头回应母亲的话都没有力气。她搂了搂他，把脸贴在他的头发上，在他额头上亲了口，然后她准备好去见她的丈夫了。

客厅里的光源透过玻璃门落在走道上。丹尼尔把鞋子踢到角落，穿着袜子蹑手蹑脚上楼。

凯尔斯汀在门边站住。

"晚安。"她说。

于尔根站在那里，穿着松开扣子的制服，在客厅桌子和沙发之间，手里拿着电视节目报，好像人像摄影师要求他摆出这样的姿势。啤酒、汗水和节庆帐篷的味道一直逼到门口。他看起来很累，一时让她觉得恍惚，好像他和拉尔斯·班纳并没有什么不同。

"我以为你们在我之前离开的。"他说。

"我们绕了远路。汉斯已经睡了吗?"

"看样子是。"

他们相对站着，不是正对着，而是侧身，身体和视线都是，好像他们在避免正眼相对，也避免给对方想要逃避的印象。卷起的铺盖放在沙发上。

"我去看一下丹尼尔。"她说。

丹尼尔穿着内裤站在洗脸池前，牙膏从嘴里淌下来。他的衣服散落一地，除了丹尼尔的衣服外，还有于尔根的帽子和已经不成样子的白手套。独独不见佩刀。

"稍微收拾下，赶快上床。"她拧干了一条毛巾，在他刷牙时，快速地帮他擦脸、擦脖子。她试图在他胳肢窝下挠痒痒，但丹尼尔太困了毫无反应。"晚安，我的宝贝!"她在他的嘴上亲一下，她很少这么做，但是他已经在睡梦中的脸令她无法克制。脸上的表情毫无反应，他让她明白她身上有味道。

她收拾了地上的衣服和裤子，把这些扔进洗衣篮里，脑子里在盘算该用什么策略跟她的丈夫谈判。而他似乎毫无感觉地坐在客厅里，至少她没有听见脚步声，或者水龙头的声音，也没有厨房里捣鼓餐具的声音。她要让他在沙发上再过一夜吗？现在占据上风的情绪又是什么？还是愤怒？或者是无关痛痒？欲火加热后又被他的啤酒味削弱了吗？她甚至都没有洗手。她无心温存，如果真的要做的话，她愿意激烈地、肮脏地，而且不在卧室。如果不做的话，她更想命令他在露台门前的擦脚垫上过夜。

丹尼尔很快就熟睡了。她在门边站了一会，克制自己想再亲他的冲动，也不想再去给他收拾被子。熄灯，关上门，倾听动静，然后下楼。

她当然了解这种说话方式：把问题丢到一边。新鲜的只是进入问题已经存在的空间的感觉。任由他的目光尾随，她继续走进厨房，打开水龙头，把玻璃杯装满，回到客厅。他坐在沙发上，好像一个病人，被要求宽衣检查，解开第一个纽扣后，却想起他没有办健康保险。

"他睡了吗？"他问。并没有仰靠着，而是直挺挺地坐在沙发正中。

只有沙发后的落地灯还亮着，还有就是走廊和厨房里的灯了。屋里的空间反射在玻璃窗上，像骰子的形状透明地倒影在花园里，玫瑰正刺过家具挺立着。

"他恋爱了。"她说，没有回答。一个评语，本来应该由惊讶而产生的一连串问题，但他只是沉默地点点头，好像他听到的这句话只是个潜台词，一个加密的指责，要他承认。

"我也去拿点水。"

她坐在电视机前的沙发扶手上，喝着水。抹去额头上的汗水。她不只感觉再也没有力气去抑制自己原谅丈夫，她甚至完全没有觉得有什么要原谅的。她只想结束这份沉默和观察，结束无言、生硬的目光。很不耐烦地，她侧耳倾听厨房的动静。每个解释只会唤醒更多的怀疑，带来更多的问题，让注意力转到微不足道的、引导一切行为的蠢话。换句话说：每个解释都会自我演绎，驳倒自己。好像宗教课的老师试图解释上帝。

你为什么要这么做？

难道她想知道亲吻 20 岁女孩的感觉吗？

同时她又恨他的后知后觉，他就是这样正从厨房走过来，在饭厅站定，喝了一口盛太满的水，恨他小心翼翼，注意不把水滴到该死的地毯上，他们一起从家具店抬回来的地毯，她抬左边他抬右边，四、五年前。

"我们这两天所讲的话，大小大概刚好是一个啤酒瓶盖子。"

"我在找一个听起来不讨人厌的方式表示抱歉。"

"那就让我讨厌好了。"

他没有坐回沙发，反而停在她触手可及的范围内。她看着他裤管上的污渍，右边袜子上的血迹。她伸出手，原本以为他会退缩，却触碰到裤子口袋的位置，把他拉近自己。他的杯子放到客厅桌上发出哐当的声音，他的手抓住她的头发，无动于衷却在机械的勃起，一切都是错误。反抗着情欲，开始手打脚踢。太用力后布料发出撕扯的声音。不管丹尼尔是否真的睡着了，或者她的哥哥会不会听见，都是假的，假得让人感觉得到救赎。

她扯住他的皮带，破坏了他的重心。他被迫在她面前跪下。那一刻她看着她和他映在客厅玻璃门上扭曲的身影，他们正在做的全身影像的暗影，像透明的动物。他们身上的味道也是如此，闻起来像肉、像森林、没有光。但是她要他，把他从制服里撕扯出来，把T恤从他头上脱下来。他撕扯她的裤子。她要寻找的最起码是失去知觉。她咬住他的肩，她的舌头继续逼近他毛发茂密的胳肢窝。什么方式都无所谓，她想。她的性欲看起来也是透明的，没有遮掩，明目张胆。想都不想，也不追求什么体位，或者抓住什么，就让自己直接往前坠落，而他则利用这个时候扯掉了她的三角裤。荒谬的、无可救药的贪欲，他们互相攻击着。在沙发和咖啡桌之间。她手上抓到头发就扯，接触到哪就张开嘴舔。她从他唇上把他兴奋的喘息舔走。在他的唇上到处拼命咬，直到发出惨烈的叫声。她几乎要笑出来，毁掉这一切。然后，终于，她感觉到他的下体好像在提醒她，他们正在做什么。她坐在他上面，挤压着，将情欲夹杂着疼痛宣泄。当他一直深入到她并不乐意的体内，她才呼出一口气。

你为什么这么做?!

他的低吟听起来扁平低哑。她要弄痛他，指甲戳进他的肉里，把背挺得直直的。他们就这么做爱。为了一切，或者不顾一切。这好像是把爱降低到只剩恐惧燃烧的核心，凯尔斯汀一直不闭上眼睛，而是一压再压。于尔根捏着她的乳头太过用力。

为什么? 她咬住他的手腕。

他们两人同时加速，最后冲刺或者逃跑，总之直线向前，却远离目标。凯尔斯汀还未张开眼睛看见于尔根收复故地的脸时，已察觉到了自己的失败。慌乱出现在她感觉到缺乏节奏前。她以为的性高潮变成了幻景和一阵反胃。

然后恶心。

他一只手臂滑稽地扭曲着，绕住了沙发腿，另一只慢慢落在地板上。她的悸动在咽喉迸发，而不是在下腹部。汗珠无力地从脊背滑下。她从未有过的体验，以这种专心致志的形式体验真相。

不，她想。不，不，不，但是她无法摆脱。

"你没有道歉，我知道为什么。"她并没有想要说话的欲望，但却是她发出的声音。"因为你一点没觉得做错了。"

他的脸明澈空洞。像白雪或者玻璃。某种程度上的美丽，但和形式没有关系。也许她从未这么仔细地观察过他。她从桌子上抄起他的水杯，喝干，最后一次闭上眼睛。最后一次，永远。

"'如果有护理需要，社会护理保险有义务支付。有护理需要的人是因为身体、精神或者灵魂问题……'精神病和灵魂问题的差别到底在哪里？听上去好像是宗教问题。"凯尔斯汀看着她儿子，但是他根本没在听，只专心盯着电视，并且永远那样，当莱因霍尔德·贝克曼点评球赛时，声嘶力竭。他脸上的表情恰如其分地透露出，他对世界杯足球赛的兴趣并不比对他母亲为了赶走客厅里压抑的寂静正在朗读的 AOK 保险公司宣传册子多。读册子可以让她将心里七上八下、紧张的思虑找到关联。她对足球不感兴趣。都是些歇斯底里的兴奋，整个国家几个月来都在热炒的大事，2006 年世界杯，在她不过平平淡淡水过无痕。但是现在，赛事结果和屋里唯一的电视机前这个地方，可以让她和丹尼尔一起度过好几个夜晚，他不会躲在自己房间里，而是在客厅里陪着她。所以世界杯足球赛还是值得祝福的，最好一直比赛到甚至贝肯鲍尔也长出皱纹。

她继续盯着她的册子：

"'……精神的或者灵魂方面的疾病，还有残障帮助，在日常生活中需要长期的和规律性事务的帮助。这种长期和规律性的日常事务必须能够归类于身体上的、营养方面的、行动方面的，或者需要家庭经济供养的领域。'好，现在请你告诉我，是否适用我母亲的例子。"

"进……没进！"球从波兰队的球门擦边而过，于尔根·克林斯曼先举起手，然后把一个瓶子扔到地上，盯着他的助理，好像凯尔斯汀看着她儿子，寻求帮助。

"算。"他说。

"我们是穿白色的吗？"

"不是，穿白色的是所谓克林斯曼带的队。"他坐在电视机前的单人沙发里，穿着一件胸前图案有三个番茄在跑的红色 T 恤，写着快餐两个大字。自从两天前从他父亲那里回来后，他便一脸若有所思的样子，青春痘比以前更多了，但是他的情绪看起来好像稳定在进入草原地带的无语区。她小心地问他，在海恩科博尔那里是否下了好像是来清洁空气的雷雨，去恩德勒家的拜访如何，他都抿紧双唇，完全不说话，拒绝回答。

比赛以零比零结束，不只在多特蒙德，她自己也觉得没输没赢。依然处在高度紧张状态下。一碟花生放在桌上，丹尼尔并没有要吃的意思，她就自己吃了。夏日傍晚温热的风从露台的门吹进来，混合着花园里刚刚浇过水的花蕾芬芳，刺激着她暴露在外的神经末梢。几只蝴蝶在窗前翩翩起舞。她好想去散个步，沿着鸿恩贝格街，甩掉她的紧张。也许碰巧遇见卡琳·普赖斯，再跟她静静地谈谈夜店的事。但是这样珍贵的时刻，丹尼尔以一种实习生的身份加入家庭生活，必须尽情享受。必要时对他念叨下标题：综合项目条款——护理保险资讯。

"这里有三个等级，"她嘴里塞满了花生，接着说。"很大的护理需求、重度护理需求和最重的护理需求。那么，我们的问题是，我的母亲是很大的还是重度的需求？"她想起彼得曼大夫的话：您可以尝试第二等级。我们的护理保险一点都不像他们表现的那么穷。这个例子基本上很清楚了：她的母亲无法自己下厨，她也不能自己洗衣服，无法自己去买菜，而且从三月开始，流动护理服务的寇尔贝太太每个星期来给她洗一次澡，如果这不是护理保险所称的"长期的和规律性事务"，那什么才是呢？她又抓了一把花生。"第一等级还有实物支付的 384 欧元和现金 205 欧元。月付，我猜。"她一向小心谨慎，这种习惯让她从第一等级开始。

"满嘴的花生，听不清楚。"

凯尔斯汀喝了一口水。

"384 加 205。"

"589。"

"还不赖。"无论如何，她不敢想象，她每个月赡养费明年削减的数目会超过这些。她朝儿子看去，准备提出自他从海恩科博尔回来后已经想过几百遍的问题，明年有个异母弟弟或者妹妹，他怎么看。他是否会觉得尴尬，或者无所谓，还是高兴。像之前的几百次一样她又放弃了。她绝对没有办法不动声色地提出这个问题。她可以假装生气，如果策略上对她来说很重要，但实在做不到无关痛痒。很显然她从来就没有不在乎过。也许这也是为什么她越来越觉得疲惫的原因。

丹尼尔无聊的目光专注地盯着电视。他的手指不停地去抠两颊上和下巴凹凸不平的痘痘，她必须要非常克制，才能管住自己不把他的手拿开。

"你什么时候开始不喜欢花生了？"

"丙烯酰胺，致癌。"

"丙烯酰胺只存在油炸的食物里，花生是炒出来的。"

"但对皮肤不好。"

我特地给你买的！她本想这么说，但：

"什么时候你变得这么爱打岔了？"

他让她的问题烟消云散，无动于衷，像足球又一次挨着球门没进，而汗湿的球员脸上的表情已经变形，失望的哑剧。没有声音，特写镜头里的情绪显得非常怪异。整个体育场都像在痛苦中，包括女总理，但是听不到一点呻吟声，也没有诅咒或者鸣咽。因为丹尼尔想要如此。黑红金色的国旗在坐满观众的运动场内静静地飘扬，有人戴着足球形状的帽子，脸上画着类似战斗的图案，狂欢节和部落仪式的混合，开始痴迷地挥舞，如果现代人的第七感官可以感觉到摄影机对准他们。

丹尼尔在手指中间抠着什么。

"精神疾病是脑损伤，"他说："比如说，外婆的老年痴呆症。灵魂的疾病则是心理上的，沮丧、幻觉以及其他乱七八糟的。"

"原来如此。"

"用电脑来划分就是：硬件和软件问题。"

"外婆可以说是硬件问题？"

"硬件出问题。"他用力点了点头。

她克制自己问他，他自己的问题又属于哪里。她往后靠着沙发。还有，她自己呢？自从下午普赖斯太太打来电话，告诉她下下个星期六要去这个名字叫波西米亚的夜店瞅瞅，她就不知道该怎么去考虑这件事。她觉得她完全被自己的幻想追踪着，一堆裸体性交人群的画面，这些人在人工草地上互相纠缠。一个性爱夜店！究竟为何她会考虑这种荒诞的计划呢？可能是在搜索夜间电视节目时，偶尔撞上了追求轰动效应的报道，听到喜欢集体淫乱的人兴奋的经验之谈，然后问自己：这些都是些什么人？

　　现在答案揭晓了：就是像卡琳‐普赖斯和她这样的人。想象着一个陌生的公交车司机把色眯眯的手放在她身上，这种恶心的感觉已经够疯狂的了。后面墙上都是镜子的吧台上，被半裸的男男女女包围着，他们互相打量着、挑逗着，最后互相走近……

　　你不是认真的吧，她在电话里这样回答，并没有说不。

　　只是看看，闻一闻堕落的空气。普赖斯太太这副假装天真的回答让她很生气，但也觉得有趣，同时这种独特的方式让她冷静下来。也许是个办法可以探索自己的好奇心，不必完全把自己交给乡下这种性爱世外桃源的下流环境。也许有这个可能性，在一个星期六的晚上，当卑尔根城正准备庆祝踏境节时，抽出一、两个小时的时间，去窥探一下在这种地方流连的都是什么人。在科隆的时候，她和阿妮塔曾经去参加过一次派对，派对上有个房间里传出很明显在干什么的声音，也没有人觉得怎样。

　　凯尔斯汀接下来说的，她自己都大吃一惊：

　　"给寇尔贝太太的170欧元，无论如何会由护理保险支付。即使是在第一护理等级中，也写着的：'如果需要护理帮助的人，得由流动护理服务的人员完成，护理保险将把这笔费用归入实物支付款项。'而最高可支付金额为384欧元。"

　　"汉斯舅舅一定会说：徒劳无益的。"丹尼尔还在继续抠他下巴上凹凸不平的表面，除此以外，他倒是安静地坐在沙发椅里，两腿张开，像他父亲一样。在多特蒙德现在是中场休息，球员带着无计可施的表情，沉重地走进休息室。

"汉斯舅舅只是不愿意认清，他的母亲真的病得很重。"

"他是医生，而作为一个医生，他知道什么对大家最好。"

"彼得曼医生说，第一等级我们一定能拿得到，不论 CT 结果如何。我们递交申请，保险公司会派人过来看看外婆的情况，总之最糟的情况不过是回到老样子，那明年我搬去兰河桥下面。但是你自己刚刚也说过，外婆是需要护理帮助的。"她把护理保险册子又扫了一遍，然后当扇子扇风。丹尼尔对她的暗示不做反应。虽然晚上了，还是很热，而外面吹进来的风里似乎蕴含着什么凯尔斯汀无法用言语形容的东西，只是隐约明白，今夜不吃安眠药估计睡不着了。

她该跟卡琳·普赖斯说什么呢？

浴室里又传来冲马桶的声音，接着她这个需要从很大程度到重大程度护理的母亲拖着脚步穿过走廊。几乎整个中场休息时间她都在浴室里。只是因为年老才有的缓慢，还是她又偷偷去洗她的内衣，夜里失禁的问题越来越严重，甚至生理护垫也没办法解决了？她又得去吐吗？最近呕吐越来越常发生，但是这也许跟她母亲头疼严重时自己在浴室里找药有关系。12 颗阿司匹林，她放在母亲床头柜前，三天就没了。她闭着眼睛听着走廊里鞋子的动静，等到开着的客厅门那嘎吱声消失，她才重新又睁开眼睛，她甚至都不清楚，她的母亲是不是偷偷在嚼泡假牙用的药片，总之，存货又要用完了。

像接待小姐一样，回过头之前，她又绽放出笑容。

她的母亲穿着破旧、拖到脚底的浴袍，手上抓着她的漱口杯，用假牙已经卸下、没有牙齿的漏风声音说话。

"嗯，我上床去了。"

"晚安，妈妈，睡个好觉。"

"晚安。"丹尼尔说道，并举起一只手，但却没有转过身，而是专心在注意君特·耐茨尔哑剧般的球赛分析。

她的母亲站在门边。

"嗯？丹尼尔还不想上床吗？"

丹尼尔面无表情。凯尔斯汀正在读这个句子"其他情况，例如说，家庭成员或者熟人来照顾需要护理的人，他们可以得到与护理工作相当的护理费。"

"你房里还有水吗？"她问："要我帮你拿一瓶进去吗？"

"窗户都关上了吗？"

"是的，晚安！"

"那丹尼尔……"脸上动了下肌肉。凯尔斯汀站起身，向客厅门走去。

"那我睡了。"她母亲说："就是头还疼。"

"好好睡吧！你需要一颗阿司匹林吗？"但是她的母亲已经把助听器摘下来了，凯尔斯汀看着她的背影，看她打开她的房间门，漱口杯里的水晃了出来，关门时又晃了出来。两天前她跟医院通过电话，医院说安排了时间，让她跟彼得曼先生谈 CT 的检查结果以及后续一些凯尔斯汀不明白为什么要做的检查。她怀疑，这些检查背后并不全都是医疗原因，彼得曼医生想让她从全天候的家庭护理中得到休息。不管怎样，下下个周末会是她几个月来第一次单独在家，当然她一个不小心，在电话里就把这个消息透露给了卡琳·普赖斯。正好，她这么说。

既然已经站起身，她便继续往浴室走去，松了一口气，没有看见什么不正常的东西。空气里既没有尿液的味道，也没有呕吐的迹象，而且根据她所能回想起来的，浴袍口袋附近也没有什么深色污渍是她母亲呕吐后不小心粘上去的。她安心了，在洗脸池上方壁橱的镜子里好好观察自己的脸，确认她看起来很不安。

"都是我的错！"她其实不是这么想的，但是差不多。

这是他的错，为什么他不打电话来？

叹了口气，擦了把脸，她打开壁橱的门，伸手去拿安眠药。接着她会在半睡半醒中继续看球赛，但是她有着无法抗拒的需求把过于活跃的脑子关掉。直到现在，在关闭的浴室门后，跟她的儿子之间有着一堵墙和一个走廊的距离，她才敢于面对自己内心风暴的真正原因，不是卡琳·普赖斯的来电，担心母亲的健康也只占一部分，真正的根源是：这次她真的看见他了。就是在卡琳·普赖斯家度过的周末，她在阳光下醒来后不久在客厅窗前站了一会儿，欣赏晨光下安静的街道。他在那里。从寇纳克过来，并没有继续往回家的路上，他在十字路口犹豫了一下，转向左边往鹿道的方向。他拿着什么东西在手上，她抵着窗台，看他走近后，认出是花朵。他换到了她家朝街的那边。她站在客厅里，听到她的心猛烈跳动，好像命运在敲她的门。他消失在她的视野之外，但是她仍然看着他。她蹲在窗台前，数着秒，还没有数到二十，他从相反方向过来，空着手，重新左转，往寇纳克下去。

鹿道从来没有像那个星期日的早晨这么宁静、这么耀眼、这么美丽。

五分钟，或者十分钟，她站在窗前，一动不动，什么都不去想，一时也无法明白，心里涌起的感觉是"幸福"。

门前的脚垫上躺着十枝紫罗兰。

一，二，三天过去了。

她从包装里拿出一颗药片，放到舌头上，双手接了口水喝下。她的脸看起来有些消瘦，也许她瘦了？她现在应该做什么？

接下来还有家长会，下午时她仔细看了下她的衣柜，确认一件几年前买的套裙，只需将裙摆改短些，就又可以穿了。站在镜子前，用针把要改的长度固定好，盘算着何时把裙子送到易马兹裁缝那及时完成修改。

但是为什么他什么也没有说？他明明打过电话，就在星期日晚上。她的母亲已经躺在床上，她坐在走廊，就在芳香的紫罗兰花束旁边，对他关于拉尔斯·班纳写的一篇新生物中心的报道的论点的驳斥，一点兴趣都没有。她对报道不感兴趣，也搞不清楚指的是哪个论点，只是吸着紫罗兰的香味，听着他的声音。总之，他认为，《通讯》不应该故意刊登学校的内部事务，咨询了老路德维希·班纳后，得知后者也持同样的观点。

嗯，是的，嗯。

——我只是想告诉您这件事。

——我很感谢您……谢谢您的紫罗兰。

——丹尼尔感觉好些了吗？

——很难说。好一点了吧，嗯……我也一样。

他的声音表现出真诚的关怀，却异常冷静，好像他预计到会发生什么糟糕的事，但并不害怕，而且他的问候第一次让她听起来不像是干涉家事。即使对话停下来，他也没有迟疑，换了个话题，简短地说了下到处挂起的德国国旗，因为世界杯足球赛开幕的缘故，国旗在汽车的天线上和阳台护栏上到处可见，然后他想知道，她来参加家长会不会有困难，因为她的母亲。

那束花，她心想。那束花！

——您可以打下我的手机，我可以告诉您，人是不是很拥挤。

——我母亲可以一个人待二几个小时的，没有问题。我一定会去的。我们可以一起去喝杯红酒。

他的耐心真的快把她杀了！他难道不知道她的纠结，从早上一起床，就跟一只掉出笼子的小鸡一样，毫无保护地交给了环境，挣扎着生存。卑尔根城不是一个浪漫的好地方。并且无论如何，不是现实之上的空中楼阁！她一整天翻来覆去对自己说：丹尼尔可能会吓得毛发直竖，而且把坐在早餐桌边的陌生男人介绍给她母亲，根本行不通的。所有的一切，整件事，完全被排除了，却具有极大的诗意和魅力。然而其中的问题在于她自己的渴望，因为这份渴望日渐增长。

——那么我们就在家长会上见。

哦，他绝对知道该在何处停顿。在谈话中可以插进可能的选择，但让人挂上电话后才明白，而他又逃脱了。早晨他放了一束鲜花在她门口，傍晚他又打电话给她，但只字不提！她用冷水抹一抹太阳穴，走回客厅。凯尔斯汀感到一阵轻微的疲倦就要来临。白天过去了，她也下了决心：如果怀德曼到下个周六还不打电话来约她吃饭或者去散步，她就跟卡琳·普赖斯去那个夜店；如果他约了，她就拒绝她。换句话说：这个决定权在他手上，她是不会给他打电话的。

于尔根·克林斯曼看起来筋疲力尽。

"还是零比零?"

"简直太戏剧性了。"他说起来很麻木，好像背好的句子。

"只有丹尼尔·巴姆贝格还这么自在。"

"总得有一个人必须保持冷静。"

"如果最后零比零平局，我们就被淘汰了吗?"

"不要老是说'我们'！那是些职业足球员，没受过什么教育，薪水太高，那不是我们。"

"那上个周末莱茵青年队怎么样?"也许这是次机会，让她的儿子一次跟她多说上两句话。

"挺好，没什么特别的。"

她一屁股坐下，都懒得伸手去抓花生盘子。波兰队的球门前，挤着一群拿着高薪的职业球员，她儿子拒绝将他们理解纳入"我们"的行列。她不太清楚的是，他是否有"我们"这个概念。球飞起来，大家都跟着跳了起来，球改变了方向，朝球门飞去，被接住了。

"你还是不想告诉我，你去拜访恩德勒家的事？"自从跟托马斯·怀德曼谈过话，她几乎没有再想起学校的这件意外，她的思路每次都卡在那次的谈话上，还有紫罗兰，纠结这些到底都是什么意思。

从丹尼尔的目光中她读不出有任何反应，但是他在沙发椅里似乎动了下，坐得离她远了一些，客厅显得更大了。安眠药的化学组织成分开始进入她的脑子，她必须与疲倦斗争，还有困得打架的眼皮，决不能让自己的烦恼困扰她实现自己教育的义务。

"然后？"

"你是不是在浴室里喝了酒？"他问："你好奇怪。"

"不要转移话题，别这么讨厌，你欠我一个解释。"

"我去过恩德勒家，道歉了。完了。"

"就完了？你觉得这么简单吗？"她朝儿子的方向眨眨眼，他的眼睛起先似乎盯着客厅的桌子在寻找什么，然后落在电视机的架子上。他会有一天也变成……那个词叫什么？年轻女孩会爱上的理想主义的人，对他忠心耿耿，不会注意到，这种忠心会很快让她感到孤独。最终她不再是个年轻的女孩，或者不再是这个地方上最年轻的。丹尼尔会变成这样一个人吗？她还有能力阻止吗？听起来很天真，但是她仍然相信，在她的爱的光辉下长大的孩子，不可能走上邪路。她的儿子虽然运气不好，不幸福，绝望，甚至可能早夭，但是绝对不会变成品行不端的人。

丹尼尔的目光和她遭遇，无动于衷，遥远的。好像他必须开始练习怎样对付所有以后他要辜负的女人。正确地说，她不就是第一个牺牲者吗？

"杀手，互相都是。"她的舌头感觉很沉重，很奇怪。

"上床去吧，妈妈。"

她和一大群其他的女人，她们宁愿浪费生命力去相信她们的爱有治愈魔力的童话，而不愿意花时间去洞悉真相？什么怀德曼和他的耐心，滚一边去！她要跟卡琳·普赖斯去那个夜店，把自己交给第一个伸手摸她的最好的男人。

她的膝盖无力地倒向一边。也许她已经在做梦了。她决定要问怀德曼，他是怎么想的。他给她的印象并不危险，属于她认为最有吸引力的男人类型（配偶，《布丽吉特》女性杂志也说过，虽然不一定最有代表性）：稳定，接地气，棱角已经磨平，但嘴角某处仍暗示着秘密的第二张脸。一个送花的男人。

丹尼尔抓着她的手臂拉她。

"起来，我帮你。"

她不记得，什么时候一颗安眠药就有这么大的威力把她打倒，不过，准确地说，在这一刻她什么也不记得了。她的意识一次又一次沉入潜意识里，感觉屁股下的沙发好像温暖的漩涡。

丹尼尔又使劲地拉。

"我会起来的，"她喃喃说道："现在，我无力地赖在地上，连我儿子都在可怜我。"

"来吧！"

"别磨洋工，以前你总是这么说：为什么你总是磨洋工。"靠着他的帮助，她终于站了起来。几秒钟的工夫，她眼前的黑色帘布亮了。她用一只手臂绕过他的肩膀，庆幸儿子比自己高大，差不多高出一个头。谁需要小男人呢？他的手抱着她的腰，当她再度睁开眼睛时，遇上了快快不乐、担忧的目光："你的眼睛像我，我的儿子，但你没有遗传到我快乐的目光。"她必须转过身，免得把口气喷到他脸上。"笑一个！"

他咧嘴龇牙，她闭上了眼睛，心里想：16岁！像他这个年纪的男人真的有能力，去追求他们这个年纪的女人，其实是女孩子，简单而真实地去追求。多么奇怪的世界！她把一只脚移到另一只脚前，现在有点像在演戏，但是至少这是她的权利，而且这也是唯一的可能，拒绝她想要马上瘫倒在地毯上，像一只肥猫蜷缩起来的想法。

他停下脚步，转回头去，说：

"进了！"

"谁射的？"

"诺伊维尔。"

屏幕上穿着白色球衣的球员倒在地上互相堆起来，然后她重新闭上眼睛，任由自己被护送着穿过走廊。走到浴室门前，丹尼尔想要将她放下，她摇了摇头。

"你知道会是男孩还是女孩？海恩科博尔那边。"

"不知道，也没有兴趣。"

"真的？"

"真的。"

"那你感兴趣什么？女孩吗？你有女朋友了吗？说！"

他的呼吸让她想起他的脸模子。十四五岁的时候，她对口气的味道害怕到惊慌的地步，不管是自己的还是陌生人的，她每天刷五次牙，用漱口水漱口……

"我 16 岁的时候交了第一个男朋友。还是 15 岁就已经？"

"你还是睡吧。"

"你老妈可没那么不受欢迎，知道吗？我是说，跟现在相比。"

他们已经站在床前。为了气一气他，她慢慢往前栽倒，在睡梦中，其他她就管不了了。缓慢地，她的身体告诉她翻了个身，床沿硌到了她的腿，她又翻一次身，伴着一声烦躁的喘息，丹尼尔放了手，她长长地掉了下去。有一天她会掉进怀德曼的怀里，这件事似乎完全有可能。而且在怀德曼的怀里会很享受，现在就已经可以感觉到了，她穿过现实往下掉，中间车子行驶过去，川流不息。她躺在后排座，天上的云看起来好像充气的救生艇。她的父母正轻声交谈。她即将抵达的地方，全是沙，细腻的，浅色的。白浪上珠光粼粼，小船边水花飞溅。

不敢相信，她想，我恋爱了。

太阳然后下山。

09

他拿着小刀，抓住棍子，把顶端的外皮削掉。到处都是音乐声。整个早餐广场挤满了乐队，那些大号过于嘈杂，让他烦躁不安。胖男人们鼓着圆圆的腮帮，好像要放屁，声音听起来也很像。他又坐在斜坡边上，只是今天没有人偷偷靠近吓他一跳。阳光普照，所有人都在欢笑，当乐队经过时，在空中比画，好像他们在指挥。他只去了莱茵队，为了去拿一枚徽章。那里，他父亲站在啤酒桶上，和昨天还有前天都没有什么不同，大喊万岁！万岁！万岁！事实上他的眼睛直直地看着森林，完全没有注意谁过来站在了他们的旗帜下。

只有一枚徽章，他去领了可乐，马上又把徽章塞回裤子口袋里。他最想自己也站上啤酒桶，对着整个广场大喊该死！该死！该死！一切都混乱不堪，整个踏境节。早上在早餐广场时，琳达站在她母亲身边，转过身来看他，甚至举着鲸鱼徽章朝他挥手。但昨天是昨天，今天他不想被人问起，你妈妈在哪儿？为什么你爸爸的额头上贴了那么大一块创可贴。如果她们身边没有别人的话，他可以过去的，但在集市广场不行，现在她又和卡拉站在一起，数她们的徽章，没有再张望。

他继续削着木棍。

是他的错吗？他还在恋爱中，但她后来还可以再向他招手，或者问他，要不要一起去莱茵青年队领鲸鱼徽章。她不但没有这么做，还消失在人群中。昨天晚上，他还惦记着她泡泡糖的香味，今天一醒来，就没了。他下楼去客厅，就是去看血溅的现场。桌下的地毯上。很多很多的血。床单，还有沙发上的一堆卫生纸，但是直到莱茵街队在集宁广场游行时，他才看见他的父亲。

他妈妈甚至都没起床。

"是我的话，我会吃点东西。"诺布斯站在离他几米远的地方，嚼着他的香肠。他们整个早晨一句话都没有说。他走在前面，跟在游行队伍旁边，独自一人，因为汉斯舅舅太啰唆让他受不了。叫他不用担心。说什么大人有时候也像小孩一样幼稚。诺布斯本来也许可以告诉他，这是什么意思，但是他看起来一点兴趣都没有，他这个忙着跟女孩子混在一起的人会有什么麻烦。

"我不饿。"

"好，你就等着抽筋吧。那就会明白我是对的。"

"抽筋，好吧。"

"腿抽筋，想想看吧！"

你们两个人完全疯了吗？就不能像正常人一样说话？汉斯

舅舅昨天夜里的声音相当大，他给父亲包扎，母亲坐在一旁，什么都没说。她裹在毯子里好像发生了什么意外。

然后他听见了赛跑者过来：先只有一个，然后两个，又只有一个，他们开始互相轮流。他在裤腿上将刀刃擦了擦，然后喝完了可乐。开拔的信号发出了。有鼓手在什么地方正按照甩鞭子的节奏击打，人们鼓掌。这是最后的早餐广场。下次他就要 16 岁了，而且是青年队的队员。诺布斯说：

"好吧，我现在再去拿一根他妈的香肠。我要是你，我就会一起去，也去拿一根。"

"你会抽筋的，想想看吧，是肚子抽筋。"

"你如果再一直这样躺着，什么都不做，那你就去问下你的琳达，看她要不要把你背回卑尔根城去。"他说的是"你的琳达"，而不是"去你妈的琳达"，他如果真的生气，会飙脏话。

"你拉稀的话，你相信我会等你吗？"

他话音未落，诺布斯就把屁股对准他，用舌头发出拉屎的声音，说：

"只有吃了煎肉饼才会拉稀。"

然后两个人大笑起来。他把小刀收进，跟在诺布斯后面跑去香肠摊。香肠摊正要打烊，但是他还是拿到面包夹香肠，上面涂了芥末酱。他们正要往前跑，问人家游行队伍将在哪儿列队。赛跑者甩起了鞭子，围成了一个圆圈，他们停下来时，又用手臂做起了翻浪的动作。旗帜被卷起来。每个队都有一个领喊口令的，他们大声喊出队伍的名字，所有人都回应：万岁！万岁！万岁！或者嗨！嗨！嗨！有些这样，有些那样。

他也看到了他的父亲，在莱茵街队组成队形的地方，胖胖的实科中学校长也在那边整理他的制服。暑假过后，他就必须去那边上学了，过了职业学校那边的桥。五年级。意思是，他不再是小小孩了，但是，这也表示，不再是小小孩其实也没啥，因为虽然在小学里就不再是小小孩，但是他也不用再去上小学了，他现在要去的学校，是有大孩子可以开车的学校。一切都比他想象的要困难得多，他很高兴，诺布斯不再站得离他远远的，也不再盯着广场。他还在笑。诺布斯暑假后不能上实科中学，因为他数学不好，而且他本来就想成为木匠。他们其实现在已经不是同学了，还是朋友。

"我们一定要到前面去，"诺布斯说："不然待会闭幕式，我们会占不到好位置。"

"我们反正不可以站在队伍里。"

"我想站在哪里，就站哪里，看他们能拿我怎样。"

"你可以试试。"

"你可以设想下，我办得到。"

"要是他们打起来怎么办？很快就会结束了吗？"

诺布斯总是马上就知道他在说什么。

"打架当然不好。你妈妈会说：我不想再忍受了，你这个人渣。那就没办法挽回了，他们必须去见法官。"

"那要是反过来呢？如果打人的是我妈妈？"

诺布斯也不明白了，他只能睁大眼睛，说：

"哇！"

闭嘴，汉斯，她说。很小声，声音小到躲在楼上楼梯栏杆后面的他几乎听不见。

一些人互相拥抱，在他们归队之前。他把棍子拿在手上，棍子上皮被削掉的地方清凉潮湿。一向如此，早餐广场上喝醉的人必须进入树林消失一下，去撒尿或者呕吐。现在基本上已经在回程的路上了，再过不久，所有的人都会经过这里。他还是没有看到琳达，告诉她……随便说些什么。只要让她知道，他是爱她的。虽然她自己应该也能明白，怎么可能昨天爱上她，今天忽然不爱了呢？但是话说回来：她是不是还喜欢他，这点他可不会赌上所有的零花钱。他坐在早餐广场边一个多小时了，她也没有过来找他，而是跟卡拉一起在广场上跑来跑去，去收集徽章，让人抛起。但是，准确地说，他自己也没有像昨天那么爱了，确实少了一点。

诺布斯拉了下他的手臂，说：

"女生警报！"

她们两个人过来了，琳达和卡拉，比所有游行的队伍还快，她们几乎是直接跟上他们后面。他完全不知道，他们跟着的到底是哪支队伍，走出早餐广场后不久，便混在一起了。

"我再往前面走一点，"诺布斯说："要不然等一下我们什么都看不见。"

"我们才刚刚出发啊。"

"没有人跟你说过第三天的路程最短吗?"诺布斯摇摇头，脚下加快步伐，超过两个男人，这时他才想起来也走快一点，但并没有。诺布斯已经走远了。他在想要不要把小刀从裤兜里掏出来，继续削皮，但是他父亲禁止他在行进中使用小刀。得先停下脚步，才可以把刀刃拔出来，但是现在行不通，不然他会被整支队伍落下。

"啊，看那，"琳达在他后面说："这里有个人，他今天哪个队伍的旗下都没有去。"

"所以他可能也没有得到徽章吧。"卡拉说。他不怎么认识她，似乎是跟琳达一起上芭蕾或者什么课。

现在这两个走在他后面，他单独一个人走在前面，低头看着他的棍子，已经开始考虑，那些地方他还可以削削。

"顺便说下，这是我从汉堡过来的表哥扬。"

"他说话也像汉堡人那么滑稽吗?"

"不，他连话都不说。"

"说句话吧，扬。"

"是啊，说句话吧，扬。"

他继续往前，紧紧咬住牙关，不回头。超过了那两个男人，但是他听见后面"突——突！"的动静，他知道，琳达和卡拉也超过去了。他也知道，琳达不再爱他了，不然她不会把他们的秘密说出来。

"也许他根本不会说话。"

"才不是呢，他只是害羞，所有逗螃蟹的人都这样。"然后她们说着悄悄话，吃吃地笑，因为卡拉不知道什么是逗螃蟹的人，琳达必须解释给她听。她舅舅老是爱说这个，昨天她在他耳边告诉他的。

他加速脚步，但无济于事。一只手在裤兜里紧紧攥着小刀，另一只手握住棍子。下坡开始时，下面很远的地方，他看见诺布斯在队伍里疾走，树和树之间已经可见兰河草地在闪闪发亮。这是最后一段了。之后踏境便结束了，至少对他而言。汉斯舅舅今晚就会回去了，妈妈一定不会跟他一起去节庆广场。他喉咙里有种讨厌的感觉，眼睛里也是，双唇抿得更紧了。现在所有人都往下走到草地上去，然后就结束了。他的父母会去见法官，接着就会分居。

"扬，如果你可以对男子队说鲱鱼沙拉，我就给你一枚徽章。"卡拉说，她们两人大笑。

"或者青年队说螃蟹蔬菜也可以。"笑声更大。

"或者少女队煎肉饼拉稀！"他往身后说，喉咙哽住，两个女孩停下了笑声，发出"呕"的声音，他独自一人继续向前。反正一切都是个巨大的谎言。他觉察到眼泪从眼眶里淌了下来，但是他不想哭出声来。用胳膊擦了把脸。队伍又下去了一个山坡，第一个骑手已经从卑尔根城到达了兰河草地，甚至城堡他都可以看到。整整三天他都全程跟着走，父亲必须把鞭子给他了，但现在他已经无所谓了。之前他多么期待节日，可现在这个节日最后啥也没有。七年，对大人来说就是个笑话。他拿出棍子，击打路边的小草。队伍前头已经到达草地，也许诺布斯会帮他占一个好位置。如果没有的话，反正也没什么好看的，只有马和旗帜，以及某人随便兑点反正也没人想听的话。

在格拉登巴赫，卡琳·萁赖斯转向马尔堡，直驶到下魏玛的巴格尔湖十字路口，继续三快速路，然后快到吉森时拐高速公路。只能在蓝色路标上看到。这不是最快的路线，但是凯尔斯汀什么也没说，只关注她的泛酸恶心，还有沿线的村庄，看起来都很无趣：酒馆、肉铺、面包店，中间矗立教堂，有时会有物流分部，或者她&他服装店。反正她也不着急到达。普普通通的星期六傍晚，压抑的、令她想起青少年时无聊的感觉，笼罩在这些村庄和它们之间荒废的运动场。身材肥胖的男人们互相隔着花园的篱笆聊着天。车子停在村庄入口处，好像擦得锃亮的奖杯。如果要我在忧愁与空虚之间选择的话……最近她读过的福克纳的句子，但是现在这一刻，凯尔斯汀觉得只有在小说里才能选择。现实生活中，人只能在两种忧愁的方式中做个选择，而空虚，人们早早就学过，不过是两者之间的区别。

换句话说：她现在完全没有集体性交的心情。

西边，太阳落山，夕阳留在渐渐扁平的天际线上，而且，天空昏暗。车道边上还有轻微的夏雨痕迹。出卑尔根城不久，普赖斯太太感到很遗憾，因为下雨她靠边将车停下，把车篷重新拉上。但是现在黑森州三台唱片选播员宣布："明天我们可以期待，又是个纯粹的夏日。从卡塞尔到卑尔根城的朋友们。"卡琳·普赖斯戴着眼镜，端坐在方向盘后面，她的背几乎靠不到座椅。尽管如此也不差多少，仪表盘似乎挡住了她关注马路的视线。每次凯尔斯汀从眼角向她一瞥时，她都问自己一个同样的问题：是什么让一个已婚的女人和16岁女儿的妈妈想去一个名叫下恩巴赫的偏僻山村，把自己暴露在完全陌生、脸上挂着欲火的乡下人面前？带着决定享受冒险的愉悦表情，还有小心谨慎，就像她以前计划琳达小时候的生日宴会一样。两堆不同风情的女性内衣躺在后座。凯尔斯汀手里拿着网上下载打印的路线图，副驾驶座后面的车载冰箱准备好了半打迷你瓶装香槟，转弯角度太大时，瓶子会叮当作响。

"顾客嘛，他们告诉我，大部分来自法兰克福和威斯巴登。

这里离高速公路不远。当地人对夜店不熟。"这是卡琳在快速路前最后说的话，凯尔斯汀只在脑子里回答了她：也可能有人无意读到当地报纸的广告页呢。

光只是因为无聊找事做，还不足以回答。挫折感、被冷落、孤独或者著名的危机恐慌，这些似乎都不适用卡琳·普赖斯，所以只剩下陈词滥调：我们这么做，是因为我们可以做。我们寻找让我们不这么做的理由，但是如果找不到，我们就去做。或者找到一些理由，但还是决定去做。一些可能性就像无法拒绝的邀请函。凯尔斯汀瞄了一眼在她肚子上被紧张的手不断翻开又合上、已经快翻烂的纸，说

"下一个出口。"

高速公路在隔音墙之间通过吉森的市区，一个路标上写着美国设备。托马斯·怀德曼没有再打电话来，她等得心力交瘁，不久前还相信已经做好了一切准备。

"清楚了。"虽然她不准备超车，也不是上坡，普赖斯太太还是踩住油门，加了一档。她示脚开车，高跟鞋被塞在她的座位下面，衣服领口开得很低，裙子长度刚刚过膝。裁剪很大胆，式样很正统，但看起来很难弄明白到底很诱惑还是很幼稚。各式各样的味道混合在一起：发胶、面霜、香水、身体除臭剂，从驾驶座向凯尔斯汀迎面飘来。她自己则是第一次用了阿妮塔送的香水。喷香水时一边狠狠地咒骂，一边接受最夸张的恭维，

强烈到几乎侮辱的边缘。

现在她闻起来像个她想变成的女人，心里想着：Fuck you（去你的），阿妮塔！

黑森州第三电台的一个女听众用尖尖的嗓音点了猫王普雷斯利的歌，"给我的爱人，还在办公室工作的爱人，我好爱好爱他。"凯尔斯汀心想，为什么她不等他回家后，再告诉他。

当她再次往西边望去，太阳已经完全下山了。再过几个弯，高速公路就会深入维特劳低地。三条车道车灯涌动，都是周末采购、出去郊游的还有夜游的，中间还夹着两个来自卑尔根城的女双重奏，好几分钟从各自的窗户盯着着流淌的夜色。像往常一样，她的内心紧张不断增强，凯尔斯汀便会从假想的相机里观察自己，好像在寻找那张鬼脸，能让她大笑，她的神经得到放松。然而她碰到的，是卡琳·普赖斯的眼睛和自己紧绷绷的声音：

"怎么了？"

"我还在想，为什么……我的意思，到底是什么原因，我们为什么应该去这家夜店？"她自己都觉得好笑，现在才问这个问题，目的地已经快到了。她很感谢卡琳，尽力克制好她的叹息。

"是我问你的，而且我很高兴你一起来了，但是我没有强迫你。"

"我不是责备的意思。"

"我们就去做好了。不要问为什么，因为我们不欠任何人一个解释。我们想调剂一下，做些不是别人期待的事，距离我上次'为什么不可以'，已经快过去一辈子了。"

为什么不可以。凯尔斯汀很想知道，怎么有人能够结了婚，同时又不欠任何人解释呢？但是她还是选择不把她的疑问和任何对道德优越感的暗示联系起来，特别是她自己根本没觉得有什么优越感。

上午她把母亲送去医院。莉泽·维尔讷，一个寡言、糊涂的孩子，对所有需要的解释她都只有点头，没有任何问题。一个年轻的医生主持这项检查，他告诉凯尔斯汀，CT结果并未显示内部有出血的迹象。

她母亲的老年痴呆是因为许多次小中风，也就是所谓轻微中风引发的。正如早就承认的那样，不能解释为什么头痛，但是汉庭希医生，他相信跟膀胱发炎有一定的关系。铭牌上的名字她觉得很熟悉，但是没有见过面，他一定是刚到卑尔根城的。一个时髦的医生，像前夜的电视剧里，眼镜很贵重，胡子刮得很干净，配上他这个职业权威的手势：两只手交叉着。她不禁想问，医生是否也会去修读诸如身体语言或非言语的表达这种课程，是否告知某些消息时会特别搭配固定的手势。

他的白大褂看上去有些狂妄。

我们还需要把她留在这里一段时间，检查下尿液总量，最后他说。今天下午我们做个痴呆测试，看下衰退的程度，她没法告诉我她的名字，您发现了吗？

她怎么可能没有发现？他穿着白大褂，好像就这么来到这个世界，她想，而且知道，没有理由对这位医生抱有敌意，他花了这么多时间来跟她谈话。为什么这个白色让她这么烦躁？洗干净，上过浆，熨烫过，也消毒了。不人性。有段时间她只点头看着他，却在想，他的目光到底让她想起了谁。她终于想起来了，抬了下肩膀，问：然后呢？

但是事实上她根本不想知道。她看着车窗外漆黑的夜色，试着告诉自己，即使她今晚留在家里，对她的母亲也没啥帮助。她一整天都待在医院的检查室前等待，坐在沉默的母亲床边，从大扇的窗户向外看着兰河草地。

痴呆测试中，她母亲得到二十分，她既不知道自己住在德国的哪个州，也不知道现在是几月。

"我们就这么做。"她说，好像这期间她除了这件事，脑子里什么都没想。

"没错。"

"但是，在进去之前，我们先喝一瓶香槟吧。"

胃酸几乎是整个晚上所遇到的最小的烦心事。

"两瓶。"

"但是不行，你……我是说，你还要开车呢。"

"我习惯了，放心。"卡琳·普赖斯的右手放开方向盘，放在凯尔斯汀的膝盖上。"卑尔根城天生的。"

透过缎面裙子的布料还能感觉到温暖，那只手已经重新抓回方向盘。有一刻她很好奇地琢磨，卡琳·普赖斯在一个陌生男人的怀里会是什么样，随便什么男人，脸上的表情让人明白等不及要办事了。她用手掌摸了摸起了鸡皮疙瘩的手臂，重新看着窗外。在一座桥墩处隔音墙结束，之后开始一段黑洞洞的斜坡，广告牌将它们的霓虹灯射向夜空。问题应该是她自审得太认真了。整个这段时间她都在不断挖掘隐藏的理由，找一个虽然她很抗拒、但可以阻止她放弃去下恩巴赫的理由。直到她这个星期算出来自己上一次性交的日期。如果试图去理解从那个晚上起她的力比多的发展，并确认挫折感高达某个程度后，欲望的感受本身就会让人痛苦，从那时开始，欲望就像海水退潮，水浪不断后退，直到最终半死不活，像结冰一样凝固住。她猜测是同一个出发点，于尔根站在她面前，她仍对他非常愤怒，就是为了不需要去越来越多地面对自怨自艾的偏好。此外，她对花卉的热爱也不能算是健康的。

这一个星期以来，她的思绪好像在不断翻找过去，过去不愿消失，还像派对最后不肯离去的客人一样留在她的记忆里。第二次送紫罗兰把早先的偶尔兴起变成稳定的、同时比较温柔的行为，虽然令她欣喜，却也让她很痛苦。为什么他不打电话来？难道他内心深处不是一个经验丰富、耐心的浪漫主义者，而是一个精神错乱分子，想要和她玩个自己也不明白的游戏吗？他想要慢慢让她心软，还是自己已经心冷了？坡道平缓下来了，视野逐渐开阔，眼前的城市夜景并不壮观，只是这里那里零星的灯光。南边地平线上苍白的半圆形，可能是法兰克福夜景上空的反光，她很想请求卡琳，就这样往前开，开到下一个出口，开过法兰克福，一直开下去，随便什么时刻再回头。

她身穿黑色小礼服，卡琳两个星期前让她想起来还有这件衣服，当时卡琳试着想把没有腰的身体硬塞进类似款式的裙子里。她把它拿出来试穿时，准备好如果需要修改的话，可以在下午跟另一件一起拿去易马兹裁缝店修改，她现在不加掩饰地称另一件为"家长会服装"。结果并不需要，黑色的面料就像第二层皮肤般柔顺地贴着她的身材。在卡琳·普赖斯的眼里，她没有察觉到任何嫉妒。为什么她这时候会在下恩巴赫的路上，这个问题的答案，确实跟这件衣服有关：要知道她仍然是一个值得被追求的女人。她很害怕托马斯·怀德曼认不出她的价值，感受不到渴望。

难道还要她再等上一个星期？倒不如她去他门前放一束花。附上一张卡片，上面写：致意感谢。

她们顺着高速公路出口的下坡弯道，听着黑森州第三电台主持人和另一位女听众之间无关紧要的闲聊。车灯掠过路旁的树木，车速越来越慢，话也越来越少，车窗外的寂静越来越强烈。下个路牌上凯尔斯汀发现了下恩巴赫性趣疗养地，然后她们停在公路的红灯前，没有其他车辆。

"我得方便下。"她说。

"我也是。"

"我相信，如果我们进去，第一件事就冲去洗手间，估计不会给别人留下好印象吧?"她没兴趣去想象，"那里的"洗手间会是什么样子。

"是的。"

信号灯转绿，卡琳·普赖斯起步很慢，好像在寻找停车的地方。她横穿过高速公路，道路突然变得狭窄，路边栅栏后面有一块黑暗的田野，远处的灯光影影绰绰看得出村镇的模样。

"你的意思……这里吗?"

"到达之前不会再有服务区了。"卡琳·普赖斯继续用二挡开着，不去理会迎面而过的车辆长长的喇叭声。"就在田间小道吧。刚刚我们转弯是对的吧?"

"看怎么想了。"

这次卡琳不再克制她的抱怨："最后一次了，凯尔斯汀：我们现在就这么做。"

你看，关键就是她很想说：我们早就过了"为什么不"的年龄。我们是成年人，见过太多匀账单，我们无法相信还有免费的午餐。但这毫无意义。此外，每次卡琳·普赖斯直呼她的名字，她都很不习惯，好像在提醒她，她们之间其实并不熟。不，这不是80年代阿妮塔和凯尔斯汀双侠的传说新版，而是胡乱拼凑、危机中诞生的。"堂吉诃德"握住方向盘，"桑丘·潘沙"坐在副驾驶座，后者把路线图捏得一团糟，最后一段路只能找人打听怎样去往低俗的夜店。

"我们做到了。"她说："但我们先到草丛里好好蹲一蹲吧。"

"对。"阿妮塔会说：好多了，亲爱的。

继续龟速几百米后，从公路岔道出去有一条田间小路，越走越深入，最后消失在浓密的灌木林里。卡琳·普赖斯开进去大概一个车身长，直到软顶全被覆盖上，车灯照上一堵绿叶墙。她关上引擎，黑暗砰的一声罩住了车顶。

"我把车停在这上面可能比较好。"卡琳把驾驶座车门打开，上半身探出车外。"穿鞋子，还是不穿？"

夜比预期要凉，窜进了车里，车里的灯让车外的黑暗更加浓郁。高速公路的马达声只能隐约听见，寂静挂在平展的田野上，还有一丝轻微的粪味。

"那要看你是否想要牛粪贴近你。"凯尔斯汀下车前先让一辆公路开过来的车驶过。田野的路面坑坑洼洼，但地是干的。她抚平了衣服上的褶皱，跟上她的邻居，她已经走到路尾在东张西望。这个场景有点喜剧意味，校园恶作剧和乡下滑稽戏的混合。她们现在可能会，比如说，弄断了高跟鞋的跟，朝田里滚去，一刻钟后又得跟乡下医生解释，为什么她们半夜还穿着小礼服在田野间乱跑。或者一辆车停在路边，一群喝醉酒的地方球队的球员们下车来为她们小便鼓掌。又或者她们被强暴了，隔壁村庄从电视机前被叫走的警察听完她们的陈述后说：很棒，反正你们也计划要做差不多的事。或者，或者，或者。她们周围的荒郊野外什么事都可能发生。下午她离开医院后，就进城去了易马兹裁缝店。几乎花了半个小时，因为集市广场上所有的人异常兴奋，大白天的，从他们敞开的车窗向外飘扬国旗，互相开始对歌拉唱，从《我们是冠军》到《这样的一天》……球赛她错过了，但是显然德国队赢了。

她的脚尖踩平了几株春白菊，她撩起裙子，蹲下身来。一轮满月，挂在好像绵延山脉景象的云彩上。下午，在土耳其蔬果店前她终于找到了停车位。把家长会服夹在胳肢窝下，朝易马兹裁缝店走去。这是个装着护墙板的房间，好像空空的地下室。角落里拉着一张帘子，表示这里可以供人试穿。面对帘子摆着一张桌子，桌子后面坐着老易马兹先生，对着她点点头。这是一个穿着蓝色大褂的男人，头发灰白，头上戴着针织帽子。店铺里有一个橱窗，里面只有灰色的窗帘。她把衣服摊开放在桌子上，衣服边上有一排针已经把想要的长度做了记号，易马兹先生点点头，递给她一本账本，她在上面写下名字，问：下周三？他又点点头。已经走到外面人行道上，她才意识到，裁缝跟她一句话都没有说，甚至没发出一个音节。

手边没有面纸，有点不爽。

卡琳已经站起来在等她，好像这种情况就得同进同出。

"你说，那个老裁缝易马兹，"凯尔斯汀一边站起来一边说："他到底是哑巴，还是他不会说德语？"

"什么？"

"我突然想到的，下午我去了莱茵街那边。我拿了一件衣服去给他改，他一句话都没有跟我说。"

"那个老什么？"

"易马兹，莱茵街那边的土耳其裁缝。"月亮又往山峰般的云彩里躲进去一些，向坡底发出惨淡的微光。一只胶鞋扔在膝盖高的矮树林里。卡琳·普赖斯摇摇头。

"我不认识。"

"你不送衣服去修改，是吗？"

"……不。"

这一刻她们俩面对面站着像要决斗，一个穿着无袖裙子的对抗露背的，这期间一辆卡车轰隆隆开过公路，车灯照亮了山坡。突如其来的敌对降临在她们的沉默里。卡琳·普赖斯的手势表示：你就继续这么做吧。在联邦公路旁某个地方，她们并未遗失什么，却让她们觉得要去找寻。

"那里有一个裁缝。"卡琳轻声说。"然后呢?"

"他不说话。"

她没有得到回答。

"算了,只不过随便说说。你都是直接买新的吧,我猜。"

像纸一样寂静被点燃。

"你什么意思?"

"没有,什么都没有!我只是突然想起这个。我曾经……"

"这到底啥意思?"卡琳的声音突然变了调。

"你完全误会我了。"她自己的声音听起来也变了,好像迎着风说话。

"说啊,你说啊,不要告诉我什么哑巴裁缝的鬼话!"卡琳气得发抖,好像下一秒真的就会低着头朝她冲过来。"如果你觉得我是一个被宠坏的、已经堕落的人,就直接说出来。你觉得我会没有察觉吗?你一直是怎么看我的?你想我会白痴到看不懂你的眼神?她怎么可以这样?她怎么可以这样?你为什么还跟我坐进车里,你逮住任何机会让我感觉我自己有毛病吗?"

"我不知道你是什么意思。"

"是的,我是生活在丈夫辛苦工作挣来的财富里。是的,我正要去背叛我的丈夫!我不知道,我是否会做,但是我背着他来到这……这……我他妈的知道,我不应该这么做,卑尔根城人都会用手指着我点点戳戳。这一切我都知道,我不需要你用这种卑鄙的龌龊方式指桑骂槐！"

"请你别再大喊大叫。"

"我不拿衣服去改，不，我不做这种事！如果莱茵街上开了一家可以修改人生的店，通知我一声！什么土耳其哑巴裁缝，对我没有用。"卡琳大口喘气，看着她的手，就像刚才在车里那样，看着她的掌心，好像有什么她无法解密的东西。

她自己一点都不愤怒，尽管如此，她还是有兴趣用同样的声量去回应卡琳的爆发。她感到胸腔里的这股气，她只需要张开嘴巴，绷紧所有的肌肉，但是她无话可说。她第一次替卡琳觉得难过。她甚至也许是对的。

"那我们走吧！"她说。小心翼翼地看着脚下不平的地面，又爬上坡去。她旁边，一只小动物在树林里窸窸窣窣。

"走？去哪里？"

"夜店啊！"

"你跟我丈夫一样。"卡琳·普赖斯没有动身，不管怎样凯尔斯汀没有听到身后有什么动静。"跟我丈夫一样。你没觉得我在对你发火？"

"只是一个误会。"

"你蔑视我的行为。"

"不。"一道车灯的光束扫射了她的脸。她转过头，看着脚下的黑暗。一声喇叭飞过，车窗里传来一声大喊，然后也过去了。"我没有这么做。"

"那么是?"

"我们走吧,好吗? 有人停下来之前。"她走到车里,坐进了副驾驶座。她的心跳声回响在太阳穴里。后视镜里一棵发出香味的小树轻轻地摇来摇去。她从冰箱里拿出一瓶香槟,贴在额头上。她头也不抬,卡琳终于从另一边上了车,并没有发动引擎出发。

"很抱歉!"温差产生的水滴好像眼泪从鼻翼旁淌下来,留下清凉、很快就干了的痕迹。

"我可以理解,你知道,但是不能忍受。"

"我不想让你难受。我没想怎样,就是脑子里正好在想这件事。如果我瞧不起你,我同样必须瞧不起我自己。"

"好了。"

"再走三公里,后面的牌子上写的。"

卡琳往后靠,顺着不知道为啥在平地设计 S 弯的路开。一个围着栅栏的池塘是这片连续的田野和牧地唯一中断的地方。此时沉默让人窒息,凯尔斯汀宁愿把车窗打开,又转了道弯,开进通往村子长长的直线。最后一棵杨树前,一个小十字架插在路肩旁,写着地名的牌子被照亮了。

草地逐渐塞满了人,陆续还有健行者从森林里走出来。一股潮涌的人群冲下最后的斜坡，堵在平原上。虽然在珍珠磨坊和兰河之间的人潮汹涌，但只是无声的集合。这是最后一个阶段，官方宣告节日结束，在傍晚节庆帐篷彻底溃堤之前。此时午后，阳光明媚，南边的天空像一张笑脸挂在山谷上。绿色的丘陵蜿蜒崎岖。国道邻近的路边，车辆停下来，乘客纷纷下车，用手搁在眼睛上方，观看这个行列。像晒衣绳一根接着一根，高压电线像庞然大物在宽阔的山谷上穿过，几乎从一个天际线到另一个天际线。城堡不为所动稳踞在山头上，阳光下闪耀着光芒。远远地。

"你说的是真的吗？"海因里希问："不去大学教书了？"

"不了。"怀德曼点头。说出来了，感觉真好。这么一个简短、坚决的句子似乎将让他成为牺牲品的事件，事后变成他独立自主下的决定。只要他避免去看姨夫的眼睛，这个感觉就能坚持住。像一只蜜蜂盯着开放的花蕾，闻着想象中的琼浆玉液。

海因里希摇了摇他的大脑袋。

森林边缘传来鞭子清脆的声音，从人群顶飞起，最终落在了兰河边的树林间。怀德曼从眼角看到海因里希额头皱起了皱纹，这标志着他表示怀疑，无法相信他人，或者是因为受伤的髋骨带给他的疼痛造成的。这两天这个老人总是坐公交到早餐广场，再坐车回家。但是今天，当行进的号声吹起，他摇了摇头，拿起手杖一挥，什么都不能阻止他，谁也动摇不了他的决心。那该叫踏境还是车游呢？海因里希·舒曼笑颜里闪着坚毅，是他典型的表情。疯疯癫癫的面包师。站在烧烤炉前已经很久了，还是不成熟，这地方的人说。可怜的安妮阿姨撞上了这头犟牛，只能接受外甥的承诺，一秒都不会让姨夫离开自己的视线。随便吧，老顽固，如果宁愿余生都坐轮椅也不愿坐公交，就随便他了。

"我从你的鼻尖就看出，有什么事不对劲。但是糟糕成这样……"海因里希两只手支撑在拐杖上，寻找一个让他的髋骨比较放松的姿势。

"我们为什么不坐下来？到开始还有一阵子。"

"托马斯，我一坐下来，就起不来了。"

"我帮你。"不用继续听借口，他像救生员一样双臂箍紧姨夫的胸部，让他慢慢坐到草地上。

"如果这不是一个错误的话，"海因里希说："现在我躺在这里就像一张废纸。"

"错的是，你没有坐公交车过来。"

"你现在要做什么？工作方面。"

"这真的是历史最滑稽的部分。我一点想法都没有。"坐下的时候，他把绑在臀部的夹克打个结，递给了他的姨夫。他的姨夫不是坐着，更像是躺在草地上，因为髋部关节同时要弯曲又要负重会引起剧烈疼痛。

"你妈妈知道了吗？"

"不知道，目前还不需要让她知道。"

海因里希辛苦地支撑着身体向一侧，跟某个从他们身后走过的人打招呼。他们坐在草地边，背对着人群，怀德曼只能很模糊地越过攒动的人头认出骑士、领队和旗帜，在最后的边界石旁集合。从森林里出来的健行人流开始渐渐稀少，现在出来的都是跟行的人们，母亲带着孩子，还有醉汉。他听见区间火车的汽笛声。

"接下来是什么？"

"市民首领骑在高高的马上发表简短的致辞。非常简短，因为跟说话比起来，他骑马骑得比较好。然后大家一起唱歌，就结束了。"

"就结束了。"怀德曼望一望四周。他很想知道，于尔根·巴姆贝格额头上引人侧目的大创可贴和自己与他太太在节庆草地旁的偶遇有没有关系。她今天一整天都没有出现，没有在集市广场，也没有在早餐广场，没有在任何一段路上。她告诉了她丈夫那个吻吗？他们发生了激烈争吵吗？这个争吵是否也在凯尔斯汀脸上留下这么大的创可贴都掩盖不住的伤痕，迫使她放弃参加踏境节最后一天的活动？他需要害怕和巴姆贝格相遇时他会朝他冲过来吗？不管怎样，他在早餐广场上就决定，从远处观察他，并且在行进中观察，给莱茵街男子队足够大的领先距离。现在他看到不是凯尔斯汀·巴姆贝格，而是安妮·舒曼和他母亲的眼睛正在草坪上扫视，朝他们挥手，并且大老远就能辨认出安妮眼里熊熊的怒火。

"我最好还是装死吧。"海因里希说。

远处，官员们站的地方，令人期待的肃静正在蔓延，安妮的声音听得更清楚了。

"你瞧，英格，那躺着他。我们最好就让他躺那里好了。"

"对，而且很安详。"海因里希把帽子往前拉低，好像篝火前的牛仔。

"哼，我真想朝你屁股踢上一脚。"

"我屁股已经准备好了，但是小心我的髋部，来吧。"

"海因里希·舒曼，怎么可能啊，怎么会有人像你这么笨。"

"我可是认真地练习了很久呢，安妮。我非常努力的。"

周围站着的人群都被这场口角吸引了，纷纷转过头来，海因里希和安妮开始把口角变成一场表演：她插着腰在他上方站着，他则已经完全躺平在草地上，帽檐下的眼睛因背光而眨巴着。

"现在要我们怎么带你回家？"她问："我和英格一人抬一条腿把你拖回家吗？"

"把我丢进河里，水流的方向是对的。"

"你不会游泳，海因里希，你忘了吗？"

"我屏气让水流把我浮起。"

"说得好像是你这辈子第一次屏气。"这句话是说给周围人听的,安妮得到了一分。

"这也会是第一次我让别人牵着鼻子走。"他手臂往前一伸,眼睛一闭,好像已经躺在水里。海因里希,这个小丑,最爱就是别人对着他摇头。不管怎样最终还是要说出口的,有一次他对怀德曼说,并没有解释,那是什么。是一个 16 岁孩子的战争经历、梦魇,或者越来越折磨他、让他抓狂、难以控制的髋部疼痛。1982 年,赫尔穆特·科尔当选总理的那天,海因里希·舒曼早晨一起床就宣布:今天吃梨子!他迈着行军步伐走进了烘焙房,既不烤面包也不做小面包,只做梨子蛋糕。一盘接一盘,电台正在转播联邦议会大会,各种形状的梨子蛋糕,另一边,安妮在店里试着向顾客解释为什么今天只供应梨子蛋糕(我老公在胡闹),满满一玻璃橱窗的梨子蛋糕,除了梨子蛋糕还是梨子蛋糕,这么多的梨子蛋糕到了下午 2 点以后,只有免费赠送才有人要。路德维希·班纳以标题"梨子蛋糕的时令"写出在《通讯》历史中新闻报道里极少有的几篇好文章之一。

怀德曼的母亲在他身边坐下。

"我们可能必须打电话给开出租的摩尔先生或者救护车,他自己的脚是无法把他的水泥顽固脑袋抬回卑尔根城的。这里。"她给儿子递过去一张写有出租车和救护车号码的纸条。"我早就知道，今天会有好戏上演。"

"他都已经走到这里了，最后两公里他也许可以自己走完。"

"他的髋骨已经完了，托马斯，完蛋了。"

"我们反正要等到这里的活动结束。"怀德曼把纸条插进衬衫口袋，朝已经不知道要说什么的安妮·舒曼看，后者已经不再摇头了，很不情愿地将紧紧握着的拳头从腰上拿开，沉默地在她丈夫身边坐下。同时，四周人的注意力又转向前方嗡嗡嗡的麦克风，市民首领坐在马上，举起手做了个手势，表示他马上要开始发表讲话。

"好了，"海因里希轻声说：'俺知道，这是最后一次了，再过七年俺就不会躺在草地上，在地下了。"

"你给俺闭嘴，海因里希，这辈子你就再闭一次嘴吧！"

市民首领说话的时候，怀德曼听到压抑的叹息，有时是从右边，是他的母亲，有时是从左边，安妮·舒曼那边。她正伸手去握她丈夫的手，把丈夫的手连同她自己的举到唇边。最后几排听起来，这场演说就像是被风吹乱的残缺不全的文章。似乎基本上都是些大家知道的套话：很多森林，很多队伍，家乡，亲密团结，传统，以及一些含糊不清的句尾，市民首领看着手上的小纸条念，那些话只能吹进他胯下的马鬣里。怀德曼眼前是一幅色彩斑斓但又非常单调的景象：宽阔的山谷，同样形状的丘陵，国道上反光的车顶、迷人的城堡以及面前疲惫的队伍里的踏境骑士，扛旗者，所有戴羽帽、绥带、佩刀、徽章的穿制服者。一群懒散的、被太阳烤焦的人，侧耳听着他们的总司令说话，或者自顾自打盹。"……在我们的心里保存着踏境……精力和喜悦……"风把一切向卑尔根城的方向吹去，躺卧在山谷里被遗忘、阳光闪耀的卑尔根城。普通得都不真实。前一天，在家里的露台上，怀德曼问自己，在这个偏僻的地方生活会如何？这个问题本身当然是个玩笑，但是他却很严肃。这么多年之后重新在这里生活。他一整天都在考虑，要不要打电话给康斯坦策，最后还是没打。他问自己，在他心里的这个乏味的感觉是否就是所谓的"罪恶感"恰当的表达，还是替他自己感到尴尬，吻了在踏境节时遇上的第一个最好的女人，在节庆草地旁像个十多岁的少年。

"……花了很多时间准备……每天，每天……这么多勤劳的双手……"

或者这是关于冷漠？在这个时刻怀德曼感觉自己可能太过用力了，几个月来绝望的感觉钻透了他的身体并继续穿过去，像风吹过山谷。缺乏抵抗，也没有什么他还可以失去的证据。多少年来他一直在努力，比他自身多努力了些，如果反过来努力会如何？

"……因为我们知道……就如市长说过……在我们这个团体里……"

他缺乏的是意愿，从现状中做到最好的意愿，为什么偏偏要最好呢？为什么不要第四位？或者第七位？在他周围有谁在生命中做到了最好？

"……七年后，下一次踏境节上……健康和感谢……"市民首领的演说结束了，他自己也像所有人一样松了一口气。口号此起彼伏，然后音乐声起。

穿着制服的成年男人跑来跑去，并且称呼他们的佩刀是武器，还称之为传统。在卑尔根城人在各自的生命中都不会做到最好，这个他喜欢。世界上到处都是一些挂在吹起来的自大的、像没有吊篮的热气球上的人：挣扎着、可笑的、随时都可能摔下去。他在学术会议上观察过这些人，他也在学术会议上观察自己！他有多么经常用鼻子哼哼说话，咬着眼镜腿，而且当他想不出来时，就会使用"难辩术"。谁需要这些？谁需要他？康斯坦策需要他比她自己认为的少，他的母亲需要他比她承认的要多，除此以外呢？在他周围，所有的人都从草地上起身。海因里希稍稍张开眼睛，摇了摇头。

"俺的屁股抬不起来了。"

然后大家一起唱《我多喜欢那边后方》，怀德曼很惊讶，他还记得超过一半的歌词。一开始还不赖。轻轻的、钝钝的歌声传入空中，不需要指挥的合唱，一半都是从口渴的喉咙里发出的哼哼唧唧。但是风不在乎，而城堡也无视。

温暖的夏夜，丰收的土地。附近种着果树，在森林密布的山丘后，还能听到高速公路上远远的嘈杂声。凯尔斯汀伸手拿起坤包，下了车。月亮离开了山脉云彩，现在高高挂在这片土地上。风带来了泥炭和花的味道，蟋蟀啾啾，在树林里窃窃私语。车道地上是小孩子用粉笔画的人脸。

"我正在想，"卡琳说："我在电话里是不是登记了假名，我有点不相信。普赖斯这个名字在这里会被认出来吧，你觉得呢？我是说，因为公司品牌的关系。"

"那我们就用自己的名字好了。"

她们到达了入口，两根有人高的水泥柱间矗立着一道坚固的铁门。门后是石板砌出的路，很快便出现了转弯处，除了杉树外，什么都看不见。门铃旁挂着铭牌"米勒"和装在玻璃内的摄像头。凯尔斯汀马上觉得有人在观察她们。那时，好像她这些年来为了某种自由的努力，不引起别人反感的自由，在卡琳·普赖斯按下电钮、摄像头上的红灯同时亮起来时，破灭了。回头的路已经断了。她几乎想要去抓住卡琳的手，但后者离门口更近一步，弯腰朝着对讲机，对讲机里先咯哒响了一下，然后一个女人的声音：

"晚上好！"

"我打过电话。"卡琳说。

"请进来，随意。"卡琳连谢谢都来不及说，嘟的一声，门突然敞开，红色的灯熄灭了。

　　她们顺着路，一栋有宽大阳台的两层洋房映入眼帘。一片刚刚修剪过的草地，一直延伸到露台前，还有大大的植物和一个好莱坞秋千摇椅。所有的卷帘都已经放下，在黑暗中可辨识的，唯一的灯光在露台下面侧边的入口处。房子正式的大门需要拾级而上，但是那里也是黑暗的。

　　只有踝骨高的路灯，在她们经过杉树向房子走去时，会自动亮起。凯尔斯汀看着自己的脚，自问，什么时候怎样的心情，她会再回到这条路上。紧张占据了她。充满恐惧的想象力都找不到存在的空间，所有的一切都只剩下干涩的喉咙和什么都不想做的无力感。

　　这是一扇通往地下室的坚固木门，当她们快到达时，门自动开了。灯光从里面落到外面的板砖上，接着看见一个女人的身影，迎着她们的目光，双手交叉放在肚子前面，一副迎宾的姿势，头微微向旁边一侧。

　　"两位是新来的吧，真好。请进，亲爱的！"这个女人大概跟她们年纪差不多，凯尔斯汀猜。她穿着黑色系带的胸衣，裸露出小麦色、不再平滑没有褶皱的部分乳房，头发高高盘在头上。她的妆很浓，但也不过分。只是眼睛周围涂了太多的蓝色，让她的表情像一只专心潜伏的猫咪。她介绍自己是"嘉碧"。卡琳·普赖斯马上脱口说她就是"卡琳"，凯尔斯汀说"凯尔斯汀"，并且握到一只暖暖的、软软的手，凯尔斯汀第一时间想到的是滑溜溜。在篱笆前，也就是这块地最后的界限，她看见一座花园小屋，也许是置放园艺工具的杂物间，前面还搁着一台手推车。没有园圃，既无花朵也没有蔬菜，在房子和篱笆之间的草地上躺着一个足球。

"请进！"嘉碧又重复了一遍，一只手臂伸到空中，好像她用肩膀轻轻地一推就让客人滑进屋内。她的声音听来感觉是抽了太多烟的沙哑，跟她脸上的萎靡不振很相配，眼睛周围密布星状的皱纹，化妆也盖不住。凯尔斯汀感觉到自己的眼睛眯起来，好像在寻找一个理由，让她立即转身回去，将身后的门关上。有足球是不是表示屋里有孩子？但是她所遇到的不过是嘉碧友善的目光和明确的表示：

"这就是我们可爱的小窝：波希米亚。"没有丝毫的影射。她手臂上原先看起来像刺青的图形，在入口的灯光下原来是金属材质的手环。她的手戴着许多戒指。长长的指甲，涂上了黑色的指甲油，凯尔斯汀却不难想象她自己在厨房里穿着围裙，或者套上胶鞋在花园里。双手插着腰，似乎在等待一个答案。

"很漂亮！"卡琳的语气有点不确定。

凯尔斯汀心想，她的邻居是否知道，这个地下室里干些什么？

她们进入一个贴着墙板的大堂，里面有接待柜台。沿墙挂着一些画框，里面都是性爱宝典的图绘，营造氛围让访客留意夜店的活动。一张黑色的布帘，帘上的图案似乎是中国题材，凯尔斯汀不太确定，这张布帘挡住了通往内部房间的通道。灯光是暖色调的，空气也是。柜台上烟灰缸里一只点燃的小雪茄让蓝色轻烟袅袅升起。

"我们先聊下定价，然后我再带你们参观一下。"嘉碧吸了口小雪茄，在一本本子上写了点什么，除此以外，她的注意力一直在两位客人身上。"每位 25 欧，两杯免费饮料，这是给新客的特别优惠。"

凯尔斯汀感到尾骨因为坐车太久有些疼痛，她克制着双臂抱胸的冲动。她回应嘉碧微笑的同时，试图倾听从隔开的内部空间传来的低低的音乐声，还有一些声音，似乎是一小群人聚在一起，她急着想照照镜子。

"波希米亚，"嘉碧沙哑、干枯的嗓音说："是某种成年人的探险游乐场所，这是我先生和我的构想，我们的客人应当可以以他们最开心的方式来玩乐。这里有一个附带小舞池的酒吧，一个装了按摩浴缸的放松房间。桑拿间夏天不开放。还有一些房间，有大有小，房间里有躺的地方，还有些玩具，可以独处，这些房间都有门，关上的话就不受打扰，或者让门开着，就是邀人欣赏、参与。在我们性爱宝典里的魔咒就是：什么事都可以做……"

"……也不一定要做什么。"卡琳很高兴地说。她把钱包收好，凯尔斯汀趁机想看下她的包里是否带了安全套，没来得及。

"完全正确。"嘉碧对着凯尔斯汀微笑，似乎想检查，她的第二位客人是否同样也理解波希米亚基本规矩的简单前言。好像她明确地意识到，这里迟疑的人是谁，谁的额头上写着：什么都可以做，我不。

"好。"她说，并且想着：我在乡下的一家性爱夜店，没有人逼我。

"那就请吧！"嘉碧伸出胳膊指着黑色布帘，另一只手按灭小雪茄。她穿着一条黑色长裙，裙边开衩很高，除了长筒袜，大腿的袜头上方一圈浅色的皮肤也在发光。她没穿鞋子，嘴上哼着小曲，她带头走到布帘前，分开黑色布帘的手势像是表演完感谢鼓掌的观众。

帘子后的地毯减轻了脚步声。墙上红色、橘色、黄色调互相交换，互相交融，颜色上有小小的灯分发着亮光。人声更清晰了，跟人声混合在一起的还有音乐。还有一条通道在下一张黑布前通往旁边的房间。

"这里可以换衣服，如果客人有需要的话。"嘉碧刚准备进去，一个身披羽毛围巾的女人正好离开。她的身材高挑，盘紧的头发上戴着发网，让人想起二十年代，发网以宽边收尾，额前别着一枚黑色的饰针，她的样子有些惊愕，好像是在做什么紧急的事儿被打断了。她的年龄不容易辨认，下身穿着裤子，上身让人感觉是晨衣，但很透，黑色的胸罩看得很清楚。嘉碧叫她维多利亚，对她的打扮称赞了一番，并且告诉她：

"已经有人在找你了。"

这时维多利亚脸上的表情让人想起一只老鹰，一只发现了猎物的老鹰。

"好的。"她用低沉、几乎像男人一样的嗓音说道。对另外两个女人她都不屑一看，又消失在第二道布帘后面。嘉碧望着她的背影，摇摇头，她的微笑在凯尔斯汀看来突然感觉比之前更像是家庭妇女。

"怎么会有人说，我们这里的人不够多样呢？嗯，更衣室，你们需要吗？"

卡琳摇了摇头。

"我穿这样就好了。"凯尔斯汀有种奇怪的需求想要说话，似乎在这片她们走过的摇摇晃晃的地方得说些什么，让她可以定下心。

女主人嘉碧说话时，她的眼神里第一次除了友好还有点其他的东西，当她说"这样很漂亮"时，无形中伸出了一只手？暗示如果不是……，*你也很漂亮？没有双层夹板，只有躺的地方和一些玩具。*只有一点点，不一定要做什么，但是我们都到这里来了……重力作用的力量反正比我们大，不需要是爱因斯坦都明白这个原理，嘉碧·米勒肯定也懂，她举起手介绍起最重要的部分："那边后面有一间女士化妆间，比酒吧的另一间要大，化妆用的。"她的目光在客人之间来回梭巡，然后停在卡琳的微笑上得到热忱回应，如此才能面对凯尔斯汀的多疑。

"对了，我忘了说，我们可以提供面具。小的，只遮住眼睛的。有些客人喜欢戴这样的面具，但是今天到目前为止，还没有人戴面具。你们需要吗？"

"不用，谢谢。"

"也许下次吧！"卡琳说。

"对，脸上化妆了戴面具确实麻烦。"嘉碧再次对着她们两人的方向点头。"好的，那我建议，进店里去吧。"

凯尔斯汀让另外两位先走，感觉有种愿望要去道歉，为什么事说对不起，承认错误，最好是对着她母亲，当母亲躺在冷冰冰的病房时，她却……然后布帘掠过她的脸颊，当它在她身后合起，她觉得那一刻自己什么也看不见，听不见。一种室外田园的宁静包围着她，她继续感觉到自己的心跳，认出约翰·考克斯的破锣嗓音，深沉幽远，但没有口哨声，没有哄闹声，也没有其他可以期待的。隐蔽的、私密的，好像剧院里的跑龙套把其他的客人分散到各个角落。一些小套的桌椅，还有个吧台。第一眼，她感觉到吧台后的那个男人在看她，身材高大的大胡子男人，皮背心敞开，露出毛茸茸的胸。室内正中间有一个小小的喷泉，潺潺流水，轻声流着。她的知觉里感受到松了一口气的震惊，在知觉里波希米亚渐渐成型：比预期的要大，灯光温暖，有高大的绿植，镜子代替窗户。嘉碧双手抱肘领着她们走完通往吧台的最后几步。基本上这里分为两个空间，因为喷泉后面，在两棵巨大的棕榈之间，敞开着一条通往黑暗的过道，那边黑色装饰物上烛光摇曳。吧台是马蹄铁状，但是她看不出来坐在对面的人是谁，因为那个身材高大的男人手臂张大，挡住了吧台。嘉碧介绍道：

"这是盖尔德，我的先生，这两位是凯尔斯汀和卡琳。我做主，提议倒三杯皇家基尔给我们。"

"马上就好！"盖尔德的声音很配他的长相。很容易让人联想，他如何用斧头在树上最后一击，然后欣赏大树倒下的样子。他的下手臂都有女人小腿那么粗。问题是，他深夜里是否会加入波希米亚那些房事呢，凯尔斯汀笑了笑把这个问题抛开。

"哈啰！"

"我太太其实一向只喝蛋黄利口酒。"盖尔德说，一边从吧台上方伸手取下挂着的香槟杯，靠近烛光检查杯子是否干净，凯尔斯汀在一张高脚凳上坐下。从门到吧台这短短的距离，她感觉好像走钢索，现在很高兴，脚下又是坚实的土地。就是手上还少了一个杯子供她把玩，心的四周还有一只看不见的手指偶尔戳她一下。

"我只是偶尔才喝蛋黄利口酒。"这句话嘉碧比较像是对自己说的。

一阵想冷嘲热讽的冲动从凯尔斯汀紧张的嗓子眼进出。在这个像在家一样的亲切环境中，她越是没感到不舒服，她的自尊就越发强烈地要求跟这里保持距离。盖尔德的三角地带周围也全是毛，搭配更好的话，应该用皮带把牛仔裤固定住。卡琳和嘉碧两个都属于丰满型女性，传统的阿尔卑斯山服装在她们身上会很好看：没有腰身，胸部会很饱满。有一瞬间她几乎不相信，这个夜店里还有那么多的房间，从吧台只要几步路就到了，可以两人、五人或者十人一起去滚床单。但她也并没有听见任何这类活动的声响。

卡琳对嘉碧胳膊上的那只金属镯子赞不绝口，用指尖触摸镯子上的波浪、火焰和蛇形，得到了在哪里可以买到这种镯子的答案：

"巴厘岛上。"

"或者欧倍德。"吧台后的那头熊低吼。

凯尔斯汀觉得可以安全地把目光稍稍挪出吧台，扫视一下波希米亚风景。虽然颜色是暖色调的，但这里还是和人工日光浴工作室的果汁吧一样乏味。绿植散发出没有生气的绿，那些小的成套桌椅原来是塑料的花园桌椅。到这会儿她所看到的双双对对，都是本来就一起来的，或者已经互相对上眼。坐在花园桌旁年轻些的一对，看起来似乎已经觉得无聊了。她穿着及膝紧身裤，上衣短得露出肚脐，肚脐上还有穿环，金色的头发。他上身赤裸，练过的肌肉，晒成了古铜色，脱了毛上了油，总之，在幽暗的灯光下看起来是如此。刚过三十吧，凯尔斯汀猜，从他们的表情看，对波希米亚不满意。他们的鸡尾酒杯之间躺着一部手机，两人时不时不耐烦地看一眼手机屏。

隔壁桌是个男的，敞开着夏威夷花衬衫，发际线已经靠后了。他的手拉着一个身穿丝绸短晨袍丰腴的女人的手，在亲吻她的指尖，不时耳语几句，逗引得他的女伴发出带喉音的阵阵笑声，让凯尔斯汀想起了阿妮塔。

维多利亚的贵族鼻子她没有看见，她猜可能置身在棕榈树后某个不可见的房间里。

"来了，三份，甜蜜又火辣，给女士们。"盖尔德把杯子放在吧台上，又恢复了他原来的姿势：手臂大张，一只手搭在啤酒龙头上，另一只则撑在洗手台边的架子上。脖子上的金项链一直垂到胸前，埋进了浓密的黑色胸毛里。皇家基尔的味道喝起来像他说的：又甜蜜又火辣，像醋栗的味道，也像温度有点过高的香槟。她其实想喝更烈性些的，再多一点酒精也许可以帮助她在这个奇特的地方感觉舒服一点，吧台稳定的木质结构让她感觉可以随时躲起来。

"你们二位互相认识已经很久了，是吧？很快就感觉到了。"

嘉碧站在卡琳和凯尔斯汀的高脚凳中间，双手捧着杯子。

"我们是邻居。"卡琳说。

"有些年了。"

听起来不像是老朋友关系，不过嘉碧还是点点头认可了。

"我们总是要注意，男人不能超出太多。我们已经停止招收单身男性会员了，要不然星期三我们的老客都跑了。"

"这里每星期三都有什么活动吗？"卡琳问。

"我总是说，类似艺术主题之夜：上个星期三是一千零一夜，下次是……盖尔德？"

"狂野西部。"盖尔德说。

"我们也有性虐，但是要先预订。对大部分人来说还是太……"

"狂野，"盖尔德说。

"我们的空间也不适合。"

凯尔斯汀向后靠着粗糙粉刷的墙面，用一只耳朵在倾听他们的对话，宁愿自己是一个人坐在这里。没有卡琳·普赖斯。回程她们会交换各自的心得，制造出这个经历的共同版本，会说：那个男人的"熊"样！或者：你也许会穿同样的马甲吗？或者：我不想多说啥，但是她一定生过孩子，看她的身材就知道。她们互相证明着，这一句句织成了网，在对方故事版本中不用说出口就找到指定的位置。日后她们相遇时，她们俩将不再清楚，微笑只是个简单的微笑，还是隐藏的暗示。谁知道呢，也许这样的一个秘密未来会变得非常沉重，两个人再也承受不住。

"……我们还买了一个爱的秋千，但是还没组装好。"嘉碧说道。"不清楚天花板上的吊顶能不能支撑住螺丝钉。想象下秋千掉下来，如果刚好有人……那我们的店就要关门大吉了。"

"而且它的底座太占地方了。"盖尔德·米勒尝试过所有的可能性，但仍然很困难。"如果我能确定，天花板本身撑得住的话，我就把吊顶的板子取下来。上面应该是阳台，阳台可以挂一头公牛。"

"但是它不能坐在爱的秋千上。"卡琳·普赖斯遮住嘴吃吃地笑。"那就会……"

"狂野，"凯尔斯汀说，大家笑成一团。

"至少招募会员时，我们会注意，美学上还说得过去。"嘉碧又变回生意人，她把喝空的杯子放回到台子上。"但是散客怎么办？我总不能在电话里说，请先传真一张照片来吧。但是到目前为止，我们的运气都还不错。是吧？"

"公牛还没见过。"她的先生确认。

"加油，加油，加油，祝好运！我们继续参观吧？"

凯尔斯汀感觉，卡琳避免看她，她没有说话只是点了点头，从高脚凳上滑下来。她自己则摇了摇头。

"我留在这里坐一会。"她的脑子里有一个很清晰的想法，要把她在这个夜店的逗留限定在某些范围，她了解的地方，或者从她吧台的位置可以看到的地方。剩下的是看不见的存在，成为她不想抓住的可能性。剩下的太多了。她向她们两个挥挥手，好像要分别很长时间，但卡琳还是不看她。

第一次她认真地观察吧台另一边的客人。两个男人和一个女人，女人背靠着吧台，凯尔斯汀只看到裸露的背，无法分辨年龄，剪得短短的头发，同样不会泄露年龄。男人一左一右站在两旁，都把一只手放在吧台上，靠近啤酒杯。其中一个男人肉肉的脸，缺乏特征，在他黑色的网状 T 恤下可以看见的身材，同样是臃肿发白，身材也和年龄一样走了样。一只短发的爬虫般的动物，引起凯尔斯汀的厌恶，当他的脑袋朝着凯尔斯汀的方向转过来时，她的眼睛立马移开。她更想请盖尔德做回她的防护伞。另外那个男人并不起眼，既不给人好感也不讨人厌，留着小胡子和鬓角，眼睛里有些混浊，让人以为他的视力有问题，找不到眼镜。他正用一种夸张的姿势，应该是要表达为之倾倒，他身体前倾，在中间那个女人肩膀上印下一个吻。他还没吻完，他的对手在另一边同样也吻了。

"再来一杯?"盖尔德下巴一抬，她才注意到自己把酒喝完了。

"可以来点别的吗?"

"我会的不多，不过我可以尽力。"他指指排列的酒瓶，说道："菠萝汁朗姆酒、白俄罗斯、长岛冰茶。或者纯的：威士忌、伏特加加冰块。白葡萄酒、红葡萄酒、啤酒。我也有混酒器，不过要找一下……"双手扶在吧台上，他弯下身去找。

"你不会是要开始跟客人调情吧。"爬虫般的动物利用这个机会，试着跟她搭讪。一只手还搭在女人的身体上，胸部的高度，眼神挑逗着凯尔斯汀，刺激对他的反应。他的声音里有些冷冰冰。凯尔斯汀专心注意吧台桌的纹路，心里感激盖尔德，他又站直了，高大的一堵墙把她完全跟另一边隔离开来，他疑惑地拿出银色的调酒杯来。

"伏特加加冰块听起来不错。"她说。相对于对面那只潜伏、伺机行动的爬虫，盖尔德更像是一只好心肠的大熊，他的力量让人感到安心。她不反对他在柜台上摆两个酒杯，开始往里面加冰块。

"不只是听起来不错，味道也很好。"

"你们经营这家夜店多久了？你和嘉碧？"

"三年了，完全是个一拍脑袋想出来的主意。一个跨年时的想法，就在这个地方诞生的，当年是我们开派对的地下室。没想到，居然也能靠这个赚钱。"

"是赚钱的，对吧？"

"也赚不了多少。"他似乎没有兴趣继续详谈。他把一个杯子摆在她面前，另一个他自己端起来："干杯！"

"干杯！"他不回应她的目光。她开始猜测，盖尔德不过是早上带着吸尘器和水桶才可以踏进夜店的那些房间。而他刚刚所说的一拍脑袋想出的主意，估计也可能是从蛋黄利口酒和他老婆的脑袋里蹦出来的。凯尔斯汀喝了一口，伏特加辛辣地流进她的喉咙。嘉碧和卡琳几分钟前就不见了。她的邻居是否正在准备，要跨越那一道将她们的共同旅行从卑尔根城一起开始的乡村悲剧分离的分界线？

如果暴露了，她想，我们就完蛋了。想象着自己成为卑尔根城的地方话题，已经一个礼拜让她不寒而栗。她在脑子里想象着迈因里希太太的目光，国王超市里的窃窃私语，跨进肉店时突然的寂静。她的手紧紧抱住杯子，盯着盖尔德·米勒，看着他又把伏特加浇到尚未融化的冰块上。她放弃了想问下卡琳和嘉碧的想法，她不想在她和盖尔德之间形成被遗弃者之间悲伤的联结。

"再来一杯啤酒。"吧台那头传来鳄鱼般冰冷的声音。

"好。"

"给我们这里的小金人儿再来一杯同样的。"

"好的。"盖尔德翻白眼的动作泄露出他对背后这位客人缺乏好感。

年轻的那一对从座位上起身，手牵手慢慢悠闲地穿过通道，卡琳和嘉碧之前也是在那里消失的。女士走路时看着她的脚，两人看起来没有那么期待喜悦，严肃的成分更多些。爬虫那边的角落有视线尾随着她们，舌头还啧啧作响。

盖尔德专心打开龙头放啤酒，好像他从事的是工程师的工作。

凯尔斯汀感觉，伏特加无法温暖她，冰冷冷地沉淀到胃里，让她的脸部表情僵硬。四周的东西都动了起来，感觉她所坐的位子好像是涨潮时水里的一根柱子。很长一段时间她都不能如此不受干扰地坐着。在这个地方想要保持神秘是虚假的，只能是企图遮遮掩掩那些目光和信号，就像爬藤植物一团乱麻般的交流。甚至穿夏威夷花衬衫的那个提早退休的老头也往她这边看，他同时又向他满头卷发的小鸽子弯下腰到她的手上。而对面的那个女人趁着接酒的机会转过身来，给凯尔斯汀使了个眼色，好像她想说：你要的话，一个归你！她穿着没有肩带的比基尼上装，出乎意料地年轻，还没有 30 岁。她拥有饱满、圆润的胸部，根据凯尔斯汀的印象，其实没有什么理由需要跟她左右两边的家伙鬼混。她朝凯尔斯汀无言地举举杯，又转回身去。

这两人去哪儿了？女主人的眼神里，她相信感觉到了她对女人魅力某种程度的敏感。现在她问自己，对卡琳是否也如此。她将手放到凯尔斯汀的手臂或腿上的那种方式，让这个想法看起来有可能，但同时又不确定这个可能性会不会证实嫌疑。或者她们正在观看那一对年轻人？或者别的什么人，早已经进去后面很久的其他人？这个想象是荒谬的，同时又是这么确切地接近事实，就在帘子后面几米的通道处，她必须克制自己，不要透过匆匆一瞥去证实或者否定。

"赠送的。"盖尔德说，一边给她续斟了伏特加。

"谢谢，我……"她把手放在杯子上，微笑着。他的眼睛是深色的，略微混浊一点，他的目光有点涣散，虽然这次他已经迎着她的眼睛有一会了。"我不太能喝。"她轻声说，不要刺激到对面的人也来点评两句。从他的肩膀看过去，她注意到了两株棕榈之间有动静，接着看见骄傲的维多利亚往吧台方向走来，僵硬的脸上带着一丝微笑，好像刚刚听到了什么，可以利用达到她的目的。

"两杯波尔多红酒。"她点了酒，盖尔德没察觉到她的到来。两杯波尔多红酒没有说"请"。盖尔德在开酒，她好像看着空气，完全没有感觉到鳄鱼的眼神或者凯尔斯汀怯怯的打量，给人感觉目中无人，自以为是。棕榈之后的昏暗地带有她的人坐在那里，而她不想让他离开，在她得到她想要的一切之前，她要的是什么？从她的眼睛可以判断，她要所有的一切。她无声地把一张纸币在吧台上推过去，盖尔德找好钱准备给她时，她已经拿起酒杯又消失在棕榈那边。

"谢谢。"盖尔德嘟哝着，钱又丢回充当收银台的抽屉。

凯尔斯汀又饮了口伏特加，盖尔德重新往她这边看过来，她无法再压制住提出这个问题：

"那两个到哪儿去了？"

他的回答更像是个论断，而不是回答问题：

"你不喜欢这里，对吧？"

"不习惯。"身后她听见新客人到来的声音。她很奇怪这些人是怎么进来的，但避免转过身去看他们。"你呢？你喜欢这里吗？"

"我过去是长途货车司机，但是第二次腰椎间盘突出后就干不了了。公司给我提供了办公室的工作，替代开车，也不行。坐着的时间太久了。现在我是提早退休者和性爱分子的夜店老板，我还有什么要抱怨的？"

凯尔斯汀点点头，也许并没有像凯尔斯汀从他眼神里读出一丝悲伤时所想的那么敏感。

盖尔德用大拇指向后越过肩膀往过道那边指了指，招呼了新的客人。一对情侣，当他们经过吧台时，凯尔斯汀认出来，和对面两位金发的相反，都是深色头发。男的穿着及膝的弹力裤，像自行车运动员穿的，运动做得多，经常暴晒。他嚼口香糖的方式，是她以前反感丹尼尔的那种。他的女伴如出一辙。紧身裤和运动背心。无忧无虑地，对自己的身材非常自信。手牵手他们绕过吧台，说"你好，盖尔德"，便向放床垫的空间消失了。女人极具风情的臀部上刺了一条龙的图案，这是他们留下的所有印象。

棕榈树后，凯尔斯汀又发现了动静，她移开目光。她没有兴趣再看到维多利亚。沉重的无力感在她内心扩散。卡琳·普赖斯很明显发现无须绑定义务的交换伴侣的可能性，而她却在酒吧的高脚凳上，泥泞的涨潮已经快把它变成一个岛屿，无法逃脱的岛屿。伏特加的味道太糟糕了，像蒸馏过的塑料味。对面那个女人将头朝后一仰，呻吟了一声，两个男人中的一个就赶紧把手放到她喜欢的地方上。黑暗地带之前的动静结冰了。估计维多利亚不准她的猎物离开她的领地。她的鼻子令人想到老鹰，她的行为却像只蜘蛛，以自信的、致命的行动编织自己的网。

她要等卡琳等多久？

她感觉自己被蜘蛛网抓住了，从她心里一直往上翻滚的，不是勇气，而是失望的怒气。为什么不去迎接从棕榈那边朝她投来的目光？为什么不用果敢的姿态盯着卡琳和嘉碧消失的那个方向？她还有什么可以失去的吗？有的，但对她无所谓。她站起来，喝干最后一口伏特加，把自己交给命运吧。随便这个家伙长什么样子，在那边站着的那个。她要指着他，让他跟她走，在维多利亚拦住他之前，她将勇往直前踏进后面的一个房间，背对着门脱下裙子，就那么等待他从后面上来，做该做的事。冰凉、笨拙的，像慢慢融化的冰块，压在她胃上的伏特加。她没有欲望，但是她想要别人的手去握住她的乳房，最好是陌生的手。她需要这种混合着胜利和侮辱的感觉。站起来时她抬起头。

从她身体里脱口而出的那声尖叫，她自己有着几秒的滞后。她注意到自己的手捂住了嘴，还有目光，四处都在盯着她的目光。在酒吧里所有的人都在看她，所有的人，除了托马斯·怀德曼。他站在棕榈树之间像吓傻了，穿着白色衬衫，敞着怀，能看到胸毛。他站在那里，像一个流行歌手站在破旧的舞台上，看着自己的脚，好像歌唱到一半忘了词。她想大笑，但又害怕马上会呕吐。她想哭，但又怕要去厕所。在他身后她看见维多利亚的脸在黑暗中出现，黑色的眼里闪现危险的好奇。

一切都过去了，碎成片，永远如此，耳语开始填充她尖叫后的寂静。盖尔德向她走来，她感到双腿在发抖，紧紧把住吧台边，自问是否还能走到车子那儿去。

第三部　直到永远

身上围着一条毛巾，她站在卧室里，望着即将下山的夕阳。她感觉到大腿和小腿肚疲倦的脉动。音乐轻轻地飘进耳朵，凯尔斯汀一下子恍惚了，音乐声也许来自她的记忆。阳台的门虚掩着，花园里阴影越来越大，楼下露台上她听见母亲在跟丹尼尔说话，显然在拽住他的手臂，对他讲鸟儿或者其他引起他注意的东西。自从他开始跟着大人学讲话，他眼睛里的专注力在不断增强，他的手会去抓任何可以抓到的东西。每天他都在世界里发现新的事物，占有它，但是不再放进嘴里，放进两岁孩子正在建设的理解里。她怎么看他都不厌倦。

"我要它。"她听见他在说话，想着她母亲听得懂他想要什么吗？

前面的草地上他们两个出现，走向野蔷薇围成的大篱笆，她母亲空着的手从树上摘下一个果实，递给她的外孙。凯尔斯汀克制着自己想冲上阳台对着两人呼喊的冲动。一个夏末傍晚的时光，阳光照耀着这个地方，5点到6点的样子。踏境节庆活动甚至也正进行休整，一股温暖的光芒透过阳台前半掩着的米色窗帘。她母亲跟丹尼尔说话时，将脸颊紧紧贴在他的脸上，就像她自己一向的做法一样，被他脸上甜甜的奶香吸引住。有时她会觉得不太真实：30岁，住在自己的房子里，有先生、小孩，在生命中固定了下来。阿妮塔做了一个讥讽的鬼脸，当她第一次来到还有油漆味的房子里时。亲切的讥讽，明显是针对某些家具，凯尔斯汀并不觉得可恶。当她看到厨房设备或者浴室里闪亮的白瓷砖时，她自己也有同样的感觉。她看着她的生活就像看电影，惊讶地发现跟女主角相像得都要搞混了。

丹尼尔迈开大步，把蔷薇花抛回篱笆。

凯尔斯汀从阳台门前退后一步，然后把毛巾取下来，擦揉潮湿的头发。三天的踏境步行，让她的脚板看来又扁又宽，她几乎感受到血液在血管里喷涌，从头顶到脚趾尖。这种不真实感，最近越来越弱的不真实感，很奇怪现在却这么清楚地在她体内扩展。随之而来的还有渴望，抱住她丈夫的渴望，迎向随时会从浴室里出来的丈夫。

花园里发出一阵阵咯咯咯的笑声。

这个夏天一切都恰到好处。她的生活安定了，或者她赶上了生活，无论如何，她不再被那种太急于从学生时代无拘无束的存在做出转变的感觉折磨了。这里是她的房子，花园里嬉戏的是她的儿子，而浴室里，她听见她的丈夫终于洗完澡，根据经验，不到一分钟他便会穿过走廊闪进卧室来。大学毕业后时间过得太快了。她生了个孩子，而其他同学开始工作，开设自己的舞蹈工作室，或者季节性地在度假俱乐部工作，和活动组织者上床。怀孕时她感觉自己被抛在了后面，被生活抛弃了，绑在自己臃肿的肚子上，绑在花园满是建筑废料的房子里。孩子出生后的一年半，时间飞一般远去，所谓做了母亲的喜悦，大部分建立在持续不断的筋疲力尽上：夜里起床、换尿布，插在转轮上的感觉，永远快一拍，让她跌跌撞撞。于尔根从办公室回到家，她无声地靠在他肩上，羡慕他一切淡定自如，对他淡然的态度她暗地里也有些气愤。

当然，这和踏境节无关，于尔根强硬地坚持。这是因为丹尼尔现在一觉到天亮，里希特太太一个星期会来两到三个上午，帮她打扫卫生。总之，她的 30 岁忽然之间变成完美的岁数。她不再浪费时间去数妊娠纹，而是很高兴，自己通过了这个考验，不费力气便保持住自己理想的体重，不久前才承认，阿妮塔用她布道式的咒语说得对：30 岁时你将会达到享受性生活的高潮。

她终于听到了走廊传来的脚步声，一瞬间有点尴尬，因为她还一丝不挂地站在卧室里，胸罩还敞着挂在肩上。

他还没有擦干身子，只是用毛巾缠住臀部，走起路来手臂摆得比平时更大。呼吸比较浅　更显现出他搓衣板式的线条。

"帮我一下？"她把背转给他，用一只手把头发抓起来，好像自己穿的是晚礼服，请他拉上拉链。傻丫头，他笑得很正确，却没说什么，走近她带着一团沐浴后的湿气，期待中的轻扣混合进她肌肤的酥痒。胸罩落在她脚趾上，一滴水珠从他的头发落到她肩上，凉凉的。又很温暖。

"我妈妈马上就要喊了，因为丹尼尔饿了。"她说着话，声音里带着朦朦胧胧的欲望，梦呓般，没有确信。头转过来又转过去，他的肩膀在那里，几根胡须，洗澡后清新的肌肤。她的手轻轻地滑过毛巾，抚摸那个已经膨胀坚挺的地方。

"所有的东西都在桌上，楼下。"说着桌上和楼下时他的舌尖滑过她的耳垂，她直直站着。乳头在他的指尖下，不再是痛处，不再是哺乳母亲功能的一部分，而是像以前一样产生快感的地方，颜色变得深了些，大了点，更容易握在手里。眼睛睁得大大的，她看着外面的花园，越过这个地区的屋顶。外面的空气也静止了。

在他的怀里她转过身，把他的毛巾取下，说：

"我们躺下吧。"

花园里笑声再一次响起，然后她的脸太靠近他的呼吸，什么也听不见了。牙膏和啤酒，又凉又涩，她的舌头伸进去又滑出来，沿着胡茬的下巴往下，开始吸吮着胸毛上的水珠。她得压制住不要笑出来，也许在早餐广场她也一样喝多了。夫妻之间的房事是世界上最平常的事儿，真正说起来却完全不是那么一回事，而是一场非常复杂的性欲和反性欲的游戏。她本来很想问他，他是怎么想的，就在这个时刻，更多地有点像戏弄他。她并没有问，反而用拇指尖抹去第一滴精液，把他的阴茎含进嘴里。不久前他开始修剪了阴毛，这个措施的结果让她觉得很舒服，但是他的动机却不清楚，反正只要她不觉得被要求她对他做同样的事就行。她喜欢手上光滑、坚实的球体的感觉，两个小小的球在缓慢蠕动。她全身蜷缩起来，将一只耳朵靠在他的腰间，用双唇紧紧含住。他的胫骨正好在让她幸福的位置。

她的思绪挂在一根丝线上，彼此摇晃相撞，好像挂在丹尼尔小床上的活动小鱼。问号已经消解了，只有轻微的惊叹伴随着她舌头上发挥的滋味，咸咸的、湿滑的，她快速动作后从龟头周围的褶皱里舔舐出的滋味。惊叹同样平常事物的假象，在假象的背后存在大量可能性的场所，一种双层的、但布满孔的地面，因为人们看不见，可以毫无困难地无视它。她自己也看不见，她只是有一种感觉，她以前就知道、现在又回来的感觉，所谓被幸福流放的感觉。

除此之外，她也说不出和平常有什么不同。他的手滑过她的头发，轻抚她的肩膀，看起来表示，他已经准备好可以进入主要程序。直到她让他温柔地捅进去，她的舌头滑到他的肚脐处，她才确认自己的性欲令人吃惊地消退了。没有什么性欲。需求消退了，不想躺在他身边，告诉他，在丹尼尔的语言里踏境节就只有踏踏。把这三天来的事情回放了下，这次不是为了要愚弄他，她多想在自己的性欲中达到忘我，但是它不存在了。想笑的冲动从凯尔斯汀的喉咙里消失了，好像是她把它吞进去了。

一阵不耐烦的抽动经过了于尔根的身体，他的阴茎好像一只圆滚滚的触角刺进她的肚子里。她机械地直起身，张开腿，眼睛去追寻他被性欲蒙上一层纱的目光。

"我恐怕……"她正轻声地想说，同时，下面响起了母亲的声音：

"凯尔斯汀！"

他的眼睛短暂地与她相遇，随即又闭上了，并且摇了摇头。

"为什么是现在？"

"她找不到餐具。"

"在洗碗机里。"

"真是的。"她的手又一次顺着他的上身向下滑去，这是徒劳的尝试，虽然很迅速但可以不显突兀地离开他。

"在洗碗机里！"他重复。

"你跟我说没用，我要去跟她说。"她已经站到床边，抓起她的浴袍披上，三步并作两步就到了门边，不理会于尔根死心般的叹息，她溜了出去，既觉得有罪恶感，又感到轻松，她也想要漱个口。

"什么事？"她在楼梯口向下喊。

"丹尼尔该吃什么？"

"就是每天他晚上吃的。"

"那是什么？"

"面包涂奶酪，或者夹火腿，夹上摩泰台拉香肠，或者冰箱里的东西。最近他喜欢吃黄瓜，可以给他切片。"

她母亲的脸出现在楼梯下面。

"你在哪儿？"

"我马上就下来，刚刚冲了个澡。"

"他的小盘子没有在碗橱里。"

凯尔斯汀赶快闪进浴室，在她翻白眼之前。

我的上帝，上帝啊，他的小盘子不见了。她的母亲来自怎样的一代，难道无法想象一对夫妻大白天一起上床吗？她洗洗手和脸，漱了口，穿着浴袍下楼前，避免再看一眼卧室。

丹尼尔坐在饭桌旁他的小椅子上，已经确认准备好，就要大喊大叫，如果不把吃的放到他面前的话。一把野蔷薇在桌上滚动。凯尔斯汀拉紧浴袍的腰带，把儿子抱在怀里。

"可怜的宝贝，"她靠近他的耳朵说，把一缕头发吹到旁边。"你外婆找不到你的小盘子哦？"

"盘子，在哪儿？"

"在洗碗机里。"从厨房里传来大声打开和关上橱柜的声响，又大声说了一遍："在洗碗机里，妈妈。"

"你怎么不早说？让我在这里找……"说完她穿过敞开的门，脸颊上带着点肺痨病似的斑点，凯尔斯汀不记得以前在她脸上是否看到过。每次她来，她的旧式女性发型上总是添了更多的白发，以及行为上过多要求带来的奇怪态度：害怕在陌生的家居上做错什么，不会使用炉灶，怕打碎碗碟。同时她一分钟都无法在客厅里安安静静地坐着看电视。才刚刚六十出头，她就没法好好地跟她们相处。自从她的父亲被诊断出癌症后，她母亲的脸就拉得长长的，充满忧戚，她戴着这个面具一个星期要去教堂好几次。汉斯跟她解释最坏的情形是什么，她也完全不相信汉斯的解释。这不在我们的掌握之中，她固执地说，不论汉斯再怎么跟她解释他想要采取的最新的化疗方法。

"谢谢，"凯尔斯汀说，"我来就好。"

"洗碗机只会让脏的碗碟上的残渣都结块了。"

"你们两个下午过得不错吧？好吗？"她坐下，抱着丹尼尔，把黄油和奶酪涂在一片全麦面包上。露台前停着他的三轮童车。

"他喝得太少了。"

"他喝水的杯子放在哪儿？"她的母亲开始去找杯子，她把面包切成小小的一片，还能听到从厨房里传来母亲沉重的呼吸声，几乎到了呼哧呼哧的边缘了。为什么她一下子变得这么老？"还有，他的餐巾应该在餐具柜上的。"

"哪里?"

"水槽旁边，干毛巾也可以。"

"我找不到杯子。"

"我来找。"她把丹尼尔放回他的小椅子里，进去厨房，看见醒目红色的杯子就在桌上。她的母亲在窗台前匆忙地翻找。"找到啦。下午很累吧？我以为，他至少会睡到4点。"

"老是打扫卫生对我的背不好。"

"老是……打扫卫生?"从敞开的门她看见丹尼尔正在试验每一片面包的地心引力作用。她很想就这么抱起丹尼尔到外面去，不说一句话，坐在屋后的长椅上，享受蜜糖色的阳光，不费脑子去想走廊、餐厅和客厅的地板。从树林里回来时，地板看起来非常干净。干净很令人生疑。"不要告诉我，你整个下午都在……"

"像这里之前的样子。你老公打算整个晚上都要在床上度过吗?"

"妈妈，听我说，我不要你到我的房子来打扫卫生。你这几天能来帮我们带带丹尼尔，搭把手，我们已经很高兴了，但是你不需要做打扫卫生的工作。"

"地!"丹尼尔从饭厅叫道。

"我马上帮你捡起来，宝贝。妈，你听到了吗？你不需要在这里打扫卫生。"

"做什么都是错的。"

"打扫不是你的事。"

她们一前一后站着，像在超市结账柜台边，旁边是看不见的手推车。屋子外面海恩科博尔寂静，孤零零的。所有的踏境者都从森林里回来了，准备参加晚上节庆帐篷里的活动，节日辉煌的尾声。凯尔斯汀看着她母亲粗壮的小腿，笨重的鞋子，自打她有记忆以来就一直穿在脚上，鞋跟在奥尔斯贝尔格的厨房地板上发出沉重的敲打声。她的怒火渐渐消失了，只留下不满的外壳，还有那个问题，为什么母亲们总是让子女这么难做，总是感觉不到对她们的感激，子女们对她们应有的感激。

她拿着水杯和抹布走回餐厅，听见楼上浴室前的脚步声，想着，于尔根会不会干脆就自己动手做完本该两人一起的行动。丹尼尔的毛衣已经脏掉了，上面粘上了鲜奶酪。那么，并没有感觉到的应有的感激，和怨恨、罪恶感又有什么差别呢？

"把花放回去，丹尼尔，花是不能吃的，我再给你涂一片面包。"

"黄油面包。"

"奶酪面包，奶—酪—面—包。"她又涂了一片，听从了儿子的抗议，他不耐烦再从陌生的手上接过食物。于尔根显然又去冲了一把澡。健走的疲惫变成了困倦，当丹尼尔终于吃饱了，脸上到处涂满了奶酪，凯尔斯汀确定，自己对整晚待在笼罩着啤酒味的帐篷里，听着踏境的歌曲，亲密地互相挽着臂摇摆，已经没有多少兴趣了。在客厅里，他的母亲正在忙乎，把杂志叠好，把抱枕拍松。于尔根从楼梯上下来，胡子刮得干干净净，穿着旗手的白衬衫。

"你还穿着浴袍？"

"阿妮塔出发前会打电话来的。"

他在桌边坐下，捡起儿粒面包屑，似乎完全没有发觉，有人从他的小椅子里瞪着大眼睛看着他。就吃个晚饭来说，他的刮胡水似乎有点难闻了。

"来帮我下，于尔根，带着你儿子在花园里跑跑，然后把他抱在换尿布台上。我十五分钟就好。"

"可是我想现在就走。"这时他才注意到丹尼尔的眼睛。

"啊哈！"

"别说什么啊哈，你知道我身为旗手必须先跟着队伍进场。"

"你身为父亲，也许应该在离开前给儿子换个尿布。"她看着他，努力用自己的大眼睛抵扩住他的恼怒，提醒他，他们的上一个拥抱到现在还不到十分钟。这不是第一次她觉得惊奇，在"婚姻"的时间单元中任何的一秒钟，能承载多少不同的感觉，而对拥抱的需求会跟突然冲动一致，抓住他裤裆说道：绐他换尿布，不然我就捏紧。就像很早以前上生物课时得知刀尖上可能聚集着成千上万的细菌而感到惊奇。这是一场眼神间无言的斗争，这次赢的人是她。他嘟嘟囔囔说着什么，不出现在集市广场会被罚25升等等，然后他把丹尼尔从椅子里举起来。当她清理桌面时，听见两人在花园嬉闹奔跑。一场赛跑，显然，两个巴姆贝格里小的那个会赢一点点。她把特百惠的罐子放进冰箱，摇摇头：英雄们，好像塑像站在他们男性的基座上，充满期待地凝望着地平线，与此同时，他们的脚下奇事一件接着一件，但是想要试图让他们注意这些奇事，他们只会发出烦躁的嘘声，他们只是害怕会错过什么。

她的母亲这时终于在客厅的一张沙发上坐下，凯尔斯汀是从很响的鼾声一直传到厨房发现的。这个晚上在家里待着该多好。电视上会演"让我们猜……"，正好是转移注意力和无聊的选秀表演的混合，可以在观看时顺便说几句严肃的话，不用担心会泣不成声地收场。她自己也很忧心父亲的情况。她只是没有很多的时间去想起他。

她站在厨房的窗台前好一会儿，看着于尔根和丹尼尔玩耍，然后拿起无绳电话走到楼上的浴室。她的东西和于尔根的并排在镜子下的搁板上，女性多种多样、彩色的，男人的都是简洁的有限的几样卫生用品：刮胡刷、刀片、刮胡泡沫和爽肤水。一瓶止汗喷雾剂。地板上总是有点东西，阻碍产生浴室无菌功能的印象。一个家庭式的浴室，一个骰子形状带着三个抽屉的换尿布台，占据了浴室太多的空间，台子上总是堆着几条毛巾，用来擦板子然后把丹尼尔放上面。敞着浴袍，凯尔斯汀站在浴室镜子前，遗憾没有进行那些费事的保养，她很想给自己的小腿脱毛，或者给脚指甲涂色，纯粹高兴待在浴室里，待在这个于尔根和丹尼尔马上会闯进来，并以最有魅力的方式破坏她的平静的浴室里。

基于卑尔根城庆祝方式的粗野，她把上妆的步骤降低到必要的基础步骤，她刚刚得体地涂好口红时，电话响了。

"马上就好，"她把这句话当成招呼来说："只要再把丹尼尔弄上床，我们就可以走了。我妈妈有点应付不过来了。"

"说吧，你不觉得这样无聊吗？"背景是治疗乐队的，如果她没有听错的话。阿妮塔有某种方式让情绪进入某种氛围，既不舒服也不具感染力。"这个可悲的踏境节。总是那些老面孔。我已经在这里三天了，而……"故意打了个哈欠结束了这句话。

凯尔斯汀本来最想反驳她，她觉得无聊的原因不在卑尔根城，而在她自己，阿妮塔，在她自己的脑袋里。然而她却说："今天是最后一天，你就想办法过完吧。你什么时候要走？"

"明天我一醒来就走。"

"这么快。"星期三晚上阿妮塔到达，参加迎宾宴。虽然她们从那时起在一起度过的时间很多，但是唱的时间比聊天的多。阿妮塔一次都没来过海恩科博尔区，她虽然提过给丹尼尔准备了礼物，却一点都没有准备要交给他。她们的斗争团队在考验中出现了裂痕。阿妮塔的观点是：结婚，必要的话还可以接受，生孩子，也还行。但是搬到卑尔根城住？在这里盖一栋房子？从一开始她就不接受，凯尔斯汀认为这只是她经过理智的、实用主义的权衡后所走的第一步，绝对不表示她和于尔根就要在这偏僻的小镇终老一生。

"你还在听吗？"阿妮塔问。

"我不知道我该穿什么好？时髦点，还是不那么时髦。"

"随便怎样，反正得是端庄的年轻妈妈形象。让其他人知道，夫人有一双美腿就够了。"阿妮塔如果愿意，可以表现得很无耻。你太不了解你丈夫了，当她提出实用主义的权衡等等后，幸好阿妮塔只说了这个。

"怎么在帐篷里碰面？还是我就往男人围成一圈的地方过去就好了。"

"在卑尔根城男人围成一圈的地方，站在中间的不会是女人，而是啤酒桶。"

"这里的女人身材跟啤酒桶也没多大差别。"她附和着阿妮塔的恶意，但并不觉得有趣，尤其还涉及她自己。"到底是哪里？你会在鹿道队吗？"

"可能吧。必要时，我反正知道去哪儿找你。"

"那就等会见。"她的情绪又低落了一点。她到卧室衣橱里去翻出一条短裙。在镜子前转来转去犹豫不决，虽然看起来不错，但是她感觉露得太多了。被子摊开仔细地盖在床垫上。她又转动了下腰，发觉她的腿和以前比完全没有变，这只是她以前可悲的弱点：不管别人针对她的看法有多荒谬，她自己马上就把它当成自己的。这是她自己决定要过的生活，如果阿妮塔不能接受这种生活，而且要继续自己的纸醉金迷，从这张床睡到另一张床，那她也无法改变。

然而，她也没其他女朋友。

这条裙子简直太合身了！

当她回到浴室时，于尔根的眉毛往上一挑。丹尼尔躺在那里，手舞足蹈。一股婴儿油的味道，还有一点婴儿拉屎的味，她站在丈夫身后，双手环抱着他的胸，暗地希望如果他高她几厘米就好了。

"累了？"他问。

"嗯嗯。"她闭上眼睛，感觉到他手臂的动作。这到底哪儿不对劲了？但是又有谁说过这里有什么不对劲的？阿妮塔不过是爱挖苦她，她总是喜欢这样做，因为在她内心最深处，也许这正是她最向往的生活。她只是不承认而已。

"好了，小男人，新尿布你漂亮的妈妈会帮你穿上，我真的得走了。"他从她的怀抱里挣脱，站在浴室中间，手中拿着一个卷起的尿布，而她必须用眼睛指挥他垃圾桶在哪儿。

"我以为我们会一起去。"她说。

"如果我动作快一点，还能赶得上。凯尔斯汀，我不能缺席的。明天就结束了。"他闻闻了手指有无异味。他微笑地强迫她要不屈从，要不挑起一场完全没有必要的争吵。他的食指顺着她的头发向下，偏到她的左乳房上，然后右边的乳房，这种温柔她也一样觉得没有必要，因为他的心早已飞出去了。"等会儿在帐篷里见。"

"你跟儿子道晚安了吗？"她看着他将丹尼尔的小脚放在他吹气鼓起的脸颊上，用大声放屁的音量把气排出，当丹尼尔刚明白这场游戏，等着爸爸再来一次时，他转身离开。

"走了。"

他多花了一点时间跟她道别，但是她无视他的舌尖和在她的裙边摩挲的双手，说："待会见。"

浴室里只剩下他的刮胡水味道，丹尼尔自己把腮帮子鼓起来，但是当他想把脚伸到脸旁时，他的脚老是滑下去。就这样，一声有趣的屁声变成了响亮的叹息声。

他站在窗边，倾听着寂静怎样在学校走廊上蔓延。从早上10点开始，家长会热闹的嗡嗡声便在走廊上盘旋。大家互相打招呼，互相道别。他跟快四十位家长谈了学校成绩，必要的话还会谈下他们的孩子缺乏社会性的问题。现在安静终于降临校园，好像至高的恩赐。仅剩下零星的脚步声回响在走廊上。教室门都锁上了。格拉尼茨尼强训规定要坐班到晚上 6 点，但是有人成功地让他相信，他自己的家长会客时间不应该放在校长办公室，而是在七年级的教室，也就是格拉尼茨尼教授德语课的地方，这个地方通往后面的庭院。也就是说，格拉尼茨尼现在自己坐在那里，直到规定的时间，而其他的同事则从前面的楼房偷偷溜走，好像住校的学生晚上常干的那样，他们快速地，缩着脖子，反正 5 点以后也没有家长再对他们的后代在课堂上干些什么感兴趣。不会在国家队对阿根廷的足球赛时。只有怀德曼背着手，注视着唯一的一辆车，和足球球迷逃离学校的车流反向，驶进校区，停在树后自行车停放处旁。

卑尔根城躺在缓缓下山的光线下，正好在太阳的对面。城堡山闪闪发光。花园里挂着三色旗，传播着新德国习以为常的沙沙作响的性感。怀德曼显得比自我感觉的还要镇静。他其实没有认出来，但他知道那辆车是谁的，在树下的那一辆。一辆 Polo 车，车顶上没有德国国旗。也许她故意选择这个时间过来，因为她知道，穿过学校的路上几乎不会再遇到任何人。他走到讲台上，把几张椅子放回原位，把最后一口咖啡从已经黏黏糊糊的、印着宾夕法尼亚州立大学字样的杯子灌进嘴里。慢慢地他把目光转移到对面贴海报的墙上，教室的另一头，一群珠光闪闪、肌肉发达的皮条客形象，裤子肥大，帽子歪戴着，还有张着嘴巴的比基尼兔女郎们。15 岁小孩会觉得这些有魅力，他曾经想让他们理解圣修伯里。这是他的工作。

他双手平放在讲台桌上，坐在空荡荡的课桌椅前。感觉指尖已经潮湿。走廊上没有了脚步声，没有了动静。只有他的脑子里，还能听到很多喉音发出的嗡嗡声，其实不是嗡嗡声，而是在这栋房子里工作了七年的影子。她等在下面的车里，他等在这里。不是她上来，就是他下去。然后呢？一段家长谈话的滑稽戏吗？努力地假装上个周末根本没有存在过，两个人讲到"波西米亚"先想到的会是 20 年代慕尼黑施瓦宾区？还是她会令他大吃一惊，攒足所有的勇气直接提起在夜店的偶遇？

他今天已经和她的前夫谈过了，总是不断想起上个周六晚上，想起那声尖叫，她眼中的惊惶，她的仓皇逃窜，同时他对所有的话点头同意，所有于尔根·巴姆贝格认为他该对责任这个话题展开，而他也已经对儿子说过，也向恩德勒全家表达过了的言论。好像是在法庭做辩护陈词一般娴熟。很显然他到学校只是来表示，他受到了教训，至于其他的，看来他认为他会自发地传给下一代。依旧延续过去的"你"来称呼对方，现在听起来很勉强，当然也不会改变事实，他们互相从没喜欢过对方。用一句"很好，于尔根！"，怀德曼终于果断地打断他，并且问他，他是否也想知道一下丹尼尔的成绩。

曾经嫁给这样的人，他对凯尔斯汀·维尔讷可不苟同。

但他还是无法忘记她的目光。虽然想起被她撞见就会让他不舒服，自己穿着可笑的西服，衬衫在胸前敞露着，在那个暧昧的夜店塑胶魅力里。最难堪的是回忆起她的目光，凯尔斯汀·维尔讷将他们偶遇的不幸意外事件认为是因他而起的伤害。不是他的意愿，难以收回。对他这是一场游戏，即使跟维多利亚第一次握手后就开始感到无聊了（她暗示他不要追问她的姓，认为他可能因为"其他关联"知道她的名字），但对凯尔斯汀却是遭受耻辱的严肃问题。这是残暴的裸露，好像一群喝醉的水手从她身后扯下她的衣物。她马上冲向出口消失得无影无踪，手臂绕在胸前，头屈辱地低着。他至今仍然惊讶，他能够如此清楚地感知她现在的感觉：可怕、噬心的耻辱。舌头上永远不会消失的、糟糕的味道，徒劳的、令人发疯的渴望，希望一切都没发生过。另外只有他能够帮助她缓解，只要他有一点点明白怎么去做。

怀德曼把手抬起，看着掌印在桌面上消失。怎么做？他在棕榈树后就已经问自己，当他看见卡琳·普赖斯从后面的房间出来，困惑地摆弄着自己裙子的肩带。等到第二个卑尔根城女人从门口消失后，他除了说"别再给我写信！"之外，没有对维多利亚废话，直接走了出去。

他猛地站起身，打开门，但是空空的走廊上盯着他的只有天花板吊灯照射地面的光。回到窗前，他觉得可以认出树木间车子的前部。他该出去请她上来吗？准确地说他其实很清楚他能怎么帮到她，对必要的话倒背如流，毕竟他整个星期空闲的每一分钟都在自言自语。她不会要求他掩饰，他的确了解她正在经历什么。奇怪的是，他不确定面对她，他是否有能力不掩饰。几年以来他将不爱上任何人的能力发挥得淋漓尽致，只抱有好奇心。关注，做好动身的准备，但不动感情。也不引以为傲，只是一点必要，并无猎奇的本能，跟其他所有的男人一样，他认为他寂寞的幻想中性爱女神必须是，如果相遇的话，能够以某种方式，一种游戏规则要求的方式抓住他：一个游戏的玩伴，用她魅力甜美的毒汁灌溉他，他带着一抹微笑看着毒汁如何发挥它的功效。这样的一个女人，如维多利亚认为的。换句话说，他刚刚在其中看见了这个只在狭窄范围内可以进行的游戏的魅力，而且整个游戏包含越界的风险。但是这道界线他猜测，在他眼前，是一道可以看到的，或者至少直觉可以察觉到的线。他认为现在所发生的像一场突袭。

为什么是她？几天来他观察自己，如何在浴室镜子前问自己，只有傻瓜才会问的问题。

因为她有魅力，聪明，是个以自己的方式追求人生乐趣的女人。而且答案已经给出了，只有彻头彻尾的笨蛋才不会觉得惭愧。

这些年来他说服自己，纯粹是个游戏，千万不要让人想入非非：紫罗兰是游戏，仅此而已。而现在他看着，凯尔斯汀·

维尔讷如何把绳结套进他的脖子上，好像他有勇气打算在他这样的年龄还要成为小镇的康德派信徒。行动吧，你意志的准则随时都可能是无聊的婚姻关系的原则。

很可笑，是的。但是问题是：是她突袭了他？还是他一直就垂头丧气地站在那里等着绳结？

有人敲门，他没有吓到，只是对着空荡荡的教室点个头，好像观众们正期待看表演。也许她走的是校园后面的路上来。不管她对他期待什么，她都很谨慎。他双臂交叉靠着窗台，没有说请进，只是静静地盯着门的方向。当所有一切都太迟，命运就是这些名词中很容易被想起的一个。好像一切都突然和解了，这一刻你深陷的所有的深渊都成了你的朋友。

格拉尼茨尼大象般的头伸进了门缝，左瞧右看，才发现怀德曼。他说：

"两个。"

"两个什么？"他很惊讶自己的声音听起来无动于衷。只是腋下他感觉汗已经湿了他的衬衫。

"莫西干人。您和我。此外没人了。"

"我就奇怪怎么这么安静。"

"都走了。"

"您啊，请允许我这么说，就是太聪明，太清楚您手下的个性了，都没料到这一切。"

"谢谢您的夸奖。"格拉尼茨尼走进来，在第一排的一张桌子上坐下。用手在旁边支撑着自己，好像担心桌子会从中间塌陷。他的脸上看不出有惊讶的表情，反而有点偷乐，好像他捉弄了别人，这人还不知道。

"您还在等什么？"他问："您不喜欢看足球吗？"

"我在家看个结局就好了。"

然后他们沉默了一会儿。格拉尼茨尼望着黑板，怀德曼相信在树叶里看见 Polo 车窗架着一只胳膊，但是他对自己不确定。他也不确定自己是希望还是害怕，害怕离开大楼时碰见她。他暂时对校长的陪伴并无不快，眼前这位像个无聊的孩子坐在那里，腮帮子都耷拉下来。校长的小腿太粗了，无法形容他现在的动作是不是在晃动。

"下个学年末我们需要一个新的副校长。"

"然后呢？"

"然后，有兴趣吗？"

"没有。"

"我也这么认为。"格拉尼茨尼手上拿起一本《小王子》，一个学生遗落在讲台的。就他可以想起的，怀德曼第一次感到不但是脸上的表情，甚至连校长的整个姿态，都表现出少见的、深沉的、一切安慰都无济于事的悲哀。"你永远不知道或者类似的，这个家伙总是这么说，对不对？"

"我真的对做官没有兴趣。"

"那足球赛呢？我的办公室有台电视机。"

"您看足球？"

"不感兴趣，但世界杯是一个社会事件，所谓国家级的踏境节。可以没有兴趣，但得参与。"

"明白。"

格拉尼茨尼的目光跟随着他，他朝台上走去，开始收拾东西。

"您办公室也有喝的吗？"

"白兰地。"

他想着大楼外坐在车里的凯尔斯汀·维尔讷，急切想摆脱她的在场所发出的无声的要求。这次可不是一场游戏，也不允许把它当成游戏，但是这不等于他必须停止慎重的、自主的行动。一场不是游戏的游戏也是会输的。他思念了她一个礼拜，屈服于忘我的温柔，对他而言，在清醒的时刻，这是步入带着深深的懊恼迅速清醒走出的地方最直接的道路。

"为什么您的半辈子都在学校里度过？"他问："我说的不是工作，是所有的周末，您办公室的躺椅，还有白兰地，以及……"

"为什么您的半辈子会在旱尔根城度过？"格拉尼茨尼插话，并不尖锐，从容不迫，好像在黑板上擦掉学生的乱涂乱画，并不关心那到底是什么。

怀德曼点点头，感觉很好，对自己的生活现状不情愿去解释建立在相互性基础上。他把最后一叠笔记塞进自己的书包里，皮的，是康斯坦策送给他的博士毕业礼物。

"是很好的白兰地吗？"

"在这个地区可以买到的。可以吗？"

"当然。"他把书包夹进腋下。包带三、四年前已经扯坏了，从那时起，他就一直想着要去修理，虽然他知道，并不是书包，而是与毁坏有关。"不然就太客气了。"

这是她第一次坐在车里听足球赛转播。看着兰河边的草地，草地上空气波光粼粼，河边的杨树看起来像棕榈，像沙漠中快渴死的人眼中的棕榈。树根并没有扎到地里，而是画在波光的空气中，就在不远处。阿根廷是大家公认较强的对手，"南美牛仔"，解说员这么叫他们。凯尔斯汀想象他们是阴沉着脸、披着长长的斗篷的男人，跑起来的时候手枪还拍打着大腿。仿佛看不见的观众在她的车里随意分散坐着，叹气、唱歌、屏住呼吸，大叫着让失望的心情发泄出来或者松了一口气。上半场听到一半她摇下了两边的窗户，避免爆发幽闭恐惧症。想象七万人坐在"巨型奥林匹亚运动场"内，几乎失去理智地观看众神之间的决斗。喜悦与苦难，朋友与敌人，天堂与地狱，所有的一切都挤压得密不透风，只有几秒时间可以区别。她觉得最值得注意的就是，有个裁判在这场命运决斗中，用哨子分散注意力。每次哨音响起，她就期待听见枪声。解说员用简洁的声音说：活该，多管闲事。

顺从一个吹口哨的首领的南美牛仔算什么牛仔？

已经过去一个礼拜了，她觉得最舒服的地方便是待在她的车里，不论是开到医院，还是去城里采购。开车在路上，独自一个人。有几次她把行程延长成没有目的地在附近兜兜转转，直到商店快要关门了，才在阿尔璐或者肯恩巴赫买点东西。实际上在国王超市她就能买到东西。干什么都比在家里坐等着好，等待上个星期的记忆像一个有口臭的爱慕者陪伴她。

她感觉到，时间如何生硬地从她身边溜走，像现在，除了敞开的大门外，学校房子里再也没有其他人在场的痕迹。尽管如此，她还是坐着不动，听着收音机里解说员克制的声音。

走吧，她对自己说。

从那天数起这是第五个下午，她都是在母亲的床边度过。抓住她的手，梳理她的头发，每十分钟去拿带嘴的杯子，滴几滴给她润润一动不动的嘴唇，其间跟隔壁病床的看护说上几句话。邻床是一个老太太，在等待大腿骨关节骨折的痊愈，她总是一直不停地念叨：会好的，对吧，然后沉默了。她的母亲因为拿掉了假牙双颊下陷，发烧烧得额头滚烫，眼睛瞪着天花板。

她不再抱怨头痛，但是脸上不断抽搐，甚至睡着时也是。有时候她会要找汉斯。短短一个星期，她从一个老妇女变成了病恹恹的老太，而且原先只是计划短期住院做各种检查，现在越来越像人生的终点站。汉庭希医生当然不会这么明讲，但是他也没给她任何康复的希望，他把病情发展描述为不乐观，即使是汉斯，在电话里也没多说，表示他周末会来探视。

现在在车里她问自己，她在等什么。她身边还是有股医院消毒水的味道，混合着清洁剂和忧心忡忡，细声耳语和病床的气味。她想去散个步。这些白色帘布后沉默的、无所作为的下午时光在折磨着她，但是汉庭希医生还是断然拒绝了她们提出出院的请求，解释说还得继续检查，造成这个头痛的神秘原因。

收音机里叹了口气，球射偏了，据报道是"贴着球门"。

仍然不见怀德曼的身影，自行车停放处旁边的树木，树荫一直遮住整个校园的前部，校门还是没变，大开着，但是既没有人进来也没人出去，虽然如此，她知道，他就坐在空荡的校园某个楼里，而且她的第七感觉告诉她，他看见她了。从某扇窗户里，五个夜晚她都坐在家里，克制自己不去打电话给他，告诉自己，母亲的病更重要，反正她在家长会上总有机会和他说话的。但是现在家长会似乎比宣布的时间结束得要早，在去学校的路上她没法声称自己特别着急。她在易马兹裁缝店取了她的裙子。在冰激凌店喝了一杯咖啡，又试着理顺她的头绪。

她给自己鼓劲，关掉了收音机，打开手机。至少她必须弄清楚丹尼尔那件事的最新状况。是为了这件事，而不是他母亲和他班主任可笑的越轨行为。她打算尽可能公事公办，不躲避，也不后悔。如果可能的话，要信心十足。她撒手不管，只希望这个丑陋的事件自己消失，成为一桩插曲，然后……

"巴姆贝格。"她听到对方听筒里背景传来球场的声音，和刚刚充斥她车里的声响一样。眼下她真的不知道，怎么正好是于尔根来帮她准备与怀德曼的对话。

"是我。"

背景声音猛地消失了。他和她通话时，他从来都不想被她察觉他身在何处，但她很清楚，就在海恩科博尔那边，电视机摆在客厅，他就坐在那里。接着是短暂的沉默，沉默中他可能转向他年轻的太太，指指话筒　翻个白眼：讨厌。她细听着背景出现笑声或者喘息，但是什么都没有。她想最好马上挂掉，她却说：

"我在学校里，想跟丹尼尔的班主任谈话，但是我们的儿子到现在还不肯告诉我，在恩德勒家的谈话怎么样，自从那件事后学校里的情况……"

"我今天去了家长会。"他明明知道，他这样做让她很惊讶。

"你来过家长会了。"

"学校那边这件事原则上结束了，班主任这么跟我保证的。

格拉尼茨尼已经教训过三个犯错的学生，认为他们以后不会再干这样的蠢事。现在要看丹尼尔，还有我们，我们得在他这件事上保持一致。"

"这是班主任说的？"

"最后一句是我的。"

"在恩德勒家如何？"

"不太舒服。不过他道歉了。他说，他自己也不知道为什么会那样做。不由自主。作为解释当然不太令人信服，但是我看也不像撒谎。"于尔根的声音泄露出他只有一半注意力在说话，眼睛却盯着足球赛。他在自己的客厅里很舒服，世界上所有的不幸都被高墙挡在外面，自己优哉游哉。"16 岁的小孩可能对自己也并不那么清晰。"

"那恩德勒家？"

"凯尔斯汀，那已经是一个月以前的事了。我相信，他们会觉得还不错的，如果你当初跟他们联系的话，但是显然你并没有。事情现在已经过去了，你还要怎么样？"

"我理解，事情已经过去了。"

"你真是后知后觉。"

"最近我还有很多事要忙，也许丹尼尔告诉过你，我妈妈躺在医院里。"

他需要两秒钟时间来调整，让声音变得富有同情和怜惜。

"听到这个消息我很难过，她怎么了？"

她用几句话告诉了他，看到门卫师傅拖着脚步吧嗒吧嗒走过校园。跟他谈过话后，自己心情好些了，但这样让她并不舒服，她能怎么办？丹尼尔整个礼拜对他外婆的健康情况并没特别关心，她也不想跟卡琳·普赖斯说话，她在生她的气，居然把她拖去那个该死的夜店！

仪表盘上显示 5 点半，太阳正在缓缓临近鹿道上的树梢。

"换句话说，看起来不太好。"她说。门卫已经走到校门口，用脚后跟踢了踢地上的固定栓。家长会的话题就到此为止了。

"这种情况是不是把她转去马尔堡比较好？如果卑尔根城的医生找不出什么原因的话。"

"他们还要再做 CT 检查。头痛的事。"

"你母亲投保了私人健康保险吗？"

"没有。"

"但是你也许可以……"

"于尔根，谢谢，但是我应付得来。而且还有汉斯在。"

"汉斯。"他说，她知道他说这话时的表情。对过去很奇特的共同回忆，他们一起对她不靠谱的哥哥摇头。她察觉得太晚了，其实这两人很相似。

"我打电话是为了丹尼尔，不是因为我妈妈。"

"我不知道我还有什么要说的。"

"嗯，我也不知道我还想听什么。我们把他教坏了吗?"

"他不是教坏的，他 16 岁了，而且他也认识了错误。"

"我不明白，他到底怎么回事，他的感觉，他的想法。我的意思是，你刚才提到的不由自主。"

"他只是绕点弯路。"有人想继续看球赛，也许是安德蕾亚在他身后用手指敲击扶手。

"你也是不由自主吗?"她反应得太迟了，所以现在只能问些愚蠢的问题。只要事情还在进行中，与其掌握在自己手中，她更多的是惊恐等待，等待一切都过去，再来收拾残局。她打电话给前夫，不是为了准备与托马斯·怀德曼的相遇，而是为了再一次回避这场相遇。很显然，她踏出去的所有步伐，都是为了防止她踏出眼前必须踏出的步伐。

"我知道你就会这么反应。"于尔根说。

她很想问他，难道他自己不担心吗，在他这个年纪再一次成为父亲?但是她只说"好吧"，结束了这场对话，一共 6 分 37 秒，她的手机一如既往可靠地显示时间。

"两队都没给对方机会。"解说员气急败坏地抱怨着，她重新打开了收音机，发动了引擎。她开车驶过时确信看见校长办公室里有电视机发出的蓝光。然后她驶过空空荡荡的街区进入通往阿尔瑙的绕城公路。车子一加速，她马上就觉得自己好多了，开着窗户，风拂过她的头发。兰河草地上栽种了些果树。

从解说员播报的时间来判断，在她打电话期间，阿根廷队已经取得了领先，但是于尔根·克林斯曼的球员没有放弃，铲球、奔跑、冲锋，对抗"南美的防御堡垒"，这些南美牛仔防守怎么这么厉害！

她明白自己的感情模式。这个模式在过去的那个星期里支配着她的每一天：担忧、羞耻、眼泪，还有间或不真实的如释重负，比如她从医院的气味里离开踏入被夕阳宠爱的傍晚。明天她又得回到母亲的病床边，试着鼓励她开口，问问她，渴了吗，然而不会得到回答，明天。她踩下油门，感觉医院的牵挂和夜店的相遇都可以抛在车后。

没有目的地、飞快地奔驰到临近的夜晚。沿着绕城公路，她的转速表显示时速140公里。在柏林，球赛所剩时间越来越紧迫。飞驰过了阿尔瑙的废水处理厂，鹫鸟盘旋在草地上，然后不可思议的事发生了：就在预料中的地方，足球越过了门线，反应非常强烈，好一会儿她自己都怔住了。喇叭里传来嘈杂的声音，超短波突然特别响亮，整个奥林匹克球场欢声雷动。凯尔斯汀移开了踩油门的脚，想听清楚射门球员的名字，但是他的名字却只有一个音节，被兴奋的播音员拉得长长的，直到嗓子扯破了。车里响彻着印第安式的欢呼。过了阿尔瑙，绕城公路在老的国道衔接处结束。凯尔斯汀在红绿灯处掉头开回去，解说员一遍遍地重复奇迹的过程。

平局。

从车里她看着阿尔瑙的居民们跑到阳台上，短短按了下喇叭表示她的参与。以及决心：今天她也要和怀德曼面对面。必要的话，就在他家里。而且她还要穿上这件搁在她身边副驾驶座上的裙装。不管在波希米亚发生了什么事，他给她送过花。您为什么要送花给我，她要问他，绝不接受他的任何借口，直视他的眼睛，直到他向她伸出手或者双臂抱住她。

在卡尔小屋那她下了绕城公路，取道风笛路的岔路，经过一个锯木场、一个池塘，然后又是一片草地和森林，路上一直都是这些陪伴着她。从矮树林中钻出来第一群鹿。她想到了母亲，正躺在医院里盯着天花板。她躺在床上想什么？逐渐向世界告别的脑袋里会浮现什么？几个月来，莉泽·维尔讷很少再提到她的丈夫，在他刚刚死去的那些年里，她说上两句就会提到他的死。过去她母亲对她的发型或者裙子长度，只要一评价都能让她生气得要撞墙。现在凯尔斯汀不大记得，父亲的名字上次被提到是什么时候，也不记得自己上次想起他是什么时候。而父亲在她记忆里是个温和、大度的人，但要说她从父亲那遗传了什么，她说不出来。她继承了母亲性格中的小家子气，这不是她可以引以为傲的遗传。

"德国队进攻，但他们小心翼翼地躲在防守后面。"解说员说。这个狡猾的家伙眼睛真尖。

比她预期的速度要快，她到达了岔路口，一个白色的箭头指向风笛路的滑雪区。过去，她和丹尼尔常常去乘雪橇，于尔根则去越野滑雪大回环。她试过超级滑道，在她身后开始的儿子骂她像在磨洋工。现在她顺着狭窄的路，向上驶进蜿蜒的盘山公路，看着绵延的山色，这里那里坐落着村庄。解说员越来越急促地播报比赛还剩下的时间。落叶林和针叶林交错生长，这些树让她想起冬天的景色，街道两旁堆起了高高的积雪。最后一个弯道。一个无人的收费小亭矗立在打开的护栏旁。左边是踏境节第一天活动的早餐广场，地上凹进去的一大片阴影。

缓缓地，她驶过孤零零的水泥地。发送塔从森林里高耸入云，细长，金属的，已经褪去的红白色。

"比赛加时三分钟。"凯尔斯汀顺着停车场边越来越狭窄的路肩，往滑雪道开去。当她看见缆车的山顶站时，她让车子缓缓滑行停下。周围一个人影都没有。她没有关掉收音机就下了车。这里的空气比山下的学校要清凉，风一直在吹，走了几步后风就把解说员的声音带走。

她一直走到滑雪道的边缘，然后把鞋脱掉，光脚在黄黄的草地上跑。右边往上便是缆车，左边宽阔的斜坡向下。坐缆车的地方她看不见，因为中间的坡又陡起来，所以视线会失去与地面的联结，但越过山谷飞到另一侧。几处光秃秃的地方在浓密的杉木林中凸显。在阳光下一辆车闪着光芒，可能属于早已下班去看球赛的伐木工人。除了她自己的脚步声，没有人气，没有声息。缆车椅敞着安全带在风中左右晃动，缓缓地，持续地，像动物园里大象的头。

天空透明的蓝色变成钢青色，越远的山丘上，圆拱就越均衡，像沙丘。没有柏林的叫喊声压迫她的耳朵，她站在滑雪道的中间，伸展了下肩膀。

"您为什么给我送花？"

她竖起耳朵，倾听风在呼啸，吞噬了她自己的声音。风吹过去，好像在说：别把你自己太当回事。

11

这里的欢乐可能就是：站在桌子和凳子上跟着唱。大声唱。我们大家……手臂挽着旁边的手臂，跟身边所有的人干杯，挥手，大笑……太棒了……跟其他五千多人一起，而且知道，隔壁第二个帐篷里同样有这么多人站在桌子和凳子上，在短暂的歌唱间隙可以听他们也在唱，好像自己激情高昂的回音。万……岁！克罗……尼亚……有些歌她在学生时代就会。我们爱生活，爱情和情趣。我们笃信亲爱的上帝，但是有时也很饥渴。四周围着开心的脸，鼓掌的手，乐队演奏完这首歌，整个帐篷都在欢呼沸腾。第三天晚上踏境庆祝的热情没有止境，乐器演奏者擦拭额头上的汗。要买啤酒的人必须高举手臂推搡走道上的人潮，但是每支队伍预先都被准备好，每张桌尾都会有啤酒桶。人群玩起了人浪，从这里那里，帐篷里变成了欢闹的冲浪池。

"你的脸通红。"于尔根沙哑着嗓子说。

她感觉到他的手放在她臀部，呼吸贴在她脸上。汗珠在他额头上闪亮。她自己也没少喝。几杯啤酒，之间还有这种甜酿，是莱茵街妇女领队分发的，它的味道每打一次嗝都冲到喉咙口，草莓和酒精的混合味。在晚上的某个时刻她完全失去了时间概念，高昂的醉醺醺缓解了健行的疲惫。"现在开——始！"青年组那边的角落大叫道，乐队又站起身来。

"你也是。"她说。

响亮的喇叭声，大家一起鼓掌，远处一些桌子的那边有人把 T 恤脱下来，在空中挥舞。凯尔斯汀伸了懒腰，眯眼看了看帐篷对面的角落，鹿道街的区域，太多的头、背、手挡住了视线，她没有发现阿妮塔。越来越多的人从外面挤进来。最后一天踏境节的夜晚，卑尔根城周围城镇的人都蜂拥而来。帐篷好像一口巨大的烧水壶，慢慢水沸腾得就要漫出来。

一个小时前她和于尔根去坐旋转木马，手牵着手好像热恋中的少男少女。自那以后，她的太阳穴便一直嗡嗡作响，喉咙里要吐的感觉。音乐又开始继续。她对面是个矮壮的、留胡子的男人，大家叫他蜂箱情人，疯狂地开始跺脚。凳子开始摇晃时，一些女人爆发出尖叫。双手向上高高举起……渐渐地她失去了与世界的联系，渴望去呼吸一下新鲜空气，但又担心丹尼尔是否熟睡。在门口道别的时候看到母亲憔悴的眼神，她觉得不太对劲。忧心和疲惫，短暂的走神，当她在厨房里料理日常时，眼神突然的空洞。然后在她额上的皱纹写上了"癌症"两个字。这个词本身听上去就皱巴巴，一个短暂、没有色彩、被辅音压碎的短元音。她问母亲，要不要陪她在客厅再坐一个小时，直到她确定丹尼尔睡熟了，但是后者挥手拒绝了，并祝她玩得愉快！跟女儿说话时，她的双手已经像在静静祷告般交叉起来。双手向上高高举起……凯尔斯汀听见自己也在跟着唱，旁边于尔根的男中音，看着四周那些疯狂的、扭曲的、兴奋的脸，然后思绪一转，她问自己，为什么她的性趣在下午的前戏中忽然就消失了。只是如此简单。还是因为她自己对巧合事件和背后意味着的不必要的苦思冥想导致了性欲的中断？有时她会很不舒服，她想起自己的依赖程度，在丹尼尔午睡时寂静的时刻，一大堆从不知道哪儿的苏格兰高地部落来的野蛮伙伴袭击她。短暂的袭击，虽然不会持久，但是却一再在海恩科博尔她的幽灵居所造成令人不愉快的破坏，成为她午休时候糟糕的替代品。

她一定得去好好透口气。

"我去一下洗手间。"她在丈夫湿哒哒的耳边说。

他把她拉近自己，一时间两个人好像失去了平衡拥抱在一起，但是在他们周围，凳子上密密麻麻站满了人，不会有摔倒的危险。在他的眼里闪烁着一个小男孩的兴奋。她伸手去抓，惊讶地发现他勃起了，抵住了她的小腹，她忍住向他道歉的冲动。事情远比他知道的复杂得多，对她是可以信任的。都是一些小的危机。（危机？什么危机？她母亲喊叫道！）他的手指想伸进迷你裙里，但是她用拳捶打他的胸部，跳下了凳子。

汉斯-彼得·普赖斯和他的太太正在拥挤的人群中跳波洛奈兹双人舞。帐篷里的木头地板上到处都是啤酒洒的水渍。

她仍然徒劳地四处张望，寻找阿妮塔，一边朝后面的出口挤去。到处都坐着年轻男人，喝得烂醉，瞪大眼睛呆望着。终于，夜晚的凉风拂上她的脸，噪音留在了帐篷里。她的眼睛好一会儿才适应外面的黑暗。一对对正啃在一起的情人坐在护栏上，男人们尿到运动场前的排水沟里。凯尔斯汀觉得跟刚才身在乱哄哄的帐篷里相比，这会她清醒多了，却感觉更醉了，她贪婪地呼吸着清新的空气，有一种感觉，正走在厚厚的、滑溜溜的泥地里，虽然节庆广场上的草地已经两个星期没有接受雨水的滋润。

她绕过帐篷后面的尾端往兰河的方向去。在那里移动厕所排成一长排，长方形，没有灯，几个女人已经等在那里。大多数男人都决定把兰河当小便池，站在河岸的斜坡上，嘴角聊着天，完事后用手去摸索他们放在鞋边的啤酒杯。小朵小朵的云急急掠过月亮，在节庆广场上留下蓝色的微光。凯尔斯汀交叉着双臂排队等着上厕所，她听着音乐从两个帐篷里泻出，似乎来自一个整体的各一半不成调的结合，让人想起一只太大的动物关在太小的笼子里。从游乐场那边传来了广播的声音，迪斯科音乐的节奏正好跟厕所马桶冲水的声音合拍。

"我说，老家伙跑吧，她已经像滚油般沸腾。"是兰河旁这个时刻的格言。凯尔斯汀点点头。像这样的类比，作为女人正好爱听。

她很想喝一大杯冰水。桥那边，往节庆广场的帐篷方向还在不断涌来新人。医院已经在夜的漆黑中，所有的窗户都躲进放下的百叶窗后。

"啊?"她面前的厕所门开了，阿妮塔站在船舱状的出口，45 瓦灯泡投下黯淡的阴影。一股重重的化学降解味道随着她走下小台阶。

"你可好，"凯尔斯汀说："整个晚上我都在找你。"

阿妮塔把黑色的头发扎成了马尾巴，戴着长长的耳环，看起来有点像海盗新娘。她的乳房比较小，挤在一件类似紧身胸衣的上衣里，上衣的带子给人造成一种印象，已经有几只手拉扯过。她的脸几乎没有化妆，眼睛特别大，甚至在这个幽暗的流动厕所前也闪烁着深蓝的光。

"等我一分钟?"

"等你两分钟也可以。"

厕所里阿妮塔的香水夹杂在其他气味中飘散着，就在凯尔斯汀试着大腿用力的同时又保持呼吸平稳，她听见外面阿妮塔正在跟某人说话，有个声音朝帐篷方向走去，她已经出来深呼吸了一口，阿妮塔还在摇头。

"只有这样的地方才有这种家伙。"

她们面对面站着，阿妮塔双臂抱在胸前。短裙，长靴，审美就不好说了，但是绝对有效果。冒险大胆，满不在乎，很自信。凯尔斯汀本想告诉她，下午在她卧室里发生的奇怪可笑的事情，但是她又不想听阿妮塔的高谈阔论。婚姻是你性欲火焰的灭火泡沫，或者其他什么她的好朋友想到的论调。凯尔斯汀现在也不清楚，她到底是真的相信这些老调重弹，还是只喜欢显摆。她的女朋友的虚荣心并不在乎表现得像知识分子，也许虚荣心这个词本来就不适用。在阿妮塔的冒险经历中她感受到了一种棘手的、几乎是男性虚荣心的形式，包括准备好暂时自我贬低。重要的是，她最后得到了她想要的。换句话说，阿妮塔没有这种想法，必须保护好内在自我的一部分，保持纯洁，然后有一天可以将它托付给某人。而他知道，他手上的是怎样的宝贝。只要他们男人还在排队，我就献给你，这是她的格言。

"宝贝，你在看什么？"阿妮塔的声音里带着喝醉了的挑衅乐趣。她试着把香烟喷到凯尔斯汀的脸上，但是风吹过来。

"你看起来很不正经，我这个当妈妈的本能看不下去。"

阿妮塔低头看自己。

"我觉得我看起来像一个很有品位点缀着的邀请。你呢正相反……"她语带威胁地提高声音。

"请注意我裙子多短。"

"你看起来……不，你看起来不是。你看起来美极了。如果我是男人的话，一枪干掉你男人。"

她们又面对面默不作声地看着彼此，等待着，阿妮塔攻击性的恭维消散。昏暗的兰河岸边一句又一句的评语飞过来飞过去，一朵厚厚的载着音乐的云飘浮在节庆广场的上方。

"但是我不会原谅你把我一个人丢在科隆。"阿妮塔说。

"我丢下你？"

"你丢下我。"她看起来既没有受到侮辱，也没有受到伤害。吸一口烟，慢慢吐出来。"这些都是事实，你以为，像你这样的朋友我还有几个？"

"为什么你会突然说起这件事？"

"因为这三天来你看着我时好像哪儿不对劲，而且好像都是我一个人的错。"

"你想，像你这样的朋友，我在这里又有几个呢？"

"一个都没有。而且你知道吗？你永远也不会有。在这里像我这样的人，在我搬走前，已是最后一个了。"

"这都是事实，嗯？"

"我只是不想我们之间有任何改变。"风把她的一缕头发吹到眼睛上。

凯尔斯汀突然喉头哽住，她撅起嘴巴把头向前伸，让阿妮塔把香烟给她。总是这样，烟的过滤嘴是湿的。她很久没有抽烟了，感觉这一口烟好像在咽喉里轻轻叩打着。她们旁边，两个女人进了厕所隔间，隔着塑胶板两人还在继续对话。

"也不会改变。"她在自己的声音里读出了试图信任对方的努力。

"一定？"

凯尔斯汀并不回答。她向前走了一步，抱住她的女朋友。一滴可笑的眼泪从眼里流出来。阿妮塔可是个特别的巫婆，但她就是有天赋，三两句话就能让别人天大的怒气都消失得无影无踪，或者至少让人理解相应的诚意。她们就是这样一直维持着友谊。阿妮塔总是让人生气，接着她再去平复。凯尔斯汀的任务就是先生气再原谅。她们两个人第一次相遇是在学校注册办公室，阿妮塔几乎直接把门摔到了她脸上。

"一定的。"她安抚地揉了揉阿妮塔的头发，也为了安慰自己。"我们进去跳舞吧？"

"谁带舞？"

"我们两人之间唯一知道跳舞和乱扭差别的人。"

阿妮塔模仿猴子扮了一下鬼脸表示回答。

舞池就在提供给乐队的舞台旁边，白色的纸质装饰缠绕着栏杆。大概有一打人踩着华尔兹和狐步的混合舞步，大部分都跟着自己的心情而不是音乐的节拍起舞。一对对小腿粗壮、肚子滚圆、脸颊通红的人，这里没有熟识的面孔，还有两个女人

组成的搭档。普通的卑尔根城人比较喜欢摇来晃去。从上面往
下看，帐篷里从上到下更满、烟雾更多，卑尔根城啤酒销售柜
台的牌子在蓝色烟雾里几乎消失了。她看见她丈夫站在凳子上，
手上举着啤酒，但是自从婚礼上华尔兹舞受挫，她就向他保证
不会再把他拉进公共舞池里。

她的短裙和阿妮塔的紧身胸衣装让她们显得很另类。她的
手还未搁在女朋友的腰上，应该先跨出的腿的膝盖还未提示性
地踢阿妮塔的大腿，她就已经说：

"我们再来一次过去的蕾丝游戏—"

"不行，不玩。"

阿妮塔把眼睛睁得大大的，很无辜的样子，忍不住笑了起
来。她就是没法不让凯尔斯汀像一个绑着紧紧的小辫子的住宿
女生，像她这样站着，用下巴数着节拍。凯尔斯汀示意她开始
时，她没有动。

"现在又怎么了？"

"你来带，但是我来决定，我们朝哪边走。"

"你喝多了吧？"

"少来黄毛丫头的那一套。你那时候还没有真正亲吻过，都
是假模假样。"

"我们两个都是假的。只是一个玩笑。"华尔兹围着她们转
动，地板也跟着震动，好像在邀请她们加入咚恰恰的节拍。阿

妮塔放在她肩上的手动了一下，并没有很明确，是指示方向还
是纯粹抚摸。

"可以开始了吗?"凯尔斯汀问。

"随时奉陪。"阿妮塔嘴唇向前一撅，像一个陶醉的新娘，
同时很清楚自己的优越，而且这个优越感又离不开施虐症。汉
斯二十岁出头时，也以同样的方式观察欣赏着自己妹妹身体的
绽放，以他即将成为医生的 X 射线眼光，完全清楚知道，13 岁
的女孩子身体内是否驻扎着不自信。凯尔斯汀咬住下嘴唇。如
今完全和好的花言巧语，之前受到的伤害，只是一场阿妮塔做
的秀? 为了现在在舞池里报复她?

"为什么你就不能接受我现在过着另一种生活? 我老公就站
在后面。为什么我要假装很享受和女人亲热。"她的声音发抖，
混合着愤怒和失望的震音。

"凯尔斯汀，拜托，我只是……我们跳舞吧，你这个小
傻瓜。"

"玩笑，对吧，好好玩!"

然后她们跳舞，由凯尔斯汀带，舞曲中阿妮塔有时假装要
把头一偏，张开嘴巴。这就是玩笑，凯尔斯汀很讨厌，讨厌在
这个都是乡巴佬的、臭气熏天的帐篷里跳这个可恶的舞! 她来
自穷乡僻壤，现在又沦落到另一个乡下，而阿妮塔滚遍科隆所
有的床，只在踏境节的三天降临，让她最好的朋友明白，她是

一只钉死的图钉。她感觉被音乐的拍子节奏绊倒，好像绊到了地上的洞。庆祝的人群变成转动的风景，她越过阿妮塔的肩膀望去，感觉到她的目光在她脸上，像之前假装蕾丝的动作一样，这种目光令她不快。

"我知道你在想什么。"她说。

"想什么？"

"多好的凯尔斯汀怎么变成这样。"

"我在担心你。你跟他在一起幸福吗？"

"不管你怎么想，他从来没有嘲笑过我的任何一个缺点，没有尝试过改造我，也没有在我面前居高临下。从来没有！你知道，这有多美好吗？"

"但是这不等于爱情。"

"还是担心你自己吧，阿妮塔。你该长大了。"

"我最近去打胎了，第一次。"

"你干……"

"我们继续跳舞吧，他妈的！"阿妮塔没有了羞耻心，好像脱去了御寒的披肩一样，让她在华尔兹的节奏里带领着，她心里在想什么完全看不出来。凯尔斯汀头晕了。她们周围跳舞的人突然更多了，她得小心翼翼地把胳膊伸出去，把臀部挺出去，才不会碰到别人。乐队演奏着踏境中的华尔兹，整个帐篷都一起跟着唱：

　　　　踏境时大家齐步走……

"是什么时候的事?"凯尔斯汀在噪音中尽可能轻声地问。

"年初吧。"

　　　　……由首领带着……

"为什么你从来都没有提一句?"很奇怪,她们现在转起来容易了,她和阿妮塔,终于在地板上飞起来,就像华尔兹要求的那样。

　　　　……摩尔人带着佩刀走到街上展示……

"你会让我不要去,对吧? 我不会听你的。你会像现在这样看着我:可怜的阿妮塔。我同样不要。"

"谁是……呃……那个'父亲'?"

"不能说,也不重要。"

　　　　……(音乐也加入)什么会变得更美美美好……

唱歌的声音震耳欲聋，越来越高直到最后的乐符，很响，但很钝，在节庆帐篷里潮湿发亮的幕布里并未回荡。

"那现在呢？"

"没什么。就是去做了个人流，生活还在继续。我是成年人，凯尔斯汀，我只是跟你不一样。"

……踏境在美丽的森林、咿呀喂。

帐篷里发出热烈的欢呼，跳舞的人也高举双手鼓掌，看着乐队，大叫再来一个。在人群当中，她们两个显得那么孤单，背着身转了一圈，这次是阿妮塔，她上前一步，把凯尔斯汀拉过来。她尝试着避免流露不受欢迎的同情，抵抗渐渐削弱。像男人一样，阿妮塔把手搭在她的脖子上。所有的眼睛都在看着别的地方，倒是没有人看见，她们的嘴唇靠在了一起。一秒钟。以错误的方式温存，以温存的方式错误。她感觉阿妮塔的乳房贴在她的手掌下，她们挣开了拥抱。

"现在你得到了你想要的吗？"

"我担心，没人看见吧。"

一个大腹便便的乐师走近麦克风，娴熟地弹了下他的裤子背带，然后宣布，五分钟后盛大的烟火即将开始。又一次，欢声雷动，一切都在欢呼。踏境进行曲！要打赌吗？她肯定是唯一一个在抗拒如细菌般被塑料吸尘器吸走的人。

开始动起来，往各个出口方向行进。

"我去找一下我老公。"凯尔斯汀说。

"你生气了吗？"

"不知道，你真的去打胎了，还是你又开了个玩笑？"

"不是开玩笑的。那时候我也想告诉你。我们两个就像老夫老妻，你不觉得吗？我们总还是一直相爱的。"

"今天就这样吧。"

阿妮塔点点头，摆弄着烟盒。

"你那沾了点唇膏，Sorry（报歉）。"

跳舞的人离开了舞池，乐师收拾他们的乐器。集结在台阶前的一堆人群里，凯尔斯汀碰到卡琳·普赖斯的目光，她的脸因为吃力变得通红锃亮。她伸出食指朝凯尔斯汀的方向摇一摇，似乎要说：嗯嗯，这种事情我们没有过。然后她便消失在台阶下。

凯尔斯汀看见她丈夫往出口方向走，跟其他莱茵街的人一起。偶尔他也会东张西望，但她离得太远了。她的双腿又感到非常疲惫。今天完全没有什么有意义的事。感觉、印象和想法互相纠缠交错，模糊的希望又缩回到她刚爬出来的蜗牛壳里。除了她以外，舞池里没有别人了。她看着一群又一群的人，要不喝得烂醉，要不就是太专注在自己对烟火的兴趣上。两个少年旁若无人地在长椅上热吻。乐队指挥往出口去经过凯尔斯汀时，把两只手指贴在羽毛装饰的帷檐上。乐队成员向她投以友善的目光。

"嗯，俺不喜欢礼炮。"有人说。

第一颗信号弹伴随着多声部的惊叹在卑尔根城上空炸开。她感觉帐篷里突然暗淡下来。负责餐饮、售卖啤酒的工作人员在收集空杯子，从乱哄哄的装饰带里清扫玻璃碎片。她有兴趣到外面去看看，但是她如何在成千上万人群中找到她丈夫呢？

轰的一声打破了宁静。烟火以越来越快的速度一个接着一个呼啸着冲向天空，透过帐篷的帆布她还能辨认出亮光。七年前，在烟火中她第一次吻了她丈夫。正确地说，相反，他吻了她。从那以后，她再也没看过烟火，外面的嘈杂声直接把记忆拉了回来，好像她的生命在这七年之中并没有经历过什么改变。一个吻。有时候从眼角朝天空一瞥，嘴唇还在继续动着。有多少男人她这样吻过？也许一打，少年时玩转瓶子的尝试不算。她计算这个是想得出什么结论吗？

她的双手紧紧抓住舞池边的扶手，更希望抓在手上的是别的什么，但心里清楚，是抓不到的。这才刚刚开始。帐篷里乌烟瘴气，一片狼藉，人们还期盼着最后一支舞，但是后面天空中已是火树银花，烟花熄灭下一场黑雨后，还有大型转圈舞也许会跳到黎明。她没有选择，只能同乐。

"没人会想到我有高血压。"格拉尼茨尼说。裁判吹响哨子，体育场观众的反应好像向心爆炸，在紧张和放松之间的中和平衡。在他们小跑步到边线之前，有那么一会，这些球员钉在了球场上好像默哀。

11公尺的罚点球。

"我以为您对足球不感兴趣。"怀德曼说："只是因为社会义务感参与事件。"

校长室里的空气不太好闻，夏日淤积的热气混合着白兰地酒香和格拉尼茨尼的汗酸。立在书桌上的电视机好像喜怒哀乐的预言机，他们俩就坐在前面的两张访客椅子上。两个不懂足球的门外汉，酒精虽然稍稍缓和了拘束，却不能解放舌头，问些不愿被问的问题，他们到底在这里做什么。整个下午怀德曼除了咖啡外，什么都没喝。现在他下去了三杯白兰地后，整个人都口干舌燥。格拉尼茨尼拿着酒瓶指了指，他摆手拒绝了。

"您想赌一赌结局吗？"他问，给自己倒上一杯。那只抓着杯子的手支撑在膝盖上。很少有人像他这样受到重力这个暴政的严重折磨。"说着玩的。算是真正的参与。"

"如果我理解对的话，您的血压已经让我相信了。"

"四比三赌阿根廷赢。"

"那我就相反吧。"

"赌什么？"

"纯属好玩，有点参与感。"

"我们也可以叫披萨外卖。"栉拉尼茨尼把平局时滑出来的衬衫又塞回裤子里去。德国射进的那一球是整个下午最奇特的时刻：格拉尼茨尼突然像个医疗康复用的弹跳球。为了不扫兴，怀德曼也站起身来，不慌不忙，好像社区居民为了祷告站起来。两个人并排站在小电视机屏幕前，肩并肩，似乎必须互相表达内心的兴奋或者至少对在柏林发生的事表示认同。大波球迷互相疯狂拥抱的模式，对于他们两个来说，一个握手就完成了。沉默无语也是行不通的，从早尔狼城的客厅零星传来的欢呼声，相对柏林疯狂欢呼的情形反差太大。每一家窗户都大开着。

射得漂亮，格拉尼茨尼最后说。谁射的？

叫克洛泽的，怀德曼回答，接着两人难堪地相视笑了笑，又落座。他们抿着白兰地，直到正式比赛的终场哨声响起，没有再交谈一句，整整十二三分钟之久。

"谢谢，"怀德曼现在才说："我吃饭比较晚。"

平局之前他早就已经看到红色 Polo 车驶离校园，从那时起，他不知道自己是再一次幸免，还是又一次失利。不管怎样他觉得自己躲起来很小气，希望柏林的这场演出赶快结束，他可以从校长室获得自由。为什么格拉尼茨尼要邀请他，无论怎么想似乎并没有什么说得过去的理由。校长把白兰地的大腹瓶放在肚子上，用衬衫袖口擦了擦额头的汗，就像他们刚刚观看的球员一样。

"我知道我们可以赌什么了，"他说："要是阿根廷队赢了，如果这样，明年你就做副校长。"

"我以为副校长的人选还是由教育局指定，或者由政府吧。"

"我会让任命通过的。"

"怎么做？"

格拉尼茨尼看着他，耸耸肩膀。

在柏林，球员躺在草地上，按摩，喝水，再把水吐出来。摄影机掠过一张张紧张、汗流的脸，掠过足球场坐得满满的观众席，然后忽然向上一抬越过屋顶，镜头一摇变成城市西部一片平坦、阳光灿烂的风景。怀德曼从地平线认出了格鲁瓦尔德和万湖，一张张白色的风帆。这幅预料到的景象在他心中引起对柏林不加掩饰的乡愁，也是他记忆中感觉最不加掩饰的一次：他坐在那儿的一栋装修得体的老房子里，打开阳台的门，车水马龙和晚风一起吹进屋里，让他感觉和某个东西有着关联，他并不需要刻意经营。这个东西，只有在他聚焦注意力到某个对象的情况下存在，以某种大都市才有的形式存在：陌生人的集合，各种生活环境的集合，各种可能性的集合体。他也许会是在修改学生的作业，不时望一眼电视机，为了跟踪离房子飞行路线四五公里外的地方正在发生什么。也可能敞开着衬衫。稍晚一点去史洛森克鲁格喝上一杯啤酒，或者其他什么好坐的地方，天空渐渐黯淡下去。这个存在方式的名字叫作"生活"，直到现在他才发现，格拉尼茨尼从头到尾都从旁边注视着他，好像在期待一个对他荒谬提议的回答。

"难道您从来没有过那种感觉，"怀德曼问："对您生活的大环境来说，您太大个了吗？"

"滚一边去，怀德曼！有些日子我确实觉得像格列佛，不要用这个假惺惺、意味深长的问题来打断我。您愿意做副校长吗？要还是不要？"

"不要。"

"您可以拿 A15 级别，以后还可以早点退休，搬去你想生活的地方。"

"不要。"

"您的计划是：在这里渐渐老去？您还有十八年呢，好好享受吧！"他一团油腻、卷曲的头发中好像有一个秘密的泉水不断喷涌，格拉尼茨尼的额头和太阳穴都在淌汗，他的脸上蒙上了一层晦暗的红色。

"我们可以开一扇窗吗？"

"请便，Polo 车里的女士早就走了，您没有什么好怕的。"

"去你妈的，格拉尼茨尼。"

"很显然。"校长把杯子里的酒一口干了，困难地站起来，走到窗边。"去你妈的，我们所有的人。我会认为这和学校没有任何关系，最近发生的这件事。"

"您就是因为这个邀请我来看足球？就是为了告诉我这件事？"

"您应该再考虑一下这个职位的事。这样吧：等暑假结束之前把您的决定告诉我。"一丝温暖的晚风吹进办公室。两队的罚球队员已经在中场站好位置，守门员也朝选好的球门走去。格拉尼茨尼坐下，又倒给自己一杯白兰地，没再问怀德曼要不要。十分钟后大局已定：一支球队蜂拥在一起欣喜若狂，另一队把脸埋进手掌中。怀德曼步出校门踏入尚早的傍晚。解说员的声音从校长办公室敞开的窗户传出，正在进行第一个采访，格拉尼茨尼像一尊菩萨坐在微蓝色的晚霞中。

他现在很渴。从集市广场传来欢呼声和汽车按喇叭的声音，一个汽车巡游看来已经组成了。显然电视里播出的所有表达喜悦的方式，卑尔根城也会跃跃欲试。法则以某种形式发挥着作用，突然人们就不是去庆祝世界杯，而是将自己献给它，好像将自由意志献给了世界上即将来临的发明。然而哪些法则在发挥作用，是谁制定的，哪些机制来确保它们得到遵守，怀德曼说不上来。他跨过行人桥，根据喇叭声可以判断汽车巡游的路线。出现了难以置信的步调一致，无论如何，大家好像听到说，想做什么就做吧。

城镇出口的方向同样有一些骑着摩托摇旗的人在路上。怀德曼沿着寇纳克街，考虑着要不要继续往上走，去按凯尔斯汀家的门铃，实在太渴了，改去格陵贝克街。在他的房间里，等着他的是寂静以及夏日滞留的热气。他拿起一杯水站在阳台上，看着城堡上的旗帜慢慢被阴影盖住。楼燕从屋顶上空飞过。他去冲了个澡，煮了面，站着吃完，拿起一瓶啤酒又回到阳台上。怀着违背心愿的自虐的坚定性，静静坐着，什么也不做。他穿着衬衫，也可以认为是出门的衣服，但是光着脚，翘到椅子上，小口小口地喝着啤酒。从施耐德的厨房里飘来了煎肉的味道。气候上来说，这是一年中最美好的夜晚。公园里旧镇政府办公楼周围种着高大的栗子树，都是些多节疤的老树，老树后面就看不见褐黄色的建筑物。在他下方的另一个阳台，正在铺桌子，施耐德先生说"应该再煎两分钟"，然后他太太无法理解，反驳道："你来吧，我不会。"

　　她会还是不会来按门铃？他想要，还是不想要她这么做？

　　您勇敢吗？那个维多利亚问他。而现在他相信他可以足够确定答案是否定的。每一次，他看见有车子拐进格陵贝克街，就屏住呼吸，直到引擎声远去，他才又松口气。要是他勇敢，他应该打电话给她，问她是否喜欢他送的紫罗兰。但他却走进屋里，把一瓶白葡萄酒放进冰箱。你永远不会知道，你只能做好准备，等待着。

　　为了转移自己的注意力，考虑下格拉尼茨尼提供的职位：

卑尔根城实科中学的副校长，薪水级别 A15，税后约四千欧元。这几年里，他已经存下了六位数的款项，没有想过要用这笔钱做什么，也不清楚除了存银行还有什么更赚钱的投资方案。股票太费事，他没有那个耐心考虑通常需要的股票涨跌和评估盈亏。虽然他早就不是了，但是他从来没有停止过以社会科学家不与现实为伍而骄傲。虽然坚决不堕落到臭气熏天的物欲里，却也还是可以幻想下：一栋房子在法国，一个公寓在柏林，退休后有足够的钱可以满足这个愿望。问题只是，十八年后他会变成什么样子。"渐渐老去"，格拉尼茨尼说，离事实其实也没那么远。另一方面：十五年或是十八年，又有多大的区别？他不觉得累，只是空虚。通常意义上的经济优势对他没有什么意义。对他有意义的事已经消失了。在死胡同里怎样快速地前进也并不特别重要。最好可以接受这样的职位，然后孩子们可以上大学。一个所谓有前途的人，关于未来并非病态的概念。但不是他。

门铃响了，他才想起听见一辆车过来。站起身时，他发觉，白兰地和啤酒对他的作用比他想象的要大。他喝多了，不过，那就看吧，凯尔斯汀要从他这里得到什么，也许这样正好。

"四楼。"他对着对讲机说。走廊上的镜子里，对着他的是个男人，不愿暴露自己的男人。他脸上的表情只是暴露出模糊的准备，一个女人必须自己决定，面对这个表情她是提高警惕，还是放下心来。咧嘴检查了下牙齿，牙齿上没有残渣，他把门打开。

脚步声在三楼停留了一下，但是弯下腰，他可以从楼梯扶手上认出她的手，或者没有认出她，失去了不确定性最后的部分。然后退进屋里，内心为自己的加入寻找合适的声调面对。晚上好，第一句话。在这里不需要过于夸张。

她从右下方进入视野，他本想要关注这一时刻，让她发觉自己被关注了。但是她一上楼把一切都打乱了。穿着无袖黑色裙装，她转过楼梯间最后一个拐弯。她的目光沿着墙面扫过，直接撞上了他，眼睛才往上抬起。她是凯尔斯汀·维尔讷，却又不是他期待的女人。无论如何，不是那个他在波希米亚亲眼瞧见逃跑的女人。目光里并没有承载需要他对她的不幸负责，伴随着眼神的是"晚上好"。

他只是回答了"嗯"，好像她给他提出了个问题。

她的裙装凸现出修长的身材，同时臀部的曲线又恰到好处，但脸上没有化妆，她的头发不是刚洗过的。一股价值不菲的香水味飘过来，但是她也流了汗。她的双手把手提包放在下半身前面，像是去教堂的妇女拿着赞美诗的歌本。他的后脑勺突然少了几块拼接的部分。

"我需要把您打倒才能进去，还是您会放我进去？"她问。

"请。"他退进屋里走廊。

她是第一个踏进他公寓的女人，不属于某些类型的女人，既不包括母亲康复机构的募捐者，也不包括他的姨妈安妮那一类。从这个角度来看，这是个历史性的时刻。很多年前，他就问自己，他的公寓会给女性客人留下怎样的印象。

"如果您不觉得太冷，"他说："我们去阳台坐吧。"

"我，想先用下您的洗手间。"

他指一指洗手间的门。瞬间感到似曾相识，享受她扭摆走路的姿态，当时他在节庆广场上着迷过，然后他进厨房，把白葡萄酒从冰箱里取出来，一个女人出现在他的公寓里。有一刻他感觉一切都尘埃落定了。她也许在洗手间里，正从包里把东西拿出来搁在洗手台上他的架子上。她看起来有些累垮的样子，想必也许是因为她在家彻底打扫卫生，把白布罩在家具上。他是不是应该趁现在去再买一套床上用品？

真是荒谬的想法。这些乱七八糟的念头倒是可以减少他的紧张，而有那么一会儿也的确起了作用。他把两个玻璃杯拿到厨房灯下仔细检查，再把杯口又擦了一遍。洗手间传出更多的水声，比洗个手需要的多。以前星期五晚上，是一段属于基础配置的期待时刻。那时候星期六早晨，虽然可能感觉老了一点点，但又不是什么老人的感觉。遇见某个人，就爱吧。现在呢？也许过去几年来他太习惯去改变一些习惯，也许是因为年纪的关系，也许是因为乡下地方没法期待奇迹的发生，突然出现漂亮的女人。但是在整个卑尔根城，唯一还能穿上这么一件裙子的中年女人，此刻正在他的浴室里。对一个开始来说，还不错。天哪，他忽然想到，就算是结束也还说得过去。

他因此决定什么也不做，什么也不去阻止。意思就是，他会放弃努力，很有先见之明。水槽下方他找到了葡萄酒冰镇桶，既然凯尔斯汀·维尔讷还在浴室里，他就又搜出了放了很久的暖茶用的蜡烛台。倾听了一下楼下阳台的动静，施耐德家里只有电视的声音，性交的声音通常只有明天才会听得到。格陵贝克街安静地躺在刚刚落幕的夜里。他想，如果失望是我们需求结构的、和现实之间极不协调的必然结果，那么，他更赞成，虽然不是他的福祉，但至少是他拖拖沓沓寻找中的避难所。最好两个人在一起。

第一步，她打开水龙头的水，做个深呼吸。她没有时间，做事必须谨慎，也不能多加考虑，这就是艺术。她不用向自己解释，在做什么，不用去考虑，为什么这么做，尽管如此还是得谨慎。尤其不能被转移注意力，这个浴室是否符合她的期待，它告诉了她有关主人的一些什么。她用一只脚拉开洗手台前浴缸的小地毯，找到了放在开放架子上的一叠毛巾，旁边有个篮子，也许用来放换下的脏衣服。这些就够了，她需要给自己一个小小的动力，就像在风笛山上的停车场，开着车门，快快地脱掉衣服，又更快地换上衣服。现在她脱下这身黑色的裙装，她甚至还能镇定地检查浴缸边的水垢，然后她把裙子摊在上面。接着脱下胸罩，还有内裤。在这个浴室内她赤裸着开始了疯狂的前奏，但是她不允许自己动摇。从学校回来的一路上，她都在跟自己抗争：是不是应该先回家，安静地洗个澡，更换下内衣，等等？毕竟大热天的她已经在外面几个小时了。但是她早就明白，而且现在更清楚，她在鹿道家里将门关上的那一刻，她去怀德曼家的决心就会被疑虑、借口以及"下次吧"这种最后通牒的形式瓦解。而且丹尼尔在家，想到拥有一个母亲不在身边、只和儿子共处的夜晚。假设她先回鹿道了，那么她现在不会在这儿。之后也不会。

她从架子上拿了两条小毛巾，这样的数量，在单身家庭也许不会被发现。她将一条铺在地上，另一条像围巾挂在脖子上。她没有勇气踏进他的淋浴房，因为他会听见的。因此她必须快速地在洗手台清洁下身体，她决定用肥皂，不去面对大镜子里自己的目光。看来他平时用泡沫刮胡子，她喜欢这样。她压下想吹口哨的冲动，仔细倾听，房子里的动静是否会告诉她，托马斯·怀德曼在做什么。其间，她相信镜子里闪现一行红字："你什么也没穿站在他的浴室"，但是她只专心于手上正在做的事，以及喷出来的水的半径，这是有用的。肥皂的香味让她感觉有些女性化。他可能买的时候没想那么多，像她自己买洗涤剂一样：抓到什么就是什么，或者正好特价。

她对自己做的事暂时感到满意。即使在这样的环境：浴室也许不如她期待的那么整洁，但也没有脏衣服到处扔，她快速地转头看了一圈，得出的结论就是他洗完澡会把排水口的毛发清理掉。

然后就该清理打肥皂的地方，需要加倍。一分半钟，她估计，水流了这么长时间，即便托马斯·怀德曼注意到了水声没有停过，但也不会引起他的怀疑。

她也没有刻意去想：要是他知道的话……而是把泡沫从腋下抹去，尽可能抹干净，然后再用第二块毛巾擦拭。在柔和的高潮中她的脉搏逐渐变强而后又弱下来。直到目光落到他的牙刷上，才允许自己思考这个问题，如果她的目光落在两把牙刷上，这个情况对她代表着什么。

她不想停下来寻找答案。她有感觉，她做了勇气测试，而且她快要通过了，所以认为自己现在去想象失败的情形是糟糕的策略。浴室的外面还有足够的陷阱在暗中等着她，但是在遭遇这些挑战前，她得确定，她在阳台上与他面对面坐着时，身上没有不愉快的味道会吹向托马斯·怀德曼。她需要产生一种刚刚出浴鲜活的效果。她带着阿妮塔送的香水，整个下午她把它放在手套匣子里。她现在的行为是冒险，不是冒失，而这也是她要继续保持的方向。同样，她宁愿不用他的牙刷，而把一些牙膏挤在手指尖上，然后在牙齿上摩擦。

她拽下脖子上的那条毛巾，完成了行动。两条毛巾都放进洗衣篮里。她站在怀德曼的浴室里，赤裸，清爽，洁净，而且允许自己在穿上衣服前暂停一下。两秒钟，像用肉眼快速抓拍给自己留下纪念：她刚刚做的，一个月前她绝不可能的。不论这是好的还是坏的迹象，但是当下她觉得是对的。现在还要把三角裤收进手提包，甩甩蓬松的金发，然后穿上剩下的两件衣服，脚滑进凉鞋里，按下马桶冲水，还有十秒钟，可以从容地审视下这间浴室。

应该就是"得体"。一间男人的浴室，这里的装饰体现了实际、冷静的态度，对自己也是如此。蓝色瓷砖、白色的天花板，干净的设施。两种洗发精摆在浴缸和墙之间的角落，而且像所有男人一样也不用搓澡巾，可能是不愿让人觉得太女性化。反正她没有看到搓澡巾。这间浴室很符合托马斯·怀德曼的风格，几乎没有暴露他的想法。他既不爱慕虚荣，但又不是不注意美观，既不过分，也不平常，不是自恋，但又自爱。他给一个女人送花，跟另一个女人去下恩巴赫的性爱夜店。中间其实有着某种一致性，只是她短时间内无法把握。也许是矛盾之间的平衡，也是他喜好的矛盾间的平衡，结果就是他这个人被许多张力贯穿的连贯性：他的所作所为并不与他的个性相矛盾，但他的行为是在抗拒自己的内心。

她决定，她的时间到了。待会她必须努力从他的脸上读到某些东西，而不是站在他浴室的一堆东西中间。她已经控制住她的紧张，同时，她少穿的内裤让她想起她的使命有点下流，也想到自己太久没有练习，特别是，该如何与潜在的性爱伙伴相处。她猜测他的情况刚好相反。如果她正确解读了他的目光的话，那么她今天身穿这件黑色裙子已经先成功地进了一球，一比零，用今天的术语来说，现在托马斯·怀德曼必须表现出真正的南美牛仔是什么样子。

她必须立刻离开这间浴室！

最后检查一眼，她溜进走廊，感觉走廊比她刚进来时昏暗了。衣帽间只有几件夹克和地上的三双男鞋。她张望第一个敞开的房间：客厅，他过去学者的印刷证明搁在长长的书架上。对面是通往阳台开着的门，怀德曼的剪影在摇曳的烛光里。她喜欢他在屋子外面等着她，好像她该对这个房子很熟悉。阿妮塔，在我身边吧。她走过他的客厅，已经开始卖弄起风情。有些事是不会荒废的。房间里都是书的味道，收藏的书，还有纸，以及时间久远带来的干燥的味道。外面已经完全是夜的模样。灯光点缀着格陵贝克街。阳台很小，怀德曼必须站起身让她过去，到户外桌子另一边的椅子那。示意她坐过去的那一只手，停在几毫米外，在那只手就要触到她的腰之前。凯尔斯汀相信她感觉到那只手、夜晚温热的空气和她衣服下缺少的某块布料之间有关系。她同时相信，她正在赢回某种内在的感觉，她很早以前在跳舞时就感觉到的，或者更清楚地说，跳完舞后，一种弹性和力量的混合。她的身体是属于她的，而且听从她。输送的信号是正确的，它依据的反射也是正确的。他们两个坐定，怀德曼结束了沉默，这个时刻的感觉很完美。

"您喜欢雷司令吗？我希望是。"

"喜欢。"

光秃秃的水泥阳台，没有植物。栏杆围起来，打扫过了，地上有个排水孔。这样的氛围让她想起学生时代，从带柄的杯子里喝着廉价的酒，聊着未来的话题。怀德曼的杯子修长，郁金香花朵的形状，杯子里斟上的是白葡萄酒。流进她喉咙里的，跟她在科隆时代喝下的掺水的酒根本不是一回事。这款白葡萄酒并没有如卡琳·普赖斯的葡萄牙红酒那般惊艳，干白，果香味，而且温度恰到好处。

"好酒。"她说。

"会不会太干？"

她摇摇头。杯子拿在手里，觉得他两边有扶手的阳台椅让人忍不住要把腿蜷曲起来，采取沙发的坐姿。只是她不确定这身改短了的裙装是否允许她这么做。

要是她有点小坏，就可以说：嗯，上个星期您和女伴夜里还继续行动了吗？那个女人看起来好像很明白《印度爱经》的内容。但她只小抿了第二口酒，点点头：

"的确很好。"

怀德曼也同样喝了一口，说：

"您今天来，不是要谈您的儿子，对吧？"

"……我认为不是。"

似乎为了将开场白与接下来将要发生的事分开，楼下街上一辆车驶过，怀德曼从高尔夫超低底盘认出，车子属于住在隔壁过去三栋房子的白痴。在乡下这个地方的街上很常见的狂热飙车族，这算其中一个。随着引擎又一次加速发动，他眼角上挑，几秒钟后尖利的刹车声。引擎熄灭，音箱砰砰的低音从开启的车门流泻出来，直到那个家伙收拾好他的裤腰带，格陵贝克街才又沉入寂静中。仿佛在宣告"你们的贫穷让我作呕"，怀德曼知道，一张贴在车后气流偏导器上的标语。不过在这个时刻并没有困扰到他。喉头处除了酒味，还感觉到心跳的振动，忽闪了一下，让他明白，他问的问题是有风险的。而凯尔斯汀·维尔讷，他确认，看起来风情万种，夜风掠过她的发梢，她双唇微微抿着，品味着葡萄酒的香味，寻找着适合的语句。烛光反射在她清醒的眼睛里。

"是的。"他说。

夜店里偶遇的事横亘在他俩之间，可笑，又伤风败俗，似乎就像他们在散步时，经过路旁的两只狗，正在以狗的方式交媾：所有的，能说的，自身都很可爱，并且有伤风败俗的倾向。所以就沉默地继续向前走，无视那个事实，在那个时刻大家心里其实想着同一件事，并且满心希望所想的能够是别的事。只是他俩并没有在散步，而是相对坐在他的阳台上，两个电话亭大小的阳台上。他仍苦苦琢磨着对方身上这件无袖裙装要传达的信息。至于她那晚受到的侮辱和羞愧他想要补偿，这也是他这七天来脑子里的中心内容，由她刚离开波希米亚时的震惊眼神引发。但是她的眼里现在已经找不到受惊吓的痕迹：她看起来非常有诱惑力。够了。虽然如此，他不相信她的外表，而且幻想这个时刻，当他第一次用手碰到她时，她会哭倒在他怀里，并且不用问她就开始哭诉她所有的不幸。一个如同想象倒栽葱从阳台摔下去一样诱人的念头。

"您认为，"他试探性地问："您可以放弃想知道，我在那个地方究竟做了什么？我说的地方不是卑尔根城，而是……"

"我知道您的意思。"她点头，但是接下来的暂停长到足够他清楚，他对她的期待就是一个迅速的同意。而且甚至足够长，可以给疑虑一些空间，她肯定也注意到了，准备对这个认识的意义进行解码。同时，她看着他，喝了口酒，大概已经得出结论，事实上他并不想排除某个问题，而是要排除互相完全坦诚的可能性。她是对的：网络交友确实是禁忌，这是条红线，将他阳台上的两个电话亭隔开，他不想逾越。但是她的沉默越久，越让他感觉，他对她所说的话很糟糕：您也许会放弃接近我吗？对您重要的也许是去了解，我是什么人，我过什么样的生活？或许您和我这样相遇，好像我们仍置身在夜店里，在那里唯一重要的问题是：您最喜欢怎样做？

"我的意思是，临时。"他轻声说。

"嗯。"

"下恩巴赫。"他摇摇头，自己觉得并不合适，便假装在摆脱一只讨厌的虫子。如果他相信，这类对话拥有练习的机会可以让他去观察她重新引发的沉默，那么所有他在幽暗的酒窖发生的暧昧与当前形势相类似，就像是学校里的消防演习与真正失火散发的焦味。而这意味着，单纯地让它发生是不够的。人可以让事物自己降临，但如果已经来临，就必须做出反应。

他吸了口气，但是她抢先了一步：

"您知道，我不是一个人去的，而是跟……您看见她了吗？"

"出去的时候，看见了。"

"您会保密的，对吗？"

"当然。而且您也不需要给我任何解释。那种情况我们是互为知情者，在我眼里，我们之间除了保密之外，没有其他义务。"

这句话，她也是点个头表示知道了，却不一定表示同意。

她用食指把一缕金发拨到耳后。

"即便如此，"她说："也不想冒冒失失。但是您的意思并不是认为，我不欠您任何解释，而是您不愿意平添负担，不是吗？一种解释。我会这么问是因为您在我的露台上已经说过同样的句子，当时我们在说丹尼尔。"

"那么请回答我一个问题：我们所做的事情当中，有多少是我们真正能够解释的？我的意思是：这种解释不仅能让别人信服，而且也让自己相信。"

"很少。但并不意味着不值得去尝试，不是吗？"

这一刻让他那么清楚地记起康斯坦策，他觉得她的那些话过于狂妄。她如何承认他是对的，同时又以一种女人擅长的方式表明自己是对的，按照字面本义就是：好像她才是完全对的，她这是分给他适量的比例。当然是很小的比例。男人为了自身的利益只得到小茶匙那么多、还会导致上瘾的药。还有，那个最后音调上扬的"不是吗"根本不是提出问题，而是轻轻打在后脑勺，据说是可以提高智商。但是他感觉到的，并不是生气，而是几乎无法压制对屈服的兴趣，这也让他觉得似曾相识，所以他不会屈服，为了自身的利益。

"您愿意尝试吗？"整个礼拜他都在想说辞，或者至少可以对她说出来的方式，没有任何时候让他觉得疑虑，他的话她是否欢迎，或者能不能安抚她。整个礼拜他的脑海里都在浮现这个受惊的女人的身影，恨不得死去，钻到波希米亚木质吧台的地下。他把自己视为安抚者的角色，让她靠在他的肩膀上，因为他如此善解人意感动得热泪盈眶。但是他搞错了，凯尔斯汀·维尔讷提出条件，在她允许他安慰前。她并不感激他愿意保密，直入他说话隐藏的第二层含义，直入他思想的隐喻。或者说她以为是他想说的，而不是简单地相信他。女人们！

"不，谢谢！"她短暂但明确地回答。

他向后深陷进椅子里，坐在她的对面，好像他想在这个狭窄的阳台上与她保持最大的距离。她还是和平时一样胆子太大了，当她在自己感觉不安的深水区前进时。太直接。她却不觉得他的在场让她不舒服，至多不耐烦，得让他知道一些她自己也不完全明白的事。为什么要如此复杂？她想问他，反正他俩都清楚，在性爱夜店那个幽暗的夜晚像巨大的阴影笼罩着他们，他们几句开诚布公的话也许便能驱散。根本不需要私密的供词。她并不痴迷于想要知道，如他自己所言，他去下恩巴赫到底"干"什么。她宁愿可以简单地叙述和倾听，毕竟他是唯一可以跟她谈论那天晚上的人，但是男人总是认为，赤裸的真相才是唯一被认可的诚实形式。好像总是非得遍体鳞伤。她和他说话为什么不能跟卡琳在回卑尔根城的路上一样：试探性地，小心翼翼，短小的句子加上长长的暂停，努力呵护，却又开诚布公。卡琳也像她一样六神无主，当她们终于坐上车，她的手放在方向盘时，一段时间只是呆呆地盯着前方。凯尔斯汀告诉她，她们孩子的班主任也在性爱夜店的酒窖里，她没有说话。她在手提包里翻找了一分钟之久，才找到车钥匙，把车子开过毫无人烟的巷道驶出这个地方。当她们在绿色的隔音墙中间穿过吉森时，她才说，就这样吧。

现在呢？凯尔斯汀想要知道，几公里长的路上她看着自己放在怀里的手，直到从驾驶座传来回答：我也不知道。外面又是夜间田野上令人压抑的黑暗，让沉默变得无法忍受。你真的……？她不是出于好奇才问，而是出于必要性，卡琳·普赖斯明白，第一次说话时看着她：我想是。

"反正，"她继续说下去，不清楚她的话是否符合刚才的话题，她刚好想到什么就说什么。最重要的是说话。"……让我觉得安慰，知道维多利亚不是您喜欢的类型。如果允许我做出推断的话……"她可能并不被允许这么做，而且又从哪里来的推断呢，但是他马上点头。

"绝对不是。"

她送给他一个微笑，再多的她现在也做不到。

他回敬对方一个微笑，这个难以接近的紫罗兰送花者。无论如何。她不知道，这是他的问题还是她的，他们的谈话这么快就走进了死胡同，无路可走。在夏日温暖的夜晚，他们坐在一起，喝酒，可是户外桌子横亘在他们中间，像边界的关卡。

"我去了学校，"她说："但是我没有勇气进去，今天下午。"

在某个时刻，国道的某个地方，卡琳·普赖斯把车停了下来，下了车，把敞篷打开。甚至都没有打右转灯就开到旁边。这个突兀、无言的做法，凯尔斯汀觉得太戏剧性了，但是之后就好了很多。风从四面吹来，树梢，星星，路灯，她仰着脖子坐在副驾驶座上，持续一个小时规律性的动作让她安静下来。如果这个阳台不是粘在房子前面的话，她想，而是自由地穿梭在夏夜里，现在也会容易些。

"我看到您了，我本该出去迎接您，但是格拉尼茨尼邀请我去他的办公室观看足球赛。虽然不知道他到底为什么这么做。"

她觉得自己察觉到了他的声调上的变化，语气中多了些邀请，少了些限制。

"您是说，格拉尼茨尼先生对足球感兴趣？不会吧。"

"不，当然不是，他……怎么说呢？他是表示在关联社会性的事件上他也是参与的，并成功地在这件事情上，掩饰他其实是全心全意投入。"

他们两个都很感激话题的转换。怀德曼在叙述时，凯尔斯汀感觉自己更深地陷入阳台奇子里。镇政府办公楼公园里的树吹来微微的、清凉的空气，好像来自秘密的渠道。之前，她对维多利亚发表不当的评论时，她感觉，托马斯·怀德曼似乎压下了想笑一笑，牺牲这个他同样可以说些廉价笑话的女人，来化解这个紧张空气的冲动。但是他没有，现在事后想想，他身上的这份自信让她觉得很有男人味。

"可惜您没有看到平局时他的模样。"他不擅长模仿，但是观察很到位。射门时格拉尼茨尼的欢呼，他努力专注满头大汗，偶尔评论时刻意维持的漠不关心，已经是明摆着的，她都能够准确想象出来。而且如果他直觉就知道，什么可以让她觉得有趣，那么同样，这份直觉也许有一部分掌握在他手上。毕竟两个都和敏感有关，正好与她无法忍受的男人的笨拙迟钝相反。

此外，她知道：她的笑容可以看得出来，虽然不是做戏，但也不是即时的反应，而是有意识地，她想感谢怀德曼的叙说。她自动调整了笑容，而他的反应非常精准：将模仿限制在扮几个鬼脸，嘲讽的评论，既是针对球赛，也是格拉尼茨尼看球的热烈方式。换句话说：他们在调情。第一批闯红灯的行动将要冒险进行。好像囚犯和外界之间无言的秘密往来。谈话气氛突然发生转向，他们之间的气氛也转为友善，也许跟校长对球赛的热情一样天真。温暖的夜晚，清凉的酒，她对面的男人非常准确地抓住了基调，既不似梦游，也不像偶然，而是他敏锐的感觉的体现，还有对应的智商。这个阳台现在是一叶刚朵拉，像风笛山顶上的缆车椅子，开始慢慢摇晃起来。

"您真会说故事。"她说。他说完了。

"这个女人，维多利亚，"他没有任何过渡就说道，"我之前没和她见过面。我是在网络上认识的她。见面地点在那个夜店也是她的提议，我之前没有去过这一家，或者其他家。"他耸了耸肩，并不表示六神无主，更像是似乎想透过这个短暂的动作试探，某种负担能不能从他肩上卸下。请吧，您一定要知道的。现在满意了吧？

而她，剩下的又只有点头。刚朵拉停下了，风继续吹着。她没有被欺骗感，只是感觉出其不意，她没有准备好这种时刻该摆出怎样的表情。兰河岸边草地上，一处篝火正在燃烧，在他的解释里有没有最终的暗示呢？

"您是不是也觉得，"他问："'网恋'这个词有种奇怪的感觉？它揭示了典型的时代感，不严肃，而且有种二手的感觉？好像是病症用语。"

"总好过'钦点妓女'，"想都没想她就说出口，同时"网恋"这个词语在她心里散播一种模糊的不快，这正是他影射的。他只愿意给她展示局外人的一面，为了不必某一天被迫忠于他的最爱？又一次，但这一次，带着更宽容而不是挑战的姿态，她把空了的酒杯推向他。酒精减弱了她心中的失望，又扑灭了她刚刚萌芽的新的希望。也许他只想赶快把问题解决了，免得日后在更不方便的情况下遭遇。

"干杯！"她说。她养大了一个孩子，她知道，耐心是什么。但是屈居二手货，她肯定不会满意。

　　直到稍晚，她说起如何会到那个夜店去，他才开始模糊觉得，自己又想错了。她总是抢先一步，尤其是当他相信他让她感到吃惊时。他发表的看法，他希望达到的效果，最后都只获得她泛泛的点头，好像他正符合她修正后希望的形象。其间她的微笑指引了他进行小小的修正，但是大部分时间他都在友好的水流上盲目地航行，感觉不知所措，但也不会感到不舒服，并且偶尔告诉自己，毕竟他并没有达到目的。酒精在自我欺骗的困难营生中一直都是忠实的帮凶。

　　凯尔斯汀·维尔讷说：

　　"我当然好奇，但同时我又感觉，这个好奇本身已经是某种病症，您也会这么说。我是说：在别的情况下……"说话间她向椅子边贴近些，双脚搭上椅子的边缘。一手握着空酒杯，另一只手拉着裙摆，不让她白净的膝盖从裙边泄露出来。他坐着，看着，等着那个时候，她会用手将发丝往脑后拨弄，温柔地逆着夜的风向。

　　"单身不是什么好丢脸的事。"他说，同时他自己被这话吓着了。

　　她的背挺直。

　　"您不是真的这么想吧。"

　　"不。但是这句话也是对的，因为从它的反面也不会产生可以给予的帮助。我们只能倾向于承担起比落在我们肩上更多的责任。接着我们从责任中产生过错。最终会自我责备。我们感到羞愧，虽然没有人明确要求我们为此感到羞耻。因为单身一人，正表示没有人对我们是否觉得羞耻感兴趣。您明白我在说什么吗?"

毫不迟疑，她说"明白"，承认他话中真诚的意图，撇开内容。向前迈进了一大步。她接着又用了下他的浴室，而他走进厨房，把第二瓶雷司令放进冷冻室。天即将破晓，整个晚上他们听着街上回家的人怪里怪气地唱歌。尽情扯着嗓子，身披黑红金三色国旗，洋溢着胜利的喜悦。明天报纸都会登着几年来的第一场胜利一直到所谓最伟大的胜利，好像德国国家足球队是五年级学生，自从入学以来便一直在校园里被修理。一个所谓的托米·恩德勒团伙。怀德曼走到厨房水槽前，洗了把脸，漱了漱口。她从浴室出来，不是宣告她马上准备告辞了，就是……

就是他们要做了。够了。当他听到浴室的门响时，他双臂抱胸，眼睛闭上一会儿，听着凯尔斯汀·维尔讷光着脚穿过客厅，然后在阳台门口传来她惊讶的声音：

"咦?"

"在这里。"他从走廊那边喊道。

也许是因为她赤着脚，当她穿过客厅来到厨房时，他清楚，她不打算马上回家。她和他一样清楚，什么是另一种选择。一个没有胜利的念头，情绪几乎没有波动。整件事背后的乏味最终是因为人们之前无法预知，事后感觉会更好还是更糟。以某种寂静的形式让人们从心醉神迷中苏醒。形容第一次发生、总是突如其来的亲密行为，心醉神迷是否是正确的字眼？

"我又冰了一瓶。"他说："要等一下。"

她点头，站在离他有一米远的地方。一动不动，伸手可及的范围。她擦干手，说：

"您也忙了一天。我什么时候该走，请您告诉我。"

"我没要您走。"

她把头一歪，第一次明目张胆地卖弄风情，那一小步，她朝他走近的一小步，足够令他们的手握在一起。她的指尖抚过他的掌心，摸索到了其他手指，互相交织。他们静静地站了一会儿，一个两人的框架，两人身体之间逐渐变窄的空间。游戏空间。想要撤退的动力在这个空间中也被套住，自行瓦解。他刚刚还能决定这样做或者那样做，现在两人互相已无处逃避。两人靠得够近的，除了香水，他都能闻到她肌肤与秀发的气味，每个张开的毛孔中散发出的气息。他的大拇指指尖够到她的手腕，抚过脉搏和肌腱，隐隐约约感觉对方远处心跳的回声。厨房里一片漆黑，她的眼神显得有些空洞，闪着微弱的光，他理解为她发出的温柔的欲求。

现实悄悄地坍塌了，变成了细腻的和谐互动。他知道，情欲已经发动，正耐心地等待她的参与。一度被印证为智慧器官的手，短暂碰触后，又再度分离。他的手沿着她的前臂，她的手上了他的胸膛。空间融化，时间肿胀，充盈每一个瞬间直到溢了出来，又悄悄地过渡到下一刻，好像一切合而为一。他让指尖探了探裙子下的风光，为了短暂的平衡在肩膀的高度掠过她的锁骨。窄窄的肩，细长的脖子，她姿态上如此薄弱的防御更像是索求。

他知道，下一个喘息的时刻，她的目光会等着他，只要他们不说话，拘束还会存在。她不会像那时在桥上那样吻他。不假思索，也没有意愿。他要笑出来了，当他在脸上感觉到她的呼吸，在她准备说话前。他辨认出了他牙膏的味道，而且他无法想象，凯尔斯汀·维尔讷会在她的无袖裙装下还藏着一把牙刷。

谢谢紫罗兰，她想要说，也影射他们现在的互相亲近由来已久，他们应互相分担这个认识。整个晚上她都在等待机会，一个可以告诉他这句话的机会，让事情步入轨道。虽然现在这句话已经有点多余，她还是要在接吻前的小间隙把它说出来，但是怀德曼的笑声让她止住了。

"您现在再笑，我就要在您的背后摸到一把刀，捅到您身上。"果然她伸出了手，把身体畏依在他的怀抱里。这个间隙她并不觉得不舒服，而是感觉像是在压力过大的阀门上轻轻一扭。他的手臂环住她的背。那时候在桥上他们也是这么站着，那个吻结束后的寂静中，他的高大让她又一次觉得非常舒适，跟她的高度很搭。恰到好处。她可以靠在他的身上，跟着他的手在背上游走，感觉他的手已经潜入布料下面。此外，这也是时间组成的表层，积聚沉淀，在表层下面，她自己也不如从前那般熟悉了。多年的独身横亘在她自身和意愿之间，愿意把衣服从身上扯下，跟一个她几乎不熟的男人上床。她面前站着托马斯·怀德曼，看来是完全明白。

"不必。"他说。她感觉到他的声音在颤抖，他的呼吸在她的头发上。然后他的下巴搭在了她的头顶上，来回摩挲，她感觉自己受到鼓励，手指继续在他的背上移动。多一点情欲对她更好一些，但是她感觉很舒服，让她少了些饥渴。她想要的比拥抱更多，想要比抚摸他的背更多的勇气。更勇敢一点。她的唇印上了他的脖子，找到陌生土地上的第一个果实：亚当的苹果，苹果在唇的触动下开始颤抖。他抱得更紧了，她想应该感觉到了他下腹的波动。他半开的唇在等待，当她第一次在嘴里感觉到他的舌尖时，拥抱变成了前戏。推动她前进的，不是不耐烦，更像是寻找一个点，地面动作的过程自己结束了。些许慌张迎头而来，像黑暗中的细树枝打到她头上。也许一切进行得太快了，但这是她自己的问题：是她，而不是他，给了继续前进的信号。现在他的手放在她的臀上，肯定很惊讶怎么没有内裤。

为了应对他短暂的迟疑，她更猛烈地亲吻。他的手继续往她的腿摸索下去，短暂滞留在裙摆处，她牙齿紧闭吸了口气来回应，他的手往里面又探查上去。再下去。再往上去时，凯尔斯汀期盼它晚些折回……或者不要折回。她把他的头抱在手中，舌头找到他的耳朵，欣喜地听到从他的喉咙里升起的第一声低沉的呻吟。感觉真好，解开一个男人的衬衫，用舌头深入到 V 领敞开处的胸毛。即使没有紧绷的肌肉，那个胸口她曾经触摸过。取而代之是不完美的值得宽慰的品质，有一种宽容的承诺，谁要它就必须提供的宽容。现在从她身体里升起的是一份温暖的、柔软的情欲方式，对下一步已经足够了。

"我会跟着你，"她轻轻地说："如果你指引去卧室的路。"

现在也许到了他们落幕的时刻，在一个理想的世界里，在静静相拥中享受此后肌肤相亲的感觉，前戏的成功为他们做好了铺垫。没有穿内裤的凯尔斯汀·维尔讷又不完全是他原以为的凯尔斯汀·维尔讷。她是否真的想要她正在做的，他也不清楚，但是为了找到答案，他就必须听她的，握着她的手，离开厨房。

卧室里迎接他的，不只是黑暗，还有预防措施。保险套是有的，但在浴室里。此外，还有一种可能性，就是让她去操心。她该知道，她在做什么，他放开她的手，打开床头灯需要走三步。

"我们先不开灯好吗，"她说。

"听您的。"

"……请叫我凯尔斯汀。"是她的语气，让他重新退回三步，她在门上的影子成了他们共同的影子。月光和路灯透过透亮的窗帘落在房间里。此刻的拥抱他更喜欢，因为他感觉自己压着她下腹已经勃起，好像并不重要。他的手找到她裙子的拉链，沿着拉链，找到隐藏在纽扣下的拉链头。床并没有铺，但也不乱，床罩半打开。她用一只手把头发往上挽起，避免被夹进拉链里，发出歌唱、往下滑的声音。温暖的肌肤，暗示她的脊柱已经潮湿。

房间消失在黑暗中，从外面泻进羊皮纸般苍白的光。从走廊飘来的风拂过她裸露的脊背，然后皮肤上轻柔的布料声，她裸露的屁股。这是再也没有秘密的时刻，而且她的裸体似乎让他们两个以相同的方式沉醉。她感觉到，他的触摸变了，感受到在他的手中她肌肤的触觉，身体舒适的不安，不能再保持不动了。

他的衬衫也像她的裙子轻易地从身上滑落下来。从现在起，不再需要指令了，她只想伸手去抓他的皮带，接着，抓住他裤子里向着她急不可耐的欲求。他们用脚解脱了最后的束缚。一个短暂的暂停，然后他咔地解开了胸衣的钩子，她更确信自己之前的决定。不会有什么发生的，而安全期也不用要求特别的措施。轻率大意也许不是这一时刻的信条，但是这里要预防的，首先是刚刚发展起来的安全感被中断，正在做的事情是正确的。他们一点点挪到床沿，欲望在肢体内喷涌而出。他们紧紧缠在一起，直到平躺下来。

她比他以为的还要苗条。更年轻，肌肤拥有弹性的力量，这个力量透过反抗的暗示让他的激情更加猛烈。一点点温柔的野性，占有的欲望，她往后倒下让他占领了上位。他喜欢。直觉的……不，有意识的，他的唇和手放过了她的乳房，暂时。他爱女性的兴奋，这种兴奋从腰下传到了臀部，她蹲在他身上，她身体的重量。脸上的头发，亲吻。他无法一直观察，但现在这成了享受的一部分。他知道她把所有的一切都抛在脑后，陷在忘我的、专注的情欲中。

她很想在亲吻时还能说话，告诉他，他男性的放任就是她想要的。他如何接受她的节奏，用手臂支持她，让她感觉自己比之前更厉害。但是她什么都没说，而是在他身上直立起来，她自己感到很吃惊，她用一种手势抓向背的后面，抬起她的臀，指引他进去。她很诧异从她自己喉咙深处不禁发出的声音，以及她在做的，是这般毫不费力，带着自由和幸福的眩晕。一支阳具进入了她的腹地。

她像盲人一样，用双手去探索着他，他慢慢回应她的动作，发现她的脸几乎虔诚肃穆。双眼紧闭，嘴唇合起的唇线。她的手指和他的紧紧缠绕，她活动着，好像要把她的情欲规模在第一次的上上下下中静静地费力拼写出来。所有的信任都在她伸出的双手上。他不愿去想，这是她很久以来的第一次。在他目前的被动状态下他感觉太幸福了，在缩小到捐献情欲的器官里。

有一段时间两人各自单独和自己在一起，既远又近，只有灵魂相依。各自在高潮前。在这个时刻，如果存在思维，也许可以解读。凯尔斯汀俯下上半身，头发散落在他的脸上，没有任何问题紧急到去插手这个游戏。毫不费力，但却汗水成珠。他抓住她的乳房，她的呼吸已经混乱，似乎停滞，摇摆，然后加入嘶哑的声音。一段简单的行程，直到另一个世界的末端……

12

在嘈杂中有时候他停顿下来，问自己，他感觉如何。幸福是太大的字眼，无关紧要又太小，在这两者中间就存在这种感觉，一种无法把握的轻松。此外，他已经不清醒了，就像其他五六千卑尔根城节庆帐篷里庆祝的人们，还有康斯坦策脸颊上的红晕，她喝一点酒就会脸红。所有的人都站在桌子上和凳子上，高声唱歌和用表示胜利的奇怪肢体语言来表达他们的兴奋：看吧，我们多会庆祝！到处都有人把帐篷的帆布边卷起来，进来了新鲜的空气，但马上和帐篷内浓稠的久滞的气味混合，踏境节集体的呼吸聚集成天花板下蓝色的云雾。

他把酒喝干，感觉不错。他只是不习惯自己的感受用这么简单的词语就可以表达。

三天的踏境节已经结束。超乎寻常的大量的空气和啤酒，还有早起，乡下的环境，令身为城里人的康斯坦策感到一种媚俗的，甚至是温柔的喜爱，而这又让他的父母感动。在迎宾宴那天晚上，他们已经放弃使用尊称了。康斯坦策第一次拜访卑尔根城就取得了完全的胜利。尤其是他的母亲总是围着这位来自柏林的年轻小姐，三天来眼睛发亮，总想要抚摸而感到紧张的手。他父亲还是忠实地做他自己，他尽量客观地提出在过去的柏林围墙范围内建筑的进度问题。得到了他想要的答案，甚至达到了满意的程度，但是看得出他很自豪自己对柏林很熟悉。老的地铁一号线是否很快又要通车了？（他其实说的是二号线。）现在康斯坦策和托马斯一起站在凳子上，偶尔撞到他的肩膀，当他忘记一起摇摆时，他感兴趣的其实是和她单独在一起，帮她从细肩带的吊带衫里解放。

"你是累了？或者没有节奏感？"他这边又撞了下，她的额头上一层汗，嘴唇上盐和啤酒的混合物。他把一只手搁在吊带衫和牛仔裤间露出的一截皮肤上。

"喜欢吗？"他问。

她点头，在第三个晚上的双人游戏中表现得宁静和美丽。

"对你来说一点都不怪异吗？作为局外人……"

她摇摇头，他也这么做。

她无言地把手臂挂上他的脖子，又给他一个吻，这次舌头还进去了点，而且身体的重量靠着他。最近他们没有什么机会一起庆祝，但是他喜欢音乐和啤酒给她升温，喜欢所有的表情都充满乐趣和兴奋，喜欢她的声音听起来占有欲的调调，当她称他"我的家伙"时。他喜欢自己是她的家伙。这样他整个晚上就可以比平常更容易卸下书桌旁的另一个自我。只是在康斯坦策轻松自在的加速节奏中跟着一起摇摆。

"我们应该常常一起庆祝。"他在她耳边说。

"我们整个夏天都要庆祝 沿着大西洋海岸一直向下再向上。"

"你还要喝点?"

她又点点头,他跳下长凳,挤过人群朝吧台走去。他的时间感已经远离了他,现在开始通宵的狂欢,不打烊,有那么一刻他惊讶飘浮在这千分之一致孕的液体里。他做到了。四年的夜以继日并没有白费,还绘了他一个优异的成绩。在施莱格尔贝格团队里的答辩更是获得骑士般的胜利:第四个助理席位。这是老狐狸苦苦交涉才给他的教授专业方向争取来的席位。现在是您的了,怀德曼先生。他在见习期时充分利用了时间,现在施莱格尔贝格将他吸收为他团队的一分子。欢迎加入俱乐部,卡姆普豪斯脸上的笑不怀好意。九月任职就要开始,在那之前,他们要去穿越法国和西班牙旅行,享受生活。康斯坦策已经厌倦了夏天在波罗的海度假,希望终于可以认识下南边的海岸。整整四个星期他们将全身心追随情趣和阳光,他只要一想起,就忍不住想把喜悦之情喊出来,融进节庆帐篷的嘈杂中。

他点了两杯啤酒,倚着一尽柱子,康斯坦策转头找他,他对她示意让她过去。舞池里几对舞伴旋转着卑尔根城式、肥胖的狐步。他喜欢她新剪的短发,衬出她的脸型,尤其她深色的大眼睛，眼里的专注和具有挑战性的光芒。

"为什么我要觉得怪异呢?"她问，好像他们前一秒才说起这个话题。

"我随便一说。这本来只是个乡下的节庆。然后一直都是喝酒喝酒。"

"很适合的。"

"还有那些阴郁的家伙。"他感到她审视的眼光瞟过来，但是他不回应，眼睛眯起来盯着帐篷里的雾气，到处都是熟人的脸，才发觉这些天他没跟别人说过话。除了他的家人，在卑尔根城，他没有什么人是特别高兴见到的。

"我在想，"她说："为什么你总是贬低这个地方。我喜欢这里。"

"踏境节的时候，卑尔根城充满欢乐。但是 21 年来，总有些令人厌倦的现象出现。"

"也许是亲密感，人们不大愿意承认的。"

现在他才把头朝她转过去，感觉到一些对他还是崭新的感受，因为他这个夏天才明白，自从为梦想奋斗，去实现梦想：一种自信的方式，感觉内心好像很大方，不是假模假样的微笑。感觉自己不同寻常地强大。他甚至喜欢她对他小心的刺激，徒劳地寻找被隐藏的情感。

"三天，然后出发向南。"

"你一天问了我五遍，我是否喜欢你的家乡，但是你自己从来没说过：我在这里度过美好的时光。"

"我——在——这——里——度——过——美——好——的——时——光。"他学机器人讲话，她用食指刮了下他的鼻尖，说：

"另类分子。"

"不，你是对的。这里虽然是可怜的穷乡僻壤，但是我也喜欢这个地方。我去看看有没有鸟子出售？"

她摇摇头，然后他猛地把她拉近自己，他们的啤酒都洒了出来。他不止一次在想，康斯坦策是否真正意识到他的轻松意味着什么。她知道，这个就快要抵达奥林匹斯山的晋升对他意味着什么？他刚刚被授予伟大的汉斯·维尔讷·施莱格尔贝格尔教授的助理身份，需要强调的是，不是随便谁，是汉斯·维尔讷·施莱格尔贝格本人。欢迎加入。卡姆普豪斯为啥居高临下地冲他笑。

"某人的运动机能已经失控。"康斯坦策把吊带的汗迹擦掉，把肩带拉直。"你爸妈在哪儿？你妈妈一定要跟我喝一杯……青梅酒或者什么。"

"他们走了。我父亲已经不行了。"

"你的朋友呢？你应该在这里有些朋友吧？"

"那边海因里希姨夫在跳舞，如果那可以算是跳舞的话。他要是从凳子上摔下来的话，他的腰可就彻底完蛋了。"他用手臂指了指面包师站的凳子方向，对方正跟着音乐的节拍挥舞着他的拐杖。同时还不断脱帽向四面八方致意。在他身后的人群里怀德曼认出了他的阿姨，他阿姨的眼睛一刻不停地盯着她丈夫，不断摇头，一定正在想象他刚说的那个场景。

"我今天早上在早餐广场遇到过他，你正在旗杆下。我感觉他并不想跟我说话，所以我们就站了一会，没说话，然后他突然转身说：社会主义又来了。我活不到那个时候了，但是它会回来的。"

"典型的海因里希。"

"你的意思是：他是认真的？"

"他是认真地把这件事说出来，不代表他自己也相信。"

"但是他希望？"

"首先他是觉得说这个很好玩。你不觉得，他是故意逗你吗？"

"一点都不觉得。"

他耸耸肩。

"疯子面包师也老了。对了，他挺喜欢你，一路上他这么说的。他觉得，我们应该结婚，不要等到太晚了。"

"什么时候太晚了？"

"比预料得早，海因里希说。"

"海因里希，好吧。"她点点头，又扯回到上一个话题。"其他的呢，你应该还认识很多人吧。"

"你觉得单独跟我在一起很无聊吗？"

"是。"她说，咧嘴冷笑道。"说真的：比如同学。在现场给我指一个你过去爱过的女人。"

"只有过一个，她现在也许正坐在家里陪孩子呢。昨天在早餐广场上我遇见她，几乎认不出来。"甚至连名字他都过了好一阵才想起来，够尴尬的：苏珊娜！她是他高中毕业的那个夏天忧伤的原因，而现在她已经看不出年龄，比她的理想体重胖了十公斤。"你好吗？"跟"最近在做什么？"之后，他与苏珊娜的对话就结束了。他手捧着啤酒杯搜寻着早餐广场，寻找下一个话题，任何可以说的话题，感觉自己像是沙漠中的漫游者，孤身在一片澄净的天际线中。四周都没啥可说的。

康斯坦策把他空着的一只手臂挂在自己的肩膀上，然后去抓他的手。他把脸埋在她的头发中。

他们脸上挂着尴尬的笑容终于互相道别，虽然很困惑两人的重逢完全失败了，但也不能用语言表达出来。

"如果要说实话的话，"他说："卑尔根城让我喜欢的只有一点，就是我做到了离开这里。所谓的差异，我的出身和现在的我之间的差异，这就是我喜欢的。"

"优越感。"

"不是优越感，我只是感到骄傲，我达到目的。为什么不？我没有说谎或者粉饰，我有理由骄傲。"

"因为太阳神对你说：干得好，不错的男人。"

"第一：他不是什么太阳神，是一个真正的权威，他有能力从一大堆吹牛皮的中间区分出什么是好论文。"

"我不是想要剥夺你的骄傲。第二呢？"

"我知道，但是你对你自己可能会更骄傲一点。你也许有足够的理由，只是不允许自己而已。"

"第二？"

"我自己也可以区分出什么是好论文，什么是吹牛皮。"

她的"OK"表现出较少的赞同，更多是准备就让他这么想吧。他的野心引起康斯坦策的怀疑，他对学术的雄心她更是讽刺。她并非没有觉察到他的嫉妒心，他三四个学期来观察着施莱格尔贝格教席团队里的那些年少得志的：没有在女性学生中很成功的很酷的超人，这到底只是一个历史系，高层次的人物也得服从未来眼镜与发际线的代码。但虽然如此，以他们的方式还是超过了其他人来到这里，聪明，受到良好教育，敏捷，精通多种语言，有点傲慢，这便是卡姆普豪斯还有其他人。有一点像是他要变成的人，而康斯坦策不肯让他改变，但也还好。这点刺激还是要保留的。不要去讨好我，她对他曾经这么说过，而且她是认真的。他知道，她在很多方面都比他厉害。如果有一天人们把他屁股下的这块地连同他的工作一起端走，他会怎么办？康斯坦策曾经打过一年二，然后才开始上大学，因为之前她没有被允许入学。她在夜交学习了法语，虽然她当时根本不需要，但这才是重点：你永远不会知道。虽然他对成功非常饥渴，但和她相比，他就觉得自己太安逸了，当他在节庆帐篷里东张西望，他看到更多的安逸。屁股一紧，心情就好。大声欢呼中，乐队正要演奏第二首踏境华尔兹，舞池里被填满了。他感觉很好，却更愿意见到第二好的踏境者时，把空啤酒杯砸到他头上。就这么想的。他更认真地倾听自己，那里有另一个声音，更阴暗，更尖锐，但是他现在没兴趣去管它。不过是这些天爬山疲劳积攒的累赘吧，而且在康斯坦策的帮助下，有一天他也会摆脱的。

"那边还有两个女人在跳舞，后面还有两个，这在卑尔根城正常吗？"

"也许是应急的办法吧。"他远远地认出阿妮塔·贝克，身着她一贯的奇装异服，但是她跟她的女伴似乎还在讨论谁来带舞步。

"如果不是，我想说，这里允许蕾丝存在吗？"

"我一个蕾丝都不认识。但是如果你想的是那边穿着搞笑的黑色裙子的女人，跟一个金发在跳舞的那个，我向你保证她绝对不是蕾丝，这里超过两打的男人都能证明。"

"这又是我的一个噩梦：所有的人，人们都跟他们有所关系，互相认识，喝啤酒时还互相交换他们的经验。"

"小地方啊，"他说："但是，如果我理解正确的话，你也没有认识两打人。"

康斯坦策耸了耸肩，他把这些想法清理掉，跟随着阿妮塔·贝克的舞步动作，这些动作却没有让人觉得她在全身心投入。他们在科隆上大学期间路上遇见过三、四次，毫不掩饰蔑视的表情，假装知识分子的样子，说话一点也不留情面，他则暗地嫉妒她的爱情生活，以及他从卑尔根城的流言蜚语中得知的。她身边的女伴他不认识，金发，很漂亮，从烟雾缭绕的蓝色团雾中望去，可以得出这样的结论。

"我突然觉得，"康斯坦策说："没有兴趣了。"

"我们把烟火看完就走。"

从上千个喉咙里一起大声喊着唱出踏境华尔兹的最后乐章，然后欢呼淹没了音乐声，帐篷像被充气了一样膨胀。怀德曼喝完他的啤酒，四处张望。如果人潮无法控制，他宁愿远远站在一边。不愿成为翻滚的热汤里的一员，而是静静地观察，以自己边缘人的角度去观察确认，他一直都保持这种状态。康斯坦策把这称之为保持距离的毛病，并且以她的方式去改掉：不放弃，只是时而放松一下。并且充满理解地点点头，当他宣称，就荷尔蒙的分泌来说，爱情最终只是耐心的、技艺精湛的形式。

"也许偏偏这两打男人都搞错了。"现在她说:"不论怎样,她们两个刚刚亲嘴了。"

"有吗?"他的眼睛在舞池上寻找那一对,但是当他找到她们时,两人面对面站着的方式,看起来并不像交换隐私。"你确定?"

"嘴上。"

"作作样子吧。"他说。音乐戛然而止,欢呼逐渐平息,乐队指挥靠近麦克风,宣布烟火即将开始。所有人都从桌子和凳子上跳下来,帐篷里的人拼命往外挤,好像从漏斗的细颈处漏出去。

"我们也走吧。"她拉着他的手臂。他们一起看电影时有一个熟悉的用句,这会他又说了一直讲的这句话:

"我还要看片尾字幕。"

人潮全都溜走后,帐篷四壁又留下了光秃秃的、脏兮兮的白色旧帆布。他挽着康斯坦策的胳膊,她的后脑勺靠在他肩上。她因此不会注意到,他的额头突然冒汗,汗水淌过太阳穴。帐篷内很臭。几个喝醉的人在凳子上打盹,啤酒摊的工作人员穿梭着收拾杯子和瓶子。他忽然可以听见乐手在舞台上的交谈,为什么这会让他的喉咙感觉更恶心,他也不明白。从外面飘进来游乐场嘈杂的声音,以及聚集的人群充满期待的嗡嗡声。康斯坦策的头发有股烟草味。他是只笨猪,居然被一群醉汉丢弃在帐篷里的痛苦的空虚牵着鼻子走。虽然如此，破败感纠缠着他。台上，他看见与阿妮塔·贝克先前跳舞的女伴独自一人，眼神直勾勾地盯着眼前的场景，好像她也无法明白眼前所见的，一片空虚。他从书上读到过这些无法描述的恐怖时刻，但是现在他第一次亲眼所见。他的脸突然变得可憎，如果他不是背靠着柱子站着，冷凝水正流进他的领子里，他会直接向后倒下。

"怎么了？"康斯坦策问他。

"嗯？"

"你捏痛了我的手臂。"

他松开手，她转过身去，但是他不想面对她的脸。把她的头靠在胸前，好像他在安慰她。外面第一支烟火绽放，他感到透过帐篷的帆布认出了天上绿色的镁光。几千个喉咙在夜色中发出长长的一声惊叹"啊"。他希望，一辆车已经停在他父母家门前，今夜他们就能够出发。离开，只是离开。但是他还是那样站着：两只脚站在地上，背靠着墙，无法动弹，准备着。因为即将要来的终将会来的，无论慢还是快。

他不是个胆小鬼，他宁愿当场被抓获。

清晨，惨淡的蓝光透过窗帘。她做了一个梦，这个梦像泡泡一样被戳破了。现在她全身开始清醒过来，裸身躺在陌生的床上。甜蜜的震惊让她睁大眼睛呆呆地盯着，很自然地深呼吸，继续有规律地，好像她仍然睡着一样。有规律地深呼吸，像躺在她身边的托马斯·怀德曼一样。她醒来的是不同的房间，一个轮廓分明的房间，不再是昨日冒险的幽暗王国，这是当下的地点。身体一动不动，她的眼睛沿着墙壁游弋，掠过衣橱，上面放着一个行李箱，门边有个三斗橱，浅色的壁纸上面没有图案。她倾听着身后的呼吸，感受到肩膀有点痒，他的脸冲着她的方向。所以她感觉到一个男人对着她的皮肤呼吸，这是一个艰难但不错的预兆，一个信号，叫她还是先乖乖地躺着。一个晚上也不代表什么，早晨也不算是真正的开始，这是她的运气也是她的劫难，这个时候她和内心无名的感官一起探测昨晚事件的痕迹。除了轻微的头痛以外，她什么都找不到。然后在她意识到之前，她已经在与愿望抗争，希望是躺在自己的床上。天渐渐亮起来，床头闹钟显示五点十分。

　　有时她憎恨自己的愿望。能反抗这个愿望的只有对昨晚的回忆，对行动本身的回忆，但是丹尼尔从她思考的后门闯进来问，她是否想把他交出去，让同学们嘲笑他。他以他的方式问：

　　你要搞臭我吗？

　　昨天吃中饭时，她最后一次见到他，后来她就冲着楼梯下面对他喊，她要去医院了。而今他的话让她无地自容。那个正靠着她肩膀上呼吸的是他的班主任，她不知道该如何跟儿子解释。在苦恼和虚无中，也许诗人会选择苦恼，但愤怒和宁静之间呢，会怎样？冲突和孤独呢？麻烦与简单？可以明确，她不能继续在这张床上躺着了，直到清晨完全降临，丹尼尔起床，他将知道，妈妈不只是回家很晚，而是根本就没有回家。

她把被子下面的一只脚趾伸出来。她应该对他说，她在医院的？但是说谎不是个办法，母亲不该对孩子撒谎，即使她现在希望这会不需要扮演母亲的角色。

啊，母亲。

一只脚伸到外面，从侧身转成平躺，沉进枕头里，试着滑到床边。她的母亲醒了吗？如果醒，又清醒了多少？托马斯·怀德曼的手臂动了下，又继续睡。她的头偏向一边，注视着他，想要把他脸上的一缕头发撩开，这缕头发让他看起来像个疯狂的教授。很想给他的肩膀盖上被子，用手抚摸他的头发一直到胸上。她还想要抓住他的阳具，把它捧在手里，柔软的、毛茸茸的一根，没有激情的温顺，标注不仅是性把他们绑在一起。但她却只在他脸上寻找她爱慕的痕迹。向自己的记忆追问，衣服搁在哪儿了，其实只有两件，鞋子在走廊上，包应该还在阳台上。她在想，他醒来时发现她已经离开，会感到如释重负，悲伤还是无所谓？现在最重要的是，她溜出房间时他没有睁开眼睛。

她溜下了床，没有掀开被子。她的衣服都扔在房间里唯一的椅子上，一定是他昨晚去浴室途中捡过来的。她很想再多看看他，但是她感觉她的目光好像会挠痒痒，让他醒过来，她赶紧从开着的门钻出去。然后就加快了许多，她最不愿意就是被撞见，在楼梯间也不行，在花园、在街上，都不行。直到上了车她才松了口气。

天上的云纹丝不动。鸟儿叽叽喳喳。没有比这里更美的地方，这个想法忽然穿过脑海，没有关联，就像今天早晨。前挡风玻璃的视野下，格陵贝克街的街道早晨空荡荡。这条街的居民看起来收拾他们的前院，似乎和她早先的练字本一样：必须整整齐齐，因为必须看起来整整齐齐。字如其人，发髻一丝不苟的小学老师这么严格要求她们，老师的名字早就忘了，一定装饰在绍厄兰的某个墓碑上。

凯尔斯汀坐在车里，感觉要大哭一场才能平静下来。也许，只有眼泪才能让她相信，她的内心有多么激动。甚至都没有给他留个纸条。

——你就像个黄毛丫头，一不留神就很任性。

——早上好。

——也不高兴下。

——这次你要从哪里发动？

　　她看了眼后视镜，整理了下头发，用两手的食指把眼睛下面的皮肤扯平。擦掉眼泪，别太神经质！阿妮塔这次破例是对的。

　　——破例？

　　——我从来没有像你一样，也不会变成你。对我来说这有某种意义。

　　——而且这次还是积极的意义，对吧？

　　——也许。

　　——也许，在那之前，你把它搞砸了。

　　她打开车载广播，对抗阿妮塔的声音，然后在包里找薄荷口香糖。喉头轻微反酸，可以感觉到葡萄酒的味道。这是星期六，她哥哥要来过周末，谈谈母亲治疗的事情。他们会同住在一个屋檐下几天，好坏都要互相相处，心里煎熬着，也许最后……治疗来治疗去，最终到来的就是结局。

　　——我了解你。

　　阿妮塔配合着音乐说：

你妈妈要死了，你会责备自己。她的死会给你机会，改变你的生活。但是你会惩罚你自己，因为她的死放弃这个机会。你就是这样，好停放弃积极的效果，你的过错就可以抵消。

她提醒自己阿妮塔事实上不会这么尖刻，这种提醒是多余的。

——多余一句提醒你，这里根本没有什么过错是你必须抵消的。

凯尔斯汀发动引擎，沿着往道慢慢开，直到下一个车库前。她在这掉头。阳光还没有升到坛堡山上，凯尔斯汀昨天夜里从阳台上看到的镇政府办公楼旁白栗子树，在清晨的雾气中看起来还很苍白。她在十字路口停下，想着要不要右转进城，去买早餐的面包。一个孤独的行人从那边沿着寇纳克街走上来。她好像必须深呼吸，积攒力气做出最简单的选择，但是她纹丝不动地坐在方向盘后面，直到行人穿过了狭窄的石子路，这条路在格陵贝格街的对面，寇纳克街的岔路，沿着镇政府办公楼的外墙，这里已经不是办公的地方了，改成车管所和镇就业中心。

但是公园还保留着，还有几只鸭子在池塘。突然那位行人停下脚步，目光转过来，站在街的那一边，正对着她，透过挡风玻璃，她看到了她的儿子。

他穿着他的牛仔夹克衫抵挡早晨的寒冷，手上拿着一个面包店的纸袋。他注视着她，没有惊讶。"我们没有道路拥堵的消息，祝您行车平安。"她感觉到车子在往前滑动，然后才意识到引擎已经熄火了。丹尼尔斜着脑袋。她觉得他站在那里的样子很陌生，还带着装面包的纸袋。一个陌生的形象突然变成了她的儿子。

她不知道该怎么办，拉上手刹，下了车，站在敞开的车门旁，好像她还得确认，那的确是她儿子。

"早。"他说，鸟儿叽叽喳喳，潮湿的空气，房子仍然在酣睡，办公楼前空空的停车位。

"早。"她说。

确实是他的脸。一脸的青春痘，不成熟，但也没有拒绝和嘲弄，而是安静和沉稳，这种沉稳后来让她不安，但是现在没有。现在她穿着黑色无袖裙子站在打开的车门旁，昨天在风笛山顶的停车场她在门后面穿上了这身裙子。有时候就是这些简单的东西，让人们的思绪偏离了轨道，无法摆脱平庸和疯狂组成的生活，就像其他一切都是原子和分子组成。

"你比我还惊讶。"他满意地说。

"是的，"她只好说。

"你这么停着不对，十字路口中间。"

"你从哪里来的？"

"先把车子开走。"他用下巴指了指格陵贝克街，从那里一辆车正在靠近。好吧，再把车发动起来，开了十米，丹尼尔上车，从此刻到上鹿道的半分钟时间里，只有收音机的声音。唱歌，准确地说应该是唱歌的声音。在花园门前她把车子停下。

"现在，你从哪里来？"

"医院。"

她紧张的手指拔下车钥匙，看着她住了快七年的鹿道街。这一带是魔鬼居住地，他们四处潜伏。

"发生了什么事？"

"他们打来电话，你不在。昨天有个进一步的检查，CT或者类似的，结果不乐观。某处不该出血的地方有血块。检查完不久，外婆就失去了意识。"他把袋子放在架子上，把座椅放倒。她知道，他说话时在用眼光的余角看着她，他说的这些，是事先想好的。这是很久以来对她说的最长的一段话。她的手指冰冷，知道了一切，又好像什么都不知道，而她昨晚在哪儿过夜的，已经不重要了。

"大概是9点吧，"他说："然后我就过去了。"

"去医院。"

"他们给她安排了单间，医生说，我们也许可以和她待一起。"

"我们？"

"当时是我。"

"那现在呢——她是一个人，还是已经……"

"汉斯在她身边。"

"汉斯。"

"我离开前给他打了电话，今天早上他来了，刚到不久。"

"那么你整夜都陪在医院。"

"嗯。"

谢谢，话到她的嘴边，却还是没有说出来。鹿道在花开的园子中间建成了铺了沥青的林间通道，上面街道那边的房子，在树杈和灌木丛后面，只能依稀辨认出影子。清晨的曙光淡青色，正冷冷地照在这些房子上面。她在寻找某种情绪，符合丹尼尔说话内容的情绪，害怕、惊吓或者恐慌，但是此刻她只喜欢丹尼尔跟她说话的方式：安静，开诚布公。车子外面的空气里都是鸟儿的鸣叫声。她的思绪一再跳出轨道，也许托马斯·怀德曼刚刚醒了，也许在医院的哥哥看到她会责备她，因为是她让一个 16 岁的少年守在临终者身边过夜。

"汉斯说了什么？"

"没说什么，这么早还没有医生来。"

"但是他说了什么？"

"我这是第一次看见他号哭，总有点……"他把头歪向一边，似乎在考虑。"不是幸灾乐祸那种。我只是之前不知道，他的母亲对他这么重要。"

"我也不知道。"

"他就是这样。他一定是凌晨3点就出发了。"

她扭转钥匙，让车内继电器启动，然后把驾驶座这边的窗户放下。布龙讷家这边的欧楂树的枝杈非常茂密，遮住了整个山坡。到处都是鸟儿在歌唱，无调，乱哄哄。此刻她应该想着母亲，但反而更想着她的儿子，眼泪就要湿了眼眶。城堡山上的天空这时已经亮了，出现第一道没有色彩的光圈。也许没有惊吓已经属于某种震惊的症状，荷尔蒙的分泌在脑子里陷入决定性的神经键，说：你看，天空多么美丽！在某一个时候现实重重跌落，找上她，要全速追上她，让她坠落。可是现在，胳膊支在窗框上，儿子在身边，她并没有注意，但是它还存在，皮肤上有一种特别的感觉。现在，好像死亡和悲伤在按她的门铃，但她不在家。

"情况很糟吗？"她问："医院？"

"没有。"

"你整个晚上都在做什么？"

"看杂志，从窗户往外看，发呆。我觉得你应该问一下她的情况如何，外婆。我很健康。"

"也许我害怕知道。"

"无济于事。"

"哦？"她抚摩他的头发，他没有躲开。"我可以先跟你说声谢谢吗？谢谢你做的一切。"

他没有回应她的目光，从衬衫口袋里掏出一张纸。

"这是窦静脉脑血栓，第一次 CT 时无法诊断出来，因为那是，呃，原生的 CT。现在用过程 CT，显示了出血，正确说是破裂的血凝块。头痛可能也是因为之前阻塞的静脉造成的。他们现在试着降低血浓度，看看能不能打通阻塞的静脉。但是第一，这很冒险；第二，血块相当大。需要很大的空间，傲慢的汉庭希医生是这么说的。他的诊断是：非常糟糕。"丹尼尔的眼睛又扫了一遍那张纸，然后把它折起来。"此外，这里还写了'中线移位'，但是我不记得这应该属于哪里。"

城堡山上的阳光看起来好像太阳从一堵纸墙的背后升起。她抓住他放在大腿上的手。"我们去吃早餐，然后我去看她。你愿意让汉斯舅舅睡在你的房间还是我帮他在客厅的沙发铺被子？"

"好像没有什么更重要的事情似的。"他说，打开副驾驶座的车门。

她等着，在她下车前，他把家门打开。一夜死亡逼近的感受刻在他年少的脸上，令人心慌意乱地可怕。那时她正忙着和托马斯·怀德曼上床。现在她承受着负罪感，像一个不轻松，但也不特别沉重的负担。她只是常常换个手。剩下的就取决于路还有多远。

房子里迎接她的是冷清、昏暗的走廊。丹尼尔已经进厨房去忙了，她去卧室换衣服。她盯着昨晚没有睡过的床好一会。她要吃个早餐，然后踏进母亲临终的房间，终点站，看来是这样子，在刷成白色的房间里嗅着消毒水的味道。很多年来，她第一次把头发在后面盘成发髻。穿上衬衫和一件暗色的裙子。

厨房里丹尼尔手里捧着一杯咖啡，靠着柜子站着。

"你什么时候开始喝咖啡了？"

"我觉得好喝开始。"

"你不需要躺一会吗？"

"我不累。"

"我们一起坐在桌边吃早餐是不是不常有的事？"她指指他身边的奶油和果酱瓶。对面迈里希家的百叶窗慢慢升起。鹿道毫无救药的超老龄化的居民区普遍都早早离开床。

丹尼尔一言不发，把打开的面包袋推给她。

"很显然你也不想知道我昨晚在哪儿。"这句话让她自己也吓了一跳。她当然绝对不会告诉他，或者她想要说，但只是不敢。尽管如此，还是禁不住要去刮开这层察觉成年人隐私的表面。她儿子正躲藏在这层表面的背后。或者他根本没有躲？露出了崭新的面孔，刚从不成熟的外壳里挣脱出，自信地、令她不安地与她对视？

"不。"他说，咽下嘴里的东西。那件他穿着的衬衫，一定是新的，表现出他的穿着品位也进步了。"但是我知道，住在格陵贝克街的是谁。"

"然后呢。"

"然后什么？"

"上帝，丹尼尔，你妈妈今天早上神经紧张极了，你没有发觉吗？说点什么，开个玩笑，对我发脾气，但是不要这么酷酷地站着，好像这些都不关你的……"她不知道怎么结束这个句子，事儿？屁事？

"生活？"他问。

她摇摇头，去拿面包，咬了一口。总算她觉得饿了。虽然她感觉丹尼尔好像变了，但是家里的角色还是没变，她总是陷入这种乞求的母亲腔调，连她自己都无法忍受。然后他又加上一脚，说出了一句她从来没有听到过的话，在她思想万马奔腾时也不想听到的。一句远远超过她对儿子的猜测的话：

"我也不会让你来规定我跟谁睡觉。"

实际上他感觉自己其实根本不必去思考。自己、天气和四肢的感觉协调一致，很难去形容：好像皮肤自己就会回忆起曾经和同类的接触。温柔的抚摸让每个毛孔张开，被夏日的风儿轻抚。他醒来之后又在床上躺了许久，没有拒绝自己去闻另一个枕头的味道，去想：怀德曼的幸福来到了。

那是 9 点钟。

之后到底什么发生了变化，他被蒙在了鼓里，直到形成了这个问题，并且在早餐和中餐之间固定在他的脑子里：什么发生了变化？之前说过的那个枕头套已经在洗衣机里 95 ℃下旋转，他能感觉到自己思绪联翩。而这个兴奋正是昨夜带来的，感受到内心音叉清脆的响亮，比平时在莲蓬头下还要持久，因为他持续不断地想起过去跨境节流行乐的乐段。男人对性能力幼稚的骄傲。或者别的什么？

"更多，"他对自己说，香浥的白沫像皇冠般戴在头上。他还很清楚地记得，十六七岁时他就确信，大人是不一样的。严肃的，在不孩子气、不幼稚、对燕麦变味完全免疫的意义上。但是他年纪越大，越相信，就他而言这种严肃的转变并没有发生。因为相信这个，他从 30 岁起就拥有了一种心理年龄，这个心理年龄总是跟在差距不算小的实际年龄之后追得跌跌爬爬。不论其他人看他是多么严肃，这也没错，但同样也不对。严肃是他职业的一部分，他并不总是在离开学校后卸下他的职业习惯。给谁看呢？换句话说，他放弃了让他的心理年龄持续得到使用，就像他现在做的，用毛巾擦干头发时，问自己，习惯的权力是否最终强迫他接受已经僵化的严肃，以至需要强大的刺激，让他一整个早上都在感受，曾经是他日常的生活感受。

他失去了青春，像其他人失去了弹钢琴的能力？纯粹是疏于练习吗？

怀德曼把脸上残留的刮胡须泡沫洗去，这张脸在镜子里突然快快不乐地盯着他。总之，是他自己选择了一种生活方式，建立在悲观主义基础上的生活方式，对失望最好的保护，人类精神可以想出的最好的保护。而他不能让这个基础消失。不可能了。没有一个女人可以把他引诱开，不管她如何令人折服地开诚布公，性欲高潮比她对这次相遇期待的还要棒。就算她笑得如何无拘无束，如他在凯尔斯汀身上从来不敢相信的。这是破碎的梦想和产生的后果组成的基础。没有什么笑一笑就可以解决的。

怀德曼走到阳台上，觉得自己被困住了。被这个地方的夏天排斥，被自己烦得不行，好像一个讨厌的爱看热闹的家伙。他又想去散个步，好好思考下，清楚自己无权反抗，"不幸的悲观预见性"，康斯坦策命名的，她完全正确。她只是搞错了不幸的原因，这个原因的后果这些年来就变成了这样：退回到卑尔根城，当一个老师。出于固执的投降，对失败顽固的坚持。他这样生活得越久，有句话就越真实：一辈子人只有一次转变的机会。之后就只能伪装。

他把桌子上的两个酒杯拿走，在厨房第一次想，为什么她在破晓前没有留下一句话就悄然离开。他觉得这个问题让他吃惊但却有好处，因为她这么晚、这么突然的造访，正好闯进他闷闷不乐的关于转变和伪装的哲学研究。

为什么她离开了？

回到阳台，与其说他在寻找答案，还不如说在找感觉，找他内心将这个问题提出的感觉。他唯一的机会存在于自己突然去发现，比起对其他女人，他是如何更经常、更强烈地、更温暖地想起她。或者更害怕，她也许通过她的不辞而别告诉他，这只是一夜情。不打招呼意味着抹去自己的痕迹。但是另一方面：多么廉价，多么屈尊面对着她，寻找他根本不存在的感觉的证据。好像他想证明他对她品质的理解，用理由和证据，这些远远都不及他确认，凯尔斯汀·维尔讷没有人们可以在背后议论的令人厌恶的性格。不随地大小便，不咬人。

通常，当他对自己不满时，便要给康斯坦策打电话，用自嘲的语气跟她描述自己的现状，然后以她的反应说服自己，她虽然不再爱他了，但并没有发展到无所谓的地步。但她生孩子后，他便不好意思再打电话了。做母亲的喜悦超过他想象力的范畴，而且让他更像是一个过云的闯入者，一个穿着脏鞋子的陌生人。听起来很荒诞，但却是千真万确，即使在分手这么多年后，她的母性让他的孤独更加深刻。

午饭时，他就站着吃面包，然后去散步。走得比平时慢，习惯性往鹿道去的道路，沿着环路，从这里可以看见通往风笛山的国道。绿色的山丘，蓝色的天空，白色的云彩。孩提时代他就已经在这里行走，和父母一起。冷杉、云杉、桦树和榉树，还有橡树。下面洼地处是卡尔小屋的池塘，是他这辈子第一次也是唯一一次溜冰的地方。那次之后他在床上躺了整整一个星期，因为怀疑摔成脑震荡。另一边是牧场、草地以及无尽的森林。他顺着路经过鹿道的小屋，开始缓缓向上，路也弯弯曲曲。长长的桦树树干躺在沟渠里，刚砍伐下来，断层处还很清晰。他只听见自己的脚步踩在地上的声音，叶子沙沙声和山谷下街道闷钝的轰鸣声。接着他来到一个像星星形状的岔路口，停下脚步，看着周围绿绿的树叶阴影。天还早，下午 2 点刚过。家中既没有工作也没有人等他，虽然他本来只想散个步，现在决定，整个下午都花在健行上。他有种感觉，每一个远离他住处的脚步都是朝着正确的方向。道路左边的峡谷在上升，好像他的道路一样往圆形山顶去，那边他必须横穿国道，接着一条杂草丛生的小路，这条小路会带领他到滑雪道的脚下。到处都是野生覆盆子，以及其他特别油绿的野草，一边走一边拨开，希望不要被蜱咬了。

这条路上没有树荫的地方，阳光便强烈地照射在他身上。

空中小虫子嗡嗡地聚在一起，很奇怪的造型。他身上的汗吸引了苍蝇飞来。爬得越高，植物就越茂密，小路时不时消失在野草和高高的杂草中。有两次怀德曼都以为偏离了道路，又在树下发现了地上被踩出来的痕迹。这趟夏日的漫步变成在他自己的思想中毫无头绪的地带辛苦的负重前行。衬衫粘在了他的背上。凯尔斯汀·维尔讷会怎么想，也许她观察到他与自己的斗争？从树丛中他已经认出滑雪道光秃秃的坡路，边上是缆车的吊索和缓缓上下滑行的吊椅。他好像在等待突然领悟的那一刻，也就是围绕着他的泡沫破灭的时刻。为什么他不能不忠于自己？怎样违反常情的驱动力会命令他遵守这些他评价最低的品性？

怀德曼从最后一块森林走出，这块森林位于两座锥形的山丘中间向上。光秃秃的，土黄色，滑雪道在他面前高高耸立。下面更陡峭的部分一半已经没入绿茵中，上面平缓的部分在他的视线之外。只有山顶缆车站的屋顶在太阳下闪闪发光。他将一只手遮挡住刺眼的阳光，欣赏着这幅景色，超级滑道的灰色蛇形线，只容得下两架雪橇呼啸下山。半秒的延迟后他才听到引导员的欢呼。空的双人座椅在树上悠悠荡荡，扶手打开着。轨道的沿线立着一排没有用途的强力照明的电线杆。这幅景色下雪会很美，现在看来并不咋样，光秃秃的，也发挥不了用途。滑道进入一块平地，在地面嵌入两个轮胎的地方结束，两个驾驶者站起身来，从滑道里用力举起雪橇。有一刻怀德曼以为他认出来是两个学生，但是是陌生人。木头做的扶手像个喇叭在缆车站的小屋前汇合在一起，冬天时那里滑雪的人拥挤在一起，现在阴影里只有一个模糊的男人形象出现，踩灭了香烟，帮那两个人上了缆车椅，雪橇被挂在靠背的钩子上。

他很想知道，到底他期待什么，也许这产生了标准，这一时刻可以去测量自己。他就这样迷惘地走着通往缆车站小屋的几步路，问那边的人，是否可以在这下面买张票。

被问的人把他扁平的酒瓶拧紧，头动了下算是回答。衬衫已经旧了，牛仔裤也松松垮垮，可以用来形容对方脸的其他形容词怀德曼也想不起来。他跟在后面，那个人把皮夹又收了起来。从小房子的窗口传来收音机的音乐。一阵凉风从山坡吹下来。僵硬得好像开枪的口令，只是回头看了一眼，他站在地上的一块石板上，然后缆车椅晃晃悠悠过来，椅面打到他的腘窝。那个人帮他把扶手锁上，一股廉价的白兰地气味笼罩着他。

"谢谢！"怀德曼说，然后就晃走了。几秒后他已经到了树顶，一阵嗡嗡声接近，缆车椅嘎吱嘎吱地经过第一个支撑点，嗡嗡声落在了他身后。静静地，很有节奏地，穿越空中。他感到惊奇，却不知道是为什么。空气无声地对着他，除了空气自身的透气运动外，什么都没有。他的上面有一支金属手臂，这支金属手臂用焊接的手抓住钢索，他的生命就悬在这上面。它继续嘎吱嘎吱地往下一个支撑点。平坦的滑雪道截面渐渐出现在他面前。空的双人椅迎面向他晃来，他前面的座椅也是有规律地一排摇晃着，同种类型的产物 只有通过椅背上的号码才能区别它们。他的正前方摇晃着12号。他本能地坐在座椅的中间，好像他不信任这个构造的平衡感，但是现在他滑向一边，背往后靠，慢慢呼吸。他到底对什么感到惊奇，他想起来了，是情感缺失，有时就这么突然发生了，内心的冲动突然以一种麻醉的方式冻结。除了直接的感官反应外，其余的一切都渐渐消失了。一个情感的真空，但是这个真空状态又是可以感觉到的，这激怒了他，好像在看牙医时不能控制舌头不断去舔麻醉了的牙肉。这是否是他变老的特殊方式，在身体缺陷出现前？忽然间他飘浮在寂静中好像穿过一场噩梦。好像这张双人的缆车椅直到他生命的最后一天都会载着他穿过无意义的风景，荒无人烟的世界里唯一的乘客。下面的缆车站小屋里，魔鬼就站在那，低吼着大笑，在他背后拿着小酒瓶敬他。

他闭上眼睛，强忍住不去想象，他知道，他必须改变他的生活，生活才对得起被称为生活，他却去高出地面十米的空中晃悠，晃过一个荒废的就近休养地。他没有对凯尔斯汀说一句暗示的话，想要再见到她，而她理解了信息，黎明时便从他的公寓溜走了。

他再张开眼睛时，缆车的山顶站已经迎面飘来。下面右边是停车场，半打的车子消失在那里，在滑雪小屋前他看见桌椅和太阳伞，没有几位客人。阳光比他预期的更倾斜些。地面更近了，一个指示牌教人们如何打开把手，下一个牌子又警告当心坠落：红色的三角牌里面一个翻跟斗的小男人。

太晚了，他想。

帮他下缆车的人闻起来不是白兰地的味道，一股廉价的刮胡水味，而且他看上去和山谷里的同事非常像。怀德曼在磨平的垫子上走了几步。山上的这一站设在山丘的圆顶上，左边可以下去到一个平坦的马鞍形山口，冬天用来滑雪橇的。怀德曼在山坡中间停下，顺着高高的杂草里的足迹到达滑雪小屋。旁边的电话亭是他的目的。他确认小屋前喝咖啡的客人中没有他必须打招呼的人，安心多了。很显然是一个大家庭，刚刚那两个滑道引导员也在其中。他点头走过去，寻找记忆中她的电话号码，找到了。他不知道，他要跟凯尔斯汀·维尔讷说什么。或者丹尼尔，如果是他接的电话。

电话亭的玻璃墙上被涂上常见的污言秽语。大家庭中的某个人一定在议论他，他透过玻璃往回看时，遭遇到了一张张滑稽可笑的脸。一个孤单的、不再年轻的男人周末来滑超级雪橇。怀德曼把听筒从叉簧取下，将五十欧分投入投币孔。

想听一下，你好吗。

我本来想给你煮咖啡。

你把东西忘在我这里了，我。

话筒嘟嘟嘟响了很久。那个家庭把注意力从他身边移走了，也许决定，不去招惹这个孤单的胡思乱想的男人比较好。缆车双人座椅上来又下去。他做的事，只是没头脑吗？是因为星期六下午太过紧张的思绪引起的吗？不管怎样，他的双手已经汗湿。我们所做的事有多少是我们能够解释的。昨天在他的阳台上，他问过凯尔斯汀·维尔讷。极少，但努力还是值得的，她说。他想：多好，还是有话语能把意义的假象唤醒。它们躺在沉默上，像秋天的叶子落在池塘上。色彩斑斓，底下的黑色看不见。

13

她听到大门的钥匙动作，然后是他在玄关的脚步声，她并没有上去迎他，只是把收音机关小。厨房里潮湿闷热的空气让窗户雾气蒙蒙，她透过玻璃看着，克莱汉握手、鞠躬，跟一对她不认识的人告别：一个特别不雅的鞠躬，在滚圆的肚子上卷起向前，完全朝着女士的方向完成动作，看起来像是威胁着要行吻手礼。又是一对对房子感兴趣的人，几个星期以来，但他们会不会成为顾客，从道别的方式还看不出来。四十多岁，女的穿着衬衫和裙子，男的穿西装但没有打领带。LDK 的车牌。克莱汉的梅赛德斯先发动，轮胎嗞的一声便驶离了，大概表示又一桩失败的交易。第十次了，如果她计算正确的话。迈因里希家的房子似乎有什么不对劲的地方，如果要她说实话：这件事让她很高兴。托马斯在春天时就提出了最重要的建议，逃离鹿道 52 号下面生锈的管道，直接搬到另一栋房子去。但是去住迈因里希家住过的地方的想法，她觉得并不合适，而且没有品位。不仅仅是因为她对前邻居缺乏好感，即便他们已经离开人间也没有改变（先是女的，然后是男的，三个月之内，好像一对同命鸳鸯）。想象在那栋房子里生活让她很不舒服。那栋房子，多年来从厨房望去每一眼都会看到。好像让她永远回忆起过去。鹿道52号生锈的管道的确很讨厌，甚至一年比一年更糟糕，所以她每个星期五都在仔细研究《通讯》上的房产广告，希望找到新的居所。在鸿恩贝格街有很多公寓，但是得往山上搬，托马斯不愿意。太奢侈了，他说。暴发户先生。

"托马斯？"脚步声没了，她朝背后叫了声他的名字。当她身后两米处传来他的声音"是"，她吓得半死。一只手捂着胸，深呼吸了两下，她才说出话来。

"老天，你吓得我……你是要去做印第安人吗？"

"嘘，遵守住房公约，老水牛把鞋子脱了。在玄关。"

"我没听见开门的声音。"

"因为门本来就开着。"好像厨房门神，他带着打趣、有些嘲笑的表情看着她，左右手各撑住一边的门框，他的肩膀几乎把厨房门占满了。"好些了吗？"

心还在怦怦怦地跳，她看着他的眼睛，点点头。他把衬衫袖子卷起来，望进去，好像他知道什么她不知道的事情，通常情况下她也想要满足自己的好奇心，但是现在已经快6点了，她面前摆在料理台上的都还是半成品，不能分心。可惜厨艺的一半属于组织工作，如果都靠感觉和品位，她的手艺会好很多，反正某一天会是这样的。今天她的全身心都是为了迎接儿子，好像诚惶诚恐的迎宾司，但她怎么都没法集中精神工作。

菜谱在哪儿？

期待的喜悦会是非常辛苦的感觉，如果时间持续很久的话。她的手在料理台划来划去，实际上根本不知道自己在找什么。托马斯突然出现在厨房让她受到了惊吓，打乱了她本来的专注，如同运转过于精细的齿轮，卡住了。他去购物的东西里有她需要的，而且她必须记住，焗土豆的焦皮不要用大蒜去铺，娜塔莉讨厌大蒜，虽然不会让人发觉，丹尼尔说，她不会碰的，她就会有礼貌地、不引人注意地悄悄放在左边。她不能站在厨房里半天都在忙这个。

"你让我神经紧张。"她说，他还站在门口，现在双臂在胸前交叉，靠着门框。她用后脑勺看的，忙碌的主妇对四周的感官。

"怎么会呢？"

"你像只熊在我后面晃悠。最好来给我搭把手。"

"我该做什么？"

"先把甜奶油给我。"

除了大蒜外，"娜蒂"，那边所有的人这么称呼，并不复杂，大家都向她保证。从最近的照片看她很可亲，凯尔斯汀并不想去琢磨，但是脑子跑得比她快，而且比她想象中儿子的女朋友更有魅力：开怀大笑、大眼睛，跟她自己还有她身边的那个男人完全一致。那个曾经是丹尼尔·巴姆贝格的人，现在却戴着鸭舌帽，青春痘没有了，而且从他脸上的表情，凯尔斯汀可以读出，他对自己的变化表现出平静的喜悦。此外他的表情还带着某种自满，她在过去那个年代就了解的，谈话中万不得已她才会提起"第一次婚姻"。

"不是在冰箱，在你的购物袋里。"她说，托马斯正要穿过厨房，执行她的工作指令。他在她身后站定，她暂时放弃寻找，手垂下来，期待得到温柔的抚摸，准备好做出回应。很奇怪，这种狂热的对拥抱的渴望，有时会向她袭来，尽管有些共同的症状，这不是欲望，不是性，可是一种无言的防御形式，也许和忙碌的动作类似，这种动作让溺水的人会加速，但本来是要救自己（你太夸张，托马斯会说）。针对这种僵化状态，她想不出更好的词，当然也针对这种委屈，说不准什么时候就会刚好落在自己身上。有些时候，自己感受到的身体温度变化让人想起股市指数。

不管他的手搁在哪儿，别放在她的脖子上。她向后退了半步。下午的时候她在想，过去几个星期她也许自己过于悄悄地期待这份喜悦，没有跟她的丈夫分享。虽然不是他的儿子要来一起庆祝踏境节，但是他妻子的儿子，而且认真说来，她并不生气他没有表现出期待的喜悦。而是自己，她根本就没有期待他的喜悦。一是他可能会为她高兴；二是丹尼尔也长大了，不再是愤怒的小鸟，觉得回到有他班主任的家"让人作呕"。她原本计划在车里再谈这个话题，但托马斯刚刚的眼神让她觉得，她也许搞错了，因为他一向把自己的感觉用自嘲的方式包装，但还是有感觉的。至少他的手搭在她的肩上，尽管僵硬得没有动静。

"呃，我忘了，我恐怕。"

"奶油？"太阳穴拉响了刺耳的警报，太阳穴是她身体的地震仪。她需要鲜奶油，现在就要。

"所有的，我没有去采购。"

"没有。"她，很认真地。几个月来她一直有种感觉，好像她无法踏踏实实地双脚立地，而是在通过一座腐朽的木头小桥，她对这座桥一无所知，不知道掩盖的是怎样的深渊。她只知道似乎下一秒她就会明白，看样子。但最后得小心翼翼地维持平衡，反正白费力气。最简单的事情，比如准备一顿晚餐，事实证明也是不能执行的，也许他下一步就要请求原谅，好像对他而言，这是又一起不顺心的小事，粗心大意了。很遗憾，是个人都会犯的错。

她感觉，他的手像个蛤蟆坐在她的肩上，简直让她恶心。

"看着我，"他说，用另一只手去抓另一边的肩膀，想要把她转过来，如此。

她闻到了他衣服上养老院的气息，刺鼻的清洁剂，在那边大量被使用，但对老化并没有用处，老化的孢子依附在每个踏进养老院的人身上。衬衫上还有股汗味，因为他的手臂来回摇晃，好像要把她喉咙里的痉挛摇出来。她拒绝看着他。不，他甚至都不觉得道歉是必要的，他现在是多么自恋，就是在这个时刻，虽然脸别过去，她还是能看到、听到、感受到：他如何把声音降低半个八度，表达他震惊的程度，缓缓用大拇指爱抚她的锁骨。这是他的错，但是对他而言并不意味着悔恨。他早就认为自己是安慰者和情绪的补救者，不是混乱的制造者。

"托马斯……"滚一边去，暂时别回来。她的怒气足够引发一场争吵，但是她没有力气。他怎么会如此自恋？这个误会的理解是怎么产生的，好像在他体内有专门的器官？因为现实中他面对自己首先是宽容，对自己犯的小错无限制地大度，我们称为怪癖，不，我们称为特征，叫作"魅力"。同时又无视事实，她真诚地努力，如果他也一起行动，一切会变得容易多了。

"看着我，凯尔斯汀。"相反，他又证明自己的低音 C 调很美妙，渴望浇灭他神经质的女人的怒火。"告诉我，你一定要用奶油的话，我马上出发去给你买。"

她请求他将她的头靠在他的胸上了吗？她用双手抵制他的温柔，用食指尖抹一下眼睛。

"随便。"

"什么意思，随便我？"

"就是这个意思：随便。"她从他的手上挣脱，转向混乱的料理台。日用物品的摆放习惯，精准地反映了刚刚发生的事件：她辛苦的努力和他不动声色的搞破坏之间的冲突。好像他不知道或者不想知道，今天对她意味着什么：和丹尼尔重逢，认识他的女朋友，精心策划一个星期的家庭生活。一出剧，十四年前被取消时扯下了一个窟窿，这个窟窿没有再补上。但是她决定，这个星期还是要去享受它，倾尽一切，包括不安的期待，丹尼尔想对她坦白毕业后不回德国。可是她的丈夫不愿配合，单是"家庭"的这个字眼就让他联想到小市民气息和顽固不化，所有都属于这个可笑的疑心的模糊禁区，他独自高高地坐在禁区之上：即使大家一起吃顿家庭晚餐也是个假面舞会，唱摇篮曲催眠，对内是自我欺骗，对外就是表面功夫。有时他还要扯到意识形态的关联去。（此外，他根本没有高高在上凌驾一切，反而是他最爱嘲讽的对象，她感觉很虚伪，太不成熟，她选择躲避：每当他又要开始时，她马上就躲进浴缸。）怎么会有人同时这么细腻，又这么粗心？卡琳最近说过，他可能只是下意识地嫉妒丹尼尔，但是这些个废话才让她血压升高。嫉妒一个母亲对儿子的爱，那得病得多重？

撇开这个不谈，她也不喜欢卡琳谈论她的丈夫，好像知道他内心在想什么。

她用手搁在料理台上支撑着，从窗户望出去。干枯的夏日落叶铺满了迈因里希家的车库道，露台前草地上的草已经及膝，篱笆的模样若让往日爱挑刺的老家伙看到，他会从坟墓里起身的。

"凯尔斯汀，我在等呢。"

"等什么？"

"等你重新理智，告诉我，我现在要不要开车去买东西。还是没有这些东西也可以。"

"你看过采购单了吧，还是说？你看到了。现在我们很理智地自问：如果没有这些东西也可以，我会写给你这么长的采购单吗？"

他没有回答，她听着墙上的钟嘀嗒嘀嗒。6 点过 3 分。飞机在法兰克福降落的时间是 20 点 21 分。她的怒气转为震惊，震惊两人的差异怎么会这么大，而"爱"这个字眼又是多么包容。有时语言都无法表达，人们总是会尝试使用尖利的东西来帮助。

"也许达不到那么好，但是……"

"但还是差不多，没错：焗土豆没有奶油，沙拉里没有甜椒，烤肉没有引燃棒，冰激凌没有……"

"没有引燃棒烤肉是一个好例子。我们有电烤炉。"

她重新转过身来，看着他的脸，寻找喜欢的痕迹，很惊讶很容易就找到了：在他的眼里，混合着疲惫和沮丧，甚至有一点懊恼。他的眼睛周围已经出现皱纹，眼袋也肿起来。即使在争吵中，他看上去也还是像在观看电视新闻，默默为这个世界进程担忧。

"你认为，我们现在谈的都是小事，对吧？"她说。

"我认为，我们在谈的是我忘了去做你交代我的事，因为我整个下午都在……"

他还在说的时候，她就开始摇头，她举起了手，他不说话了。

"不要把你的阿姨扯进来。"

"好，但是我想，我们需要谈一谈，这个晚餐的安排是不是一个好主意。8 点半飞机降落，等到他们两个通过海关，领到行李，已经 9 点半了，而我们回到卑尔根城时，最早也得 11 点了。"

"按照美国时间的话，是傍晚，他们俩一定饿了。托马斯，我告诉过你，我儿子离开两年后再回来，我要给他烧饭。你可以认为这不理智或者多余，但是……"但是你要知道，我他妈的非常生气。

"为什么我们不在途中找个地方吃饭呢？"

"为什么我们需要谈论我是否要给我儿子做饭？"她的声音在音量上具有优势。"为什么你现在不是坐在车里，不是在去买东西的途中？为什么你认为可以简单地强迫我去接受你认为更理智的想法呢？而你却忽略我托你办的事情。"

回答她的是缄默，还有钟的嘀嗒声，不久房门关上的声音。她听到他的车子发动，从厨房的窗户注视着他的背影，他开车从鹿道上坡，在下一个路口转弯消失。6 点过五分。他将在 6 点半的时候回来，那时候也没有时间再去加工他买回来的东西。他们俩必须一起坐进车里，沉默着往法兰克福开去，很高兴还有收音机的存在。某个时候她会将手放在他的腿上，或者肩膀上，表示第一个后争吵阶段过云了。他会谴责自己，将主要责任扛到自己身上，也许还会嘲弄下自己的固执。在法兰克福某个红绿灯前，或者机场停车场里他们会匆匆接个吻。也许手牵手走到接机大厅。奇妙的透明度包围着一切，玻璃般闪亮的婚姻：它从哪里来，往哪里去，整个过程都是透明敞亮的，当明白这一切后，就完全不能理解，争吵和误解是怎样出现的。她站在厨房，揉着自己的脖子，似乎还有兴趣和他上床。真是疯了，不是吗？

看了一下料理台，她发现除了收拾下，也做不了其他事儿。当她把菜的原料包好，放回冰箱，内心又重新找回刚刚争吵时失去的头绪：期待的喜悦又回来了，一只肥胖的鸟儿拥有短短的翅膀，很难在空中停住。那么，儿子的女朋友，娜塔莉，厌恶大蒜，不喜欢被陌生人拥抱，此外，她真的很不复杂。也可以简单地称她"娜蒂"。丹尼尔就是"丹尼"。而那个孤单一人去超市采购的人就是"托米"。他反正认为，家庭团聚就是些假面舞会，那么用假名来参加也许更有意思。无论如何，她不会让任何人和事破坏她儿子来访的喜悦。她等得够久了。

"Nice to meet you（很高兴见到你）"，她轻声说，让厨房里的一切原封不动放着，走进花园。

她第一个想法是：这多么戏剧化！混合着卡尔·迈的戏剧节和大型的归营号角。所有的骑士、制服还有口令，好像部队马上要开拔前线。旗帜被展开、降下和挥舞。来回报告，队伍进场，快乐地挥手，整个活动中她们一直站在爆满的集市广场上，阿妮塔在她身边，咕哝着："乡下人的社戏。"武器举起，放下（当然四周没有真正的武器），这里表演下，那里表演下，左一圈，右一圈，皮鞭啪啪作响。但是她觉得很有趣，因为迎宾宴上的酒，虽然很疲劳，还有些宿醉后的难受，只睡了四个钟头不足以消除。很和善而且很可爱，看不见尾巴的游行队伍沿着主街从这个地方折返，凯尔斯汀对森林里的健行非常兴奋，中午休息时间还有很多戏可以看。音乐声四起，老老少少，所有的人都是好心情，脸上都带着孩子般的兴奋。接着就是所谓爬克莱山了，真的太有意思了：满头大汗，不断有人滑倒，不时大笑，踏境队伍沿着斜坡向上摸爬滚摔，阿妮塔一路骂骂咧咧，凯尔斯汀则享受着过去四个学期强化训练的成果，轻轻松松便爬上斜坡，两分钟就得停一下等待她的朋友。每走一米，每伸一次手去拉阿妮塔，对她说："亲爱的，让我来帮你吧。"她的心情就更好些。她把头发扎成辫子，裤子露出小腿，T恤里是运动胸罩，脚上是轻便的慢跑鞋，她没有登山鞋。阿妮塔连手臂上一大串手链都没有脱下。

天空被云层遮蔽，看上去又不像要下雨。一直向上走，穿过浓密的、陡峭的森林，里面的光线都无法分辨出时辰。凯尔斯汀时不时测下她的脉搏，很高兴一直在128，考虑到这种坡度不错了。从阿妮塔的脸色来判断，应该在160以上，从兴奋度来说在160以下，但是她的手已经伸进紧身裤的口袋去掏烟盒了。

"也许你至少应该偶尔骑自行车去学校。"凯尔斯汀说，然后忍受着期待中的尖锐的回答，当成恭维话。赢过阿妮塔一点，而且表现出来很开心。就像几年前她的高中毕业成绩比汉斯好，也让她很开心。她耸耸肩，环顾四周，到处都是满头大汗、满脸通红，脖子也湿哒哒，衬衫深色的汗渍。集体的体力活动让她觉得舒服，这种活动甚至可以让陌生人之间也产生某种伙伴关系，是偏见和约束的对立面。也许因此她在大学才学习体育。

掌声热烈地响起来，一个身着三色国旗制服的赛跑者一路小跑上山，如履平地。

"矫健的家伙。"凯尔斯汀说，虽然她连他的脸都没有认清，她只是一时兴起，说出这种话。

"他还是单身哦。"身边有个听到她说话的人说。

"廉价大甩卖。"另一个人插进来。

"不用，谢谢。"阿妮塔吸了一口烟。"送我都不要。"凯尔斯汀忽然发觉，阿妮塔说话不太一样。自从她身在这个语言的自然环境中，发现在这里所有的人说话时，就像嘴里含着一个小石子。

"我可以走了。"

"……凯尔斯汀胜利地宣布。"

"但是我宁愿等到你的脉搏正常了再走。我可以量一下吗？"她把左手腕翻过来。体育系的女生都这样，她们喜欢像男人一样随意地把表面戴在左手腕的下面。她伸出右手搭在阿妮塔的颈动脉上。阿妮塔虽然好像害羞的小马把头一歪，但是凯尔斯汀踩上前一步，把三个手指搭上她下巴侧面汗湿的皮肤。数着，30 秒后说：

"76 下。"

"可以了。"

"乘以 2，宝贝。"她继续把手搭在阿妮塔的脖子上，在她的脸颊摸了一把，说：

"是 152 下。"

"我活得快一点。"

"快一点？你的舌头是不是也累了？我昨天就想问你，自从我们来到这里，你讲话好奇怪。"

对这个问题阿妮塔没有说什么，飞了个吻，踩熄香烟，又开始下一阶段的行军。

她们费力登上克莱山顶不久后，云层裂开了，第一道太阳光线浸入森林，带来了光与影。这些道路很窄，穿过一个全是石头、锯齿状的山脊，强迫健行的人潮变成看不见底的长龙形状。歌声和呐喊声响彻整个清晨。阿妮塔碰到几个熟人，像昨晚在集市广场上，凯尔斯汀觉得很容易便加入谈话中。乡村的、小城的氛围，熟悉的领域。她从传过来的扁平酒瓶里呷了一口，空空的胃里感觉舒服的温暖，喉咙里兰芹的滋味，太阳穴第一丝微醺的感觉。可能她马上就要跟着唱了，如果她周围又要开始了。所有在科隆的烦心事统统留在那里，必须等到她星期六回去。眼前要做的就是庆祝踏境节。

"再跟我解释一下休息广场的游戏规则。"她说。

"早餐广场。"

"到随便一个队伍里，让人举高扔出去三次，付几个马克，得到一个徽章，用这个徽章去兑换饮料券，还能有什么？"

"That's right.（没错。）"

"在我看来真是够大方的。"

"我们卑尔根城人的确如此。赐给我们如此美丽的大自然……"阿妮塔拍打她脖子上的一只蚊子，"……我们当然也想跟所有在我们的山谷里迷了路的人分享。是这样的，东德人过来的时候，也会得到一笔欢迎金，让他们买得起第一根香蕉。"

"很恰当的比喻。"

"那如果你选的话，你想加入哪个队。"

"你为什么不属于任何一个呢？我看到过女子队的 T 恤。"

"女孩子队，我缺乏社会能力，你懂的。"

"没错，你也没有合租的能力。我们应该尽快严肃地讨论下关于打扫厨房的问题。"

阿妮塔发出作呕的声音，好像马上就要吐出来，然后对着凯尔斯汀发出一阵爽朗的大笑，接着又一阵讳莫如深的大笑，挽着她的手臂。

"田螺姑娘，田螺姑娘，你知道你要去哪支队伍的旗下吗？我建议去鹿道青年队。这支队伍今年第一次参加踏境节，所有的男人都还很嫩。"

"鹿道的鲜嫩队，好的。"等等，等等。她们一边健行一边说着话，现在才 9 点半，在她们的前面音乐声又起，健行人潮的队伍又变宽了，正向一个洼地涌去。右边上方似乎经过一条马路，那边停着两辆约翰尼特的救护车，以及一排挂着本地肉店字样牌子的车。好几支鼓号乐队在演奏，在这个才填满了一半的广场上，好像是被一些树木包围着的林中空地，人群像一串串葡萄围着匆匆卷起的旗帜，万岁呼喊声起。

"哇哦，"阿妮塔说："风笛┘的早餐广场。"

"为什么这里所有的名字都那么奇怪？"

"别吹毛求疵，我口渴了，你也渴了，我们需要徽章。"凯尔斯汀跟着她的女朋友，几分钟后发现自己被六个男人围住。第七个从啤酒桶上朝她转过身来，询问她的姓名。其他男人交换了眼神，好像很高兴这次来的不再是两百多斤的大汉，而是一个苗条的、跟他们差不多年纪的女人，不久就要被交到他们手上了。一个男人转过头去看阿妮塔，她已经落地了，正接过她的徽章。看着在她头上来回挥舞的旗帜，凯尔斯汀压制住想要逃走的冲动，跟随口令"手臂下垂，紧贴身体"，然后向后仰倒。

"凯尔斯汀·维尔讷，来自美丽的科隆，到我们的旗下。"站在啤酒桶上穿制服的那个男人咆哮着。脸涨得通红，因为酒精，或者咆哮，或者遗传的高血压倾向。凯尔斯汀闻到男人的汗味，啤酒反味，抓住她下半身的手她觉得符合这里的场景，很规矩。"祝她……"然后她的身体飞过发射指挥的头，到了绿色、绣着跳跃的鹿的旗帜边缘。感觉真好。她头顶上的树靠她有点近，她想起在大的蹦床上的平衡练习，飞跃时保持身体水平笔直。12条胳膊接住她，又把她扔出去第二次，"万岁！"一束阳光射中她的脸，下面她听到阿妮塔在喊："听着，小子们，丢高一点！"音乐浪花般淹没了整个广场。

　　第三次飞得最高。凯尔斯汀在空中稍微转身，看见早餐广场上的人流，很多旗帜，以及其他正准备被抛向空中的踏境者。她感觉到自己的心跳，T恤歪了，她想了几秒，但很清楚，如果下面等她的人不是阿妮塔，而是别人，那该多好。别人，一个她刚刚认识的男人，牵着她的手，在广场上散步闲逛，喝杯啤酒，也许后来会亲吻。一个情人，为了节庆和晚上帐篷里的舞会。只为了这些。她在空中的时刻很快就结束了，想入非非的时刻也过去了，脚下又是大地，她说："谢谢大家。"走到小桌边，那里可以领到小鹿形状的别针。

　　第二杯啤酒下肚，她明显有点醉意。阿妮塔的一个中学同学向她介绍踏境节的历史根源：与相邻村镇的边界争议，常规性的边界领土视察，显然很早以前是摩尔人的任务，去吓唬那些搞破坏的人，后来官方的活动就渐渐演变成了民间节日，很简短，但阿妮塔除了健行、喝酒、寻爱之外都没有描述过。

　　"有意思。"凯尔斯汀说："那为什么七年才一次呢？"

　　"……"思考了很久才给了她这样一个答案。"其间需要的时间就是这么长，是吧。"

　　然后她一个人在广场上闲逛，吃了一根烤肠，远远地观察那个摩尔人还有那些赛跑者在忙乎。两人中的一个看起来挺帅，她觉得，虽然身上穿着可笑的制服。他身材并不高大，但是体型很好，肩膀很宽，手臂强壮，他看上去似乎像是得到意外的奖励一样，很享受他的工作。总之他在一群人中格外耀眼，他们围坐在盖着布的边界石旁边，等着在震天锣鼓中被抛起三次。摩尔人也在嘟哝说着同样的咒语，但凯尔斯汀离太远没听清。之后为了纪念脸颊会被涂上黑色，她没有兴趣。反正队伍排得太长了。第二个赛跑者的脑袋像个大南瓜，看来皮肤护理只是女人的事，或者被认为浪费时间。

终于她又发现了阿妮塔，正和另一个老同学搂搂抱抱。她正开始觉得无聊，皮鞭啪啪响走宣布出发。人群中发出一阵骚动，健行的人们从草地的野餐地起身，拍拍屁股，把垃圾收拾起来。

"先这样，不知道我能不能毫发无伤地回来。"阿妮塔满脸胡子的王子说，叫蒂姆，她没有听错的话。不是特别善良的类型，现在就可以看出，一旦政府公证员取得了他身边女人的誓言，在糟糕的时刻依然忠实于他，他会变得多么令人讨厌。他的小指头上戴的粗大至极的戒指说明了他的品位。她们进入游行队伍时，凯尔斯汀站在阿妮塔二人组的旁边。

"基本上我是这么想的，必要时你得撑着我。"阿妮塔告诉那个戴着印章戒指的。他的右手已经在她屁股上的口袋拧了一把。"不会是我撑你。"

"那俺们就互相支撑，是吧。"

队伍穿过停车场，消失在另一头茂密的森林里。夏天的热气从树上倾下，和细小的灰尘、树皮的香味、干枯的叶子粘在一起。蒂姆和阿妮塔在谈汽车，凯尔斯汀边走边看自己的脚。早在学童时期她就非常嫉妒地守着她的女朋友们，很不愿意与别人分享对朋友的关注和好感。现在要是蒂姆突然崴了脚，秘密在路边倒毙，她也不会觉得有啥不好的。

"漂亮？"然而那个人问："车子不是谈漂亮，是速度。"

她们前面这条路有一个很长的右转弯道，围着开阔的草地，好像操场跑道。在这个弯的中间，两个赛跑者已经就位，南瓜头要起皮鞭，让皮鞭在他帽子的羽冠上转圈。到处都有健行的人溜出队伍，溜进草地旁最后一排树那边。

"要开始了。"蒂姆说："现在要开始抓捕游戏了。"

"为什么？"凯尔斯汀目不转睛地盯着第二位赛跑者，他手上拿着皮鞭，朝着森林边缘的方向侦查，他的同伴也让皮鞭沙沙作响。

"踏境不允许走捷径，这是被禁止的，但总还是有人会尝试。"

第一批溜走的人已经到达草地的边缘，还互相给信号。然后三个半大孩子一起飞奔。凯尔斯汀伸长脖子。弯道半圆的健行人群中发出各种嘘声、哨声和加油声，这三个孩子在草地上飞奔。第一个赛跑者收起鞭子，第二个跑到前面拦截溜走的人。

这条路的走势让草地感觉像是竞技场的比赛场地，阳光普照，按规则跟着摩尔人队伍的人群聚焦注意力的中心。两个逃跑者很快便被抓到带回，第三个逃走了，双臂高举，好像正在冲刺撞向终点线，观众在旁边大声鼓掌庆祝胜利。

"这也许值得一试。"凯尔斯汀听到自己这么说。她喜欢换花样，喜欢挑战自己，而且目前她看到只有男人敢从队伍里溜走。女人同样可以跑得很快，至少在科隆是这样的。她百米冲刺跑 13 秒 8（手动的马表，不一定精准），而这里的一切看来像是玩儿。为什么不呢？她平常不像是个爱抛头露面的人，但是，首先她这会已经有点醉意，而且，她也没有兴趣剩下的健行路程一直旁听别人没完没了地聊汽车的外表。

"你办不到的，"蒂姆说："还没有过。"

"为什么？"

"因为，"阿妮塔回答：'那两个人就等着女人落网。"

"我不打算被抓住。"

"他们宁愿让十个男人跑了，也不愿放过一个女人。首先这事关荣誉，第二，抓捕女人更有趣。"

"谁会生他们的气呢。"蒂姆的脑袋跟他的大舌头一样不灵光。

"等着瞧吧。"凯尔斯汀解开绑在腰上的毛衣，交给阿妮塔。

"10 马克赌你。"蒂姆说。

"OK。"就这样决定了。凯尔斯汀跳过路边的沟渠，周围的目光马上集中到她的背上。"亚马逊警报！"一个爱开玩笑的人叫。她用双手把辫子绑紧，向前俯下身去，从树杈下面向草地望去。两个溜走的人正从左边被押解归队。右边无人防守。她又一次环顾四周，发现阿妮塔和蒂姆正跑步往前赶，在开阔的空地可以看得更清楚。狗屁游戏，她想，但是她现在必须背水一战了。她观察好，定位了空地另一边的点，外面最右边，在道路又将消失在浓密的杉木育林区前。这不是最短的路线，但却离那两个赛跑者最远，大约一百米。已经干枯的小树枝在她脚下咔嚓断了。她感觉着自己的心跳。我现在在做什么？她问自己。那两人快步跑回到草地中央，交谈着，在校正他们的鞭子上。她等的时间越长，机会就越小。然后有人从开阔的路段又溜出了队伍，背对着赛跑者，他们直到其他人大呼小叫才发觉，立刻冲刺。毫不犹豫，凯尔斯汀也奔了出去。

阳光洒在她的脸上，她脱离了树荫的遮蔽。草地上的草比较深，地面比预期的更坑坑洼洼。她一个趔趄，赶紧抓住旁边的草。她正要中断，第一批观众发现了她，开始吹口哨。好像被短短地电击了一下，她愣住了，突然暴露在几百双眼睛下。她抗拒犹豫了一秒后，熟悉的冲动又来了，她穿裙子总是要比阿妮塔的长出一掌。也许是天生的，也许是教育和习惯塑型的，这成为她个性的支柱：柔软的、任何对自己的改造都无法触及的核心。她真正的自我。

她手臂一抬，跑。

脚下及膝的干草发出的窸窣声陪着她跑动。小虫子在草地上嗡嗡嗡，右边绵延的山谷从森林密布的山丘展开。她觉得自己很幼稚，同时被自己运动员的荣誉鼓舞和感动。草地的坡度让她自动向右边她瞄准的目标路线跑去。她的步伐找到了某种节奏。左眼的眼角看到，那两个赛跑者正合力把后来溜走的人抓住，带回队伍。有一段时间她单独一个人在场上，她有种越跑脉搏越平静的感觉。好像她在逃跑的路上，将逃跑的冲动抛在了脑后，继续往前跑。声音越来越大。她已经跑了二三十米了。"你可以的！"她听到一个女人的声音在叫，相信那是阿妮塔。四十米。从开始突然的惊吓变成了亢奋。这种感觉，挣脱了自己的控制，挣脱了怀疑和忧忧。这种事情她以前不会做，现在她却做了，感觉棒极了。好像赤裸着没有一点羞耻感。好像在温暖的大海里奔跑。

叫喊声更大了，她知道，追捕开始了。跳过地上凹进去的坑时，她回头看了一眼，那两个赛跑者中的一个正嗖地一下穿越草地，利用草地坡度的优势，从锐角冲过来拦截她。地面坑洼不平无法让她保持理想的跑步姿态，她必须不断摆动，避免失去平衡。路上传来整齐的掌声，大家停下脚步观看。左边上面有个白色的身影渐渐逼近。她第一次感觉到无法呼吸，喉头收紧。还有 50 米就可以到达另一端，也许更短。如果她继续被逼向右，那么就直接跑进杉树林里。她开始问自己，被抓到的话是否会很尴尬，在这个传统气氛很浓的节庆上的一个陌生人。希望她身后的这个家伙有点幽默感。希望他不是那个南瓜头。他几乎和她同一个水平线了，她沿着锐角的边跑，就要接近会合点了。

　　她的母亲会说：活该。他不断逼近的脚步声具有某种不可避免感，她应该知道的，甚至早就知道的，只是在起跑的瞬间被无视了。自由的不理智行为。所有她现在还能够希望的只是，赛跑者超过她时别后悔。人是无法挣脱自己的。汗沿着太阳穴淌下，"放弃吧，"她听见他压低的声音嘶嘶嘶。他们之间还有五米的距离，决定奔跑，她将弯起的手臂稍稍放低……

　　然后，当他的手去抓她的肩膀时，她突然刹住脚步，他冲出去了，而她在他的背后重新向上起跑，从右边的角回到她原来的路线。雷鸣般的掌声送给灵活的技巧。即使赢不了，能战斗多久就要战斗多久。汗水流进凯尔斯汀的耳朵里，欢呼声听起来沙沙沙。她的大腿感到上坡跑的吃力。背部发出轰鸣声，带着最后向命运屈服的心情她跑向终点。看着目的地接近，但是追捕她的人又马上折返，快速地赶上。随便了。健行的人们在路上围成了一个大圈，拍手叫好。跑，凯尔斯汀，跑！然后她感觉到一只大手抓住了肩膀，牢牢的，但并不粗鲁，她的速度不得不慢下来。离目标不到十米的地方她站住，回过身去。

他脸上的表情跟早餐广场上一样地兴奋，太阳光照射在他满头大汗的脸上。她等着他开口说些羞辱她的话，希望地上有洞可以钻进去，但是情况并不是如此。这就是运动：每分钟心跳150以上，骄傲如旗帜般在风中飘扬，因胜利或失败扑腾，向所有的人宣布，你已经做到最好了。他们两个一段时间只能呼哧呼哧大喘气。

"跑得好……"他终于开口了。"……但是……逃不过我。"他现在抓住她的胳膊，既表示抓住，也表示庆祝。

凯尔斯汀听见身后路上的叫声，却不明白他们在叫什么，心脏已经跳到嗓子眼了。深色的眼睛，圆脸但棱角分明。强壮的下巴，几缕黑色的头发从帽缘露出来。他的胸膛砰砰起伏，他有田径运动员一样的胸肌，她看着两块肌肉的中线，白色的衬衫粘在他身上的地方。对于一个汗流浃背的男人，他的味道确实好闻，有一股泥土味。

她回头看着她起跑的那个地方，草地另一端那排不显眼的树。见不着尾的健行人流从早餐广场正朝着前方行进。

"现在我……会……被鞭打吗？"她喘着气。

"如果你再逃的话。"他的呼吸已经恢复正常："我的个天，好像赛跑者还不够辛苦似的。"

"想要试试……你们训练得怎么样。噗！"

"怎么样？"

"还不错，但是乳糖值一定极高。要注意，不要让它达到厌氧的临界值。"

"乳什么？"

"我担心你的乳酸盐含量，血液里。"她手指着他的胸，好像血液有固定的位置。她身后的掌声渐渐止息。但是注意力仍然远远地集中在草地上，像一朵上百只眼睛形成的云。她很喜欢跑完后筋疲力尽的亢奋，也同样喜欢赛跑者脸上困惑的表情。

"你该测过各项指标吧？"她问。

他什么都没说。他赢了，而她输了，但他们现在这样面对面站着，他感觉不到。奔跑时他鞭子的绳索松了，他松开抓她的手，又重新系紧。他理解力并不弱，也不容易受到影响，但是她看不到有什么理由好反感的。

"现在我必须回到最后面去吗？"她问，终于结束了他的张口结舌。

"本来是的，但我可以给你一次例外。你被赋予权利，可以走最短的路线回到踏境队伍。从你身后，我指给你。但是之前我还需要记下你的个人资料。"他们俩站着彼此那么近，她能感觉到，他身体的热气从白衬衫里透出来，虽然热气也可能是阳光的。她还确定，他们两人一般高，甚至也许她还高出他一厘米。

她身后的声音小了，也更清楚了。"发生什么事了?""好像在滥用职权。""赛跑者还是逃跑者?""走啦!"她拍拍他的肩，转身要走。

"凯尔斯汀。这样的个人资料够了吗?"

"现在是够了。"他点点头。很显然他也想不出什么更幽默的回答。

她走了，走了几步后回头，他没有动，还站在那里，看着她的背影。他结实的影子落在他身后的草地上。

"要摄取足够的铁，"她冲着他喊，当他又要点头时，她迅速做出要跑的假动作，从他左边经过跑到杉树林里。他也动了下，她将手臂抬起，说:

"上当啦。"

"我们会再见的。"他说，然后小跑回他的同伴那里。

他沿着鹿道向上开，卡尔腾巴赫街下山，经过集市广场，顺着莱茵街往出城的方向，仪表盘上的钟显示 6 点过 8 分。在他的外套左手口袋里插着采购单，像西装口袋里的插巾。他猜测 20 分钟的时间内便能完成采购，也许更久一些，如果遭遇到正在开始的下班高峰，以及半个卑尔根城的人今天都在为踏境节储备食物和其他东西的事实。四周都是洋溢着期待喜悦的笑脸。街道已经装饰好，打扮漂亮，每根电线杆都披上了绿植。

马路边到处都停着小货车，上身赤裸的男人正费力地从车厢抬下最后的花环和树枝，卑尔根城式卸货：两个人搬，两个人手拿啤酒瓶站在一边。莱茵街从集市广场到市政厅之间的路已经变成了单行道。怀德曼把车窗放下，胳膊放在窗框上，用手将含有臭氧的热气扇进车内。

在兰河的草地上，军乐队正在练习。

与凯尔斯汀发生争吵后，和平时一样在车里他感觉很好。总是下定决心，准备在自己身上寻找疏忽的行为，同自己非常合拍。凯尔斯汀也许会看出自满的倾向，但是对他来说，已经是进步了，毕竟很多年他都是怨天尤人，他认为自己已经常常去克服，为了在某个时刻以一种新的表现形式重新出现：容易受到刺激、骄傲自大、自我克制或者爱慕虚荣。像一种病毒按照不同的情况和情绪引发不同的症状。直到这个夏天，他才开始产生一种感觉，终于结束了一系列青春期的症状，突然就蒸发了。也许，这个感觉只不过是新症状的表现，那么这是他生平第一次感到舒服的症状，但他并不相信。不，他成功地完成了真正的技法：面对他自身的挫败感，他赢得了更长的喘息时间。所谓她跑累了，她指的是刺猬，而他则是那只兔子，来回跑了两趟，才搞明白，得出结论：不是来回跑，而是继续走下去。那是两年前了，凯尔斯汀自己表示经过再三考虑终于可以说"是"。世界上最简单的法则就是，只要能想到然后说服女人，你真的就明白了。

怀德曼打转向灯，在 1A 超市车道的入口就已经看见超市入口处人潮涌动。只有在很后面警亭旁还有停车位。难以置信，这么多人抬着啤酒箱从超市里上来，好像踏境节时啤酒成了紧俏商品，除了家里其他地方都缺货。他找到一个空的停车位，把车停进去，安全带还扣着，双手还把着方向盘，就这么坐了一会儿。很奇怪，他没有办法将这份新的镇定自若转换成婚姻的和谐。后视镜里他看着超市入口处进进出出，停车场上也是热闹非凡，听着购物车的轮子在颠簸的沥青路上嘎吱作响。下午的时候他在养老院里，坐在阿姨的床边，念《通讯》给她听。安妮打盹时，他把报纸放在一边，从九楼的窗户往外张望，奇怪，爱情可以是兴趣内向症的感觉。几乎难以言传。

他必须动作快点，但是并没有。凯尔斯汀现在站在厨房，早就明白，这个时候还叫他出来采购是没有意义的。当他回到家时，她已经把怒气一半归于自己了。人必须停下脚步，他想，什么都别做，一起审视自身的生活，好像一部关于巴布亚新几内亚土著仪式的电影。谁还会较真为了甜椒争吵？

虽然天很热，他在去取购物车的路上，还是穿上了外套，在口袋里找一欧元。入口处顶上挂着横幅："敬祝卑尔根城女士们和先生们拥有愉快的踏境节"。怀德曼踏进超市，一时间感到非常厌恶，迎面耗尽的空气、后浅的背景音乐，以及摇摇晃晃的同城居民们。光着的、惨白的小腿，虎背熊腰上细细的肩带。他的反感不如从前那般活跃了。凯尔斯汀喜欢解释成傲慢，事实上只是明白，他的玩世不恭已经失去了武装。所以必须小心，别乱咬。他把购物车停在蔬菜秤旁，从口袋里拿出购物单，必须把它靠近自己的眼睛，他忘了戴眼镜了。甜椒，当然，括号里标注了红的或者黄的，因为娜塔莉喜欢吃。不用奇怪凯尔斯汀会对这点小小的偏差生气，她总是做好了计划，把生命的各个部分分配到各自的位置上。他总是说，如果谁无法随遇而安，第二天早上就不用起床了。

哈哈哈。他也会说，出问题的不是他的年龄，而是他的自我。关键在于他虽然这么说，但是他不这么想，早就不这么想了。他对小市民的长篇空论，对不起，是市民心态，反对知识分子低级水准上的饱满自大。这些讽刺的代价付给了以前的他，未来可能会成为的他，或者想要变成的他，他认为一生中一直隐形存在的陪伴：嘴角上扬，像以前卡姆普豪斯研讨会时的表情，好像再怎么努力都没法完成。一种宽厚的优越感有时会与他相遇，当他照镜子时，然后说些事，不是为了伤害凯尔斯汀，就是为了说些事，说出来就像从瓶子里倒出后再塞上。

他的妻子不懂，对他的自得其乐感到怀疑。他只能跟她幸福地在一起，当他时不时地取笑下这份幸福。纯粹动动嘴皮子！只有小市民才这么容易满足于自己的生活。

"和甜椒一起冥想?"

他转过头，看见卡琳嘲弄的脸。她比他矮很多，她仰头从下面望着他，用下巴示意他拿在手上的蔬菜，似乎在等待解释。她像平常一样化着浓妆，而且最近他发现，她有时候会弄错颜色。穿得太刺眼，有一点过于大胆。她的乳沟在领口处看得非常明显。黄金链子系在裸露的脚踝上。他一边耸耸肩，一边把甜椒放进车里:

"衰老表现。到某个时候，没有啥不让人惊奇的。"

"我也一样。"卡琳点点头，似乎没有发觉，她购物车的轮子压在了他的鞋子上。她胳膊支在购物车的扶手上。"而且现在我有一种强烈的似曾相识的感觉。"

"是什么?"

"我也不知道，我想不起来。"她的大眼睛死死地盯着他的脸。"这也是衰老的表现?"

"不知道，也许不是所有年老时出现的现象都算作衰老表现吧。"

"你觉得我们老了吗?"

"这么说:比以前老了一点。"

"这不是答案。"不管他的眼睛看到哪儿，她还是盯着他。凯尔斯汀总是说:礼貌从来就不是她的优点。她们俩一起工作，彼此非常了解，但至少凯尔斯汀这方面有所保留，这种评语她不会讲出来的，他追问她原因时，问了两次都不回答，第三次她才说：如果可以跟你开始，她一秒都不会犹豫。

一个毫无根据的诋毁，但就感觉上讲他却认为很准确。

"那我不明白了。"他现在想看下他的购物单，如果在蔬菜区这边的任务完成了，他想继续去其他地方。但是在别人的注视下，他觉得拿出购物单凑近来看有点尴尬。另外，卡琳的购物车也挡着他的路。

"胆小鬼。你看到西兰花了吗？"

"前面那边，不过看起来让人不太有胃口。"

"我现在想起来了，我在超市遇到你的太太，七年前。"

"什么？"

"我说过似曾相识：国王超市还开在寇纳克街的时候，我和凯尔斯汀在蔬菜柜台相遇。"

"我猜，那以后这种再现已经几百次了吧，两个礼拜前我们还在饮料柜台碰到呢。"这会他警觉地发现，她的购物车里已经躺着两瓶伏特加，但是凯尔斯汀认为，从来感觉不出来，呼吸匀称。她看起来也不像喝过酒的样子。衰老憔悴的印象其实是因为她用力过猛，太想让自己看起来比实际要年轻。现在她摇摇头，盯着远处，好像那边有什么能让她明白长久以来思考的问题。

"我说的不是这个意思。我们之前几乎不认识。那是第一次我们说了好长时间话。我那时候收拾着西兰花，一半都已经烂掉了。"

"然后呢？"这场对话开始让他觉得有点心烦。凯尔斯汀在等他，他们还要去法兰克福，虽然他努力去掩饰，其实他内心跟凯尔斯汀一样紧张。几个星期来，他一直避免去想象跟丹尼尔再见的细节。现在还剩下 3 个小时了。

卡琳·普赖斯额头上皱起了一道垂直的皱纹，她在困惑。

"我干嘛要跟你扯这些。'要是''假如''但是'，也许都不是你的专业。"

他很想大笑一场。如果"当时""假如""但是"，都是在他离开柏林后一直蹲着的笼子上的大写标语，不久前他才摆脱了这个牢笼。有点眼花，令人怀疑地，无法确定这个笼子是否只是大了一块。即将到来的周末在这层意义上也就是个测试，他和凯尔斯汀都十分清楚，所以这也是前几个星期心情紧张的重要原因，他紧张，她也紧张。也许，他对重获的自由感到很高兴，但这还不能意味着，他们之间已经渡过难关。

"卡琳，我赶时间，凯尔斯汀和我要去法兰克福，接丹尼尔。"

"哦！"她马上退了一步，举起手臂，有些造作，表现就是拼命掩盖受到的伤害。

"祝你们愉快！"

"琳达也回来过踏境节吧?"

"她星期六才回来。"

他忘了琳达在哪里,她做什么,在这个时候他也不想知道。一些家庭从他们身边经过,小孩子哭闹着坐在购物车里,往冰冻柜去。他的20分钟差不多已经浪费了,而除了甜椒,他车子里还什么都没有。

"迎宾宴再见?"

"希望你还没忘记,你答应过陪我跳一支舞,我可是特意让我的生意伙伴教了我。"

"那你得穿双质量好的鞋子。"她的香水味飘过来,他继续往前走,他们道别时交换的眼神,让他觉得有种奇怪的意味深长。根据他从凯尔斯汀那里获悉的,卡琳·普赖斯这些年来有几段可疑的情事,其中有一个还是他的同事,也许因为他自己单身这么久,他现在对她心怀感激,感激的方式并不受欢迎。

3杯甜奶油,他的购物单上下一条。怀德曼很顺利地买到了凯尔斯汀单子上列举的东西,没有因无过失而白费功夫产生不舒服的感觉。甚至引燃棒也买了,虽然他知道,这么说他又违反了凯尔斯汀的幽默感。在迷宫般货架间他向卡琳·普赖斯挥了两次手。她手上没有购物单,漫无目的地闲逛。当他把东西放到输送带上,她正在书报摊前翻阅杂志。

外面的停车场很热。太阳已经消失在地平线下,天空很蓝,

放着光芒。虽然已经太迟，他还是又检查了一遍购物单，然后
把纸条揉成一团，又插进口袋。这时，手机响了，凯尔斯汀问：

"你去哪儿了？"

"你绝对想不到这里多热闹，卑尔根城倾巢而出，都来购
物了。"

"现在6点半了。"

"我知道，我要去开车了。卡琳·普赖斯问你好。"

"所以你买东西花了这么久？"

"我不是说……"他已经到车子边上了，但是用左手把钥匙
从右边的裤袋里掏出来太困难了。

"也无所谓，反正现在准备晚餐也太迟了。"

"我很抱歉。"

凯尔斯汀叹了口气。

"你不觉得，有时候我们扮演着不幸的角色吗？"

"我们在努力。"用一只手把购买的东西放进车里很困难，
而且地面有些坡度，购物车不断往旁边的车子滑。怀德曼满头
是汗，心里产生对对话的抗拒。两个警察正在入口处的岗亭前
抽着烟，给他一种感觉，好像自己成了别人嘲笑的对象。

"努力，嗯，我有时觉得，你也许可以付出更多辛苦。在所
谓的小事上更辛苦些。"

"是的。"他说。他如果单独一个人在，认错的乐趣比较大，

但是今天他已经耗尽了可以容忍过失的尺度。他把后备厢关上，把购物车推回到停放点，一边思考，一只耳朵还在听着他妻子说话。"你还在听吗？"

"这可不是我的风格，就这么把电话挂了。"

"我们今晚在法兰克福好好吃一顿，挑选一家高级餐厅，明天再来弄烤肉。时间充裕些。"

"明天是迎宾宴。"她早就做好了决定，他感觉到，但是游戏规则希望提出反对的证据。

"我们中间没有人特别期待迎宾宴，我们吃过晚饭再去，也还早。"

"为什么我这么紧张？"她问。

"因为你很久没有见到你的儿子了。"

"我可能只是单纯高兴。"

"你也这么做的，人有时会既喜又忧。"

"我现在挂上电话，去吼一会。你快点回来。在家吃饭的事我是不指望了，但是如果我们到机场迟到的话，我会杀了你。"

"我飞回去。"他说，等她挂了后才挂掉电话。停车场上的热闹渐渐褪去。所有人都忙着回家。他们有计划，有目标，拉着孩子一起，当孩子们沉思状站在那儿不动。他曾经惊讶过，只是他不记得是什么时候了，也许是因为卡琳·普赖斯刚刚提到过似曾相识。并没有什么是他一定要惊讶的：大家做着事，自然而然，日复一日，很高兴睹境节就要开始了。等待的时间过去了。这一天也要结束了，小城已经装饰好。只有他汗流浃背，一动不动地站在繁忙的人群中，有一刻他难以置信，七年又过去了。

后　记

然后，终于又到踏境节了。

从外面观察，不禁产生了一种印象，一个凯尔斯汀没法命名的印象，总之，不确定。这些人真的能够像被命令一般这么兴高采烈、欢天喜地，如果结局并不是他们整个夏天都狂热痴迷呢？人和森林构成的和睦让她觉得难以置信，也许是因为她没有跟着健行，而是在集市广场乘上公交车，开到早餐广场。如果她一起健行的话，啤酒也许会更新鲜，也许她会更接近事件的本质，但是至少第一口酒就会把看不见的面纱罩在她的感官上，面纱的后面乱哄哄的思绪略微退去。她坐在那里好像在自己的林中空地，无须乞求别人的注意，把一只手挡在眼睛前，防止刺眼的阳光。她望着广场寻找熟悉的面孔，已经开始流汗。

过去的几个星期她想了很多，她生命中已经执行了很久的基本模式引起了自己的关注。一种反对自我意志的自主自决，不管是大事还是小事。比如说她今天可以穿浅色的衣服，但她却不敢。她本来可以不需要受到别人的想法和要求的限制，更多满足她自己的需求。但是她没有。一旦发现真相，对她来说几乎就是十年来的座右铭：总是做别人期待的。而她虽然不是喜欢激进改革的类型，移民到新西兰，加入妇女联合会，她知道，这个发现肯定会有效果的。

做你想做的，是丹尼尔对她试图解释做出的反应。听起来像吐出来的，他也的确是这么认为的，但是第一次，在她身为母亲的生活里，不准备优先考虑他。

她喝了一小口啤酒，看着人群里的托马斯·怀德曼，他站在学校同事圈里。格拉尼茨尼也在，不断地擦拭额头上的汗，当他转换了个话题，其他人点点头。她因为刺眼眯成一条缝的眼睛捕捉到了这个画面，把自己也置身进去，好像她也待在他身边，一起倾听一起笑。她看见一只手挽着他的臂，头靠在他的肩上，他的手臂搂着她的腰。然后她带着这幅画，不顾花园温暖的阳光，走进通往客厅和卧室开着的门里。蒙太奇？还是有可能？那里有一间空房，她母亲的东西收在一个箱子里，丹尼尔不愿住回这间房间，他不说为什么。而且也知道，丹尼尔高中毕业后，鹿道的这个房子只会更空。假期过后他就升上高年级了，她现在便可以感觉到他的生命在加速，感觉他需要更多空间，不耐烦的脚步离她而去。多少年来，他成长的岁月之刀也分割了她的生命，但是现在这种同步骤不存在了。她害怕地注视着他的背影，面对这个简单的问题：现在怎么办呢？她自己狠狠地跟跄了一下。

当托马斯·怀德曼的目光转向她这边时，她冲他一笑，但是他似乎没有注意到她在树下的观察点。她第一次看见他卷起衬衫袖子，打扮很随便。前几个星期他们只一起去散步过三次，再没有其他。她无法想象，母亲刚过世，她就马上翻开生命的新篇章。而他的保守，是因为与她同感还是基于怀疑，她并不清楚。

她什么都不知道，只能慢慢了解，不确定性并不都是可怕的。

卡琳·普赖斯在她身边说："你好，"然后重重地坐在草地上。

"你好，"凯尔斯汀很惊讶，甜腻的香水味为什么这么熟悉。她仔细听着她的声音里，是不是有怨恨和不爽的痕迹。

两者都有一点，她觉得。

卡琳瞄了一眼她的指甲。

在最近的几个星期，所有的一切都着上了其他色调，太短的时间内发生了太多的事情，她无法讲清楚自己的感觉。好像在剥夺睡眠的试验里，人一步一步接近崩溃。母亲离世时，她没有失去理智，不论是眼泪还是自责都保持着该有的分量，通常这种情况下心理承受是必要的。她试着一段时间把她的情绪能量用在自己身上，令人意外地，这是个愉快经验。她用单音字回答丹尼尔的单音字，和托马斯·怀德曼告别时，也只让亲吻脸颊，交叉的胳膊并不松开。当她现在回顾，感觉过去的四周时间是一段延伸的空白，之前和之后界限模糊，无法辨认前后的区别。之前的，已经留下·失去了意义。她宁愿静静地思考之后要来的，而不是回答卡琳的问题。

"你还在生我的气吗?"

"不，"她说："我想没有。"

"你听起来却像在生气。"

她们交换的眼神，凯尔斯汀觉得很熟悉，她想借再喝一口啤酒回避，杯子却是空的。

"不是故意的。"她说。

卡琳把太阳镜推到头顶上，衬衫领口露出一条金项链，其余就是人们通常会穿的健行装哀系列：同色调搭配，很明显是第一次穿。没有一处显示出陈引的痕迹，除了她眼睛四周。但头发不再是红色。她看起来像冇留痕迹地走过生命，如果考虑她的年龄的话，太令人惊奇了。这也是凯尔斯汀暂时转着空酒杯时悄悄的感受。

"我很抱歉，如果那仵事……"卡琳接着说，但又马上中断。

"你知道的，我生命中最迀发生了对我意义重大的大事，"她说，观察着一只在她鞋头爬叼瓢虫。

"我的信你收到了吧?"一暴慰问卡，符合习俗，并没有特别的私人感情，信封里却夹着过多的钱。凯尔斯汀可以指出，她现在身上穿的深蓝色衬衫，就是用信封里的钱买的，但是此时她没有兴趣说，也没兴趣听到"让我看看""很适合你"等这类话。虽然如此，她还是很高兴她们终于说话了。

"谢谢，我还没有时间回信。"

"我理解。"

托马斯·怀德曼又看过来，但现在没法给他打暗号了，只能回应下眼神，好像别处他们在别人头顶上相遇。

"我有事想和你谈一谈，"卡琳说："有个主意。"

"一个主意。"她很清楚地感觉到，卡琳说话没有带问号。既不泄露出好奇，也没有感觉好奇。早餐广场旁是自由言论的区域。她看见她的儿子在鹿道青年队的啤酒点，独自一人，脸上冷冷地无法接近，她很想换回他之前愤怒的青春期表情。

"我一个人做不来，但是如果一起的话我们会成功。"

"我们。"

"我可以从头开始说，还是……"

"简单告诉我，你的主意是什么。"

"是一间舞蹈工作室。"

幸运的是卡琳专注在她自己说话上，完全没有发现对方没有反应。她也没有用眼神去证实是否被理解，只是看着广场，看着卑尔根城山丘上朦胧的阳光。凯尔斯汀考虑，要不要跟着一起展开第二阶段的健行，不坐车回去。她想活动一下，而且她以防万一也穿了适合长途行走的鞋。并没有法律规定，守孝期不能参加民俗节庆。

卡琳叹了口气。

"我就长话短说：公司完了。还没有官方宣布，你也得保密，但是确定了，破产了，无可挽回。为了不全部交给银行，有价值的会转到我名下。想想看，汉斯-彼得的宝马也正式归入我的名下了。不是说我可以开，但是……还有在卡尔斯小屋那边老的公司楼房。很令人惊讶。房子保护得很好，隔热很好，很干燥。两天前我开车去看过了，就是这样，想看看属于自己后看东西的眼光会不会不同。"她说得很急，为了不在让她心痛的地方停顿，现在她停下来，问："你觉得呢？"

"东西会不会……"

"不会。水泥就是水泥，这里就是砖头。但是我突然想到，有点疯狂，但仔细想想，这个主意完全明智：我们在那里开一家舞蹈工作室。你管理教学，我做行政。我们不用付租金，先小规模做起：琳达帮我们张罗第一班的学生，爵士舞，音乐剧，为舞台秀做准备，诸如此类。目标群为 15 岁到 20 岁。然后还可以再提供保健型的给年纪较大的。鹿道妇女们会报名的，至少有一半成员会，相信我。之后还可以开设给夫妻的课，国标舞等，这个萎靡不振的地方需要活力，我们来推动吧，你和我。"

卡琳喋喋不休的躁狂让她反感，还有迎面而来的那股吸力，想象着那些无法想象的：入口上方一块牌子，写着某某舞蹈工作室，里面是镜子反射、充满年轻女孩叽叽喳喳的空间。还有第三点，一种被剥夺的奇怪感觉，别人突然将你的秘密梦想说出来，大胆把它说成是计划。

"啊哈！"她说。一个绍厄兰地区瘪了气的啊哈，涵盖了所有想到的，"电费"，前成衣工厂是否有适合跳舞的地板。淋浴。

"你以为我疯了，但那是因为你天生胆小。"卡琳声色不动地说，点点头强调自己的话。

"什么？"

"不是吗？"她们两人又一次看着对方。卡琳化的妆好像在早餐广场之后要直接晃去歌剧院。凯尔斯汀问自己，她们俩之间到底有什么是一致的。

"不用解释，"她说："但是如果你对一起合作的想象包含对我的指责，那我没有兴趣。"

"我要说的只是：我也看到有风险，但是我相信，风险比机会小。除此以外，我现在正处在生命的某个阶段，风险这个词听起来对我实在没有什么威胁。目前为止，我所认为理所当然拥有的，都已经失去了。"

"你想现在从我这里听到什么？公司的事我感到很遗憾。"

"不，不，坦白地说，我对失去的并不感到难过。我几乎相信，我甚至等待这种事情发生。扶轮社舞会和荒诞的无意义终于该结束了。现在也该换我来自立了。你好好动动脑子，考虑考虑。也许踏境节的时候我们可以一起出去，你去看看那个房子。"她将一只手搭在凯尔斯汀的肩膀上，滑过颈子，如此缓慢，凯尔斯汀想起了某个后面的屋子，没有听明白卡琳的下一句话："你不知道，当时那束花是我送的吧？"

"花？"

"放在你门口，紫罗兰。生日那天。"

"不，"她机械地回答，但却是真话。"我不知道。"她现在渴了，而且感觉腋下在出汗，也许不用多久赛跑者就该甩起鞭子宣布出发了。她决定，在出发之前，她要过去托马斯·怀德曼和他同事那边。也许是因为卡琳·普赖斯，她突然意识到，她不能再等了，等那个家伙提出比道别时亲吻脸颊更多的要求。现在她必须把这件事掌握在自己的手上。怀德曼这件事。她刚刚做到了一次，感觉并不坏。

"为什么你要送我紫罗兰？"她问。

"我知道你过生日，那时我有种感觉：我们能够互相……帮助。纯粹的友谊。我只是没有勇气，自己把花交到你手上。"

"老实跟我说，从一开始你就打算把我拖到那个夜店去。"

"我一个人是绝对不会去的。"

"你把这叫作互相帮助。"她内心已经没有怒气了，她确认，怒气就像空气穿过了禁闭的双唇。她早料到会如此，并且很高兴终于说出来了。但是一直都是如此，跟阿妮塔也是：友谊针对不断的反抗，喜欢有点不和谐。她转过头来，亲了一下卡琳·普赖斯喷了香水的脸颊，心想：就这样，你这个老蕾丝。

阿妮塔当然没有来参加踏境节，她正在瑞士的某个地方参加更好玩的节庆。

"我会考虑的。"她边说边站起身来，用双手拍打裤子粘上的草屑。

"还有一件事：我们必须和怀德曼先生谈谈吗？"

"为什么？"

"他也在，你说的。"

"他没有看见你。"

"意思是，你已经和他谈过了？"

"谈了一下。"她的影子落在卡琳的脸上，很容易忍受住目光和谎言。她不欠卡琳什么，这很清楚。对她们两个人的关系来说友谊这个词暂时还高不可攀。也许她们应该先成为同事。透过暗色的衬衫布，感觉皮肤被灼热，想象着，托马斯·怀德曼从下面的喧闹中把目光投向她的臀部。

"不然我想给他打个电话，确认他不会乱说。"

"不必。"她身后音乐开始响起，从早餐广场的各个角落响起，风把音乐抬过人的头顶。六许你去碰他，她想，对这份心里突然高涨的斗志感到高兴。也是几个星期来第一次感觉到它。为什么要一直当个听话的小绵兰？她现在要走下去，自然而然地站在他身边，好像那里一直就是她的位置。

"我们后面再见。"她说："射谢你的花。"

"我打电话给你。"

然后她走下去，走进热闹的人堆里，走进啤酒味和笑声中，走进温暖的阳光照耀的脸庞中。扩音器叫卖着最后的牛排和香肠。她决定再喝一杯啤酒，微笑着从一个路过的铁丝筐里拿走一瓶。现在就去他那里，她想。曾经有段时间，心中的怀疑一个接着一个，就像眼前踏境节的人潮。但是那样也有好处，她可以停下来，给别人让位，前进的路上还留有空隙。她扭了下腰，和周围的人打招呼，自己在想，舞蹈工作室的主意有什么好反对的。明年开始她的赡养费就会被削减，希望通过护理费来平衡的想法落空了，她反正得去找工作。那么？她们还必须谈谈细节，但是实际上再没有什么比卡琳·普赖斯这个计划更好的事了。这事她自己一个人绝对没办法的，而卡琳的"互相帮助"最终还是可以比去做不正经的事好。

一个自己的舞蹈工作室！她边走边喝啤酒。必须憋住，不要大声笑出来。也许跟她几个旦期都没有喝酒有关系。但是哪儿都没写着，梦想一定得充满肥皂泡，不要小瞧卡琳·普赖斯纯粹的动力。她可不是做白日梦，已经很有策略，也考虑好了目标人群。在她的浓妆后面是一部拖拉机的结构，为什么她不能改变，从邻居的热情中获得好处？

终于在人群中她发现了正在寻找的那张脸。带着嘲讽的微笑，他正向格拉尼茨尼敬酒，并且一口喝干了。以沉静的方式透露出他的好心情，好像他自己并不太在乎他带着好心情做点什么。为什么是他，她问自己，立刻把问题扔到一边，挤过最后几个横亘在他们之间的踏境者。要不现在，要不永远都不。她心想。很显然他看见她朝他而来，他转过来背对着格拉尼茨尼的圈子，他的脸上告诉她，不再需要太多的语言来给他俩的命运打上烙印。

已经过去半个小时了，他和同事们站在一起，听着格拉尼茨尼的冷嘲热讽，目光在早餐广场上的人群里搜索。他不时地证实下他的阿姨在兰河低谷的男子组摊子那不是一个人坐着，小口抿着啤酒。踏境节的第二天，要是让他表示没有觉得有点无聊，那就必须说谎。

"一顶轿子。您能够为您的校长搞到一顶轿子吗？"整个早上在格拉尼茨尼的闲聊中一直掺杂着这种影射，简直就是来测试交谈对象的底线。到处踩到别人的脚，然后马上道歉，可又带着心情不错的统治欲很强的调调说"没有弄痛吧"。十分钟之前他把怀德曼称作整个早餐广场"学历最高的学者"，恰好又对着另一个同事微笑，学校里都知道，这个同事已经连续十五年把他的暑假奉献给了日耳曼学博士论文，论文题目估计连他的指导教授都忘了，如果他还活着的话。

凯尔斯汀·维尔讷穿着深色、但不是黑色的衣服，如果他从远处没有认错的话。她把头发绑成马尾巴，就像当时在克莱山上。普赖斯太太坐在她身边，所以他放弃爬上斜坡去陪她。她最终还是决定来参加踏境节，也许这表示，她慢慢从哀悼期的自我封闭中走出来。一个月来他们只是偶尔一起散个步才见面，而且散步时凯尔斯汀·维尔讷双臂抱胸，步伐拖沓迟疑，他感觉好像有什么东西横亘在他们中间，两人都不敢说出来，思想好像变成藤蔓缠绕着他们的脚踝。她若有所思望着远方，然后朝后面说些没头没脑的句子：我甚至不知道，我有多爱她……你明白吗，我是否真的……但是另一方面，人们难道可以……？句子结束在她自我怀疑的深渊里，但是，他发现不管怎么伸长脖子想要看清楚，他都觉得这些深渊既不特别深邃也不特别幽远，而凯尔斯汀·维尔讷与自己的角斗并没有摆脱虚荣的成分。

在过去几个星期里，他们就这样，通过某种延期慢慢互相亲近。各人瞧着自己鞋尖，每当路上遭遇一只鹿，他们就会说：一只鹿。散步好像德语初级班。有时他的手臂会搭在她的肩上，感慨自己的无助，不知道是因为他不够主动，还是她将自己封闭住。现在他注视着她，看着她站起身来，在斜坡边站了一会儿，这幅景象唤起了他的内在需要，几个星期来它被毫无结果的苦思冥想掩埋。

"又能怎样，"格拉尼茨尼吵吵嚷嚷着："我征服了克莱山，无论如何我也没法达到永生，怀德曼同志。"

"嗯?"他本来想再盯着凯尔斯汀·维尔讷，但是格拉尼茨尼的眼睛抓住他不放。眼神里的光芒暗示着，校长又要搞什么突然袭击了。

"我很高兴，您短暂犹豫后，还是决定接受副校长的职位，教育局那边没有异议。"带着毫不掩饰的胜利表情，格拉尼茨尼往他的方向伸出头，以至于下巴和肩膀之间几乎露出整个脖子。一个满满的酒杯迎向怀德曼："那么，祝合作愉快!"

"万岁! 万岁! 万岁!"一个特别兴奋的穿着制服的人站在啤酒桶上大声叫喊。

格拉尼茨尼袭击的时候看上去特别怪诞，怀德曼几乎忘记了他自己的突袭了。他站在那里像个陆军元帅，让处于劣势的对手记录下和平的条件，狡猾的、可恶的，绞着手想办法令人讨厌，让人们最好拥抱他，对他说：你放弃努力吧，可恶的家伙! 他计划好的，也许几个钟头，也许几天，对自己的不动声色暗自高兴，不动声色地抽出佩刀把计划变成现实。

"从何时开始，独裁者也有了副手?"怀德曼问道。他知道，这样他并不能抵挡攻击。格拉尼茨尼爆发出一阵大笑，同事们互相交换眼神。凯尔斯汀·维尒讷正和她的邻居告别，从斜坡上下来，怀德曼用眼角的余光确定。也许他该下定决心，把她抱住说：好的，我们来试试。管它成了还是不成。让乏味单调的乐观主义去说服自己，是无济于事的，仅只听起来很浪漫。

"好。"格拉尼茨尼说，用仁爱的姿态请大家注意。他觉得非常有趣，而怀德曼觉得自己没有能力去破坏他导的这场好戏。"我现在可以指出，甚至万能的上帝也有副手，但是那就扯得太远了。我们大家都清楚自己的局限，不是吗？"他手上的杯子又朝着怀德曼的方向，只是他的声音有点沙哑了。"合作愉快，同志！"

"干杯！"怀德曼举起杯，一口干掉。太阳照在他的额头上。那么他就要做副校长了，为什么不呢？一手拿着啤酒杯，看到凯尔斯汀朝他走来，带着和之前不同的眼神，更开放，更期待。他听着同事的祝贺，但实际上他已经不感兴趣了。他对格拉尼茨尼点点头，示意后者赢了。然后他转身，迎着凯尔斯汀过来的方向。

"看吧，你还是来了。"他说，并且心想：最好这是个公开的协定。他不能不去想尝试，且此外，他暂时也不想做什么。一个珍贵的可能性。他们不允许开始，去比较他们受伤有多深，最终的胜利会很可怕。

"家里坐三天吗，"她摇摇头。扎马尾巴让她看起来比较年轻，涂的睫毛膏让她的眼睛看起来格外有神。"你玩得愉快吗？"

"很愉快！格拉尼茨尼总是笑声不断。"他点头，又耸耸肩。他是严肃的，但并不确定他应该怎么说：我们把爱看作远程目标吧。但是凯尔斯汀看着他，好似她不想再用沉思冥想来敷衍了，马上就要拥有那些她可能会化为泡影的东西。他也是！为什么一方面他毫不抵抗地让格拉尼茨尼这个孩子气的、顽固的老家伙牵着鼻子走，另一方面双手交叉背在身后迎接他个人幸福的降临？在他面前站着的是她，抛弃了自己所有的矜持，直勾勾地看进他的眼里。

"听着，"他说，感觉自己从高处正在坠落，"我觉得，我们已经浪费够多的时间了，不是吗？"

"我也正好想对你说。"

"我的意思是，我们应该多多见面。"

"而且也不一定是在森林里。"

"晚上我基本都有空。"

"你只需要来按门铃。"刚刚她还在想，邀请他到她的露台度过这个夜晚，但是她现在就看着自己走进家门，手上还领着托马斯·怀德曼。不在走廊逗留，不再在百叶窗后夏日宁静的暗影里。一扇敞开的门，他们走进去，好像是仅有的一扇门。服丧的时间结束了，某件事开始，这件事在她眼前之所以不清晰，是因为它离得太近了。她一阵激动和眩晕。

"我们现在要亲吻吗？在所有人面前，像两个十几岁的青少年?"她直视着他的眼睛时，让他的思想猛地跳出她的房子，进入一片名为未来的空白：不久她便是职业妇女，下班之后去看望男友？真是疯狂，但是她静静地站着，握着他的手，期待另一只手没有啤酒杯。他眼角周围已经有了细小的皱纹；这些皱纹引起过她的注意，但是她已经不记得那是什么时候。所有的一切突然进展得有点快。

"等会儿，"他说，"我们先去玩抛高游戏。"

她把头朝后一仰，笑了。一声轻轻的、乞求的"不"在她脑子里形成。她想勾着他的脖子、搂住他、抱住他，直到离开早餐广场的人群，他们两个往相反的方向跑去，回卑尔根城。

"永远不。"她依然笑着，被过去的记忆惊醒，完全无力抵抗。

"不行，马上。"

"我们去坐车回我家。"

"之后再去。"他的笑容不容反抗。"先去玩抛高。"

"托马斯……"

但是他抓起她的手，她吞下了"不"，已经在路上了。这么快，凯尔斯汀都没法问自己，她的心怦怦跳是因为喜悦还是恐惧。路上她就直接把啤酒杯扔了。人群从草地上起身，喝干他们啤酒杯里的酒。一片云杉林围住了早餐广场,广场前站着摩尔人和两个赛跑者,他们身后是一个鼓手。边界石前的长龙已经解散,休息时间就快要过去,其中一个赛跑者在看手表。

过去就是在这里吗?在第二天的早餐广场上?她专注地看着化了妆的那三个人,摩尔人全身黑,赛跑者是白、红和蓝三色。年轻的家伙,很有运动细胞,可是肤色太白。记忆卡在她的喉咙,像要窒息,但是她不会退缩的。

我就知道我们会再见面的,于尔根那时对她耳语道。

"还有人吗?"摩尔人喊着,看了看四周。一张黑色、胡子拉碴的脸,白色、神奇的眼睛,深色的套装系着金色的带子。一把弯刀在裤带那晃荡。她不知道他的名字,也不知道赛跑者的名字,这些都刊登在报纸上,但是她忘了。

"这里!"托马斯·怀德曼大叫,然后轻声说:"你先还是我先?"他现在完全如鱼得水,她可以感受到。也许欠考虑,或者是打小算盘。无论如何,她从未感受到他像这一刻如此难以抗拒。

"我吧,"她说。"然后我们就回我家。不再去健行,也不去节庆帐篷,明天也不参加,2006 年的踏境节结束了,此时此地。"她的左腿一阵战栗。

"我们开车出去,明天,随便去哪儿。"他感觉自己在点头,很想知道,他说的和做的都是认真的吧。她大眼睛的脸上飘来阵阵香水味，唤起他对那个夜晚的共同回忆。他想起来，她的前夫曾经是个赛跑者，21 年前，他现在做的，不是把她带向未来，而是推回过去，他想到时已经晚了。现在没有办法回头，他们现在必须突破。"我们会找到一家美丽的乡间民宿。"他甚至不觉得这是一个承诺。她的手指修长、温暖，他说话时吸进去她皮肤上的香味，紧紧抓住这份真实，只要他能够看着她：无需豪华酒店，无需梦幻沙滩。也许夜里他们听着高速公路的声音，然后想，为什么不继续赶路。

她点点头，松开了他的手。

他留意到了她脸上的一丝恐慌，钦佩她依然无惧地面对。看着她的背影，再一次享受她优雅的步伐。如果他无法成功地爱这个女人，就再也没有人能拯救他了。

"你好！"她说。一块布盖在边界石上，和那时一模一样。一箱矿泉水，两块皱巴巴的手帕。鼓手正在擦拭脸上的汗。

"请！"摩尔人尽量让自己的声音高昂，但是可以感受到，这两个小时除了这个他没有做别的。两个赛跑者张开手臂。她转过身，背对着石头。

托马斯·怀德曼站在那里，背对着早餐广场，蜂拥而至的人群和旗帜，那里某个地方站着她的儿子。21 年过去了，她努力不去想，一切还和当年一样，她也不用去想，因为一切如旧。空气中飘着汗味。一场仪式的忙碌以及例行公事。21 年前她报出名字，因为她以为，抛高只是到旗帜下面去。她凝视着于尔根的眼睛，直到他满脸通红。此刻她看过广场，朝着托马斯·怀德曼那里望，费力地思考，一个她能抓得住的思考，但是什么也没有。只有森林边界和太阳。勇气她是有的，即使感觉有点害怕。

赛跑者抓住她，凯尔斯汀紧闭嘴唇。她对自己说，不存在重复，现实生活里也没有。这里也许是开始，或者是结束，是出发，或者是目的地。但一切发生时都是第一次，发生时。像当年她紧紧抓住赛跑者的胳膊，感觉到潮湿的衬衫下紧实的肌肉。充其量存在的只是空间与时间的交错。当站在那里时，那一刻看见了一切：走过的路，其他本来可以走的路，完全没有想到的不同的路。广场上没有了音乐。是什么，像她的心跳那般坚定，冲着她急速飘来。惊慌和胜利。不是战胜自己的胜利，是部分的成功。托马斯·怀德曼看起来那么严肃，她很想朝他伸伸舌头，喊着：不要再装了，游戏结束了。她会爱他的，就这么简单。鼓声咚咚作响，赛跑者让她朝石头落下三次，又重新抛起，摩尔人用疲惫的声音说着说过几千遍的话，还会再继续说几千遍，但不是重复过去：

"这块青石头……这个边界……永远。"